계약직 아내

1

계약직 아내 1

ⓒ류다현 2015

초판1쇄 인쇄 2015년 5월 10일
초판4쇄 발행 2019년 5월 9일

지은이 류다현

펴낸이 박대일
편집 이문영 · 임유리 · 박현주
교정 문정
마케팅 송재진
표지디자인 김은희

펴낸곳 파란미디어
출판등록 2004년 9월 14일 제313-2004-00214호

주소 04072 서울시 마포구 성지1길 32-36 (합정동)
전화 02.3141.5589(영업부) 070.4616.2012(편집부)
팩스 02.3141.5590
전자우편 paranbook@gmail.com
카페 http://cafe.naver.com/paranmedia
페이스북 http://www.facebook.com/paranbook

ISBN 978-89-6371-187-4(04810)
978-89-6371-186-7(전2권)

계약직 아내

1

류다현 장편소설

파란

프롤로그

　　은수는 벽에 걸린 시계를 바라보았다. 약속시간 5분 전이었다. 긴장된 마음을 누그러뜨리기 위해 따뜻한 녹차 한 잔을 비서에게 부탁했다.

　　진영이 전화를 걸어 차분한 목소리로 상담 예약을 잡은 것은 일주일 전이었다.

　　뜻밖의 전화였다. 은수는 그녀가 자신을 기억하고 있다는 것이 놀라웠다.

　　변호사 사무실을 개업하기 전, 은수는 승소율 높기로 유명한 국내 굴지의 L로펌에서 영일그룹을 담당했었다. 그룹 담당 변호사라고 해도 신참인 은수에게 맡겨진 일은 영일그룹 직계 가족의 사적인 법률 자문 정도였다.

　　사적인 법률 자문이라고 하면 근사하게 들릴지 모르지만 실상은 사고 뒤처리, 그 이상도 그 이하도 아니었다. 갈고닦은 법 지식을 쓸 일은 거의 없었다. 평범한 사람들은 변호사의 존재만으로도 부담감을 느꼈다. 위압적인 병풍, 그것이 그녀의 역할이었다. 눈 먼 정의의 여신이 들고 있는 저울은 늘 가진 자들 쪽으로 기울었다.

진영을 만난 것은 혼전계약서를 쓰기 위해 만난 것이 전부였다. 은수는 진영에 대한 기억을 더듬었지만 도움이 될 만한 정보를 찾지 못했다.

영일그룹 박석금 회장의 아들 박민호는 뜻밖의 인물과 결혼했다. 조건에 맞춰서 배경에 어울리는 여자와 결혼할 줄 알았는데 의외로 불같은 연애결혼을 했다. 은수는 그 여자가 대단한 미인이거나 엄청난 매력을 갖췄을 거라고 지레짐작했었다. 아버지에게서 돈줄이 끊기는 것을 제일 무서워하던 박민호가 절연을 각오하고 결혼을 추진했다는 소문이 파다했기 때문이었다.

은수는 박민호와 결혼하는 운 나쁜 여자가 어떤 사람일까 궁금했었다. 처음 진영을 만났을 때 그녀의 첫인상은 '평범' 그 자체였다. 솔직히 박민호가 그녀의 어디에 반해 집안의 반대를 무릅쓰고 결혼을 한 건지 이해가 되지 않았다. 그래서 실례인 줄 알면서도 은수는 진영을 빤히 쳐다보았다.

민호는 닳고 닳은 전형적인 부잣집 망나니 도련님이었다. 은수가 처리한 여자 문제도 대여섯 건은 되었다. 사고를 칠 때마다 아버지의 등 뒤로 숨어 버리는 태도에 은수는 민호에게 더욱 기가 질렸다. 그와 사고를 친 여자들은 하나같이 민호의 돈을 보고 접근한 여자들이라 뒤처리는 쉬웠다. 유유상종이라는 말이 그때처럼 절실하게 와 닿았던 적도 없었다.

뒤처리를 위해 만났던 그 여자들과 진영의 이미지는 극과 극이었다. 키가 작고 아담한 몸매에, 순해 보이는 눈매가 어렸을 때 키웠던 십자매를 떠올리게 했다. 많은 말을 나누지는 않았지만 성실하고 진지한 사람이라는 것을 느낄 수 있었다. 혼전계약서를 쓰기 위해 사무실을 찾았던 진영에게 은수는 같은 여자로서 동정심을 금치 못했다. 정말 여동생이라면 한사코 뜯어말리고 싶을 정도였다.

'결혼한 지 몇 년째지?'

은수는 결혼 햇수를 꼽아 보았다. 3년 정도 된 것 같았다. 모르긴 해도 분명 진영을 담당하는 L로펌 소속 변호사가 있을 터였다. 그런데도 담당 변호사가 아닌 다른 변호사를 찾는다면, 그것도 하필이면 자신을 찾는다면 그 이유는 분명했다. 은수는 한숨을 내쉬었다. 분명 껄끄러운 일일 것이다.

3시 정각, 비서가 진영의 도착을 알렸다.

진영은 최근에 세상을 떠난 친정어머니의 사후처리를 의뢰했다. 사람이 죽으면 처리해야 하는 서류 작업들인 사망신고, 재산상속과 세금, 연금 등에 대한 것들이었다. 육십몇 년을 살다 간 사람의 마무리는 허망할 만큼 빨리 끝났다. 하지만 이것은 그녀의 본론이 아니었다. 은수는 진영의 빈 물컵을 힐끗 바라보며 물었다.

"물 한 잔 더 드릴까요? 아니면 차라도?"

"탄산수로 부탁드려도 될까요?"

은수는 비서를 불러 탄산수와 자기가 마실 녹차를 한 잔 더 부탁했다.

얼굴을 살짝 찡그리며 탄산수를 한 모금 마신 진영이 본론을 꺼내 놓았다.

"남편과 이혼하고 싶습니다."

역시.

은수는 자기도 모르게 한숨을 내쉬었다. 진영은 은수의 한숨에 아랑곳하지 않고 여전히 담담한 목소리로 말을 이었다.

"몸만 빠져나올 생각이니까 크게 어렵진 않을 거라 생각합니다."

"자제 분은 있으신가요?"

"없습니다."

양육권 다툼은 없다는 뜻이었다.

"이혼 사유는요?"

"배우자의 부정이오. 증거자료는 여기 있습니다."

진영은 준비해 온 봉투를 탁자에 내려놓았다. 봉투 안에는 여자와 함께 호텔로 들어가는 민호의 사진과 낯 뜨거운 내용의 문자 메시지와 메신저 메시지의 캡처본이 들어 있었다. 이 정도면 외도의 증거로 충분했다.

제 버릇 개 못 준다고 결혼 후에도 똑같이 놀았나 보군. 하긴, 불같은 사랑의 유통기한은 고작 3개월이라잖아. 은수는 냉소했지만 곧 본연의 임무로 돌아왔다.

"정말 이혼하실 건가요?"

"네?"

"솔직히 이혼할 정도는 아니잖아요. 실수라고 생각하시고 한 번은 참아 주세요."

이혼은 도깨비 방망이가 아니고, 특히 여자에게 안팎으로 큰 상처를 남긴다. 여자에게 쿨한 이혼 따윈 없다. 이혼 후 자기 삶을 찾고 이혼 전보다 더 행복해지는 여자는 드물었다.

"전 부부상담사가 아닌 변호사를 찾아온 겁니다."

은수는 진영의 담담한 목소리에 움찔했다. 이혼소송을 몇 건 진행해 보았지만 이렇게 차분한 의뢰인은 처음이었다.

이혼에 대해 상담하러 오는 여자들은 대부분 악에 받쳐 있거나 그로기 상태에 빠져 있었다. 변호사 사무실 문을 두드리기까지 지옥을 경험한 이들이 대부분이었고, 이혼을 할 수밖에 없는 사연들을 털어놓으면서도 정말 이혼을 해야 할지 확신을 가지고 있는 이는 드물었다. 변호사 사무실 문을 두드린 여자들 중 9할 정도는 은수와 상담을 하는 과정에서 이혼 과정이 지금 겪고 있는 현실보다 더 진흙탕이리라는 것을 깨닫곤 했다. 깨진 그릇은 버리면 그만이지만 한 사람의 인생은 깨졌다고 해서 버릴 수도, 새것으로 대체할 수도 없었다.

"의뢰를 받아들이지 않으시겠다면 다른 변호사를 찾아가겠습니다."

진영의 태도는 지극히 사무적이었다. 은수는 변호사의 모습으로 돌아왔다.

"배우자의 부정으로 이혼을 청구하시는데 몸만 빠져나올 생각이신가요?"

"혼전계약서에 그렇게 되어 있으니까요."

"그건 재산분할에 대한 것입니다. 위자료는 다른 거죠. 이렇게 명확한 증거가 있으면 충분히 받아 내실 수 있습니다. 법으로 보장된 겁니다."

"받을 이유가 없습니다."

진영의 목소리는 서늘했다. 그 집안 돈은 단 한 푼도 받고 싶지 않다는 마음이 은수에게 강하게 전해졌다.

은수는 진영의 혼전계약서를 떠올렸다. 여러 혼전계약서를 작성했지만 진영의 것만큼 굴욕적인 것도 드물었다. 민호의 집안에서 마지못해 결혼시키는 기색이 역력했다. 남편 민호가 망나니라면 시아버지인 석금은 똥고집 영감이었다. 진영은 남편 민호에게는 비밀로 하고 석금이 준비한 굴욕적인 혼전계약서에 사인했었다.

은수는 이 여자의 결혼생활이 눈에 선했다. 시집살이가 어마어마했으리라. 민호의 외도는 핑계일지도 몰랐다. 그 집에서 더 이상 버틸 수 없어서 나오고 싶은 걸까?

은수는 진영의 얼굴을 뜯어보았다. 담담한 얼굴이었지만 피로가 남긴 짙은 그늘을 숨기지는 못했다. 진영은 지쳐 있었다. 은수는 항복을 선언한 패전국의 여왕을 보는 듯한 기분마저 들었다. 그러니까 이 여자는 결혼에 항복을 선언한 것일지도 몰라.

한참 동안 은수가 입을 다물고 있자 진영이 물었다.

"L로펌하고 붙기 싫으신가요?"

"아니라고는 못 하겠어요."

"법정까진 가지 않을 거예요. 그쪽에서도 제가 시끄럽게 나가길 원치 않으니까 조용히 합의해 줄 거예요. 그러려고 쓴 혼전계약서잖아요."

올해 초 민호가 사장으로 취임하면서 민호의 아버지 석금은 경영에서 한발 뒤로 물러났다. 영일그룹이 재계 20위권으로 진입하기 위한 제2의 도약을 준비하고 있다는 기사가 신문 경제면을 도배하다시피 하고 있었다.

본격적인 2세 경영을 시작한 지 얼마 안 돼서 이혼소송 소식이 언론 쪽에 터진다면, 그것도 민호의 부정이 원인이라면 그룹 이미지에 타격이 컸다. 그쪽에서도 분명 조용히 마무리를 지으려고 할 것이다.

"남편 분도 여기 오신 것을 아세요?"

"네."

"남편 분도 이혼에 동의하신 건가요?"

진영은 잠시 머뭇거렸다. 시종일관 담담하던 진영이 동요를 보인 유일한 순간이었다. 가지런히 맞잡고 있는 손이 바르르 떨렸다.

"네. 아마도요."

그 대답은 은수에게 묘한 여운을 남겼다. 아마도라니? 그러나 은수는 잡생각을 떨치고 변호사로 돌아왔다. 진영의 말대로 은수는 부부상담사가 아니었다.

소송이 아니라 합의 과정을 매끄럽게 조율해 줄 사람을 찾는 거라면 그리 나쁜 의뢰는 아니었다. 재산을 건드리지 않고 몸만, 그것도 조용히 빠져나오겠다고 했다. 무엇보다 은수의 마음을 움직인 건 진영의 태도였다. 진영은 확고하게 이혼을 원하고 있었다. 중간에 일을 엎는 일은 없을 것 같았다.

"제가 더 알아야 하는 것이 있나요?"

합의 과정에서 약점이 될 만한 것이 있는지 묻는 의례적인 질문이었다.

"없습니다."

지난 3년간 진영은 완벽한 며느리였고, 완벽한 아내였다. 진영 자신이 그 누구보다 그것을 잘 알고 있었다. 그러나 그녀는 결코 좋은 며느리, 좋은 아내는 아니었다.

1

저녁 6시. 초침이 12시를 지나자마자 본부장실 문이 열렸다. 박 비서는 자리에서 일어났다. 그가 민호의 비서를 맡은 지 3년, 영일그룹 비서들 사이에서 꿀보직이라고 불리는 위치였다. 그의 상사인 민호는 오직 칼퇴근을 하기 위해 회사에 출근하는 사람 같았다.

늘 그렇듯, 민호는 허리를 굽혀 인사하는 박 비서에게는 눈길도 주지 않고 사무실을 빠져나갔다.

운전대를 잡은 민호는 아르노로 차를 몰았다. 아르노에서 그를 기다리고 있는 일은 그다지 유쾌한 일이 아니었다. 그런데 차까지 밀리고 있었다. 민호는 미간에 주름을 잡은 채 꽉 막힌 도로를 노려보았다.

대학선배 경현은 맞선 날짜가 하필이면 몇 달 동안 그가 애타게 기다리던 김연아 아이스쇼 날과 겹치자 민호에게 SOS를 쳤다.

"제발 나 좀 도와주라. 밥 한 끼 먹는다고 생각해. 어쨌든 저녁은 먹을 거잖아. 밥값은 내가 쏠게. 아르노에 새로운 셰프가 온 거 알지? 가서 먹고 싶은 거 다 먹어."

"그냥 사흘 중에 하루쯤 안 가면 안 돼?"

민호의 입장에서는 그것이 가장 합리적인 해결책이었다.

"안 돼!"

경현은 비명에 가까운 소리를 질렀다. 민호는 두 번째 해결책을 제시했다.

"그럼 선 약속을 미루든가."

"윤 여사가 날 죽일 거야."

경현의 모친인 윤 여사는 자신이 주선한 선 자리를 경현이 몇 번이나 미꾸라지처럼 요리조리 빠져나갔던 터라 이번에는 단단히 벼르고 있었다. 윤 여사는 이번 선 자리에서 제대로 하고 나오지 않으면 그를 호적에서 파 버리고, 경현의 레스토랑에 투자한 돈을 다 회수해 버리겠다고 최후통첩을 했다. 경현은 호적에서 파 버리겠다는 건 별로 무섭지 않았지만 투자금을 회수한다는 말에는 겁이 났다. 그가 3년 전에 시작한 이탈리안 레스토랑인 파멜라는 이제 겨우 궤도에 오른 참이었다.

민호의 뜨악한 얼굴을 보고 경현은 비장의 카드를 꺼냈다.

"대학 시절 서윤아 별명이 뭔지 알아?"

"뭔데?"

“S대 윤아.”

“소시 윤아? 이름만 같은 거 아냐?”

“아냐. 그 집 자매들이 미인으로 유명해.”

경현이 김연아의 열렬한 팬이었다면 민호의 마음속 여신은 소녀시대의 윤아였다. 사실 서윤아가 소시 윤아를 닮지 않았어도 민호는 경현의 부탁을 거절하기 힘들었다. 경현은 그가 제일 믿고 의지하는 선배였다. 민호는 가족보다 경현을 더 가깝게 느꼈다.

“서윤아한테 들키면 어떻게 되는데?”

“윤 여사가 우리 둘 다 죽이겠지.”

아르노에 도착한 민호는 주차요원에게 차 키를 맡기고 레스토랑으로 들어갔다. 레스토랑 가장 안쪽에 놓인 그랜드 피아노에서 드뷔시의 달빛이 나직하게 흘러나왔다.

지배인이 레스토랑의 단골인 민호에게 다가와 나지막한 목소리로 인사를 건넸다.

“오시는 줄 몰랐습니다.”

예약자 명단에 박민호는 없었다. 이곳은 회원이라고 해도 예약 없이는 식사할 수 없는 곳이었다.

“서윤아 씨를 만나러 왔는데요.”

“서윤아 님은 이경현 님과 만나기로 되어 있는데요.”

민호는 소리를 내지 않고 웃었다. 사정을 눈치 챈 지배인도 예의 바른 미소로 잘 알아들었다는 표시를 했다.

지배인이 서버에게 눈짓을 하며 말했다.

"서윤아 님께 안내해 드리게."

민호는 레스토랑의 후원이 보이는 창가 자리로 안내되었다.

'도대체 어디가 윤아를 닮았다는 거야?'

민호는 먼저 와서 기다리고 있는 여자를 예의에 어긋난다는 소릴 들을 만큼 빤히 바라보았다. 여자는 민호의 존재를 깨닫자 반사적으로 벌떡 일어났다. 민호는 여자의 낡은 핸드백을 힐끗 바라보았다. 브랜드도 알 수 없는 구질구질한 가방이었다. 선정교육재단 이사장 딸인 서윤아가 가지고 다닐 만한 가방이 아니었다.

"대타죠? 나도 대타예요."

여자는 훅, 하고 숨을 내쉬었다. 천성적으로 남을 잘 속이지 못하는 부류 같았다. 아, 살았다 하는 안도감이 얼굴에 어렸다.

살았다는 생각이 드는 건 민호도 마찬가지였다. 서윤아 쪽에서 자신을 거절해 주는 게 가장 완벽한 시나리오였지만, 그렇다고 불량스럽고 예의 없이 굴어 윤 여사의 귀에까지 들어가면 정말 둘 다 죽은 목숨이었다. 그래서 서윤아의 남자 스트라이크 존이 자신이 아니길 간절히 빌고 있었다. 그런데 저쪽도 대타라니 가장 완벽한 결말이었다. 민호는 피식 웃으며 손을 내밀었다.

"이경현 씨 대타 박민호입니다."

"서윤아 씨 대타 이진영입니다."

민호는 진영이 내민 손을 잡았다. 손이 흠칫 놀랄 만큼 차가웠다. 민호가 냉기에 놀라 움찔했다면 진영은 온기에 놀라 움찔한 것 같았다. 두 사람은 서둘러 손을 놓았다.

긴장이 풀린 민호와 달리 진영의 얼굴은 여전히 딱딱했다. 민호는 진영이 앉기를 기다렸지만 진영은 가만히 서 있었다. 본의 아니게 민호는 진영의 얼굴을 계속 빤히 바라보게 되었다. 그러나 진영은 민호의 눈빛을 전혀 눈치 채지 못하는 듯했다.

민호가 툭 던지듯이 말하며 의자에 앉았다.

"인사했으니까 그만 앉죠?"

민호의 말에 진영도 엉거주춤하게 의자에 앉아 영 불편해 보이는 얼굴로 고개를 숙인 채 무릎까지 늘어진 테이블보를 만지작거렸다. 서버가 다가와 물잔에 물을 따라 주고 곧 메뉴판을 준비해 드리겠다고 말하곤 사라졌다.

"실례지만, 서윤아 씨랑 무슨 관계예요?"

"대학 동아리 후배예요. 같은 학교에서 일하고 있고요."

아, 맞다. 서윤아가 자기 아버지 재단 소속의 고등학교에서 미술교사로 일하고 있다고 했지.

"그럼 진영 씨도 교사?"

"기간제이지만요."

"기간제?"

"계약직 교사예요."

서버가 메뉴판을 가져와 두 사람 앞에 얌전히 내려놓았다. 오늘의 특선 메뉴에 대해 한참을 설명한 서버는 주문이 정해지면 불러 달라는 말을 남기고 물러났다.

진영은 불어로 적힌 데다 가격도 없는 메뉴판을 보고 당황했다. 안 그래도 아르노의 분위기에 기가 질린 터였다.

'서울에서, 대한민국에서 가장 완벽한 프렌치를'이라는 모토로 문을 연 아르노는 문턱이 높기로 유명했고, 가장 세련된 방식으로 소외감을 느끼게 했다. 아르노에 들어서자마자 진영은 아무것도 먹지 않았는데도 소화가 안 되는 기분이었다. 사람들이 자신을 힐끔거리며 쳐다보는 것이 느껴졌다. 절대 자의식 과잉이 아니었다.

새삼, 윤아가 얼마나 대단한 집안 딸인지 실감했다. 대학 때는 동아리 선후배였고 같은 학교에서 근무하며 허물없이 지내는 사이라서 진영은 윤아가 선정교육재단의 이사장 딸이라는 사실을 잊곤 했다.

'오는 게 아니었어.'

그렇지만 임용시험을 준비하는 동안 일자리가 절실한 진영에게 지금의 자리를 소개해 준 사람이 윤아였다. 늘 진영에게 도움의 손길을 내밀었던 윤아의 부탁을 거절하기는 어려웠다.

진영은 어차피 서로 대역인 것이 밝혀졌으니 빨리 헤어지고만 싶었다. 이렇게 마주보고 앉아 있는 것도 시간낭비 같았다. 진영은 어렵사리 입을 뗐다.

"저……."

민호는 메뉴판을 보고 얼굴이 굳은 진영을 힐끗 보며 말했다.

"내가 내는 거예요. 어차피 그쪽은 이런 데서 밥 먹을 형편이 아니잖아요."

본의 아니게 슬쩍 비꼬는 투가 되었다. 그러나 진영은 별로 기분 나빠 하지 않고 말했다.

"아, 예. 그건 그래요."

여자가 너무 태연하게 대꾸해서 민호는 기분이 묘했다.

"저 먼저 일어나면 안 될까요? 윤아 선배한테는 제가 잘 말씀드릴게요."

진영은 자기도 모르게 또 레스토랑 안을 힐끔 둘러보았다.

"그만 좀 흘끔거리죠. 여기 회원제 레스토랑이고, 올 만한 사람들이 오는 데예요."

"분위기 파악을 하니까 그만 가려는 거예요. 여기 밥값이 몇십만 원은 하겠죠?"

이 여자의 밥값 한계는 몇십만 원인가 보지?

민호는 피식 웃었고, 진영의 얼굴은 더 딱딱하게 굳었다.

아르노의 회원이 되기 위해서는 1년에 1억 이상의 돈을 후원비 명목으로 내야 했고, 기존 회원 셋의 추천을 받아야 했다. 물론 식사 값은 따로 냈다. 와인 값에 따라 한 끼에 몇백을 넘을 때도 있었다.

술은 빨간 두꺼비, 밥은 3,500원짜리 구내식당 백반을 제일 좋아하는 민호 아버지 박석금은 접대차 아르노에서 밥을 먹을 때면 늘 돈 지랄이라고, 그렇게 비싸면 양이라도 많아야 하지 않냐고 투덜댔다. 그러나 졸부의 아들답게 민호는 그런 허세와 허영을 마음껏 즐기는 쪽이었다.

"어차피 저녁은 먹어야 하잖아요. 그러니까 여기서 먹고 가라고요. 내가 낸다고요."

"그쪽한테 얻어먹고 싶지 않아요."

"왜요?"

"대타잖아요."

"대타 아닌 사람한테 얻어먹는 건 괜찮고요? 그건 사기 아닌가?"

"으음……."

진영은 결론을 내리지 못하고 미간에 주름만 깊게 잡았다. 민호는 그런 진영을 어이없다는 듯이 바라보았다.

내가 사귀자고 했어, 결혼하자고 했어? 밥 한 끼 먹자는데 뭐가 그리 복잡해?

민호는 진영의 의사를 무시하기로 마음먹었다. 이 여자가 결론을 내릴 때까지 기다렸다가는 라스트 오더 시간까지도 주문을 못 할 성싶었다.

"난 모르는 사람에게 빚지는 건 싫어요."

민호는 들은 척도 하지 않았다.

"메뉴도 못 읽을 테니 내가 주문하죠."

진영이 미간을 찌푸렸다. 뭔가 대단히 마음에 들지 않는 듯했다. 진영이 마음의 결정을 내린 듯 단호한 목소리로 말했다.

"그쪽에게 밥 얻어먹을 이유가 없어요."

당장 일어날 기세였다.

"나랑 밥 먹기 싫어요?"

"네. 먹고 싶지 않아요."

민호는 여자의 단호한 거절에 오기가 생겼다.

"예약한 레스토랑에서 안 먹고 가면 식당 손해가 얼마인지 알아요? 난 여기 단골이고, 지금 이 홀에 앉아 있는 사람들 중에서 날 아는 사람도 여럿이에요. 여자에게 바람맞고 초라하게 혼자 밥 먹는 모습을 보이란 말입니까?"

민호의 반격에 진영은 움찔했다.

"나를 이경현 씨라고 생각해요. 나는 그쪽을 서윤아 씨라고 생각할게요. 식사비는 형한테 청구할 거예요. 그럼 됐죠? 처음에 하려던 것을 하는 겁니다."

이 정도면 이 여자의 윤리적 딜레마는 해결해 준 것 같았다. 그렇지만 진영은 여전히 미간에 주름을 잡고 있었다. 민호는 손가락으로 딱 소리를 냈다. 진영이 놀란 얼굴로 민호를 바라보았다.

"레드 썬."

예상치 못한 민호의 말과 행동에 진영이 작게 웃음을 터트렸다. 웃을 줄 아는 여자였네. 웃으니까 인상이 영 달라졌다. 민호도 웃었다.

민호는 그들을 주시하고 있는 서버에게 손짓을 했다. 식사를 주문한 후, 그가 진영에게 물었다.

"술 마실 줄 알아요?"

진영은 고개를 끄덕였다.

"와인은 알아서 줘요. 난 차를 가져와서 탄산수로."

서버는 가볍게 고개를 끄덕인 후 조용히 물러갔다.

식사가 나올 때까지 두 사람은 입을 꾹 다물고 있었다. 민호는 뭔가 이야기를 시도하려고 했지만 진영은 눈을 내리깐 채 명한 눈빛으로 흰 린넨 테이블만 응시하고 있었다. 진영의 주변에 투명한 막이라도 쳐진 듯해서 민호는 감히 말을 걸 수가 없었다. 아니, 민호는 자신이 투명 인간이 된 기분이었다. 진영에게 자신은 테이블 위에 올려진 물잔이나 접시, 나이프와 포크 정도의 존재였다. 눈앞의 여자는 자신을 그렇게 완벽하게 무시하고 있었다. 그렇지만 민호는 그것이 그리 기분 나쁘지 않았다.

민호는 진영을 가만히 바라보았다. 진영은 민호의 시선을 전혀 느끼지 못하는 것 같았다. 아주 살짝 들썩이는 어깨와 가끔씩 깜빡이는 눈꺼풀이 진영이 인형이 아니라 살아 있는 사람임을 깨닫게 했다. 민호는 진영이 어깨에서 힘을 빼고 쉬고 있다는 느낌이 들었다. 그리고 쉬고 있는 진영을 귀찮게 하고 싶지 않았다. 타인의 시선을 느끼지 못할 만큼 여자는 지쳐 있었다.

시선을 돌려야 한다고 생각했지만 자석처럼 자꾸만 시선이 진영에게로 향했다. 민호는 천천히 진영의 얼굴을 뜯어보았다. 좀 더 꾸미면 지금보다 더 예뻐 보일 얼굴이었다.

진영의 입가에 희미한 미소가 어렸다. 무엇이 이 여자를 웃게 했을까? 민호는 진영이 그랜드 피아노에서 연주되는 음악을 듣고 있음을 깨달았다.

피아니스트는 《어린이 차지》를 연주하고 있었다. 민호는 드뷔시를 좋아하냐고 물을까 하다가 입을 다물었다. 쓸데없는 질문 같았다. 모음곡의 세 번째 곡인 〈인형을 위한 세레나데〉가 끝나고 네 번째 곡인 〈눈송이가 춤춘다〉가 시작될 즈음 음식이 나오기 시작했다.

미슐랭에서 별 두 개를 받은 르 블렉의 주방에서 10년간 수세프(sous—chef 부주방장. 주방 조직에서 직급 2순위에 해당한다.)로 일했다는 새로운 셰프의 솜씨는 훌륭했다. 화이트 아스파라거스 요리가 특히 민호의 마음에 들었다. 양고기에 곁들인 민트 소스도 최고였다.

민호는 진영이 식사하는 모습을 안 보는 척하면서 계속 훔쳐봤다. 나이프와 포크 사용이 익숙하지 않은지 먹는 폼이 어색했다. 그래도 나오는 요리를 깨끗이 비우는 것을 보니 음식이 입에는 맞는 것 같았다. 다행이라고 생각했다.

"차는 뭘로 하시겠습니까?"

서버가 식후 음료를 민호에게 물었다.

"커피. 그쪽은요?"

"저도 커피요."

진영은 서버가 가져온 디저트 케이크들이 놓인 쟁반에서 초콜릿과 바나나, 생크림이 들어간 타르트를, 민호는 무화과와 달지 않은 커스터드 크림이 들어간 타르트를 골랐다.

"식사는 어땠어요?"

"맛은 있네요."

민호는 진영의 까칠한 반응이 어쩐지 재미있었다. 부의 화려한 모습에 무의식중에 비굴한 모습을 보이는 사람들과 달라 흥미가 생겼다.

민호가 마음에 들지 않더라도 민호의 배경에 친절했던 여자들과 달리 진영은 민호에게 냉담했다. 상대방이 너무 무심하면 이쪽에서 찔러 보고 싶은 게 사람의 심리였다. 민호는 소개팅 자리에서 수다스러운 상대는 딱 질색이었지만 오늘은 자신이 수다쟁이가 되어 이것저것 질문을 던지고 대화를 리드했다. 진영의 반응은 영 신통치 않았다. 어쩔 수 없이 대답한다는 기색이 역력했다. 그렇지만 진영이 그런 반응을 보이면 보일수록 민호는 계속 질문을 던지고 싶었다.

"무슨 과목 가르쳐요?"

"국어요."

"사귀는 사람 있어요?"

"아뇨."

"하긴 없어 보여요."

정말 대화를 이어가기 힘든 여자였다. 그렇지만 민호는 무뚝뚝한 진영의 대답이 싫지 않았다. 적어도 이 여자는 거짓말은 안 할 것 같았다.

"내가 남자 소개시켜 줄까요? 어떤 스타일의 남자를 좋아해요?"

진영은 디저트 포크를 내려놓고 민호를 바라보았다. 뭐 이렇게 제멋대로인 사람이 있을까 싶었다. 진영이 대화를 나누고 싶지 않다는 티를 팍팍 내는데도 민호는 아랑곳하지 않고 궁금한 것을 집요하게 물어 대고 있었다. 다시 볼일 없는 사람에게 뭐 그렇게 궁금한 게 많은 건지 진영은 이해가 되지 않았다.

"돈 많은 남자요."

순간, 민호는 잘못 들었나 했다. 조건에 맞춰 몇 번 선을 보긴 했지만 이렇게 대놓고 돈 이야기를 하는 여자는 처음이었다. 진영이 풍기는 분위기와 너무나 상반된 대답이라 더욱 놀라웠다. 진영은 민호의 멍한 얼굴을 보며 한 방 제대로 먹였다고 생각했다. 이젠 입을 다물겠지 생각했던 진영의 예상이 빗나갔다.

"나도 돈은 많은데, 내가 사귀자고 하면 사귈 겁니까?"

"아니요."

"왜? 내가 별로예요?"

진영은 한숨을 내쉬며 입을 열었다.

"연애도 결혼도 관심 없어요."

한창 연애와 결혼에 환상이라는 게 있을 나이였지만 진영의 눈빛은 메말라 있었다.

"그럼 스폰서, 뭐 그런 관계를 원하는 거예요?"

발끈할 줄 알았는데 진영은 여전히 담담한 얼굴이었다.

"연애에는 관심이 없고, 결혼은 제 형편으로는 힘들어요. 다만 결혼이 일이라면 할 수도 있겠다고 생각해요."

민호는 복숭앗빛으로 물든 진영의 두 뺨을 바라보았다. 코스마다 나오는 와인을 한 잔씩 비웠으니 와인 반병은 훨씬 넘게 마신 셈이었다. 취기가 이런 농담을 하게 하는 걸까? 아니면 진담을 농담인 척 말하는 걸까? 어쨌든 듣고 있는 민호는 흥미로웠다.

진영은 가볍게 한숨을 내쉬면서 아까 보였던 명한 눈빛을 했다. 짊어진 게 많은 여자 같았다. 몇 초 후 진영은 어깨를 으쓱하며 민호를 다시 바라보았다.

"전 사랑은 필요 없어요. 돈이 필요해요. 누군가 제게 월급을 주고 그 월급만큼 아내나 며느리 역할을 해 달라고 하면 오케이할 것 같아요. 결혼한 여자가 해야 할 일들은 일종의 서비스업이고 감정노동이잖아요."

민호는 자기도 모르게 큰 소리로 웃음을 터트렸다. 민호는 어디 계속해 보라는 눈빛으로 진영을 바라보았다.

"이왕 법적 구속력이 있는 계약에 묶일 바엔 결혼이라는 모호한 계약보다는 보장받을 건 확실히 보장받을 수 있는 고용계약이 좋아요."

새로운 시각이었다. 민호도 아내는 필요 없지만 며느리는 이제 슬슬 필요할 때라는 생각이 들고 있었다. 아버지 석금의 압박이 점점 더 거세지고 있었다.

"월급을 줘야 하니까 돈 많은 남자?"

"고용주의 경제적 안정이 중요하죠. 월급 체불되는 건 딱 질색이니까."

민호는 진영이 농담을 하는 건지 진담을 하는 건지 알 수가 없었다. 그렇지만 흥미로운 대화였다.

"그래서 얼마나 받고 싶어요?"

"글쎄요. 구체적으로 액수를 생각해 본 적이 없어서요. 뭐, 많으면 많을수록 좋죠."

"그러니까 받은 만큼 일하겠다?"

"네."

"그럼 어디까지 참을 수 있습니까?"

"어디까지라……."

진영은 진지하게 생각에 잠겼다.

"폭력과 폭언을 빼고는 참을 수 있을 것 같아요."

"외도는?"

"그건 사랑의 문제죠. 전 사내연애는 절대 반대예요. 일터에선 일만 해야죠."

그녀는 어디까지나 진지했지만 민호는 또 웃음을 터트리고 말았다.

"외도를 해서 사랑과 신뢰가 깨져도 결혼은 유지되잖아요. 그것만 봐도 결혼의 핵심은 사랑이 아니라 서로의 역할인 거죠."

말투가 시니컬했다. 자기만큼이나 결혼에 부정적인 사람은 난생처음이었다.

"왜 그렇게 결혼에 부정적이에요?"

진영은 피식 웃으며 대꾸했다.

"바다에 나갈 때는 한 번 기도하고, 전쟁터에 나갈 때는 두 번 기도하고, 결혼할 때는 세 번 기도하라고 했죠."

"혹시 한 번 갔다 왔어요?"

"아뇨. 결혼한 여교사들 이야기를 워낙 많이 들어서요. 듣다 보면 어이없는 시댁들이 많더라고요."

민호의 집도 그런 어이없는 시댁이 될 가능성이 농후했다.

"전 그렇게 참고 살진 못할 것 같아요. 그렇지만 일이라면 할 수 있을 것 같아요. 시댁 사람들의 부당한 요구도 가족이라고 생각하면 화가 나겠지만 일이라고 생각하면 받아들일 수 있지 않을까요? 음, 콜센터에서 진상 고객의 클레임을 처리하는 것처럼 말이에요. 돈을 받으니까 적어도 진상 짓이 수용은 되잖아요."

"그러니까 며느리이자 아내로 자신을 고용해 줄 사람을 찾고 있는 겁니까?"

진영은 고용이라는 말이 우스웠는지 작게 웃음을 터뜨렸다.

"네. 고용, 그거네요. 이왕이면 4대 보험도 됐으면 좋겠네요."

"그렇다면 꿈의 정규직인가요? 죽을 때까지 정년보장이니까."

"정규직이 되긴 싫어요."

묘하게 단호한 어조로 진영이 말했다.

"왜요?"

"그렇게 오래 살다간 암 걸려요."

"그럼 산업재해인가요?"

"하하하."

진영도 민호를 따라 소리 내어 웃었다.

"돈도 많고 그쪽을 사랑하는 남자랑 결혼할 생각은 없어요? 내가 볼 땐 그게 영리한 것 같은데? 대부분의 여자들은 그런 남자를 원하잖아요."

진영은 단호하게 말했다.

"그런 기만은 하고 싶지 않아요. 서로 동등한 사람들이 사랑을 할 수 있는 거예요. 세상에 공짜는 없다, 받은 만큼 일한다가 제 신조예요. 그게 편해요. 사랑이니 희생이니 어영부영 뭉개는 건 딱 질색이에요."

"정말 사랑해서 결혼할 생각은 없는 겁니까?"

진영의 표정이 씁쓸해졌다.

"전 그럴 만한 여유가 없어요. 저한테 사랑은 사치예요."

자기를 빤히 바라보는 민호의 시선을 느낀 진영이 물었다.

"돈 받고 결혼하겠다니까 많이 이상해 보여요?"

"일반적인 의견은 아니죠."

진영의 눈에 드리운 그늘이 더 짙어졌다. 한참 후 진영이 민호를 바라보지 않은 채 중얼거리듯 말했다.

"나라는 인간, 어쩌면 어딘가가 크게 고장 난 건지도 모르겠어요."

민호는 가만히 포크를 내려놓고 진영을 바라보았다. 심장을 바늘로 찌른 듯 찌릿한 아픔이 느껴졌다.

"원래 인간은 어딘가 고장 나 있기 마련이에요."

민호의 말에 진영은 조금 놀란 얼굴을 했다.

민호는 진영과 좀 더 이야기를 하고 싶었지만 진영이 접시 위에 마지막으로 남은 타르트 조각을 입에 넣고 삼켰다. 민호의 디저트 접시는 이미 비어 있었다. 진영이 냅킨을 식탁 위에 놓으며 입을 열었다.

"이제 슬슬 일어날까요?"

"그러죠."

두 사람은 자리에서 일어났다. 계산을 마친 민호를 진영이 레스토랑 앞에서 기다리고 있었다. 진영은 민호에게 살짝 고개를 숙이며 말했다.

"밥 맛있게 먹었습니다."

민호가 데려다주는 상황은 전혀 예상치 않는 듯 진영이 산뜻하게 작별인사를 했다. 민호 역시 레스토랑 앞에서 헤어질 생각이었다. 그런데 진영이 너무 산뜻하게 헤어지려고 하자 도리어 붙잡고 싶어졌다.

"그동안 매너 없는 남자만 만났나 봐요?"

"예?"

"데려다줄게요."

"아뇨, 괜찮아요."

진영은 극구 사양했다. 가벼운 실랑이를 벌이는 사이 주차 요원이 차를 세웠다. 민호는 차 키를 받아들고 운전석에 올랐다. 타라고 조수석 문까지 열어 주었는데도 진영은 여전히 불편한 얼굴로 서 있었다.

"계속 기다리게 할 거예요?"

진영은 머뭇거리다가 결국 차에 탔다.

"집?"

"아뇨, 학교요. 거기가 어디냐면요."

"알아요. 나 거기 졸업생이에요. 68기."

차는 금세 진영이 일하는 고등학교에 도착했다.

"고맙습니다."

민호는 내리려는 진영을 잡고 명함을 건넸다. 진영은 냉큼 명함만 받아 들고 제 것은 내놓으려 하지 않았다. 묘하게 무시당하는 기분이었다.

"그쪽 명함도 줘야죠."

"아, 예."

핸드백을 열고 진영은 명함케이스가 아닌 수첩을 꺼냈다. 진영은 수첩의 뒤편에 붙어 있는 접착식 메모지에 이름과 휴대전화 번호를 볼펜으로 꾹꾹 눌러썼다.

"명함이 없어서요."

민호는 메모지를 받았다. 메모지 하단에는 학습지를 내는 출판사의 로고와 이름이 찍혀 있었다. 진영이 차에서 내렸다. 민호는 혹시 진영이 한 번이라도 뒤를 돌아볼까 싶어 차를 계속 세우고 바라보았지만 진영은 빠른 발걸음으로 학교 안으로 들어가 버렸다. 민호는 진영이 자기 존재를 지우는 데 3초도 걸리지 않았을 거라는 사실에 전 재산을 걸 수 있었다.

차를 몰아 집으로 돌아오는 길에 민호는 계속 진영을 생각했다.

'유리 같은 여자.'

투명하지만 아무 맛도 냄새도 나지 않는, 그 어떤 것도 스며들지 않는 차갑고 단단한 유리를 닮은 여자였다. 민호는 그 유리벽을 그저 스쳐 지나가는 존재에 불과했다.

나라는 인간, 어쩌면 어딘가가 크게 고장 난 건지도 모르겠어요.

진영의 목소리가 머릿속에서 울려 퍼졌다. 어쩐지 민호는 서글퍼졌다. 투명한 유리 안에 투명한 무언가가 일렁이고 있었다. 그것은 눈물처럼 짠맛이 날 것 같았다.

휴대전화가 울려 민호는 진영에 대한 생각을 잠시 멈췄다. 액정을 확인했다. 유라였다.

— 아직 선보는 중이야?

"아니. 끝나고 집에 가는 길."

— 서윤아, 정말 소문대로 소시 윤아를 닮았어?

유라의 목소리에 경계와 긴장이 느껴졌다. 두 사람이 만나온 지 1년, 애초부터 민호는 결혼 생각이 없다고 선을 그었고, 유라 역시 동의했다. 그런데 요즘 유라는 간을 보듯 슬쩍슬쩍 그 선을 넘나들었다. 쿨하다고 생각해서 사귀었는데, 유라 역시 똑같은 여자였다. 결혼을 원했다. 이제 정리할 때였다.

"아니. 대타, 후배가 대신 나왔어."

— 그래? 뭐 하는 여자야?

"교사래. 고등학교 국어교사."

기간제라는 말은 뺐다.

— 어느 집안? 예뻐?

"그냥 여러모로 평범해."

— 별 매력 없었나 보네, 이렇게 일찍 끝난 거 보면. 밥만 먹고 헤어진 거야?

"응."

유라의 목소리가 확연하게 편해졌다. 경쟁상대가 아니라고 여기는 듯했다.

— 아직 9시도 안 됐는데, 만나서 한잔할래?

"응."

민호는 약속장소를 정하고 전화를 끊었다.

2

호텔 지하에 있는 바에 유라가 먼저 도착해 있었다. 민호는 바텐더와 눈을 맞췄다. 단골인 민호를 알아본 바텐더는 키핑해 둔 위스키로 언더락을 만들기 시작했다. 민호는 유라의 클러치백 밑에 놓인 룸 카드 키를 힐끗 바라보았다. 바에서 만나 가볍게 술 한잔하면서 대화를 나누다가 룸으로 올라가 섹스. 늘 하던 일이지만 오늘은 어쩐지 끌리지 않았다.

유라와 만난 지도 벌써 1년이 넘었다. 민호는 감정이 얽힌 남녀관계를 선호하지 않았고, 유라는 변호사 일이 바빠 느긋하게 연애할 시간이 없었다. 나름 이해관계가 일치하는 관계라고 생각했다. 유라는 예뻤고, 몸매도 훌륭했고, 집안도 좋았고, 침대에서도 적극적이었다. 집에 돈이 많은 것을 빼고는 내세울 것 없는 민호와 비교할 때, 유라의 스펙은 눈이 부실 정도였다.

유라는 언젠가 민호 입에서 '결혼하자'는 말이 나올 거라고 자신만만해 했지만, 민호는 처음 그어 놓은 선에서 조금도 벗어나지 않았다. 유라는 그가 자신에게 반하지 않았다는 사실을 인정해야만 했다. 얼핏 다루기 쉬운 남자처럼 보이지만 민호는 그녀가 만난 남자 중 가장 까다롭고 섬세했다. 경박한 겉모습으로는 상상할 수 없는 예리한 구석이 있었다.

민호가 유라의 옆에 앉았다.

"일찍 왔네? 어디서 선봤어?"

"아르노."

"아르노 갔어?"

유라는 기분이 상했다. 그동안 한 번도 민호와 아르노에 간 적이 없었다. 술친구와 안전한 섹스 파트너. 그렇게 선을 넘지 않고 쿨하게 즐기기로 한 사이지만 1년 정도 만나 오면서 유라는 민호에게 정이 들었다. 그러나 민호의 마음은 전혀 달라진 게 없었다.

유라는 민호가 그의 사적인 공간에는 절대로 유라와 동반하지 않는다는 것을 알고 있었다. 민호가 제일 좋아하는 회원제 레스토랑인 아르노에 데려가 준 적도 없었고, 그와 개인적으로 가장 가까운 대학선배 경현에게도 소개하지 않았다. 그래서 자연스럽게 유라도 지인들에게 민호와의 관계를 오픈하지 않게 되었다. 처음에는 편하다고 생각했지만 이제는 그런 것들이 마음에 걸리고 서운해졌다.

"나도 언제 한번 데려가 줘."

유라는 단단히 마음을 먹고 말했다. 그런데 민호가 선선히 대꾸했다.

"알았어."

유라는 아르노에 가고 싶은 게 아니라 민호에게서 데려가 주겠다는 대답이 듣고 싶은 것뿐이었다. 대답하는 데 돈이 드는 것도 아니기에 민호는 인심을 후하게 썼다.

유라는 단박에 기분이 좋아졌다. 캄파리를 홀짝이며 유라는 수다를 떨기 시작했다. 민호는 좀 전에 헤어진 진영과의 만남을 곱씹으며 유라가 하는 말을 건성으로 들었다.

'그럼 계약직 아내라는 건가?'

피식 웃음이 나왔다. 갑자기 민호가 웃자 유라는 황당했다. 웃을 이야기가 아니었다. 유라의 눈빛이 사나워지자 민호가 사과했다.

"미안. 잠깐 딴생각했어."

"오늘 당신 좀 이상하다."

"선본 여자가 재미있는 말을 해서."

"뭐라고 했는데?"

"결혼이 일이라면 할 수 있을 것 같다고."

민호는 진영과의 대화를 짧게 요약해서 말해 주었다. 유라는 어이없다는 듯 피식거렸다.

"그 여자 웃기네. 도대체 결혼이 뭐라고 생각하는 거야?"

"난 꽤 괜찮다고 생각했는데."

"뭐?"

"남자 입장에선 그런 계약직 아내가 있으면 편하지. 피차 일이니까 감정 상할 거 없잖아. 받은 만큼 일한다. 얼마나 훌륭한 생각이야? 신분 상승을 꿈꾸는 신데렐라보다 훨씬 현실적이고 양심적이지."

민호가 부모의 모습을 보며 생각한 것은 확실히 결혼은 사랑이 아니라는 거였다. 저렇게 등 돌리고 살 거면서 왜 같이 사는지 민호는 그 두 사람을 이해할 수 없었다. 그리고 그는 일찌감치 결혼에 대한 기대를 접었다. 피곤하고 귀찮은 건 질색이었다.

진영은 남편을 귀찮게 하지 않고, 시부모의 간섭과 불평을 모두 받아내는 순종적인 아내 역할을, 돈을 주는 한 완벽하게 해낼 것 같았다. 그것이 가능한 건 일이기 때문이었다. 사랑이니 신뢰니, 그렇게 쉽게 사라져 버릴 것보다 돈은 얼마나 확실한가. 민호는 그런 생각이 자신이 그토록 경멸하는 아버지의 사고방식과 똑같다는 것을 깨닫지 못했다.

민호는 옆에 유라가 있다는 것도 잊고 딴생각에 빠져들었다.

'그럼 월급은 어느 정도 줘야 하지? 휴무일은 한 달에 며칠이나 있어야 할까? 퇴근 시간은 언제로 해야 하지? 시간 외 수당이 많이 나가겠다.'

얼굴에 미소를 띤 민호와 반대로, 유라의 얼굴은 굳어졌다.

"당신한테 결혼은 그런 거야?"

민호는 유라를 빤히 바라보며 물었다.

"너, 나랑 결혼하고 싶니?"

민호의 직구에 유라는 이제 자기 뜻을 확실히 전해야 할 것 같았다.

"응. 민호 씨는 집에서 결혼하라는 말 안 해?"

"지겨울 정도로 하지. 귀에 딱지 앉을 정도로."

"나도 집에서 재촉하고 계셔. 선 자리도 많이 들어오고. 그렇지만 선을 봐서 결혼하고 싶진 않아. 제대로 연애하기엔 너무 바쁘고."

돈은 민호의 집안보다 적지만 유라의 집안에는 민호 집안에는 없는 뼈대와 가풍이라는 게 있었다. 3대가 법조계에서 일하고 있는 집안이었다. 유라의 조부가 설립한 로펌은 M&A와 구조조정 분야에서 항상 베스트3 안에 들었다. 유라 역시 미국에서 변호사와 회계사 자격을 딴 후 한국으로 돌아와 기업 전문 변호사로 일하고 있었다.

석금은 분명 유라를 마음에 들어 할 것이다. 법조계와 인맥을 맺을 수 있는 절호의 기회니까. 하지만 민호는 석금이 원하는 대로 순순히 결혼할 생각이 없었다. 결혼은 그를 옭아맬 또 다른 덫이었다. 그는 아무것도 책임지고 싶지 않았다.

민호는 언더락 한 잔을 더 주문했다.

"결혼해야지."

주어를 생략한 민호의 말에 유라의 얼굴이 밝아졌다. 그러나 그 밝은 표정은 몇 초를 가지 못했다.

"그러니까 어서 좋은 상대를 찾아. 연애든 선이든."

민호는 피식 웃으며 언더락을 한 모금 마셨다.

"넌 예쁘고 똑똑하고 직업도 확실한데 왜 결혼에 목을 매는 거야? 네 손해일 게 뻔한데."

"사랑하는 사람하고 결혼하는데 손해라니? 결혼이라는 건 하나가 되는 거야. 손해도 이득도 없는 거라고."

또다시 민호는 피식 웃었다. 진영과 유라가 만나 결혼에 대해 이야기를 나누면 아주 재미있겠다 싶었다.

"여자들이 노예계약에 열광하는 이유를 난 모르겠어. 다른 사람은 몰라도 유라 너는 그런 데 초연할 줄 알았는데."

"우리가 첫눈에 반해 열렬히 연애하고 사랑하는 관계가 아니라는 건 알아. 그렇지만 당신과 나는 여러모로 잘 통하고, 같이 있으면 편하잖아. 우리는 결혼해도 잘 지낼 수 있을 거야."

"너와 나, 확실히 잘 통하고 같이 있으면 편해."

그러나 지금 편한 관계라고 해서 결혼한 후에도 편한 관계일 것이라고는 생각할 수 없었다. 결혼에 대해선 유라보다 민호가 더 잘 알았다. 그는 결혼에 대해 어떠한 환상도 없었다.

"그렇지만 결혼은 너와 나, 단둘이 사는 게 아니잖아."

"우리 집안이 당신 집안보다 떨어진다고 생각하는 거야?"

민호는 웃음을 터트렸다.

"설마. 너와 결혼하겠다고 하면 우리 아버지가 평생 처음으로 날 칭찬하실지도 몰라."

"그런데 왜 나랑 결혼할 생각이 없어?"

민호는 유라에게 결혼의 현실을 일깨웠다.

"너, 합가해서 살 수 있어?"

"뭐?"

유라의 얼굴에 당황한 기색이 역력했다. 다들 합가 이야기만 하면 꿀 먹은 벙어리가 되었다. 결혼을 원하는 여자와 헤어지기 위해 쓸 수 있는 가장 효과적인 카드였다.

"요즘 누가 합가해서 살아? 외아들도 다 따로 살아. 부모가 오히려 불편해서 내보내. 모시고 사는 거 반가워하는 부모 없어."

"우리 집은 아니야. 합가해야 해."

뭐든 겉포장이 제일 중요했다. 속이 썩어 문드러져도, 석금은 다른 사람들에게는 화목한 가족의 모습을 보이길 원했다. 석금에게는 며느리가 식탁 옆에 서서 시중을 드는 로망이 있었다. 시대착오적인 로망이었다. 유라가 앞치마를 입고 두 손을 공손히 앞으로 모은 채 서 있는 장면을 상상하니 민호는 웃음이 터져 나올 것 같았다.

유라는 입술을 꼭 깨물었다. 눈빛에서 오기가 느껴졌다.

"괜찮아, 합가해도."

민호는 피식 웃었다.

"그럼 살림은 할 줄 아니?"

유라는 황당하다는 눈빛으로 민호를 바라보았다.

"여기서 살림 이야기가 왜 나와? 사람 쓰면 될 일이잖아."

"우리 아버지 구식이야. 남자는 바깥일, 여자는 집안일이라는 고정관념이 뿌리 깊게 박히신 분이지. 어머니가 워낙 그쪽에 관심이 없으셔서 며느리는 가정적인 사람을 원해서."

"그럼 지금 나더러 로펌 그만두고 집에 들어앉으란 말이야?"

"빙고. 우리 집안은 살림하고 내조하고 애 키울 여자를 원해."

"지금이 무슨 조선시대야? 여자도 남자랑 똑같이 일하는 시대야."

"우리 집은 그래. 며느리가 버는 돈이 아쉬울 집안은 아니잖아."

"돈이 문제가 아니잖아. 변호사로 계속 일하면 분명 당신 아버님 사업에도 내가 큰 도움이 될 날이 올 거야."

"변호사야 돈만 주면 고용할 수 있어. 있는 집들 대다수가 일하는 며느리 반가워하지 않아. 어느 정도 사는 집안 며느리들은 일하는 여자보다 더 스케줄이 빡빡한 걸 너도 알잖아. 자아실현이니 맞벌이니 하는 것은 평생 대출 걱정하고 사는 서민이나 중산층이 하는 소리지."

그 말에 유라는 움찔했다. 대학에서 플루트를 전공한 후 선을 봐서 시집간 언니의 생활만 봐도 그랬다. 이렇다 할 집안과 선을 볼 때마다 상대편에서는 결혼 후 유라가 일을 그만두는 것을 기본 전제로 생각했다. 있는 집 며느리들은 이런저런 사교 모임이나 봉사회에 참석하면서 남편과 집안을 위한 인맥을 쌓고, 경조사와 회사행사를 주관해야 했다. 있는 집 안주인 역할은 결코 쉽지 않았다. 남자들의 네트워크 못지않게 여자들의 네트워크도 중요했다. 고급 정보는 그런 네트워크를 통해 도는 법이었다.

"우리 집안이 이렇다 할 집안은 아니지만, 우리 아버지는 그런 재벌 흉내는 내고 싶어 하셔. 어머니가 못 했으니까 며느리는 더더욱 완벽한 현모양처이길 바라. 우리 집안은 족보도 없고, 배운 것도 없이 그저 돈만 죽어라 번 졸부 집안이라 품위나 염치 같은 게 없어. 허세와 허영만 가득하지."

민호는 빙글빙글 웃었다. 자조였다.

영일그룹을 일군 건 부동산과 돈놀이였다. 개성 출신인 영분은 난리통에 가족을 모두 잃고 외아들 석금만 데리고 남한으로 내려왔다. 부산에서 냉면 장사로 밑천을 모은 영분은 달러 장사를 하다가 사채업에 뛰어들었다.

휴전 후 서울에 올라온 영분은 부동산에도 손을 댔다. 영분의 사채업을 돕던 석금은 부동산 개발에 뛰어들어 대박을 냈다. 이후, 건설, 유통, 관광 등 문어발식으로 사업을 확장했다.

마흔의 노총각 석금은 여대를 갓 졸업한 스물셋의 연희와 결혼했다. 부잣집에서 손에 물 한 방울 묻히지 않고 자란 연희는 지금껏 제 몸 하나 곱게 꾸미는 것 말고는 제대로 할 줄 아는 게 없었다. 그런 연희와 영분 사이에 갈등이 없을 리 없었다.

"우리 어머니는 히스테리가 장난이 아니라 자식인 나도 감당 못 해서 도망 다니거든. 너, 그런 우리 어머니를 감당할 수 있겠어? 우리 어머니가 얼마나 지독한지 집안일 하는 직원들이 반년을 못 버텨. 반년이 뭐야, 석 달이면 다 학을 떼고 나가 버리는데."

유라는 질린 얼굴이었다.

"힘들게 사는 대신 돈은 펑펑 쓰면서 살 수 있겠지, 혹시 그런 생각 한다면 꿈도 꾸지 마. 하다못해 밖에서 커피 한 잔 마시는 돈도 일일이 타서 써야 할 거야. 물론 영수증 지참해서. 우리 아버지는 죽는 순간까지 절대로 돈을 안 놓으실 분이야. 돈 10원을 쓰면서도 생색을 내시는 분이고, 돈으로 사람 조종하는 게 익숙하신 분이야. 그게 얼마나 치사한지 넌 모를걸."

민호는 아버지가 그에게 주는 돈을 애정이라고 착각하고 살았던 때가 있었다. 그러나 돈은 캐치볼을 해 줄 수도 없었고, 학예회의 아버지 자리를 채워 주지도 않았으며, 그의 생일날 함께 촛불을 불어 주지도 않았다. 돈은 단 한 번도 그를 따스하게 안아 준 적도, 듬직하게 손을 맞잡아 준 적도 없었다. 그 착각에서 깨어난 다음부터 민호는 복수라도 하듯 아버지가 싫어하는 방식으로 돈을 썼다.

"나는 그런 아버지에게 대들 패기도 없는 놈이라 너 못 지켜. 아버지 돈이 없으면 난 아무것도 아니거든. 어머니가 할머니에게 당하고 사시는 걸 봐서 네 편도 못 들어 줘."

민호는 최악의 신랑감 프레젠테이션을 마쳤다. 보통 이 정도면 그다지 똑똑하지 않은 여자라도 감을 잡고 조상이 도왔다며 도망치는 게 당연했다. 그런데 유라는 아닌 것 같았다.

"난 참을 수 있어. 그 정도 갈등 없는 집안은 없어. 힘들겠지만 차차 바꿔 나가면 돼."

민호는 고개를 갸웃거렸다. 도대체 무슨 자신감에 저런 말을 거침없이 내뱉는 거지? 민호는 결론을 내렸다. 무식하면 용감하다.

"너 나 사랑하니?"

사랑한다고 말하려니 유라는 자존심이 상했다. 자기만 안달 내는 것 같았다. 하지만 아직 남 주기엔 아까웠다.

"사랑보다 무서운 게 정이라잖아."

민호는 피식 웃었다.

"그래서 참고 견디겠다고?"

"참고 견디진 않을 거야. 말했잖아, 바꾸겠다고."

"나도 우리 집안도 변하지 않을 거야. 우린 이미 그런 생활에 길들여진 지 오래거든. 한유라, 내가 충고하는데 어떤 남자도 자기 집안을 변하게 하려는 여자와 결혼하고 싶어 하지 않아. 남자들은 지금보다 편해지려고 결혼하는 거라고. 지금 이대로 충분히 편한데 왜 내가 결혼을 해야 하지? 결혼하면 귀찮고 복잡한 일만 생길 게 뻔한데."

"민호 씨만 내 편이 되어 주면 난 할 수 있어."

"내가 왜 그래야 하는데? 난 변하기 싫어. 그리고 넌 날 변화시킬 수 없어. 왠지 알아? 난 널 사랑하지 않으니까."

그 말에 유라는 얼이 빠졌다. 명치를 얻어맞은 듯 아무 소리도 내지 못했다.

"오늘은 같이 룸에 못 올라가겠다."

유라가 정신을 차리기 전에 민호는 잽싸게 자리에서 일어났다. 뺨을 얻어맞거나 술 벼락을 맞는 건 딱 질색이었다.

민호는 거실 소파에서 꼬박꼬박 졸고 있는 영천댁을 보고 자기도 모르게 미소를 지었다.

"고모!"

민호의 목소리에 영천댁은 깜짝 놀라며 잠에서 깼다. 영천댁은 민호를 보며 눈을 끔뻑이더니 으그그 소리를 내며 기지개를 켰다.

"왔나? 와 이리 늦었노?"

"어쩐 일이세요? 오신다는 말씀 없으셨잖아요."

영천댁이 혀를 끌끌 차면서 대답했다.

"장손이라는 놈이 잘한다. 내일이 니 할머니 제사 아이가."

고모라고 부르지만 사실 분희는 민호의 가족과 피 한 방울 섞이지 않은 사이였다.

오갈 데 없는 고아인 분희를 영분이 양딸로 거둬들였고 석금 역시 그녀를 여동생으로 여겼다. 바깥일에 바쁜 영분 대신 고등학교를 졸업한 후부터 집안 살림을 도맡았던 분희는 석금이 결혼할 즈음 성격 무던한 초등학교 교사의 재취 자리로 들어갔다. 얼굴 한 번 보지 못한 부모가 영천 사람이라 시집간 후에 영천댁이 되었다.

결혼한 후에도 영천댁은 며칠에 한 번은 민호의 집으로 출퇴근을 하면서 살림을 맡아서 했다. 연희는 큰살림을 꾸릴 그릇이 못 되었다. 연희와 분희는 사사건건 비교당할 수밖에 없었다. 영분이 세상을 떠나자마자 연희는 영천댁을 쫓아내다시피 했다. 그러나 내쳐진 후에도 영천댁은 영분의 제사만은 정성스럽게 제 손으로 챙겼다.

"어머니는요?"

"얼굴도 못 봤다. 대상포진인가 뭔가가 도져서 병원에 입원했다 카더라. 어떻게 올케는 딱 어무이 제삿날에만 아픈 건지."

대상포진은 1년에 두세 번 정도 있는 연희의 연례행사였다.

영천댁은 혀를 끌끌 찼다.

"팔자도 그런 상팔자가 없제. 올케는 평생 화초로 살 팔잔갑다. 손끝 야문 년이 팔자가 세다고. 니 돌아가신 할머니 손끝이 얼마나 야무지셨는지 아나? 내는 댈 것도 아니었제. 바느질이면 바느질, 음식이면 음식, 뭐 하나 똑소리 안 나는 게 없는 양반이셨제. 내는 죽었다 깨어나도 그 솜씨는 못 따라간다."

냉면가게로 영분이 큰돈을 번 건 장사 수완 덕분이기도 했고 음식 솜씨 덕분이기도 했다. 영천댁은 영분에게 음식을 배워 그 맛을 거의 비슷하게 냈다. 영천댁이 민호의 집에 있을 때는 손님이 많이 찾아왔는데, 섬세하고 세련된 개성음식 맛을 제대로 내는 영천댁의 음식을 맛보기 위해서였다.

가끔 민호도 영천댁이 만든 동치미냉면이며, 조기애탕이며, 편수며, 호박김치며, 조랭이떡국이며, 만둣국이 먹고 싶을 때가 있는데, 석금 역시 그랬다. 사람은 어릴 때 먹고 자란 것이 제일 맛있기 마련인데, 석금과 민호에겐 영천댁의 손맛이 바로 어머니의 손맛이었다. 영분의 사후, 석금은 집에서 단 한 끼도 만족스러운 식사를 하지 못했다. 부부 사이는 그 후 더욱 악화일로를 걸었다.

영천댁은 허리가 아픈지 아그그 소리를 내며 손으로 허리를 주물렀다.

"아이고, 이제 내 눈도 침침하고 허리가 아파서 제대로 음식도 몬 하겠다. 니 빨리 장개 안 가나? 이 늙은 할망구 언제까지 부려 먹을 끼고? 내 얼마 안 있어 어무이 보러 갈 것 같은데, 가기 전에 니 처 될 사람한테 가르쳐 줄 게 많다. 어무이가 그 음식 솜씨, 며느리한테는 못 전했으니 내가 질부한테는 전해 주고 가야 될 거 아이가. 가재는 게 편이라고, 내는 니 아부지가 불쌍타. 올케가 어지간해야지. 남자는 그저 밥만 때 안 놓치고 차려 줘도 불만이 없는데, 그 비위도 못 맞추노. 마누라한테 따신 밥 한 그릇 못 얻어 묵었으니 며느리한테라도 얻어 묵어야지."

"요새 시아버지 모시고 살면서 밥해 줄 여자를 어디서 구해요?"

영천댁은 한숨을 포옥 쉬었다.

"하긴 글체? 요새 여자들, 어데 참고 사나."

"선 자리에서 여자들에게 합가 이야기만 꺼내도 당장 얼굴 표정이 바뀌는걸요."

"올케 마음 품이 조매만 더 넓으면 합가를 해도 살 만할 텐데 말이다."

영천댁이 하품을 크게 했다.

"들어가 쉬세요."

"오야."

영천댁이 자리에서 일어났다.

민호는 방으로 가 샤워를 하기 위해 옷을 벗다가 진영이 준 메모지를 떠올렸다. 민호는 주머니에 넣은 메모지를 꺼내 진영의 휴대전화 번호를 한참 동안 바라보았다.

민호는 잘 들어갔느냐는 문자를 보낼까 생각하다가 머리를 가로저었다. 진짜로 선을 본 것도 아니고, 앞으로 만날 일도 없는데. 그렇지만 민호는 쉽게 마음을 정하지 못하고 몇 번이나 휴대전화를 들었다 놨다 했다. 신경이 쓰이다 못해 거슬리기까지 했다.

'도대체 왜?'

마음이 복잡해진 민호는 책상 위에 메모지를 올려 두고 샤워를 하러 욕실로 갔다.

다음 날 민호는 아침 운동을 하고 와서 책상에서 뭔가를 찾다가 진영의 전화번호가 적힌 메모지 생각이 나 찾기 시작했다. 그런데 놓아둔 자리에 메모지가 없었다. 혹시 바닥에 떨어졌다 싶어서 바닥을 살펴봐도 없었다. 휴지통도 깨끗이 비워져 있었다. 민호는 이상할 만큼 초조해졌다. 몇 초 전만 해도 구겨서 휴지통에 넣을 생각이었는데, 그것이 없어지자 필사적으로 찾게 되었다.

민호는 급한 발걸음으로 1층에 있는 도우미들의 대기실 겸 휴게실로 갔다. 민호를 보자 다들 자리에서 일어났다. 집안 살림을 책임지고 있는 차 실장이 민호를 응대했다.

"본부장님, 여긴 어쩐 일이세요?"

식사 때를 빼고는 1층에 내려오는 일이 거의 없는 민호였다.

"오늘 제 방 청소하신 분이 누구시죠?"

차 실장 뒤에 있던 도우미 한 명이 주춤하며 앞으로 나왔다.

"전데요."

"책상 위에 놓아둔 메모지 치웠어요?"

민호의 음성이 예사롭지 않자, 청소를 담당한 도우미의 목소리가 기어 들어갔다.

"책상 위는 안 건드렸습니다."

도우미들은 특별한 지시가 없으면 책상은 건드리지 않았다.

"그런데 왜 책상에 둔 메모지가 없죠?"

어쩌다 보니 의도한 것보다 더 상대방을 추궁하는 목소리가 튀어나왔다.

"어떻게 생긴 메모지인데요?"

"손바닥보다 조금 작은 노란색 접착식 메모지인데, 출판사 로고 같은 게 찍혀 있어요."

뭔가 짚이는 게 있는지 도우미의 얼굴이 안 좋아졌다.

"바닥에 그 비슷한 게 떨어져 있었습니다. 종이가 구겨져 있는 데다 더러워서 버리시는 건 줄 알았어요. 쓰레기통 근처에 있었거든요."

민호가 말을 끊었다.

"쓰레기를 어디에 모아 두셨습니까?"

"좀 전에 다 수거해 갔습니다."

민호의 얼굴이 더 굳어졌다.

"쓰레기차를 따라가서 찾아볼까요?"

잔뜩 주눅 든 얼굴이었다. 그렇게까지 하라곤 할 수 없었다.

민호는 언짢은 얼굴로 입을 열었다.

"아니요. 그러실 필요는 없습니다. 앞으로 주의해 주세요."

"네. 죄송합니다. 다시는 그런 실수 없도록 하겠습니다."

민호는 방으로 돌아갔다. 이상하리만큼 기분이 개운치가 않았다. 민호는 고개를 가로저었다. 별것 아닌 일이었다. 지금 기분이 좋지 않은 건 도우미의 부주의 때문이라고, 민호는 그렇게 스스로를 납득시켰다.

3

요 며칠 석금은 기분이 좋았다. 영천댁이 만들어 두고 간 음식들로 모처럼 입맛에 맞는 식사를 했고, 그의 얼굴만 보면 히스테리를 부리는 아내 연희가 집에 없었기 때문이다.

영천댁은 전혀 모르는 이야기이지만, 영분은 석금이 혼기를 놓치자 조신하게 살림만 하던 분희와 짝을 맺어 주려 했었다. 석금은 펄쩍 뛰었다. 분희는 여동생일 뿐이었고, 살림밖에 모르는 데다 든든한 친정도 없어 사업가인 그에게 아무런 도움도 주지 못할 터였다. 그러던 차에 부잣집 막내딸인 연희와 선을 보게 되었다. 정략적인 마음만으로 결정한 결혼은 아니었다. 그의 어머니와 정반대여서 끌렸던 것인지도 몰랐다.

그러나 영분이 옳았다. 분희와 결혼했다면, 그녀는 그에게 편안한 가정을 꾸려 주었을 것이다.

타고난 성격도 살아온 인생도 극과 극인 두 여자가 갈등을 일으켰고, 두 여자 다 석금에게 편을 들어 달라고 했다. 고생한 어머니와 그가 선택한 아내, 누구의 편도 들 수 없었던 석금은 일을 핑계로 바깥으로 돌았다.

사업은 운때를 타고 놀랄 만큼 성장했지만 그는 아무것도 가진 것이 없었다. 그를 보면 늘 앙앙거리는 아내와 꼭 타인을 보듯 냉랭하게 구는 아들, 그 두 사람이 그의 가족이었다. 가끔씩 아들 민호의 눈에 어린 경멸이 그를 아프게 했다.

석금은 결재를 받고 나가려는 민호를 붙잡았다.

"잠깐 앉아라. 이야기 좀 하자."

민호는 아버지의 입에서 무슨 소리가 나올지 알고 있었다. 민호는 소파에 앉았다.

"병원에는 가 봤니?"

"아뇨."

"아들이 돼서 잘하는 짓이다."

하지만 석금은 길게 탓하지 못했다. 자신도 아내에게 전화 한 통 하지 않았다. 아내를 생각하는 것만으로도 석금은 짜증스러운 한숨이 터져나왔다.

물 좋고 정자 좋은 곳이 어디 있는가. 다 적당히 참고 사는 것을. 살아 계실 때는 그렇다고 쳐도 돌아가신 어머니에게 인심 쓰는 게 뭐가 그렇게 어려운지. 석금은 미간을 찌푸렸다. 그래도 철없는 나이에 시집와서 아들을 낳아 주었고, 어머니가 돌아가신 순간까지 어쨌든 모셨다면 모셨다. 사업체의 덩치를 키울 때 처가 도움을 안 받았다고도 할 수 없었다. 지금까지 살았는데 이제 와서 갈라서는 건 여러모로 모양새가 좋지 않았다.

"이제 슬슬 돌아올 때가 됐다."

지금 돌아오면 최소한 잔소리는 안 하겠다는 석금의 최후통첩이었다.

석금은 아내의 대상포진을 꾀병이라 굳게 믿고 있었다. 한 번도 아내가 아플 때 곁에서 지켜본 적이 없어 석금은 대상포진을 몸살감기 정도로 생각했다.

"그렇게 전하겠습니다."

민호는 부하 직원처럼 대꾸했다. 석금은 한눈에 봐도 비싼 슈트로 몸을 감싼 아들을 바라보았다. 그 나이 때 그는 사채업을 하는 어머니를 따라 일수 수첩을 들고 남대문을 누비고 다녔었다. 학교도 제대로 다니지 못했었다. 한풀이라도 하듯 그는 아들에겐 뭐든 최고로 해 주었다. 그러나 석금이 생각한 최고와 민호가 생각한 최고는 늘 달랐다.

"재명의 문건영 회장 막내딸이 참하더구나. 뉴욕에서 패션 공부를 몇 년 하다가 지금은 세곡미술관에서 일하고 있고, 나이는 스물여덟이란다. 그쪽에서 우리와 사돈을 맺고 싶은지 몇 번 운을 떼는데 어떻게, 만나볼 테냐?"

"예, 그러죠."

아들의 선선한 대답에도 석금의 표정은 구겨졌다. 한 번도 민호는 석금의 명을 거부한 적이 없었다. 무엇이든 민호는 그가 하라는 대로 했다. 학교도, 전공도, 졸업 후 진로도 그랬다.

그러나 민호는 아버지가 시킨 일에 아무런 열과 성을 보이지 않는 것으로 그를 교묘하게 실망시켰다. 지능적인 반항이었다. 석금의 표현대로라면 엿을 먹었다.

'도무지 속을 알 수 없는 녀석이야.'

민호의 속을 알 수 없게 된 건 전적으로 석금의 잘못이었다. 원래도 빈말이라도 좋다고는 할 수 없는 부자 사이였지만 민호가 대학에 입학한 후 메울 수 없는 넓은 틈이 생겼다.

대학생 때의 가벼운 연애였는데 석금이 그만 간섭을 하고 말았다. 거기에 민호는 아주 학을 뗀 게 분명했다. 그 일로 민호는 그에게 마음을 완전히 닫아 버렸다. 그 후, 여자와 진지하게 사귀는 일이 없었다. 한심한 여자들과 더 한심한 스캔들을 일으켰다. 그나마 서른 넘어서부터는 조용해진 터였다.

결혼 문제만 해도 그랬다. 석금이 선 자리를 주선하면 민호는 군말 없이 나가 선을 보고 늘 정중하게 거절했다. 핑계는 다양했다. 이번에도 분명 그럴 것이다. 미꾸라지 같은 놈. 석금은 아들 몰래 혀를 찼다.

아들 녀석이 자신에게 원하는 것은 돈뿐인 것은 아닐까? 살아온 인생이 허망했다. 석금이 개처럼 번 돈 덕에 제 하고 싶은 대로 살고 있으니, 존경과 애정까지는 아니더라도 관심 정도는 받고 싶었다. 남의 자식에게 그 정도 돈을 주었다면 자신을 업고 다닐 거라고 생각했다.

일흔이 넘어가면서 석금은 부쩍 피붙이의 온기가 당겼다. 자식이라곤 민호 하나였다. 삼겹살에 소주잔이라도 부딪치면서 다시 돌아오지 않을 그의 젊은 날의 추억을, 회사를 키운 무용담들을, 이루지 못한 일들에 대한 회한을 털어놓고 싶었다.

젊었을 때는 자신이 아들의 관심을 갈구하는 날이 오리라고는 상상도 하지 못했다. 아들은 그에게 조금의 곁도 주지 않았다. 석금에 대한 민호의 분노와 민호에 대한 석금의 서운함은 너무 해묵은 것이라 도대체 어디서부터 풀어야 할지 민호도 석금도 알 수 없었다.

"그럼 그만 나가 보겠습니다."

석금은 투덜거렸다. 저놈은 내가 돈이 없으면 무료 요양원에 갖다 버릴 놈이야. 나 죽으면 속 시원하다고 박수칠 놈, 싸가지 없는 놈, 썩을 놈, 망할 놈. 그러나 누워 침 뱉기였다. 민호에게 아무리 욕을 해도 그의 속은 하나도 시원하지 않았다.

세상엔 돈으로 할 수 없는 일이 참 많았다. 그리고 석금은 그것을 너무 늦게 깨달았다. 아들은 그에게 두 번째 기회를 주지 않았다.

"날씨가 흐리군."

"네?"

운전을 하던 박 비서가 깜짝 놀라 반문했다. 해가 쨍쨍한데 날씨가 흐리다니?

"그리고 곧 천둥도 칠 거야."

농담인가? 박 비서는 고개를 갸우뚱하며 운전에만 집중했다. 민호가 병실에 들어가자 연희는 찡그린 얼굴로 짜증을 냈다.

"넌 병문안 오면서 빈손이야? 꽃다발이라도 사 오지."

"오늘 퇴원하실 건데 선물은요. 그리고 저기 꽃 있네요."

병실 탁자에 수국과 장미, 칼라 등이 화사하게 꽂힌 커다란 꽃바구니가 놓여 있었다.

갑자기 연희가 간병인에게 짜증을 냈다.

"저게 왜 아직도 여기 있어? 내가 갖다 버리라고 했잖아."

간병인이 허둥거리며 꽃바구니를 들고 병실 밖으로 나갔다.

"한유라, 너랑 무슨 사이니?"

연희의 입에서 유라의 이름이 나오자 민호는 살짝 당황했다.

"걔가 아주 많이 널 좋아하나 보더라. 비위도 좋지. 처음 보는 사람한테 어머님, 어머님. 흥!"

민호는 자신이 유라를 과소평가했음을 인정했다. 그러면서도 신기했다. 도대체 왜 나와 결혼하고 싶어 하는 거지? 그렇게 멍청한 여자는 아니라고 생각했는데? 의외로 유라에게 순진하고 로맨틱한 구석이 있는지도 몰랐다. 목적 없이 방탕하게 사는 남자를 사랑의 힘으로 구원하는 드라마의 주인공이라도 되고 싶은 걸까?

이런 경우는 처음이었다. 그렇지만 민호는 곧 마음이 놓였다. 그 누구를 데려와도 연희의 마음에 들 리가 없었다. 연희의 차가운 반응에 유라도 겁을 먹고 줄행랑을 쳤을 테니 일석이조였다.

연희는 유라가 서먹하게 굴었다면 붙임성이 없고 어른을 대할 줄 모른다고 욕을 했을 것이다. 연희는 거의 모든 것에서 불만거리와 흠을 찾았다. 여름은 더워서 싫고, 겨울은 추워서 싫은 사람이었다. 냉면은 차가워서, 온면은 따스해서 싫은 사람이었다. 연희는 자기보다 행복한 모든 사람을 증오했다, 꼭 그들이 자기 행복을 빼앗아간 것처럼. 자기보다 잘나가는 사람도, 자기보다 많이 가진 사람도 마찬가지의 이유로 증오했다.

"너 개랑 결혼할 거야?"

"마음에 드세요?"

"아니, 싫어. 어디 여자애가 조신하지 못하게 연락도 없이 불쑥 찾아와. 아파서 제대로 머리도 못 하고 화장도 못 하고 있는데."

연희는 짜증을 냈다. 미모는 그녀가 자식보다 더 집착하는 것이었다.

"그럼 결혼 못 하는 거죠. 어머니 마음에 안 드는 사람하고 어떻게 결혼해요?"

민호의 말에 연희는 기분이 좋아졌다. 이러니까, 아들이 있어야 해.

"퇴원 준비하세요."

"퇴원은 누구 맘대로 퇴원이야."

"유 박사님 뵙고 왔습니다. 퇴원하셔도 된다고 하셨어요."

"아직 많이 아파."

"그럼 집에 가서 쉬시면 되잖아요. 아버지가 이제 집에 들어오시래요."

"가구 같은 마누라, 어디 있든 무슨 상관이야!"

연희는 짜증이 폭발했다. 입원해 있는 동안에는 병실에 코빼기도 안 비치더니 아들을 시켜 명령이라도 하듯 집에 오라고 하는 남편이 미웠다.

연희가 남편에게 바라는 건 따스한 말과 관심이었다. 빈말이어도 좋으니 고생한다는 말을 듣고 싶었지만, 늘 남편의 비교 기준은 시어머니였다. 말끝마다 우리 어머니, 우리 어머니. 아주 지긋지긋했다.

민호는 해결책을 제시했다.

"집에 잠깐 얼굴 비추시고 유럽이나 미국으로 쇼핑하러 다녀오세요."

연희가 입을 삐죽거렸다.

"흥, 그 구두쇠 영감이 잘도 보내 주겠다."

"제 카드 드릴게요. 실컷 쓰고 오세요."

연희의 얼굴이 밝아졌다.

석금이 연희의 과소비를 보다 못해 카드를 모두 정지시켜 버리고 필요할 때마다 타서 쓰라고 해서 연희는 요 몇 달 동안 제대로 쇼핑도 못한 상태였다. 얼마나 쓰고 올지 상상도 안 됐지만, 연희가 없는 동안 집은 평화로울 것이다. 평화에는 늘 대가가 따르는 법이었다.

민호는 꽃바구니를 버리고 병실로 들어오는 간병인에게 말했다.

"퇴원 준비해 주세요."

연희와 더 이야기하기 피곤해서 민호는 병실을 나왔다. 박 비서가 퇴원 수속을 마칠 때까지 조용한 곳에서 잠시 쉬고 싶었다. 어머니와 단 몇 분 동안 이야기를 나눈 것만으로도 그는 심신이 너덜너덜해진 기분이었다.

민호는 병원 뒤쪽에 있는 한적한 정원의 벤치에 앉았다. 바람이라도 쐬며 한숨 돌릴 생각이었다. 그런데 오늘은 일진이 좋지 않은 날인지, 민호가 벤치에 앉자마자 큰소리가 들려왔다. 민호는 반사적으로 소리가 나는 쪽으로 몸을 돌렸다. 소리를 지르는 여자를 본 순간 민호는 깜짝 놀랐다.

"너 죽을래? 누구 마음대로 학교를 그만둬!"

진영이 어떤 남자에게 소리를 치고 있었다.

"그래서 뭐? 하늘에서 등록금이 떨어져? 돈 필요하잖아. 사내새끼가 언제까지 누나 등골 빼먹으면서 살아야 하는데!"

"그래도 이놈이!"

진영이 손바닥으로 사정없이 동생의 등짝을 후려쳤다. 정말 저러다 남동생 잡는 건 아닌지 싶을 정도로 살벌하게 팼다. 남자가 깨갱거리며 다시 학교로 돌아가겠다고 싹싹 빌 때까지 1분도 채 걸리지 않았다.

민호는 진영의 새로운 모습을 즐거운 마음으로 감상했다. 아르노에서는 보지 못했던 거칠면서도 활발한 모습이었다. 그때보다 지금의 진영이 그는 더 마음에 들었고, 이렇게 우연히 다시 만난 게 뭐라 말할 수 없이 반가웠다.

"누나, 잘못했어. 누나 고생하는 게 너무 싫어서 그랬어. 나

도 자식이잖아. 나도 엄마를 위해 뭔가를 하고 싶어. 누나한테
만 다 맡겨놓기 싫다고."

"알아. 네 마음 내가 몰라서 이래? 나 고생하는 거 보기 싫으
면 얼른 시험에 붙어. 엄마는 자식 앞길 막았다고 우울해하시
는데 네가 학교 그만둔 거 아시면 어쩌실 것 같니? 그러다 우울
증이라도 오면 어떡할래? 네가 대학 들어갔을 때 아빠가 얼마
나 기뻐하셨는지 기억 안 나? 아들하고 동문이 됐다고 그렇게
좋아하셨잖아. 지금 네가 가족을 위해 할 수 있는 일은 공부야.
지금 나가서 네가 돈을 벌어 봤자 얼마나 벌겠어? 그 돈 가지고
는 죽도 밥도 안 돼."

남자의 눈에서 눈물이 뚝뚝 떨어졌다. 등을 매섭게 후려치
던 손이 등을 부드럽게 쓰다듬어 주었다. 민호는 그 남자가 참
부러웠다.

"누나가 너무 힘들잖아."

진영이 한숨을 내쉬었다.

"그래. 힘들어. 힘들어 죽겠어. 그렇지만 만약에 네가 내 입
장이었다면 넌 어떻게 했을 거 같니? 내가 학교 그만두고 돈 벌
겠다고 하면 순순히 그러라고 할 거야?"

남자는 고개를 가로저었다.

"지금만 견디면 나중에는 분명히 지금 이야기하면서 웃을
날이 올 거야."

이러니저러니 해도 사이좋은 남매였다. 경제적으로는 어려
울지 몰라도 진영의 가족은 그의 가족과는 다르게 아주 화목한

가족인 것 같았다.

두 사람의 대화로 민호는 진영이 가족의 생계를 책임지고 있음을 알았다. 연애도 결혼도 할 여유가 없다고 한 진영의 말이 떠올랐다.

'그래서 이상형이 돈 많은 남자였나?'

민호의 시선을 느꼈는지 진영이 홱 고개를 돌렸다. 민호를 단번에 알아본 눈치였다. 민호는 벤치에서 일어났다.

"이진영 씨, 또 뵙네요."

"누나, 누구야?"

진영의 남동생이 민호를 노려보는 눈이 예사롭지 않았다. 진영에게 달라붙는 날파리를 보는 듯한 눈빛이었다.

"윤아 선배 친구 분."

윤아라는 말에 동생의 눈에서 힘은 풀렸지만 경계하는 기색은 역력했다.

"진영 씨 동생인가요?"

"네. 이진형입니다."

"박민호라고 합니다."

민호가 손을 내밀었다. 진형이 손을 잡자 민호는 자기도 모르게 힘을 줘서 악수를 했다. 진형의 눈빛이 또 사나워졌다. 그는 못마땅한 눈으로 민호를 훑어보았다.

허, 참. 눈물 나는 누나 사랑이네. 민호는 속으로 중얼거렸다.

진영이 동생에게 말했다.

"넌 얼른 학교 가서 공부해."

"아, 알았어."

"그리고 이거."

진영은 지갑에서 체크카드를 꺼내 진형에게 주었다.

"많진 않아. 밥 굶지 말고, 책 사 볼 거 있으면 사 보고."

"누나."

"있으니까 주는 거야."

머뭇거리는 진형의 엉덩이를 진영이 뻥 찼다.

"얼른 안 튀어가!"

진형은 진영에게 엉덩이를 한 대 맞은 후에야 사라졌다. 민호는 진형의 뒷모습을 계속 보고 있는 진영을 바라보았다. 진형의 모습이 보이지 않게 되어서야 진영은 병실에 들어가려는 듯 민호에게 살짝 눈인사를 했다. 민호가 진영을 잡았다.

"이렇게 만난 것도 인연인데 커피 한잔하죠?"

"괜찮아요."

"별로 괜찮지 않아 보여요."

진영은 민호를 빤히 쳐다보았다.

"피곤해 보여요. 좀 쉬었다 들어가도 아무 일 안 일어나니까 나랑 커피 한잔해요."

진영이 머뭇거리는 순간을 놓치지 않고 민호는 자판기에서 커피 두 잔을 뽑아 왔다. 두 사람은 벤치에 나란히 앉아 커피를 마셨다. 민호는 평소에는 텁텁해서 질색하는 자판기 커피가 오늘은 마실 만했다.

"한두 번 팬 솜씨가 아니던데요?"

"남동생하고 북어는 사흘 간격으로 패야 말을 들어서요."

"하하."

민호는 웃었다. 진영도 따라 웃었다.

"동생은 고시 같은 거 준비해요?"

패션이 딱 고시생 패션이었다.

"네. 학교 다니면서 회계사 시험 준비하고 있어요."

자기와는 다른, 아주 건실한 청년이었다.

진영이 물었다.

"여긴 어쩐 일이세요? 어디 안 좋으세요?"

"어머니 퇴원시켜 드리려고요."

"어디가 안 좋으셔서 입원까지 하셨어요?"

"대상포진이오."

"아, 그거 정말 아픈데."

진영이 얼굴을 찌푸렸다.

"그쪽은요?"

"엄마가 편찮으셔서요."

"어디가?"

"여기저기요."

진영은 에둘러 대답하고는 화제를 돌렸다.

"일하시느라 바쁘실 텐데 이렇게 직접 퇴원 수속 밟으러 오신 걸 보면 효자시네요."

효자라는 말에 괜한 반발심이 들었다. 연희는 조금도 민호를 반가워하지도, 민호에게 고마워하지도 않았다. 연희는 민호가 일하다가 온 것도 몰랐을 것이다. 늘 석금이 무심하다고 불평하면서도 연희는 자신이 민호에게 무심한 것을 깨닫지 못했다.

"효자 아니에요."

"네?"

"저 별로 어머니 안 좋아해요. 아버지도 안 좋아하고요. 내가 왜 하필이면 이런 사람들의 아들로 태어났을까 한탄할 때가 많아요."

자기도 모르게 튀어나왔다. 민호는 진영이 자신을 이상하게 볼 것 같아서 신경이 쓰였다. 그러나 진영의 표정은 담담했다.

진영은 딱 한 모금 남은 커피를 입안에 털어 넣고는 말했다.

"저도 그래요."

진영의 뜻밖의 말에 민호는 놀란 얼굴을 했다.

"저도 왜 그런 사람들의 딸로 태어났을까, 차라리 태어나지 말걸 하고 생각할 때가 많아요."

"그래도 태어나지 말걸은 좀 너무한 거 아니에요?"

"그쪽은 태어나길 잘했다고 생각하나 봐요?"

"잘했다고는 생각하지 않지만 태어나지 말았으면 하고 생각해 본 적은 없어요."

진영은 쓸쓸하게 미소 지으며 말했다.

"저는 가끔 견딜 수 없이 부모라는 사람들이 지긋지긋해요. 기타노 다케시가 그랬죠, 가족은 누가 안 보면 갖다 버리고 싶은 존재라고. 어딘가에서 그 글을 읽었을 때, 저 되게 공감했어요. 저도 누가 안 보면 갖다 버리고 싶어요."

민호는 방금까지 진영의 가족이 어려운 형편이지만 힘을 모아서 헤쳐 가는, 홈드라마에나 나올 듯한 가족 같다고 생각했었다. 그런데 진영은 담담한 얼굴로 가족이 지긋지긋하다고, 누가 안 보면 갖다 버리고 싶다고 말하고 있었다. 그런 가족에게도 남들에게 쉽게 말할 수 없는 사연과 고통이 있는 걸까? 하지만 민호는 자신의 불만이 진영에게는 한심하게만 느껴질 것 같았다.

"왜 지긋지긋해요?"

"도망갈 수 없으니까요."

그 말엔 민호도 수긍했다.

"그래서 딱 서른 살까지만 미워하려고요."

"서른 살이오? 왜요?"

"그냥 그러고 싶어서요. 그래야 할 것 같아서요."

민호는 대답이 부족하다는 눈빛으로 진영을 바라보았다. 진영은 가볍게 한숨을 내쉰 후 말했다.

"서른 넘어서 부모 탓하는 건 바보 같아서요."

진영은 종이컵을 구겼다.

"이만 들어가 봐야 해요."

진영은 자리에서 일어나려고 했지만 민호가 그녀에게 말을 걸었다.

"몇 살이에요?"

민호의 질문에 진영은 순순히 대답했다.

"스물여섯이요."

"난 서른둘인데……."

민호가 하는 말의 의도를 이해하지 못한 진영은 고개를 살짝 갸웃했다.

"그럼 난 더 이상 부모를 미워하면 안 되나?"

"자식에게는 부모를 사랑할 권리도 있지만 미워할 권리도 있는 거예요. 이 험한 세상에 자기 맘대로 낳아 놓고 사랑할 수 없게 했다면 적어도 미워할 대상은 되어 줘야 하는 거잖아요."

딱 부러진 대답이었다. 명쾌하면서도 기묘한 논리에 민호는 어쩐지 구원받는 느낌이었다. 진영은 다 큰 어른인 민호가 부모를 지긋지긋해 한다고 한심하게 보지 않았다.

진영은 덧붙여 말했다.

"솔직히 저도 미워하지 않을 자신이 없어요."

이유를 알 수 없지만 민호는 진영이 무척이나 외로워 보였다.

당신 가족은 내 가족과 다른, 평범하지만 좋은 사람들이고 당신은 그 사람들을 무척 사랑하고 있는 것 같은데, 왜 당신은 꼭 나처럼 외로워 보이는 거지?

민호는 가만히 정면을 응시하고 있는 진영을 바라보았다. 얼굴빛이 칙칙했고, 피곤에 지쳤는지 눈꺼풀이 파르르 떨리고 있었다. 핏줄이 드러난 하얀 팔목도 가늘기만 했다. 진영이 눈을 내리깔았다. 긴 속눈썹이 눈동자에 그늘을 드리웠다. 그 눈이 사막 저편을 바라보고 있는 낙타 같았다. 민호는 진영의 눈에 비치는 것이 오아시스일지, 삭막한 사막일지 궁금했다.

터벅터벅, 등에다 가족을 지고 사막을 건너고 있는 진영의 모습을 상상해 보았다. 가족을 책임진다는 건, 얼마나 큰 부담일까? 가족은 고사하고 자기가 쓸 돈조차 스스로 벌어 본 적 없는 민호는 진영이 지고 있는 짐과 그녀가 느끼는 괴로움을 상상도 할 수 없었다. 그렇지만 한 가지는 분명히 알 수 있었다. 이 여자는 유리 갑옷을 입고 있는 주제에 강한 척하고 있었다. 돌팔매 한 번에 조각조각 부서질 거면서. 갑자기 심장이 따끔거렸다.

'약해 빠진 주제에. 감당할 수 없는 일들을 짊어지고, 당신은 어디로 가고 있는 거야? 그 길 끝에 행복이 있는 건 분명해?'

민호는 마음속으로 중얼거렸다.

'물어도 대답해 주지 않겠지.'

진영은 앉은 채로 구겨진 종이컵을 던졌다. 종이컵은 아름다운 호를 그리며 멀리 있는 쓰레기통에 정확히 들어갔다.

"그럼, 먼저 일어날게요."

일어나려는 진영을 보며 민호는 그녀에게 뭔가를 꼭 해 주고 싶었다.

"잠깐만 기다려 줘요."

어리둥절해 하는 그녀를 두고 민호는 병원 지하 1층에 있는 꽃집으로 부리나케 달려갔다. 민호는 미리 만들어 둔 꽃다발 중에서 제일 예쁜 것으로 골라서 샀다. 진영이 있는 곳으로 달려가면서도 민호는 혹시나 진영이 병실로 올라갔을까 봐 걱정이 됐다.

다행히 진영은 아까의 자리에 그대로 앉아 있었다. 진영은 민호가 내민 꽃다발을 보고 당황했다.

"왜 이걸?"

진영은 받지 않을 게 뻔했다. 민호는 재빨리 핑계를 생각해 냈다.

"그쪽 어머니에게 드리는 겁니다."

"우리 엄마한테요?"

진영은 눈을 동그랗게 떴다.

"얼른 나으시라고요."

병실에 꽂아 두면 분명 그녀도 오며 가며 볼 것이다. 삭막한 병실에 위안거리라곤 텔레비전밖에 없을 테니 지친 와중에 화사한 꽃을 보면 힘이 날지도 몰랐다.

"예쁜 걸 보면 더 빨리 쾌차하실 겁니다."

"고마워요. 그러고 보니 엄마가 꽃을 참 좋아하시는데 한 번도 사 드린 적이 없네요."

슬퍼 보이기도 하도 기뻐 보이기도 했다. 진영은 꽃송이를 살짝 만지다가 코에 가져가 향기를 맡았다.

"꽃 좋아해요?"

"예쁘긴 하지만 좋아하지는 않아요."

"왜?"

진영은 참 궁금한 것도 많네, 하는 눈으로 민호를 바라보았다.

"왜요? 꽃 싫어하는 여자 없다던데?"

"시들면 버려야 하니까요."

"그럼 돈은 좋아하나?"

진영은 웃었다.

"네, 돈은 좋아해요. 깔려 죽어도 좋으니 돈벼락 좀 맞아 봤으면 좋겠어요."

민호도 웃었다.

휴대전화가 시끄럽게 울렸다. 어머니였다. 민호가 전화를 받자마자 잔소리 폭탄이 떨어졌다. 민호는 휴대전화에서 귀를 뗐다. 휴대전화 밖으로 연희의 짜증스러운 목소리가 흘러나왔다. 얼마 후 잔소리가 멈췄다.

"지금 가요."

민호는 짧게 말하고 전화를 끊었다.

"가 봐야겠어요."

민호가 말하자 진영은 가볍게 고개를 끄덕였다.

열 걸음 정도 걷다가 민호는 뒤를 돌아보았다. 꽃다발을 품에 안은 진영이 자신을 바라보고 있었다. 민호는 자기도 모르게 꼭 친한 친구에게 하듯 진영에게 가볍게 손을 흔들었다. 대답하듯 진영도 손을 가볍게 흔들었다. 다시 뒤로 돌아 걸어가면서도 민호는 진영의 시선을 느낄 수 있었다. 분명히 진영은 그가 사라질 때까지 계속 보고 있을 거라는 확신이 들었다. 그리고 왜 그가 꽃을 주었는지 몇 번이고 생각해 볼 것이다.

아주 기분 좋은 일이었다, 저 여자의 시선 끝에 자신이 있다는 것은. 그러면서도 심장이 아릿했다. 알 수 없는 슬픔이 심장 박동에 맞춰 마음속에서 피어올랐다.

집으로 가는 차 안에서 민호는 연희가 하는 말을 한 귀로 듣고 한 귀로 흘리며 건성으로 대꾸만 했다. 민호는 문득 여자에게 꽃을 선물한 건 머리털 나고 처음이라는 사실을 깨달았다. 가방이나 보석은 사 줬어도 꽃을 사 준 적은 없었다. 그것을 깨닫자마자 다른 한 가지를 깨달았다. 진영의 전화번호를 묻는다는 걸 깜빡했다. 민호는 자기도 모르게 신음 소리를 냈다.

"왜 그래?"

옆자리에 앉은 연희가 물었다.

"아무것도 아니에요."

하지만 아무것도 아닌 얼굴이 아니었다.

4

― 본부장님, 이경현 씨 전화입니다.

민호는 수화기를 들었다.

"휴대전화 놔두고 왜 회사로 전화했어?"

― 배터리나 체크하시지.

민호는 책상 위에 두었던 휴대전화를 보았다. 경현의 말대로 배터리가 다 닳아 꺼져 있었다. 민호는 휴대전화의 배터리를 갈면서 물었다.

"무슨 일이야?"

― 선 대타, 고맙다고.

"윤 여사님에게 들키지 않았어?"

경현이 킥킥 웃으며 말했다.

― 완전범죄.

"하긴 그쪽도 대타였으니. 어떻게 잘 마무리가 됐나 봐?"

— 얘기가 길어. 아무튼, 덕분에 잘 끝났어. 언제 파멜라로 와인 마시러 와.

"그쪽에서 나에 대해 무슨 이야기 없었어?"

그럴 리 없다는 것을 알면서도 혹시 진영이 자기 이야기를 뭔가 하지 않았을까 민호는 궁금했다.

— 무슨 이야기?

"아무 이야기나."

— 별말 없었어.

뭐가 우스운지 경현은 또 웃음을 터트렸다.

"서윤아랑 통화했어?"

— 어. 잘 마무리됐으니까 걱정하지 마.

민호는 애꿎은 휴대전화만 만지작거렸다.

"저기 형, 물어볼 게 있는데."

민호는 처음 만난 날 헤어질 때 단 한 번도 뒤돌아보지 않았던 진영을 떠올렸다. 민호는 만지작거리던 휴대전화를 조용히 책상 위에 내려놓았다.

"와인 뭐 들어왔어?"

— 페트뤼스 1989년, 1993년, 2003년. 일본 수집가한테서 구했어. 그리고 이번에 수입한 이탈리아 녀석들도 끝내줘.

민호는 조만간 파멜라로 놀러 가겠다고 말하고 전화를 끊었다.

'도대체 뭐하자는 거야?'

진영의 전화번호 정도는 알려면 얼마든지 알 수 있었다. 그녀가 일하는 학교에 전화를 걸어 적당한 핑계를 대고 알아낼 수도 있었고, 그게 귀찮다면 회사 비서실에 부탁하면 될 일이었다.

그렇지만 민호는 그렇게 하지 않았다.

진영의 전화번호보다 그가 더 알고 싶은 것은, 도대체 자신이 왜 그 여자의 전화번호를 알고 싶어 하느냐는 거였다. 의문은 그것 하나가 아니었다.

전화번호를 안다고 치자. 그 여자랑 뭘 할 건데? 뭘 하고 싶은 건데?

섹스? 확실히 그건 아니었다.

민호에게 있어 사적으로 여자와 관계를 맺는다는 건 늘 섹스를 전제한 사이였다. 그러나 민호는 진영에게 그런 욕망을 느끼지 않았다. 진영은 절대로 그의 타입이 아니었다. 여자에게 성욕 이외의 것으로 끌려 본 적 없는 민호는 자기가 느끼는 기묘한 끌림이 불편하기조차 했다.

그럼 동정일까? 그 여자가 불쌍해서?

민호는 더 이상 진영에 대해 생각하지 않으려 했다. 그러나 민호는 진영에 대한 생각을 멈출 수 없었다.

그 여자의 피곤에 지친 얼굴이, 축 늘어진 어깨가, 가느다란 팔목이, 파르르 떨리던 눈꺼풀이, 거칠게 갈라진 입술이, 습관적으로 하던 하품이 계속 신경이 쓰였다. 경제적으로 많이 어려운 걸까? 아버지는 안 계시나? 어머니는 어디가 아프신 걸까? 심각한 병이라서 치료비가 많이 들어가는 걸까? 기간제 교사 월급으로 그 모든 것을 감당할 수는 있는 걸까?

진영에 대해 더 알고 싶었다.

휴대전화 벨소리가 민호의 생각을 멈추게 했다. 발신자를 보는 순간 민호는 얼굴을 찌푸렸다.

'여보세요'라고 말을 하기도 전에 잔뜩 화가 난 목소리로 유라가 말했다.

— 당신 결혼해?

"무슨 소리야? 결혼은 무슨."

민호는 짧게 대꾸했다.

— 그런데 왜 올 가을에 영일 박민호와 재명 막내딸이 결혼할 거라는 소문이 증권가에 도는 거야?

유라는 기업 전문변호사였기에 그런 정보에 빠른 편이었고, 비교적 정확한 편이기도 했다. 그런데 결혼이라니? 민호는 아직 선도 보지 않은 상태였다.

벌써 어른들 사이에서 결정이 난 건가? 민호는 생각을 멈춰버렸다. 어차피 상관없는 일이었다. 그가 생각을 한다고 뭐가 달라졌던가?

아버지가 혼사를 밀어붙이면 민호는 거부할 수 없었다. 거부하는 순간 돈줄이 끊길 테니까. 그는 세상일에 대해선 풋내기나 다름없었지만 한 가지는 확실히 알고 있었다. 아버지의 후광 없이 그는 아무것도 아니었다.

민호는 쓰게 웃었다. 속이 텅 빈, 화려한 선물상자 같은 자신에 대한 조소였다. 여우가 준 꽃신을 신고 발바닥이 부드러워져 더 이상 맨발로 걸을 수 없게 된 원숭이 생각이 났다. 원숭이는 꽃신을 얻기 위해 여우를 업고 다녀야 했다. 그 원숭이처럼 그는 아버지의 부를 누리기 위해 자기 삶을 대가로 지불하고 있었다.

그런 자신이 누굴 동정할까. 민호는 또다시 쓴웃음을 머금었다. 진영은 적어도 자신 같은 사람의 동정을 받을 만큼 비참한 사람은 아니었다. 그녀는 자기 삶과 가족의 생계를 책임지고 있었다. 한심하고 불쌍한 건 민호였다.

— 내 말 안 들려?

민호가 아무 대꾸도 하지 않자 유라가 앙칼지게 물었다.

"잘 들려."

몇 번 선을 볼 때마다 계속 거절하는 그를 용케 그냥 내버려둔다 싶었다.

아버지는 늘 그런 식이었다. 이미 오래전부터 알고 있었지만 민호는 당할 때마다 숨이 막혔다. 괜찮은 집안 여자랑 결혼하는 것 말고 내가 아버지에게 무슨 소용이 있을까? 민호는 넥타이를 헐겁게 했다.

잊고 있던 불쾌한 기억이 떠올랐다.

민호가 졸업한 대학의 경영학과에는 한 학년 위인 선배가 신입생 후배의 학교생활을 도와주는 멘토 프로그램이 있었다. 그때, 민호는 멘토였던 선배와 연애를 했다. 대학생다운 풋풋한 연애였다.

사귄 지 얼마 안 되었을 때, 그녀는 경멸 어린 눈으로 민호에게 이별을 고했다. 그녀의 남동생이 간질을 앓았는데, 민호의 아버지가 어떻게 알았는지 그녀를 만나 그 사실을 들먹거리며 헤어질 것을 종용했다고 했다. 졸지에 막장 드라마의 주인공이 되어 버린 그녀는 정말 크게 화를 냈다.

민호는 그 일로 큰 충격을 받았다. 만나는 상대의 뒷조사를 했다는 것도 충격이었고, 석금이 그 사람을 만나 헤어지라고 한 것도 충격이었다. 도대체 석금이 어디까지 천박해질 수 있는 건지 민호는 상상조차 되지 않았다.

"도대체 왜 그러셨어요?"

"간질은 유전이라고 하더라."

스무 살에 연애를 하면서 누가 결혼 생각을 할까? 어이가 없어서 말을 잇지 못하는 민호를 보며 석금이 말했다.

"다 너를 위해서다."

항상 석금은 그런 식이었다. 한 번도 민호에게 선택권을 준 적이 없었다. 네가 세상에 대해 뭘 알아? 아버지가 시키는 대로 하면 탄탄대로야. 민호가 거부하면 석금은 돈줄을 끊었다. 자식 이기는 부모 없다지만 석금은 항상 민호를 이겼다.

"그러시겠죠."

민호는 마음의 문을 쾅 닫아 버렸다. 다시는 아버지를 그 안에 초대할 생각이 없었다.

소문이 퍼지면서 민호는 학과에서 왕따가 되었다. 돈 봉투, 그것이 대학 시절 민호의 별명이었다. 경현이 아니었다면 민호는 학교를 그만둬 버렸을 것이다.

그때나 지금이나 아버지는 변한 게 전혀 없었다.

— 당신, 양다리였니?

민호는 가끔씩 원나잇을 하는 식으로 연인에게 불성실하긴 했지만 양다리는 아니었다. 양다리라니, 그건 너무 귀찮은 일이었다. 1년이나 사귀었으면서도 유라는 자신을 잘 모르는 것 같았다. 하긴, 서로를 이해할 만큼 대화를 나눈 적도 없었고 유라에게 속 이야기를 털어놓은 적도 없었다.

"당신이 그렇게 봤다면 그런 거겠지."

변명하기도 귀찮았다. 이미 그에게 유라는 정리된 사람이었다. 영원히 열어 보지 않을 서랍 속에 이미 유라에 대한 모든 것을 다 넣어 버린 후였다.

— 소문이 사실이라는 거야?

"선볼 예정이야."

— 선도 안 봤는데 그런 소문이 돌아? 그걸 나보고 믿으라고?

"그럴 수도 있고 아닐 수도 있고."

유라의 숨소리가 거칠어졌다.

— 내가 걔보다 못한 게 뭐야?

갑자기 민호는 웃음이 터질 것 같았다. 이봐, 한유라. 심판은 내가 아니야. 우리 아버지라고.

"글쎄, 잘 모르겠는데. 정 궁금하면 선본 다음에 말해 줄게."

마침 비서가 들어왔다.

"나 일해야 돼. 전화 끊는다."

민호는 유라의 대답을 듣지 않고 전화를 끊었다.

박 비서가 들어와 한 달에 한 번, 일요일마다 하는 사내 봉사단 일정에 대해 보고를 했다.

"마리아의 집이라고 천주교 수녀원에서 운영하는 곳인데, 미혼모와 아동 청소년 보호시설입니다."

"기부품은?"

"그쪽에 물어보니 미혼모들이 검정고시 준비를 하는데 참고서랑 문제집이 필요하답니다. 아이들이 읽을 책들도 부족하다고 해서 이번 기부품은 책으로 준비했습니다. 마침 봄 대청소가 있는 날이라, 참가 사원들은 거기에 일손을 보태기로 했습니다."

"알았으니까 나가 봐."

"댁으로 모시러 갈까요?"

"그렇게 해."

민호는 별 관심이 없었다. 다녀왔다는 증거로 사진이나 몇 장 찍고 올 생각이었다.

생리통을 참으며 겨우겨우 2교시 수업을 끝낸 진영은 여교사 휴게실 소파에 널브러졌다. 먼저 휴게실에 와서 커피를 마시고 있던 윤아가 진영을 보고 얼굴을 찡그렸다.

"생리통?"

진영은 겨우 고개를 끄덕였다.

"진통제 있는데 줄까?"

"먹었는데 효과가 없어요."

허리가 끊어지게 아팠다. 진영은 자기도 모르게 끙끙 앓는 소리를 냈다. 진영은 배를 손으로 감싸고 몸을 웅크렸다. 그러면 좀 덜 아픈 것 같았다. 산부인과 전문의는 피임약을 처방해 주면서 정 힘들면 진통제를 먹으라고 했다.

"그렇게 아픈데 일요일에 봉사 갈 수 있겠어?"

"하루만 지나면 참을 만해요."

"엄마 병간호에, 임용고시 공부에, 번역 아르바이트에 쉴 틈도 없는데 이번 주말은 좀 쉬지 그래? 너 그러다 쓰러질 것 같아. 위태위태하다."

"다른 날은 몰라도 내일은 가 봐야 돼요. 대청소날이라 일손이 많이 모자라요. 그리고 수영이 생일이에요. 안 가면 서운해 할 거예요. 선배는 이번 주말도 데이트하세요?"

"응."

윤아의 얼굴이 반짝반짝 빛났다. 윤아는 연애 초기라 한창 좋을 때였다. 사랑에 빠진 윤아는 온몸에서 빛이 났다.

"인연이 참 재미있어요. 아이스쇼 사흘 내내 옆자리였다니, 그분도 김연아 선수 엄청난 팬이신가 봐요."

윤아가 갑자기 화제를 돌렸다.

"진영아, 나 그저께 동아리 OB 모임에서 종수 만났어."

진영은 갑작스럽게 나온 종수 이야기에 얼굴이 굳었다. 한때는 결혼까지 생각한 사람이지만 지금은 남처럼 아무런 감정이 느껴지지 않았다.

"잘 지내죠?"

"그 자식이 나한테 너 잘 지내는지 물어보잖아. 지가 양심이 있으면 어떻게 나한테 네 안부를 물어. 홧김에 네가 조건 좋은 남자랑 만나고 있다고 뻥쳐 버렸어."

"선배!"

공주처럼 자란 부잣집 딸답지 않게 털털하고 솔직한 게 윤아의 장점이었고, 오지랖이 태평양인 건 단점이었다. 진영은 윤아가 자신을 위해 그랬다는 것을 알지만 마음이 불편했다.

대학생 때 연애를 시작한 두 사람은 종수가 대기업에 취직하고 결혼 이야기가 나오면서 삐걱거리기 시작했다. 종수의 부모는 어려운 집안의 맏이인 진영을 썩 마음에 들어 하지 않았다. 그렇지만 아들이 좋다고 목을 매니 어쩔 수 없이 허락을 했다. 그런데, 상견례를 하고 결혼 날짜를 잡을 즈음 진영의 어머니인 인선이 쓰러졌다. 난소암이었다. 돌아가신 아버지가 남긴 빚을 갚고 있던 진영에겐 엎친 데 덮친 격이었다.

종수의 부모는 파혼을 하라고 난리였다. 진영에게 '내 아들 등골 빼먹을 년'이라고 폭언을 퍼부으며 막장 드라마를 찍은 종수의 모친은 인선의 병실까지 찾아와 험한 말을 퍼부었다. 종수 역시 진영에 대한 마음이 변해 가고 있었다. 사랑은 그렇게 순식간에 식을 수 있는 것이었다.

이별을 먼저 고한 건 진영이었다.

윤아가 종수에게 실망한 건 이별 후 그의 태도 때문이었다. 파혼하자마자 종수는 선을 보러 다녔다.

"그러지 말지. 왜 그러셨어요? 전 이제 정말 아무렇지도 않아요."

윤아는 안쓰러워 죽겠다는 눈으로 진영을 바라보았다. 이럴 땐 윤아의 천진함이 진영에게 상처가 되었다. 윤아를 볼 때마다 진영은 자신이 뭔가 결핍된 인간이라는 생각이 절절하게 들었다.

"진영아, 어머니 곧 퇴원하시지? 병원비 말인데……."

진영이 윤아의 말을 끊었다.

"제가 알아서 할게요. 이미 선배 도움을 너무 많이 받았어요."

"그래도 진영아."

"선배, 저 좀 잘게요. 4교시 수업에 안 늦게 깨워 주세요."

좀 더 할 말이 있었지만 진영이 아프고 피곤해 보여 윤아는 그러겠다고 말한 후 휴게실을 나갔다. 진영은 소파에 누웠다. 밤이면 남동생 진형과 번갈아 가며 병실을 지키고 있었다. 보호자용 침대는 너무 좁고 불편해서 도무지 잠을 잘 수 없었다. 허리가 끊어질 듯 아픈 건 생리통 때문만은 아닌 것 같았다.

진영은 소파에서 일어나 교사 휴게실에 설치된 자판기에서 커피를 한 잔 뽑았다.

그 이상한 남자가 떠올랐다. 진영은 요 며칠 자판기 커피를 마실 때마다 느닷없이 나타나 커피를 마시자고 하더니 그다음엔 꽃다발을 주고 사라져 버린 박민호 생각이 났다. 자기도 모르게 진영은 미소를 지었다.

진영은 종이컵을 두 손으로 감싸 쥐었다. 곧 식어 버릴 온기지만 이 순간만큼은 따스했다. 진영은 커피를 다 마시고 소파에 누웠다.

휴대전화 벨소리가 시끄럽게 울렸다.

민호는 소리가 나는 쪽으로 손을 뻗었다. 잠이 덜 깬 상태에서 더듬거리고 있는데 침대 옆에서 짜증스러운 여자 목소리가 났다.

"빨리 받아."

예상하지 못했던 여자 목소리에 민호는 잠이 확 깨 침대에서 몸을 일으켰다. 몸을 일으키자마자 머리가 깨질 듯이 아팠고, 세상이 빙글빙글 돌았다. 그사이에도 휴대전화는 계속 울리고 있었다.

"민호 씨, 시끄러워. 빨리 받으라니까."

결국 유라가 몸을 일으켜 민호 쪽 사이드 테이블에 손을 뻗었다. 유라는 전화를 민호에게 건넸다. 박 비서였다.

— 지금 집 앞입니다.

망할. 민호는 마음속으로 중얼거렸다.

"나 밖에 있어. 내가 알아서 갈 테니까 거기 주소나 문자로 보내 줘."

— 네, 알겠습니다.

"그리고 집에서 갈아입을 옷 한 벌 챙겨오고."

박 비서는 그러겠노라고 말하고 전화를 끊었다.

기억이 나지 않았다. 비에서 술을 마신 게 마지막 기억이었다.

"뭐야? 왜 네가 여기 있어?"

"술 먹고 전화한 게 누구였는데."

유라는 침대 밖으로 나가 기지개를 켰다. 옷은 그대로 입은 채였다. 유라는 핸드백에서 핀을 꺼내 헝클어진 머리를 대충 돌돌 말아 고정했다.

"아주 떡이 됐더라. 스트레스 받는 일 있었어? 인사불성으로 취할 때까진 잘 안 마시잖아."

"집 주소 알잖아. 대리 부르면 됐을 걸 왜 여기 온 거야?"

유라는 어이없다는 듯 민호를 바라봤다.

"죽어도 집에 안 간다고 소리 질렀던 건 기억도 안 나 보네. 당신이 내 휴대전화까지 집어 던졌다고."

유라는 다시금 부아가 치민 듯했다.

소리를 질러? 휴대전화를 던져? 아무 기억도 나지 않았다.

"그럼 대충 호텔방에 밀어 넣고 가면 되지, 왜 너도 여기서 자?"

민호의 냉랭한 말에 유라는 정떨어진다는 얼굴을 했다.

"물에 빠진 사람 구해 줬더니 보따리 내놓으라는 격이네. 새 벽 2시였다고!"

유라는 사무실에서 밤샘 근무를 하던 중 민호의 전화를 받았다. 민호는 전화를 받은 사람이 유라인지도 모르는 것 같았고, 무슨 말인지 알 수 없는 말을 중얼거렸다. 결국 보다 못한 바텐더가 전화를 빼앗다시피 해서 유라와 통화를 했다.

바가 있는 호텔은 유라의 사무실에서 걸어서 10분 정도였다. 대충 일을 마무리하고 유라는 바로 향했다.

"민호 씨, 민호 씨! 일어나 봐."

유라는 만취해 바에 엎드려 자고 있는 민호를 깨웠다. 민호는 부스스한 얼굴로 일어나 유라를 바라보았다.

"일어나. 차 가지고 왔어?"

민호는 고개를 끄덕였다.

"그럼 대리 부를게."

유라가 대리를 부르려고 전화를 하는데 민호가 유라의 휴대전화를 바닥에 던져 버렸다. 휴대전화가 요란한 소리를 내며 부서졌다.

"야! 박민호!"

"한잔 더 하자."

"한잔 더 하긴 뭘 더 해. 일어나. 집에 가자고."

"집? 넌 집에 되게 가고 싶은가 보네. 난 싫어. 집에 가기 싫다고."

"그럼, 호텔 방이라도 잡아 줄게. 일단 일어나."

그러나 민호는 일어날 기색이 조금도 없었다.

"넌, 가끔 가족들 갖다 버리고 싶지 않냐? 가족이 지긋지긋하지 않아?"

"무슨 개 풀 뜯어 먹는 소리야. 가족이 왜 지긋지긋해?"

"난, 우리 아버지 꼭두각시야. 뭐든 아버지 마음대로지."

"왜 그렇게 살아? 민호 씨 성인이잖아. 자기 뜻대로 살면 되지 왜 아버지 뜻대로 살아?"

민호는 뭔가 대단히 재미있는 소릴 들었다는 듯 미친 듯이 웃었다.

"이것 봐, 한유라. 내가 그럴 수 있으면 왜 이렇게 살겠어? 넌 좋겠다, 인생이 쉬워서. 뭐든 뜻대로 할 수 있어서, 그럴 능력이 있어서 좋겠다."

유라는 10분이 넘게 민호와 실랑이를 벌이고서야 민호를 바에서 일으켜 밖으로 나왔다. 술에 취해 제대로 걷지도 못하는 민호를 겨우겨우 호텔 방에 데려다 놓자 유라도 피곤이 몰려왔다. 더블베드에 큰대자로 누운 민호의 옆에서 유라는 새우잠을 잤다.

민호는 욕실로 향했다. 샤워하고, 머리를 말리고, 양치를 해도 술 냄새가 사라지지 않았다. 도대체 얼마나 마신 거지? 민호는 숙취에 얼굴을 찌푸렸다. 민호가 욕실에서 나오자 유라가 욕실로 들어갔다. 그사이 민호는 유라가 어젯밤 벗겨서 소파 위에 던져 놓은 자신의 옷을 입었다. 민호는 간단히 세수만 하고 나온 유라를 재촉해 서둘러 호텔 방을 나섰다.

체크아웃을 하고 나자 유라가 말했다.

"아침 먹자. 요 앞에 북엇국 시원하게 하는 집 있어."

속이 쓰려 시원한 해장국 생각이 간절했다.

민호와 유라가 호텔 로비를 가로지르고 있을 때였다. 민호는 누군가 자기를 노려보는 느낌에 고개를 돌렸다. 민호가 고개를 돌리자 옆에 있던 유라도 얼결에 같은 방향을 바라보았다.

아버지였다. 한 달에 한 번 있는 기업인 조찬모임에 나온 듯

했다. 문제는 아버지가 아니었다. 아버지 옆에 서 있는 재명의 문건영 회장이었다. 문 회장은 그와 유라를 싸늘한 얼굴로 바라보았다. 그 자신도 소문난 난봉꾼이지만, 그렇다고 해서 사위가 될지도 모르는 민호가 일요일 아침 여자와 호텔에서 나오는 것을 그냥 보아 넘길 리 없었다.

인사를 하는 것도 웃기는 일이라, 민호는 고개를 돌리고 호텔을 빠져나왔다. 영문을 모르는 유라는 갑자기 발걸음이 빨라진 민호를 따라잡기 위해 뛰다시피 했다.

박 비서는 술 냄새를 풍기는 민호 때문에 민망해 죽을 지경이었다. 마리아의 집 원장인 레지나 수녀도 술 냄새를 맡았지만 아무 말도 하지 않았다. 마리아의 집에서 일한 지 30년, 수많은 졸부들을 겪어 이골이 나다 못해 관록이 붙을 정도였다. 레지나 수녀는 마음속으로 중얼거렸다.

'주님, 이번에는 술 취한 사람의 손을 빌려 도움을 주시는군요. 물론 대단히 감사합니다만, 가끔은 좀 멀쩡한 사람 손을 빌리셔도 되지 않습니까?'

레지나 수녀는 미소 띤 얼굴로 말했다.

"늘 보내 주시는 후원금은 감사히 쓰고 있습니다. 이번에는 책도 보내셨다고요. 그것만도 고마운데 또 이렇게 일손까지 보내 주시니 정말 고맙습니다."

"별말씀을요."

입을 열자마자 술 냄새는 두 배가 되었다. 박 비서의 얼굴이 붉게 달아올랐다.

책도, 후원금도 전달했고, 사보와 언론에 실을 사진도 찍었다. 얼굴마담 노릇은 이만하면 됐다고 생각한 민호는 탁자 위에 놓인 차에는 입도 대지 않은 채 자리에서 일어났다. 그때 원장실 문이 열리며 민호가 아는 여자가 나타났다. 순간 민호는 문에서 환한 빛이 쏟아지는 기분이었다.

민호는 멍한 기분이었다. 내가 술이 덜 깼나? 이 여자가 왜 여기 나타나지?

그런데 이진영, 그 여자가 맞았다.

진영은 민호를 보고 잠깐 놀란 기색이었지만 곧 평소의 얼굴로 돌아갔다.

"손님이 계셨네요. 원장님, 좀 이따가 오겠습니다."

"베로니카, 들어와요. 손님은 일어나실 참이셨어요."

레지나 수녀가 민호에게 인사를 했다.

"그럼, 살펴 가세요."

민호가 원장실 밖으로 나오자 진영은 민호에게 가볍게 눈인사를 한 후 안으로 들어갔다.

"댁으로 모실까요?"

박 비서가 물었다. 이런 행사에 민호는 으레 얼굴만 비추고 사라졌다. 민호는 자기가 입은 옷을 바라보았다. 이런 옷차림으로는 일을 할 수 없었다.

"회사 티 여분이 있나?"

"네?"

"왔으니 하는 척이라도 하고 가야지. 갈아입게 회사 티 좀 가져와."

회사 로고가 찍힌 푸른색 후드 티로 갈아입은 민호는 진영을 찾아 마리아의 집 구석구석을 어슬렁거렸다.

마침내 발견한 진영은 이불을 뒷마당으로 나르고 있었다. 민호는 자연스럽게 사람들 사이에 끼어 겨우내 시설 사람들이 덮고 잤던 이불을 날랐다.

"이불 빨래를 하려고요?"

진영이 민호를 보고 놀라서 물었다. 민호가 고개를 끄덕였다.

"세탁기로 빠는 거 아니에요. 발로 밟아서 빨고 손으로 짜서 널어야 돼요."

네가 할 수 없는, 보통 힘든 일이 아니라는 뉘앙스였다.

민호는 가느다란 진영의 팔뚝을 힐끗 바라보았다. 저 팔뚝으로 하는 일을 자기가 못할 리 없었다. 민호는 진영과 한 조가 되어 이불 빨래를 시작했다.

그리고 정확히 3시간 15분 후, 두 사람에게 할당된 이불들을 빨랫줄에 널고 나자 민호는 허리가 끊어질 듯 아파서 서 있을 수도 앉아 있을 수도 없었다. 진영이 늦은 점심인 도시락을 빠르게 해치우고 자리에서 일어났다.

"어디 가요?"

"여기 일 끝났으니까 다른 일 하러 가려고요."

"또 일이 있어요?"

"이불 빠느라 많이 힘드셨죠? 좀 쉬세요."

민호는 자리에서 일어났다.

"힘들긴요. 같이 가요. 한 사람보다 두 사람이 하는 게 더 빨리 끝나잖아요."

진영은 민호와 함께 도서실로 향했다. 진영과 민호는 회사가 기부한 책들에 마리아의 집 인을 찍고, 분류번호가 찍힌 스티커를 붙인 후 서가에 꽂았다. 일단 이불 빨기보다는 쉬웠다.

"잠깐 쉬었다 하죠."

진영은 도서실 냉장고에서 복숭아맛 음료수 두 개를 꺼내 하나를 민호에게 건네며 말했다.

"벌써 세 번이나 만났네요. 이러다 정들겠어요."

어디까지나 농담이었지만 민호의 심장은 두근거렸다. 민호는 말도 안 되는 소리를 한다는 투로 냉랭하게 대꾸했다.

"별로 정들고 싶지 않은데요."

"그렇죠?"

그렇죠? 그렇죠라니? 그렇죠라니!

황당한 민호는 음료수만 꿀꺽꿀꺽 삼켰다. 정말 진영은 자신에게 관심이라곤 병아리 눈곱만큼도 없는 것 같았다. 민호는 화제를 돌렸다.

"여기 봉사 다닌 지 오래됐어요?"

"대학 1학년 때부터 다녔으니까 6년 됐네요."

"이런 데 와서 봉사할 시간 있으면 잠이나 자지."

말하고 나서야 민호는 아차 싶었다.

"네에?"

이미 내뱉은 말을 도로 주울 수는 없었다. 이럴 때는 차라리 더 독하게 내뱉는 게 나았다.

"그쪽 얼굴 좀 봐요. 스물여섯밖에 안 된 여자 피부가 그게 뭐예요. 요즘은 외모도 경쟁력이라는 거 몰라요? 당신이 누굴 도와? 당신 스스로나 도우라고. 봉사는 말이죠. 원래 전통적으로 돈은 많은데 시간은 주체할 수 없는 사람들이 우울증 예방과 사회적 생색내기 차원에서 하는 거라고요."

진영은 담담하게 대꾸했다.

"봉사 아니에요. 일종의 빚 갚기, 신세 갚기죠. 어렸을 때 여기 있었거든요."

"미혼모였어요?"

진영은 어이가 없는지 웃음을 터트렸다.

"아뇨. 미혼모의 자식이었죠. 친모가 여섯 살 때까지 키우다가 시집을 가면서 절 여기에 맡겼어요. 여기 2년 있다가 여덟 살 때 이모 부부에게 입양됐어요."

선뜻 남에게 밝히기 힘든 이야기를 진영은 아무 일도 아니라는 듯 덤덤하게 말했다.

"책 기부해 주신 거 정말 감사하게 생각해요. 요즘 경기가 어려워서 기부금이 많이 줄었거든요. 시급한 데 돈을 쓰다 보면 도서구입비는 줄일 수밖에 없어요."

뜻밖의 감사의 말에 민호는 갑자기 얼굴이 화끈했다.

"여기 있을 때 전 도서실을 제일 좋아했어요. 제가 국어 선생님이 된 것도 여기 도서실에서 책 읽던 기억이 좋아서였던 것 같아요."

진영은 따스한 눈으로 도서실을 둘러보며 말했다.

"이곳에 오면 이상하게 마음이 편하고 안전하게 보호받는 기분이 들었어요."

"여기 있는 동안 힘들었어요?"

"아뇨. 여기 있는 아이들은 다 부모에게 버려진 아이들이니까 상처를 덜 받았던 것 같아요. 마음고생은 입양된 후에 많이 했죠."

"밖에선 뭐가 힘들었는데요?"

진영은 별걸 다 물어본다는 듯 바라보았지만 어깨를 으쓱하고는 말했다.

"머리 검은 짐승은 거두는 것이 아니다. 그 말이 듣기 싫었어요. 내게 아무것도 준 것이 없는 사람들이 날 빚쟁이 취급하는 것도 싫었고요. 그렇지만 쉬운 인생이 어디 있겠어요. 다들 힘들게 사는 거죠. 그래서 난 억울해하지 않으려고 해요."

음료수를 다 마신 진영이 캔을 짜부라뜨려 쓰레기통에 던졌다. 이전에 종이컵도 구겨서 던지더니 버릇인 것 같았다. 민호도 다 마신 캔을 쓰레기통에 던졌다. 텅, 하는 경쾌한 소리가 났다.

"그럼 나도 힘들어 보여요?"

"그쪽도 뭔가 힘든 게 있겠죠."

"거짓말. 사실 나 같은 사람 한심하죠?"

"뭐가 그렇게 한심한데요?"

"딱 보면 몰라요? 부모 잘 만난 팔자 좋은 놈, 그게 나죠."

"정말 그래요?"

진영은 진지한 목소리로 물었다.

"정말 자신이 부모 잘 만나서 팔자가 좋은 사람이라고 생각해요?"

민호는 대답하지 못했다. 진영은 피식 웃으며 입을 열었다.

"부모 잘 만나서 팔자가 좋은 사람은 한심한 사람이 아니라 부러운 사람이죠. 여기 있는 애들 대부분이 받지 못한 부모 복이잖아요. 그리고 박민호 씨는 안 한심해요. 한심한 사람은 일요일에 봉사 활동을 하러 와서 제일 힘든 이불 빨래를 하지 않고, 어머니를 퇴원시키려고 일하는 중간에 병원에 오지 않아요."

진영의 말에 민호는 잠시 멍해졌다.

"자신이 한심하다고 생각하는 사람은 자기 생각보다 덜 한심한 거니까 걱정하지 마요. 정말 답 안 나오게 골 때리는 사람들은 스스로 괜찮다고 생각하는 사람들 중에 더 많으니까요."

도서실 문이 드르륵 열리더니 초등학교 고학년으로 보이는 여자아이들이 고개를 빼꼼 들이밀고 민호와 진영을 번갈아 쳐다보았다.

"쌤, 아직 멀었어요?"

"생일파티 준비는 다 했어?"

"네. 원장수녀님이 쌤 빨리 오시라고 하세요."

"미안. 조금만 더 하면 끝나. 10분 안에 갈게."

아이들이 문을 닫고 나갔다.

"잡담은 이제 끝. 이 책들 저쪽에 빨리 꽂아 주세요."

진영은 재빨리 남은 책들을 서가에 꽂았다.

앞치마를 벗고 도서카트를 제자리에 놓은 후 도서실을 나가려고 하는 진영을 민호가 불렀다.

"진영 씨."

"네?"

"전화번호 가르쳐 줄래요?"

"전에 가르쳐 드린 것 같은데요."

"잃어버렸어요."

진영은 민호를 빤히 바라보았다.

"왜 제 전화번호가 필요하시죠?"

"친구 하면 좋을 것 같아서."

진영은 1초도 기다리지 않고 거절했다.

"전 남자랑 친구 안 해요."

드르륵, 탁. 도서실 문이 열리고 닫혔다.

좀 더 친해진 것 같다는 건 착각이었다. 민호는 깨달았다. 진영이 자신에게 솔직했던 건, 자신의 치부라고 할 수 있는 사실까지 다 말했던 건 민호를 다시 보지 않을 사람이라고 생각했기 때문이었다.

5

마리아의 집에서 봉사 활동을 마치고 사원들 뒤풀이 장소까지 동반한 민호가 집에 도착한 건 밤 9시가 넘어서였다.

한집에 있어도 소 닭 보듯 하는 석금과 연희가 거실 소파에 나란히 앉아 있었다. 민호를 기다린 눈치였다. 민호가 소파에 앉자 석금의 벼락같은 고함이 쏟아졌다.

"너, 처신을 어떻게 하고 다니는 거냐!"

민호는 눈 한 번 깜빡하지 않고 덤덤하게 되물었다.

"뭐가요?"

석금은 기가 막혔다. 알아서 빌 줄 알았는데 민호의 고개는 빳빳하기만 했다.

"재명 문 회장 앞에서 내 꼴이 얼마나 우스웠는지 알아?"

"선도 안 봤습니다. 결혼도 안 한 제가 아침에 여자랑 호텔

에서 나오든 말든 그게 문 회장님과 무슨 상관입니까? 돈 주고
산 여자도 아니고 서로 합의하에 밤을 보낸 건데요. 한 마디로
사생활입니다. 설사 제가 문 회장님 딸과 결혼을 했다고 해도
문 회장님께 저한테 뭐라고 하실 자격이 있으실까요?"

"그래도 이 자식이."

문재명 회장은 알 만한 사람은 다 아는 호색한이었다.

"본처에, 세컨드도 모자라 써드까지 두고 사시는 분 아닙니
까. 냉장고 광고하는 박 모 양과 청담동에 살림 차렸다는 걸 모
르는 사람이 없습니다. 그 박 모 양이 막내따님과 동갑이지요,
아마?"

민호는 조소했다. 그래 놓고 제 딸의 남자는 순결하길 바라?
지나가던 개가 웃을 일이었다.

석금은 문 회장 이야기를 멈췄다. 더 이야기를 꺼내 봤자 그
에게 불리했다. 멈추지 않으면 아들 녀석은 자신의 젊은 시절
여성 편력까지 서슴없이 꺼내 들 게 뻔했다.

제가 누굴 닮아서 그렇겠습니까? 보고 자란 게 그런 것밖에
없는데.

그렇게 빈정거릴 것이다.

어머니와 아내의 갈등으로 집은 늘 전쟁터였고, 석금은 그 꼴
이 보기 싫어 밖으로 돌았다. 그러나 그건 악수 중의 악수였다.
그 선택은 어머니와 아내 사이뿐만 아니라 자신과 아내 사이에
도 결코 회복할 수 없는 상처를 만들고 말았다. 그 일만 없었더
라도 아내는 지금보다 더 너그러운 사람이 되었을지도 몰랐다.

연희가 부자의 대화에 끼어들었다.

"너랑 호텔에서 나온 애, 혹시 병원에 찾아온 걔니?"

"병원에 찾아온 애라니?"

"맞지? 한유라, G로펌 대표 딸."

"네."

"당신은 애 만나고 다니는 애가 누군지 알고 있었어?"

석금의 질문에 연희가 입을 삐죽거리며 말했다.

"애가 조신하지 못한 줄 첫눈에 알았지. 우리 때는 꿈도 못 꿀 일이다. 어디 말만 한 처녀가 새벽이슬을 맞고 다녀. 그 집안은 도대체 딸 교육을 어떻게 시킨 거야?"

"그럼 말만 한 총각은 새벽이슬 맞고 다녀도 되는 겁니까? 우리 집안은 아들 교육을 어떻게 시킨 걸까요?"

연희는 입을 다물었다.

흥, 사내자식 아니랄까 봐 낳아 준 엄마보다 몸 섞은 계집 편을 드네.

그것만으로도 유라에 대한 연희의 점수는 F였다.

구겨진 석금의 얼굴이 조금 펴졌다. 호텔 로비에서 본 여자의 꼬락서니는 영 마음에 들지 않았다. 그러나 G로펌의 딸이라면 이야기가 달랐다. 재명 막내딸만큼이나 괜찮은 조건이었다. 그런 제대로 된 여자와 만난다는 건 민호도 제대로 살아 보겠다는 마음이 든 건지도 몰랐다. 석금은 아들에 대한 노여움이 눈 녹듯이 사라졌다. 좀 더 차근히 물어볼 걸 괜히 고함부터 쳤다는 후회가 밀려왔다.

"그럼 걔도 변호사냐?"

"네."

석금의 눈빛이 더 호의적으로 변했다.

변호사라는 건 배울 만큼 배웠다는 뜻이고, 그렇다면 손자 머리 걱정은 접어 둬도 된다는 뜻이었다. 애는 엄마 머리를 닮는다니까. 민호만 봐도 알 수 있었다. 석금은 모처럼 아들 녀석이 저지른 일이 마음에 들었다.

"결혼할 거냐?"

"안 해요."

"왜?"

"어머니 맘에 안 드는 여자랑 결혼하고 싶지 않습니다."

"걔가 너랑 결혼하지 네 엄마랑 결혼하냐?"

"결혼하면 저보다 어머니랑 부대낄 일이 더 많아요. 걔는 우리 집 분위기에 적응 못 해요. 아버지도 살림하는 며느리를 원하시잖아요. 걔는 자기 아버지 로펌 물려받으려고 죽을 둥 살둥 일만 하는 애예요."

말은 청산유수였다. 민호는 약이라도 올리듯 한마디 더 덧붙였다.

"우리 집 가훈이 가화만사성 아닌가요. 걔가 들어오면 시끄럽기만 할 거예요."

또다시 석금의 혈압이 치솟았다.

민호는 연희를 방패 삼아 이 피곤한 싸움에서 몸을 뺐다.

석금은 미련이 남았다. 젊었을 때는 돈만 있으면 행복해질 것 같아 일에만 몰두했지만 나이가 들고 돈이 썩어 날 정도로 많아지자 단란한 가정이 절실하게 그리웠다. 자기는 실패했으니 민호라도 화목한 가정을 꾸려 아이들을 낳고 알콩달콩 사는 모습을 보면서 대리만족이라도 느끼고 싶었다. 그렇게라도 가족의 온기를 죽기 전에 느껴보고 싶었다.

석금은 연희를 보며 물었다.

"당신은 뭐가 불만이야?"

"법조계 집안? 변호사? 그 정도 급은 지금 당장 서초동 민 여사한테 전화만 해도 한 가마니는 모아 올 수 있어요. 당신 걔 눈빛 본 적 없죠? 건방이 하늘을 찔러. 얼굴을 딱 보니 어른 가르칠 상이에요."

민호는 슬슬 내뺄 채비를 했다.

"하루 종일 일했더니 허리가 아파서요. 저 먼저 올라가겠습니다."

허리도 허리였지만 일하느라 흘린 땀 때문에 나는 퀴퀴한 냄새도 견디기 힘들었다.

"일을 해?"

석금이 기가 차다는 듯 말했다. 대충 사진이나 찍고 내뺐겠지. 석금은 그렇게 생각했다.

"정 믿지 못하시겠으면 박 비서한테 물어보세요."

머리에 털 나고 이렇게 열심히 일한 날도 없었다. 같이 간 사원들도 민호가 제일 힘든 이불 빨래를 하는 것을 보고 놀란 기색을 감추지 못했다.

민호는 소파에서 일어나 방으로 가 샤워를 하고 옷을 갈아입은 후 책상 위에 둔 휴대전화를 확인했다. 경현의 전화가 와 있었다. 민호는 전화를 걸었다.

"샤워하느라 전화 못 받았어."

— 너 다음 주 토요일에 약속 있니?

"아니. 별일 없는데."

— 그래? 그럼 파멜라에 잠깐 와라.

"무슨 일인데?"

경현은 짧게 용건을 설명했다.

— 안 내키면 안 와도 돼.

민호는 피식 웃고 나서 바로 답했다.

"아냐. 갈게. 이거랑 저번에 밥 먹기로 한 약속은 별개야. 형 개인 와인 셀러 제대로 아작 낼 테니까 각오하라고."

경현이 앓는 소리를 냈다. 민호는 전화를 끊었다. 또다시 피식 웃음이 났다.

토요일, 오전 수업을 마치고 진영이 병원에 가려고 하는데 윤아가 붙잡았다.

"오늘 너 나랑 어디 좀 가야겠다."

"어디요?"

"가 보면 알아. 약속 없지?"

"약속은 없지만 병원에 가 봐야 해요."

"아, 그건 걱정 마. 내가 진형이한테 전화했어."

"선배, 무슨 일이에요?"

윤아는 진영의 얼굴과 옷차림이 마음에 들지 않는다는 듯 이맛살을 찌푸렸다.

"그 꼴로는 안 되겠다."

윤아는 다짜고짜 진영을 차에 태워 자기 단골 미용실로 데려갔다.

"머리하고 메이크업, 화사하게 부탁해요."

진영이 뭐라고 묻기도 전에 윤아는 바쁘게 어디론가 나가 버렸다.

머리와 화장이 끝나자 네일 아티스트가 와서 손톱 손질까지 해 줬다. 진영은 연한 핑크빛 네일 컬러를 골랐다. 진영은 거울에 비친 자기 모습이 낯설었다. 거울 속의 진영은 딱 스물여섯 살의 화사한 모습이었다. 신데렐라가 된 기분이었다.

'나도 여자는 여자였구나.'

원래 외모를 꾸미는 데 큰 관심이 없었지만, 집안이 풍비박산이 난 후로는 그럴 여유조차 없었다. 그렇지만 자신의 몰라보게 화사해진 모습을 보니 기분이 산뜻해졌다. 어깨를 짓누르던 부담들도 잠시 잊을 수 있었다. 진영은 거울을 향해 미소를 지어 보았다. 어색했다. 역시 미소와 자신은 어울리지 않았다. 진영은 원래 표정으로 돌아갔다.

윤아가 거울에 불쑥 나타났다.

"봐. 얼마나 보기 좋니? 여자는 꾸미기 나름이라니까."

"어디 갔다 오셨어요?"

"옷이랑 구두 챙겨 왔어."

윤아는 옷과 구두 말고도 액세서리도 꼼꼼히 챙겨 왔다. 안목이 좋은 윤아가 골라 온 것이라 빌린 티가 나지 않고 진영의 것인 양 잘 어울렸다.

"선배, 저 또 선봐요?"

"응."

"선배!"

그런 어색한 자리는 정말 딱 질색이었다. 윤아가 킥킥 웃으며 말했다.

"내가 결혼할 사람에게 널 선 보이려고."

"그분과 결혼하시기로 한 거예요?"

"응. 그러기로 했어. 처음 만나는 자리인데 예쁘게 하고 가야지."

약속 장소는 윤아의 남자친구가 운영하는 레스토랑이었다. 윤아의 차는 한적한 청담동 골목길로 접어들어 개성 있는 건물들이 늘어선 주택가로 들어섰다.

"저 건물이야."

윤아는 빨간 벽돌담으로 둘러싸인 하얀색 2층 건물을 가리켰다. 가정집을 개조한 곳이라 주차장이 협소해서 윤아는 레스토랑에서 좀 떨어진 유료 주차장에 차를 세웠다.

윤아는 진영의 팔짱을 끼고 레스토랑을 향해 걸으며 말했다.

"다음 달쯤 상견례 하고, 가을쯤 결혼할 것 같아."

"선배, 너무 빠르지 않아요?"

"나 내일모레면 서른이야. 독신주의가 아닌 이상에야 서른 가까이에 하는 연애는 결혼 전제로 갈 수밖에 없어. 나도 오빠도 확신이 있는데 괜히 간 보고 밀당하면서 시간 낭비하지 않기로 했어. 우리 집도 오빠 집도 결혼을 서두르시고. 오빠가 결혼하고 3년 동안은 연애하는 기분으로 살자고 했어. 그렇지만 난 빨리 아이를 낳고 싶어서, 그러긴 힘들 것 같아."

진영은 윤아의 남자친구도 윤아만큼이나 솔직하고 털털한 성격일 거라고 생각했다.

이야기를 나누며 걷다 보니 어느새 레스토랑 입구였다.

"오빠!"

윤아가 입구에 서 있는 키 크고 마른 남자에게 손을 흔들었다. 남자는 활짝 웃으며 윤아와 진영 쪽으로 다가왔다.

"이분이 진영 씨?"

"응."

"반갑습니다. 저하고 선볼 뻔하신 분이 누군지 궁금했어요."

"네?"

진영은 어리둥절했다. 윤아가 웃으면서 사정 설명을 했다.

"원래 나하고 선보기로 한 사람이 오빠였어."

"그러니까 원래는 두 분이 선보기로 되어 있었는데 선은 대타를 내보내고 김연아 아이스쇼에서 만나신 거예요?"

진영에게 대타가 나왔다는 이야기를 전해 듣고, 피차 입을 맞춰야 해서 윤아는 경현에게 연락해서 잠시 얼굴을 보기로 했다. 그런데 얼굴이 낯이 익었다. 사흘 내내 윤아의 옆자리에 앉아서 자기만큼 감동해서 공연을 보았던 사람이었다. 마지막 공연 때 눈물을 흘리는 윤아를 위해 그는 손수건까지 빌려주었었다. 그 남자의 눈도 시뻘겠다.

"어때? 나중에 우리 아이에게 이야기해 줄 만큼 멋진 첫 만남 아니야?"

윤아는 싱글거리면서 말했다. 경현이 윤아를 보며 말했다.

"그 친구는 먼저 와서 기다리고 있어."

셋이서 식사를 할 줄 알았던 진영은 다른 손님이 있다는 말을 듣고 당황했다. 두 사람의 뒤를 따라 레스토랑으로 들어가자 창가에 앉아 있던 민호가 자리에서 일어나 세 사람을 맞이했다. 민호는 진영을 바라보며 인사를 했다.

"또 뵙네요."

진영은 당황한 얼굴로 민호를 바라보았다.

"네."

"반갑지 않나 봐요?"

"아, 아뇨."

"주문은 내가 알아서 할게. 진영 씨, 못 먹는 음식 있어요?"

"아, 아뇨."

경현은 주방에 음식을 주문하기 위해 갔고, 윤아는 손을 씻는다며 화장실에 갔다. 민호는 진영을 빤히 바라보았지만 진영은 의도적으로 민호의 시선을 피했다. 먼저 입을 연 건 민호였다.

"우리 네 번째 보는 건가? 정말 이러다 정들겠네요."

"별로 정들고 싶지 않은데요."

민호는 피식 웃으면서 대꾸했다.

"그렇죠?"

"네."

"나도 형한테 부탁받고 어쩔 수 없이 나온 거예요."

"부탁이오?"

"오늘 잘 부탁해요."

설마 소개팅 비슷한 건가? 마침 윤아가 화장실에서 돌아와 민호 옆에 앉았다.

"저기, 선배."

도대체 무슨 자리인지 묻고 싶었다. 윤아가 아무렇지도 않은 얼굴로 입을 열었다.

"너 지금부터 뒤돌아보면 안 된다."

그 말을 듣는 순간 진영은 뒤를 돌아보다가 막 레스토랑으로 들어오는 사람과 눈이 마주쳐 버렸다. 종수였다. 진영은 당황해서 고개를 홱 돌렸다. 너무 빨리 고개를 돌려 종수가 어떤 얼굴을 하고 있는지 진영은 보지 못했다.

"선배, 이게 무슨 일이에요?"

진영이 목소리를 낮춰 물었다.

"그 녀석이 네가 진짜 다른 남자 만나냐고, 절대 그럴 리 없다고, 제 눈으로 보기 전까진 못 믿는다며 학교로 널 찾아오겠다고 난리를 쳤어. 그래서 직접 눈으로 확인하라고 그랬지."

그래도 이건 아니었다. 부탁을 받고 나왔다는 게 혹시 이 일이었나? 진영은 얼굴이 달아올랐다. 자기 꼴이 너무 우스웠다.

"학교에 찾아오는 것보단 낫잖아."

윤아는 민호를 보며 눈을 찡긋했다.

"그럼 오늘 잘 부탁해요."

"넵, 형수님."

민호는 다정한 얼굴로 진영의 무릎에 냅킨을 펴주었다. 진영의 얼굴은 여전히 딱딱하게 굳어 있었다.

경현이 프로세코와 잔을 들고 왔다.

"식전에 가볍게 한잔하죠."

경현은 날씬한 플루트 잔에 프로세코를 따랐다. 하얀 거품이 가볍게 일어나고 연한 볏짚 색깔의 투명한 액체가 반짝반짝 빛을 냈다. 경현이 건배사를 하며 잔을 내밀었다.

"우연을 가장한 운명을 위하여."

네 개의 잔들이 챙 하는 맑은 소리를 내며 부딪혔다. 웃지 못하는 건 진영 혼자뿐이었다.

식사를 마치고 자리에서 일어났을 때 종수는 레스토랑 안에 없었다.

윤아의 오지랖에 어지간히 단련되어 있었지만 오늘은 너무했다. 뭐라고 화를 내고 싶었지만 민호와 경현 앞이라 진영은 입을 꾹 다물고 미간에 주름을 만드는 것으로 항의를 했다. 진영의 불편한 얼굴을 보면서도 윤아는 드디어 똥파리를 제대로 쫓아냈다며 희희낙락했다.

윤아는 진영에게 귓속말로 중얼거렸다.

"복수는 이렇게 보란 듯이 잘 사는 모습을 보여 주는 걸로 하는 거야. 오늘 네 예쁜 모습 보고 그 자식 꽤 속 좀 쓰렸을걸."

하지만 진영은 입을 꾹 다물고 아무 말도 하지 않았다.

"민호 씨, 진영이 집까지 잘 부탁드려요."

"당연하죠. 제가 책임지고 잘 모셔다 드리겠습니다."

"오늘 고마웠다."

경현이 고마움을 표했다. 그러나 진영은 민호에게 고맙다고 말할 기분이 아니었다. 낯선 사람에게 자기 사생활이 까발려진 게 불쾌했다.

"그럼 가죠."

주차장으로 가면서 진영은 민호에게 무슨 말을 해야 할지 몰랐다. 어쨌든 자기 때문에 온 것이니 민호에게 사과를 하든 고마움을 표하든 해야겠다고 마음먹은 순간, 갑자기 민호가 진영의 손을 잡아서 팔짱을 끼게 했다. 민호에게 뭐라고 말하려고 할 때 종수가 그들 앞에 나타났다.

진영이 민호의 팔에서 손을 빼려는 순간 민호가 다시 강한 힘으로 진영의 손을 잡았다. 종수가 사납게 민호를 노려보았지만 민호는 어디까지나 여유 만만한 얼굴이었다. 가운데 낀 진영만 안절부절못했다.

종수가 진영을 보고 말했다.

"10분이면 돼. 잠깐만 이야기 좀 해."

듣고 싶은 이야기도, 하고 싶은 이야기도 없었다. 하지만 종수는 진영이 따라오지 않으면 민호 앞에서 미주알고주알 다 이야기할 기세였다. 진영은 그것만은 피하고 싶었다.

진영은 민호의 손을 놓았다. 진영이 민호를 보며 말했다.

"먼저 들어가세요."

민호의 표정이 묘했지만 진영은 거기까지 신경을 쓸 겨를이 없었다. 민호를 놓아두고 진영은 종수 쪽으로 걸어갔다. 종수가 입을 열었다.

"저 아래 스타벅스 있더라. 거기 가자."

갑자기 뒤에서 민호가 말했다.

"15분입니다. 15분 후에 제가 그쪽으로 가죠."

민호는 주차장 쪽으로 걸어갔다. 종수는 못마땅하다는 듯 민호를 바라보았다. 진영은 스타벅스 쪽으로 걸음을 옮겼고, 종수는 그런 진영의 뒤를 따라갔다.

"라떼 숏 사이즈, 샷 하나 추가. 맞지?"

여전히 종수는 진영의 커피 취향을 기억하고 있었다.

두 사람은 안쪽에 있는 소파에 마주보고 앉았다.

진영은 종수를 가만히 바라보았다. 20대를 앨범으로 만든다면 거의 모든 장면에 이 남자가 있었다. 그런데 슬플 만큼 아무 감정도 남아 있지 않았다.

"너 정말 아까 그 남자 만나?"

"응."

"만난 지 얼마나 됐어?"

"그걸 왜 내가 선배한테 말해야 하는데?"

진영의 냉랭한 대꾸에도 종수는 아랑곳하지 않았다.

"진지한 사이야?"

진영은 대답하지 않았지만 종수는 거듭 물었다.

"결혼할 거야?"

"내 처지에 누구 신세 망치려고. 그냥 만나는 사람이야."

종수는 진영을 꼼꼼히 뜯어보았다. 그와 데이트할 때 진영이 이렇게까지 신경 써서 꾸미고 나온 적은 단 한 번도 없었다.

"진영아, 나도 엄마 말대로 조건 맞춰서 선봐서 싫지 않으면 결혼하려고 했어. 근데 네가 다른 남자 만난다는 소릴 들으니까 미치겠더라. 나, 죽어도 너 딴 남자한테 못 보내."

"내 조건은 하나도 변하지 않았어. 그리고 더 안 좋아질 거야. 선배 어머니, 좋은 분이라곤 죽어도 말할 수 없지만 나도 진형이가 나 같은 여자랑 결혼하겠다고 하면 반대할 것 같아. 내 조건, 대부분의 사람들이 부담스러워하는 거 맞아. 사랑을 이유로 그걸 다 감내하라고 하긴 싫어. 사랑이 그렇게 대단한 것도 아니고."

그걸 가르쳐 준 것이 종수였다. 종수는 빈말로도 '내게 기대.'라거나 '우리 같이 해결해 보자.'라고 말하지 않았다. 그리고 진영은 자신이 한 번도 종수에게 그런 것을 기대하지 않았다는 것을 깨달았다.

종수는 머뭇거리다가 입을 열었다.

"우리, 아이 먼저 갖자. 아이 생기면 엄마도 어쩔 수 없이 널 받아들일 거야."

진영의 손이 분노로 파르르 떨리는 것을 종수는 보지 못했다.

내가 미혼모의 딸로 태어난 것 때문에 선배 어머니에게 어떤 수모를 당했는데, 나더러 그 여자와 똑같은 짓을 하라는 거야?

진영은 차갑게 대꾸했다.

"귀한 아들 등골 빼먹는 년에, 제 친모처럼 몸 함부로 굴리는 년이라고 하시겠지."

"진영아. 어차피 친엄마도 아니잖아. 네가 그 모든 것을 다 질 이유가 없어."

또 그 이야기였다.

"그럼 나중에 선배 어머니가 우리 엄마처럼 아프면 내가 선배 엄마 버려도 돼?"

"야, 너 그걸 말이라고 해?"

종수는 발끈했다.

"선배 부모지, 내 부모 아니잖아. 우리 엄마, 날 친자식처럼 키워 주셨어. 진형이랑 차별 같은 거 하지 않으셨어. 내가 아프면 밤새도록 간호해 주셨고, 내가 힘들 때는 엄마가 더 힘들어하셨어. 키워 준 엄마를 버리라는 말을 어떻게 그렇게 쉽게 할 수 있어? 그게 선배가 생각하는 가족이야?"

"그럼 언제까지 그렇게 살래? 너도 네 인생 살아야지."

진영은 쓰게 웃었다.

"내 인생이 뭔데?"

"결혼해서 아이 낳고 행복한 가정을 꾸려야지."

이번엔 실소가 터졌다. 행복한 가정? 종수도 종수의 부모도 결혼에서 조금도 손해를 보려고 하지 않았다. 진영은 그들의 머릿속에서 손익을 계산하느라 바쁘게 움직이는 계산기가 훤히 보였다.

"선배 어머님이 뭐라고 하셨는지 알아? 내가 당신에게 벌벌 기면서 살아도 절대로 날 받아 주지 않을 거라고 하셨어. 죽어도 날 용서 못 하신대. 내가 선배 어머님한테 무슨 죄를 지었는데? 연애는 혼자 했어? 선배 아버님이 그러셨어. 선배랑 결혼할 거면 친정하고 인연 끊고, 간이고 쓸개고 다 빼놓고 시댁에 정말 잘하라고. 절대로 내 아들 돈, 처가로 흘러가는 거 못 보신다고 하셨어."

진영은 단 한 번도 종수에게 그런 경제적 부담을 지울 생각을 해 본 적이 없었다. 그런데 종수의 부모는 땡전 한 푼 주지 않은 주제에 진영을 거지에 도둑 취급을 했다. 진영은 그 눈빛에 어린 경멸을 잊을 수가 없었다.

"네가 잘하면 우리 부모님도 마음 푸실 거야. 우리 부모님 그렇게 나쁜 분들 아니야."

"아무 잘못도 하지 않은 사람에게 일방적으로 상처를 주는 사람이 나쁜 사람이 아니면 누가 나쁜 사람이야? 선배 부모님, 나한텐 나쁜 분들이야. 나를 모욕하고 상처 준 것도 모자라 내 가족까지 모욕하셨어. 그런 선배 부모님에게 내가 왜 잘해야 해? 나 선배랑 결혼 못 해서 안달 난 여자 아니야. 날 사랑으로 키워 주신 부모님 얼굴에 똥칠한 사람들에게 아버님, 어머님이라고 부르는 거 솔직히 소름 끼쳐. 선배가 그 사람들의 아들이라는 것도 소름 끼친다고.”

진영은 헤어질 때 미처 말하지 못했던 것들을 다 쏟아 냈다. 그때는 인선의 암 때문에 아무 정신이 없었다. 파혼했다는 슬픔을 느낄 겨를이 없을 만큼 진영은 절박했다.

“확실히 말할게. 난 선배 사랑 안 해. 예전에도 사랑 안 한 거 같아. 사랑했다면 어떤 수모를 당하더라도 선배 곁에 있었겠지. 하지만 아니었어. 난 선배보다 내 자존심이 더 중요했고, 앞으로도 그럴 거야. 그러니까 더 이상 구질구질하게 안 굴었으면 좋겠어.”

진영은 자리에서 일어났다. 더 이상 얼굴도 마주하고 싶지 않았다. 진영이 막 스타벅스를 나오는데 차가 앞에 섰다. 낯익은 차였다. 운전석에서 민호가 내렸다.

“얘기 다 끝났어요?”

진영이 ‘네.’라고 대답하려는데 종수가 뒤따라 나왔다.

“진영아.”

종수가 진영을 부르며 잡으려는 순간 민호가 두 사람 사이로 가볍게 끼어들어 뒤에서 진영을 감싸는 모양새로 조수석 문을 열었다. 진영이 조수석에 앉자 민호는 문을 닫고 종수에게 말했다.

“그럼, 다시는 뵙지 않았으면 좋겠군요.”

민호는 이죽거리듯 종수에게 말한 후 차에 탔다.

차가 큰길로 나온 후 진영이 입을 열었다.

"그냥 가시지 그러셨어요?"

"형수님에게 진영 씨를 꼭 집까지 바래다주겠다고 약속해서요."

민호가 무뚝뚝하게 말했다. 화가 난 것 같기까지 했다. 좀 전에 식사할 때와는 사뭇 분위기가 달랐다. 진영은 민호의 기분이 저조한 이유를 생각해 보았다.

'오래 기다려서 그런가?'

휴대전화 번호라도 알았으면 연락을 하고 집으로 돌아갈 수 있었을 것이다. 그러나 번호를 모르니 연락할 길이 없었을 것이다. 진영과 한 약속이 아니라 윤아와 한 약속이었다. 그러니 하염없이 계속 기다릴 수밖에 없었겠구나. 진영은 민호에게 유쾌하지 못한 저녁 식사까지 더해 미안함을 느꼈다.

"미안해요."

'뭐가?' 하는 눈빛으로 민호가 진영을 힐끗 보고 다시 정면을 바라보았다.

"오늘 저녁, 저 때문에 여러모로 불편하셨죠?"

"형 부탁, 나 거절 못 해요. 어쨌든 형과 상관없이 진영 씨도 나한테 빚진 겁니다."

"예? 아, 네."

민호는 피식 웃었다. 갑자기 기분이 좋아진 것 같았다.

"나중에 갚아요, 이자까지 쳐서."

"네."

민호는 진영에게 집을 물었다.

"저, 병원에 가야 해요."

"어머님은 어디가 불편하신 거예요?"

"난소암이요. 수술 받고 지금 항암치료 중이세요."

민호는 진영의 얼굴을 힐끗 바라보았다. 얼굴 표정이 어두웠다. 민호는 더 이상 병에 대해 묻지 않았다.

"꽃은 좋아하셨어요?"

"아, 네. 굉장히 좋아하셨어요."

민호는 미소를 지었다.

"근데 제가 샀다고 했어요. 엄마한테 뭐라고 설명하기가 힘들어서요. 죄송해요."

죄송할 것도 많지. 민호는 그냥 웃었다.

"그나저나 인연이 참 재미있죠?"

윤아와 경현에 대한 이야기라고 생각하고 진영은 대답했다.

"그러게요. 윤아 선배랑 그분은 어떻게든 만날 인연이었나 봐요."

민호는 윤아와 경현이 아니라 자기와 진영을 이야기한 것이었지만 굳이 정정하지 않았다.

민호의 차가 병원 입구에 섰다.

"고맙습니다."

"저……."

민호가 뭔가 할 말이 있는 눈으로 진영을 바라보았다.

"다음에 만나면 말 놔도 돼요?"

"다음이라뇨?"

"예를 들면, 형 결혼식. 내가 그쪽보다 여섯 살 위예요. 보통 그러면 말 놓지 않나? 그리고 밥 세 번 같이 먹었으면 친한 척 해도 되는 사이잖아요."

그러고 보니 그랬다. 여섯 살 차이면 진영이 초등학교 1학년 때 민호는 중학교 1학년이었고, 진영이 중학교 1학년 때 민호는 대학교 1학년이었다는 뜻이었다.

"지금이라도 말 놓으세요."

민호가 씨익 웃었다.

"그래. 그럴게."

진영은 차에서 내렸다.

"살펴 가세요."

"그래, 진영아."

올라가던 조수석 쪽 차창이 다시 내려왔다. 진영은 민호를 바라보았다.

"오늘 너 참 예뻐. 그렇게 좀 꾸미고 다녀."

"네?"

진영의 반문에 민호는 아무 대꾸도 하지 않고 차창을 닫고 차를 출발시켰다. 진영은 민호의 차 뒷모습을 멍하니 바라보았다. 뭔가에 홀린 기분이었다.

6

인선의 6차 항암치료가 끝난 날 진영은 인선과 함께 택시를 타고 집으로 돌아왔다. 인선은 구역질이 또 올라오는지 진영의 어깨에 머리를 기댔다. 차창 밖으로 시선을 돌리자 벚꽃이 흐드러지게 피어 꽃잎이 눈처럼 날리고 있었다. 개나리가 활짝 피었을 때 입원했는데 벚꽃이 피었을 때 퇴원했다. 인선은 유난히 까칠한 진영의 손을 가볍게 잡았다.

"엄마, 3주 후에 병원 가야 하는 거 알지?"

인선은 고개를 끄덕였다.

"검사를 해 봐야 알지만 또 항암치료 들어가야 할지도 모른대."

인선은 가볍게 한숨을 내쉬었다.

처음 암 진단을 받았을 때는 인선뿐만 아니라 진영과 진형도 하늘이 무너지는 것 같고 매일매일이 살얼음을 밟는 기분이었지만, 이젠 모두 인선의 병에 익숙해졌다. 제일 힘들었던 순간은 수술이 끝난 직후와 1차 항암치료가 끝날 즈음이었다. 그때는 길을 걷다가도 다리에서 힘이 빠져 바닥에 주저앉기도 했고, 텔레비전의 코미디 프로를 보면서 엉엉 울기도 했었다. 그냥 죽고만 싶었다.

인선의 담당 의사는 진영에게 말했다. 암은 마라톤이고, 시작은 있지만 끝은 없는 싸움이라고. 그 말대로 병은 일상이 되었다.

"그러고 보니 올해도 꽃구경을 못 갔네."

아빠가 살아 계실 때는 봄이면 가족이 함께 진해까지 내려가곤 했었다.

진영의 말에 인선이 대꾸했다.

"꽃구경을 왜 못 해? 네가 꽃 사다 줬잖아. 그걸로 꽃구경 잘했어."

아, 그 꽃다발. 진영은 민호를 잠시 생각했다. 이상한 남자, 종잡을 수 없는 남자였다.

1차 항암치료를 받을 때 같은 병실에 있던 암 환자와 보호자 선배들은 이구동성으로 항암치료를 받는 동안 몸보다 정신이 더 힘들다고 말했다. 진영은 이해하지 못했다. 엄마는 다를 거라고 생각했다. 인선은 늘 부지런하고 긍정적이며, 누구보다도 반듯했다. 그러나 항암치료가 거듭될수록 인선은 무기력해졌고, 쉽사리 좌절감을 느꼈고, 어쩔 줄 몰라 했다. 육체적 고통은 대부분 약물로 케어가 되었지만 우울증과 무기력은 어찌할 방법이 없었다.

그런데 인선은 뜻밖에 민호가 준 꽃다발을 보고 활기를 찾았다.

진영은 인선이 괜한 데 돈 썼다고 야단을 칠 줄 알았다. 그런데 인선은 그렇게 좋아할 수 없었다. 병원에 입원하고 처음 보는 엄마의 미소였다. 꽃을 싱싱하게 오래 보려고 매일매일 직접 꽃병의 물을 갈고, 줄기 끝을 가위로 잘랐다. 꽃에게 말을 걸고 향기를 맡으며 즐거워했다. 꽃을 돌보면서 인선은 무기력에서 조금씩 벗어났다. 진영은 환자라고 엄마에게 아무것도 하지 못하게 한 것을 반성했다.

집에 도착한 진영은 죽을 끓여서 상을 차렸다. 인선이 먹는 것을 지켜보고 싶었지만 시간이 없었다. 어쩔 수 없는 일이라 반찬을 내주었지만 주임 선생의 시선이 곱지 않았다. 안 그래도 학교에서는 이사장 딸의 낙하산으로 찍힌 진영이었다.

"엄마, 한 숟갈씩이라도 꼭 먹어야 해. 체력이 없으면 치료를 못 버틴다고 의사 선생님이 말했잖아. 꼭 먹어야 돼."

"알았어."

그렇지만 죽을 보는 인선의 얼굴에서 식욕이라고는 전혀 찾아볼 수 없었다. 진영은 인선이 기운을 내게 하려고 준비한 것을 꺼냈다.

"엄마, 이거."

"뭐야?"

"퇴원 선물."

"또 입원할 건데 무슨 퇴원 선물이야?"

인선은 진영이 건넨 쇼핑백을 열었다. 가발과 화장품, 봄 분위기를 물씬 풍기는 화사한 스카프 여러 장이 들어 있었다.

"집에만 있지 말고 아파트 앞 공원에도 가고 도서관에도 가고 그래. 아직 바람이 차니까 감기 안 들게 스카프 꼭 두르고 나가야 해."

"뭐하러 이런 걸 사?"

하지만 눈은 웃고 있었다. 인선은 스카프 한 장을 접어 목에 둘렀다.

"잘 어울려. 우리 엄마 참 예뻐."

예쁘다는 말에 인선은 쑥스러운 듯 웃었다. 예쁘다는 말은 정말 여자에게 마법의 주문이었다. 민호가 예쁘다고 말했을 때 그게 별 의미가 없다는 것을 알면서도 진영은 가슴이 두근거렸었다.

진영은 집을 나섰다. 돈이 아까웠지만 학교까지 택시를 탔다. 휴대전화가 울렸다. 진형이었다.

— 엄마 어떠셔?

"컨디션은 괜찮아 보이셔. 그런데 영 식사를 못 하셔서 걱정이네."

진형이 머뭇거리며 물었다.

— 병원비는 얼마 나왔어?

"얼마면 네가 낼래?"

— 내가 작은아빠한테 부탁해 볼까?

작은엄마가 진영의 학교로 찾아와 차용증을 쓰게 한 건 진형에겐 비밀이었다. 작은엄마 뒤엔 작은아빠가 있었다. 세상인심이 그랬다. 진영은 원망하지 않으려고 애썼지만 친척이라는 울타리에 대해 허망한 생각이 드는 건 사실이었다.

작은아빠는 아빠가 잘살았을 때는 늘 진영에게 입양이라는 사실을 상기시켰다. 엄마, 아빠가 보지 않을 때면 뼈아픈 소리를 여러 번 했었다. 이 집 재산은 다 진형이 것이니 욕심내지 말라는 뜻이었다. 작은아빠 내외는 혹시라도 명진의 재산이 양녀인 진영에게 가지 않을지 전전긍긍했다. 그러나 사업이 부도가 나고 그 충격으로 쓰러진 명진이 갑작스럽게 세상을 떠난 후에는 진영에게 집안의 장녀라는 말을 하며 잘 견디라고 했다. 진영은 실소가 나왔다.

"아직까진 어떻게든 하고 있어."

— 미안.

"미안해하지 마. 나중에 네가 잘되면 몇 곱으로 벗겨 먹을 테니까. 있는 대로 생색내고 살 거라고. 오늘 집에 올 때 엄마 좋아하는 바닐라 아이스크림이나 사 와."

— 오늘 집에 못 들어갈 것 같아.

"무슨 일 있니?"

— 지헌이 할머니가 돌아가셨어. 오늘 밤 같이 있어 주고 싶어.

아빠가 돌아가셨을 때 내내 빈소에 있어 주고 화장터와 납골당까지 따라왔던 진형의 친구였다.

"그럼, 당연히 그래야지."

진형은 전화를 끊었다. 진영은 진형이 전화를 끊은 후에도 한참 동안 휴대전화를 바라보았다. 자기도 모르게 가느다랗게 한숨이 새어 나왔다.

'진형이도 잊어버렸구나.'

진영은 서운해하지 않으려고 애썼다.

어느덧 택시가 학교 교문 근처에 도착했다. 진영은 택시비를 내고 서둘러 택시에서 내렸다.

경현이 볼일이 있어 나온 김에 들렀다며 민호를 찾아왔다. 민호는 경현과 함께 회사 근처의 일식당에서 점심을 먹었다. 경현의 용건은 두 가지였다. 하나는 세 달 후에 있을 그의 결혼식에서 베스트 맨(best man)을 해 달라는 것.

"형은 나 같은 놈한테 결혼반지를 맡기고 싶어?"

경현이 피식 웃었다.

"내가 결혼하는 데 네가 일등공신이잖아."

"윤 여사님이 싫어하실 텐데."

경현은 쿡쿡 웃었다. 대학 시절 민호와 경현이 붙어 다니면서 청춘의 사고를 여러 번 쳤는데 민호의 부모는 민호가 선배를 잘못 만나서, 윤 여사는 경현이 후배를 잘못 만나서 그렇게 됐다고 굳게 믿었다.

"내가 윤아랑 결혼한다니까 구름 위를 걷는 기분이시다. 너

하나쯤은 충분히 눈 감아 주실 수 있어."

"결혼 너무 서두르는 거 아니야?"

20대부터 지금까지 화려한 여성 편력을 자랑했던 경현이 너무 쉽게 결혼을 하는 것 같아 민호는 어리둥절했다.

"이 세상에 저 사람 하나면 된다는 그런 확신은 일생에 한 번도 많아. 그런 여자를 만났는데 망설일 이유가 없잖아. 그런 괜찮은 여자가 임자 없기가 얼마나 힘든지 알아?"

윤아를 생각하는 것만으로도 기분이 좋은지 경현은 싱글거렸다.

"내가 베스트 맨이면 메이드 오브 아너(maid of honor)는 누구야? 혹시 진영 씨?"

경현은 의미심장한 표정으로 두 번째 용건을 꺼냈다.

"너 진영 씨한테 관심 있지?"

"무슨 소리야?"

느닷없이 허를 찔린 민호는 애써 태연한 척했지만 경현은 속지 않았다.

"관심 없어? 진영 씨에 대한 정보 하나 알려주려고 했는데 말아야겠네."

"뭔데?"

자동 반사적으로 말이 나갔다. 경현은 실실 웃으며 말했다.

"인마, 너도 정착해야지. 이 여자 저 여자 지겹지 않냐? 진영 씨, 사람 하나만 보면 나무랄 데 없어."

"잘못되면 형까지 못 볼까 봐 싫어."

역시 경현이 잘못 본 게 아니었다. 혹시 잘못될까 봐 겁이 난다는 건, 그만큼 그 사람이 의미가 있다는 뜻이기도 했고, 신경 쓰이는 존재라는 뜻이기도 했다. 무심함을 가장했지만 파멜라에서 민호가 진영을 보는 눈빛이 예사롭지 않았다. 무의식적으로 자기 여자에게 영역 표시를 하는 듯한 눈빛이었다. 진영이 예전에 사귀었다는 남자를 보는 눈빛은 살벌하기까지 했다.

민호와 알고 지낸 지 10년이 넘었지만 그동안 경현이 보아 온 민호는 여자에 대해 어떤 의미로는 담백했다. 포스트 잇 같다고 할까? 끈적거리지 않았다. 그런 민호가 그런 눈빛을 할 줄은, 경현은 꿈에도 생각지 못했다.

"결혼하라는 것도 아닌데 웬 오버? 진영 씨가 널 거절할 가능성은 아예 염두에도 두지 않는 거냐?"

민호는 피식 웃었다.

"근데 주겠다는 정보가 뭐야?"

"공짜로는 못 주지. 너한테 밥 한 번 빚진 거 이걸로 퉁 치자."

"형 개인 와인 셀러를 터는 것만큼 가치가 있는 거야? 난 이번에 야무지게 털려고 리스트까지 만들어 놨어."

민호가 딴청을 피우자 경현이 냉큼 말했다.

"그럼 말고."

"아냐. 퉁 친 걸로 해."

"오늘 진영 씨 생일이야. 윤아가 파멜라에서 서프라이즈 생일파티를 할 거야."

"거기 오라고?"

"어허, 이 친구가. 그러면 넷이 밥 먹다 끝나잖아. 연애는 말이야. 단둘이 있어야 진도 빼는 거다."

"그럼 뭐 어쩌라고?"

경현은 싱글싱글 웃으며 말했다.

"진영 씨에게 연락해서 오늘 내가 윤아에게 깜짝 프러포즈를 할 건데 좀 도와 달라고 부탁해. 진영 씨라면 분명 도와줄 거야."

경현은 구체적인 계획을 이야기했다. 가만히 이야기를 듣고 있던 민호가 입을 열었다.

"그러니까 윤아 씨를 끌어내는 척하면서 사실은 진영 씨를 끌어내는 거야?"

"빙고. 윤아의 깜짝 프러포즈인 줄 알았는데 진영 씨 생일파티가 짠 하고 벌어지는 거지. 당연히 너에 대한 호감도도 올라가겠지?"

민호는 한숨을 내쉬었다.

"뭐야? 싫은 거야?"

"전화번호를 몰라."

"뭐?"

"진영 씨 전화번호를 모른다고."

"여태 전화번호도 못 알아내고 뭐 한 거냐?"

경현은 혀를 끌끌 차면서 윤아에게 전화를 걸었다. 진영의 전화번호를 알려 달라는 경현의 말에 윤아는 경현과 똑같은 말을 했다. 여태 전화번호도 못 알아내고 뭐 한 거냐고.

경현은 메모지에 진영의 휴대전화 번호를 적어 민호에게 건
냈다. 민호는 휴대전화에 진영의 번호를 저장하고 메모지는 지
갑 속에 넣어 두었다.

"선물 준비하는 거 잊지 말고."

경현과 헤어진 민호는 회사 근처의 백화점으로 갔다. 생일
선물을 사려고 했지만 뭘 좋아하는지 모르니 어떤 선물을 사야
할지도 감이 잡히지 않았다. 선물을 받고 진영이 좋아하는 얼
굴이 보고 싶었다. 한 번도 누군가의 웃는 얼굴을 보기 위해 선
물을 사 본 적 없는 민호였다. 그건 골치가 아프면서도 설레는
것이었다. 짜증이 나면서도 웃음이 났다. 자기 물건을 살 때보
다 더 가슴이 두근거렸다.

백화점 1층 매장을 세 바퀴째 돌던 민호는 진영이 좋아하는
것을 떠올렸다.

진영이 그랬다, 꽃은 싫어도 돈은 좋다고. 그렇다고 돈 봉투
를 줄 수는 없어서 민호는 백화점 상품권을 샀다.

사무실로 돌아온 민호는 진영에게 전화를 걸었다.

— 여보세요? 누구세요?

"박민호야."

— 네? 아, 네.

진영은 민호가 용건을 꺼내길 기다렸다. 민호는 어떻게 말
을 꺼내야 할지 몰라 당황했다. 경현이 가르쳐 준 거짓말이 하
나도 생각나지 않았다. 거짓말하는 게 이렇게 힘든 일이었나?

휴대전화를 든 손에 땀이 찼다. 민호가 아무 말도 하지 않자 진영이 조심스러운 목소리로 물었다.

— 저, 무슨 일이세요?

"부탁할 일이 있어."

겨우 그렇게 입을 뗐다.

— 네, 말씀하세요.

민호는 소리 나지 않게 한숨을 푹 내쉬었다. 거울은 없었지만 얼굴이 벌겋게 달아오른 게 분명했다.

"그게, 전화로 말하기긴 좀 그래. 몇 시 퇴근이야? 내가 학교로 찾아갈게."

망설이는 기색이 역력했다. 어떻게 거절할까 궁리하는 것 같았다.

"저번에 나한테 빚진 거 기억해?"

— 네? 네.

"그거 갚는 일이야. 날 좀 도와줬으면 해."

겨우 진영은 민호를 만나겠다는 약속을 했다. 민호는 전화를 끊었다. 자기도 모르게 민호는 안도의 한숨을 내쉬었다.

손님이 왔다는 연락을 받고 진영은 접견실로 향했다. 민호가 온 줄 알았는데 여자 손님이라고 했다.

혹시 수업에 불만이 있는 학부모가 항의를 하러 온 걸까?

학교에 찾아와 소동을 피우는 별난 학부모들을 여러 번 본 터라 진영은 긴장이 됐다. 진영은 마음을 가라앉히고 접견실

문을 열었다. 앉아 있던 인숙이 진영을 보고는 몸을 일으켰다.

진영은 느닷없는 인숙의 방문에 얼굴을 굳혔다. 오늘 세상에서 제일 보고 싶지 않은 사람이었다. 진영은 인숙을 노려보았다. 보는 사람이 없으니 이 여자에게 마음껏 무례하게 굴어도 괜찮았다. 저 여자가 자신을 낳았다는 것이, 유전자의 절반이 저 여자가 준 것이라는 것이 증오스러웠다.

"인사도 안 하니?"

인숙이 말했다. 그러나 진영이 인사 따위를 할 리 없다는 것을 인숙도 잘 알고 있었다. 1년에 서너 번 있는 가족모임에서 얼굴을 볼 때도 진영은 인숙에게 말을 건 적이 없었다. 제 발 저린 도둑처럼 인숙 역시 진영을 모른 척했다.

진영은 인숙이 앉은 탁자 맞은편으로 가 앉았다. 진영이 앉자 인숙도 다시 의자에 앉았다.

"연락도 없이 학교로 찾아와서 미안하다. 그런데 네가 연락을 안 받아서 말이야. 마음은 급하고 그렇다고 아픈 언니를 붙잡고 늘어지기도 그래서 무작정 왔어."

진영은 냉정하게 말했다.

"한국말 못 알아들으세요?"

"진영아."

"난 안 해요."

호적상 사촌인 세연이 급성백혈병으로 쓰러져 조혈모세포 이식을 급히 받아야 했다. HLA(조직적합성항원)가 일치할 확률은 부모가 5%였고, 형제인 경우 25%였다. 인숙과 남편은 맞지 않았다. 인숙 부부는 조혈모세포은행을 통해 세연과 HLA가 일치하는 기증자를 찾았다. 세연과 HLA가 일치하는 사람이 국내에 다섯 명, 해외에 세 명이나 되었다.

안도의 한숨을 내쉰 것도 잠시였다. 국내에 있는 5명이 모두 기증하지 않겠다고 연락을 해 왔다. 인숙 부부는 해외의 기증자에게 희망을 걸었지만 그들 역시 사정상 기증하기 힘들다는 대답이 돌아왔다. 기증한다고 해 놓고 왜 약속을 어기냐고 분통을 터트리는 인숙 부부에게 조혈모세포은행의 담당자는 그런 일이 비일비재하다고 말했다.

담당의사는 돈 낭비, 시간 낭비라며 말렸지만 지푸라기라도 잡는 기분으로 인숙 부부는 친인척들에게 검사를 부탁했다.

진영은 내키지 않았지만 검사를 받으러 갔다. 친자매가 아닐 경우의 확률은 타인과 비슷했다. 그런데 검사 결과 진영과 세연의 HLA가 일치했다. 세연과 인숙의 남편 영훈은 뜻밖의 결과에 뛸 듯이 기뻐했다. 타인과 HLA가 맞을 확률은 2만분의 1 미만이었다. 병원에서도 이런 식으로 HLA가 맞는 사람을 찾은 건 처음이라며 신기해했다.

진영은 기뻐하는 인숙에게 조건을 걸었다. 남편과 세연에게 자신이 친딸임을 밝히라는 것이었다.

"내가 누군지 밝혔어요?"

인숙의 얼굴이 일그러졌다.

"그건 아직……."

"그럼 난 기증 안 해요."

"남한테도 하는 기증, 왜 여동생한테 못 한다는 거니?"

진영이 싸늘하게 인숙을 노려보았다.

"걔가 왜 내 여동생이에요? 걔가 내 여동생이라는 건 당신이 내 어머니라는 건데, 당신이 내 어머니예요? 고아원에서 데려온 근본도 모르는 애라고 당신 남편이 나한테 그러던데요. 귀한 당신 딸한테 내가 행여나 사촌언니 노릇 할까 봐, 나쁜 물이라도 들일까 봐 겁을 내시던데요. 받더라도, 누구 조혈모세포인지는 알고 받아야죠."

인숙 부부는 진영을 늘 없는 사람 취급했다. 인숙은 혹시라도 자기 비밀이 들통 날까 봐 진영에게 거리를 뒀고, 남편 영훈은 은연중에 진영을 하찮게 여겼다.

"사람 생명을 구하는 일이야. 어떻게 그렇게 모질게 구니?"

진영은 눈 한 번 깜빡하지 않고 쏘아붙였다.

"딸 목숨보다 자존심이 더 중요한가 봐요? 딸하고 남편에게 당신이 미혼모였던 과거, 친딸을 고아원에 버리고 처녀인 척 연애해서 시집갔고, 당신이 버린 딸을 언니가 입양해서 키웠다는 그 얘기 다 하라고요. 그럼 조혈모세포 기증할게요."

어떻게 잡은 행복인데. 인숙은 이제 와서 그 행복을 잃을 수 없었다. 미혼모였던 과거를 지우고 남들 보기에 번듯하게 살기 위해 죽을힘을 다했다.

사실대로 말했다가는 딸과 남편이 자기 얼굴을 안 보려고 할지도 몰랐다. 남편은 20년 가까운 세월 동안 기만당한 기분일 것이다.

"진영아, 내가 무릎 꿇고 빌게. 제발 세연이를 살려 줘. 세연이, 검사 결과 듣고 이젠 살 수 있다고 기뻐하고 있어. 이제 와서 그걸 밝혀서 무슨 소용이 있니?"

진영의 마음은 더욱더 차가워졌다. 이 사람은 끝까지 자기밖에 몰랐다.

"만약에 당신 남편이 날 찾아와서 조혈모세포 이식해 달라고 하면 내 입으로 밝힐 거예요. 당신 남편도 양심이 있다면 나한테 기증해 달라는 말은 못 하겠죠. 말 그대로 버린 딸자식 골수 빼먹는 짓이잖아요."

인숙의 얼굴이 하얗게 질렸다. 진영은 그러고도 남을 것이다. 인숙은 매달리듯 진영의 손을 잡았다.

"진영아, 제발."

진영은 불에 덴 것처럼 인숙의 손을 뿌리쳤다. 애타게 매달린 자신을 뿌리친 손이었다.

여섯 살 때의 기억이 선명하게 떠올랐다. 무슨 볼일이었는지 진영은 인숙과 명동에 갔었다. 사람들이 많은 곳이라 인숙은 진영의 손을 잡고 걸었다. 제대로 걷지 못해 비틀거리는 진영 때문에 발걸음을 자꾸만 멈추게 되자 인숙은 '왜 넌 똑바로 걷지도 못하니?'라며 신경질을 냈다. 진영은 화가 난 인숙이 손을 놓을까 겁이 났고, 짧은 다리로 뛰다시피 인숙의 보폭에 맞춰 걸었다. 사람들이 손에 든 가방과 쇼핑백이 얼굴을 쳤지만 조금도 아픔을 느끼지 못했다.

한참을 걷던 인숙이 갑자기 진영의 손을 놓았다. 진영은 지금도 그녀가 손을 놓던 때의 기억이 생생했다. 사람들의 파도에 휩쓸릴까 봐 겁이 난 진영은 인숙의 치맛자락을 꼭 잡았다. 그런데 인숙은 그 치맛자락마저 놓게 했다. 인숙은 진영을 보며 작은 목소리로 '아무 소리도 하지 마.'라고 말했다. 그러고는 진영에게는 한 번도 보여 준 적 없는 환한 미소를 지었다. 한 여자가 인숙을 보고 반가운 얼굴로 다가왔다.

"맞지? 정인숙."

"어머, 반가워. 몇 년 만이지, 우리?"

"고등학교 졸업하고 처음이지. 근데 너 결혼했어?"

낯선 여자가 진영을 보고 물었다. 인숙은 진영을 힐끗 바라보았다.

"조카. 언니가 미국에 가면서 엄마한테 맡기고 갔어."

"그랬구나. 조카가 너랑 많이 닮았네. 난 딸인 줄 알았지."

"어머, 처녀한테 못 하는 소리가 없어. 혼삿길 막을 일 있어?"

두 사람은 웃으면서 근황 이야기를 나눈 후 다음에 밥이나 같이 먹자는 의례적인 인사를 하고 헤어졌다. 여자가 보이지 않게 되고 나서야 진영은 인숙의 손을 다시 잡았다. 인숙은 짜증스럽다는 얼굴을 했다. 말하지 않아도 인숙이 무슨 생각을 하는지 진영은 똑똑히 알 수 있었다.

'너 같은 게 왜 태어나서……'

'엄마.' 하고 불렀던 날, 진영은 인숙에게 기절할 때까지 맞았다. 그렇지만 그 시절 진영에게 이 세상에 기댈 수 있는 사람은 오직 이 여자밖에 없었다.

진영은 더 악착같이 인숙의 손을 잡았다. 죽어도 놓지 않을 생각이었다.

진영은 그때의 기억을 수없이 떠올리고 또 떠올렸다. 그렇게 손을 놓아 버렸으면서 이제 와서 자신의 손을 잡으려고 하는 인숙이 너무 뻔뻔했다. 가증스럽게도 인숙의 눈에는 눈물까지 고여 있었다.

"내가 무릎 꿇고 비는 걸로는 안 되겠니? 내가 빌게. 제발 우리 세연이 좀 살려 줘. 걔는 아무 잘못도 없잖아. 이제 와서 내 가정 깨 봤자 네가 얻는 게 뭐가 있어?"

얻는 게 왜 없어? 당신이 불행해지잖아.

진영은 비틀린 미소를 지으며 인숙을 바라보았다.

난 저 여자의 딸이 맞아. 엄마를 닮았으면 이토록 못돼 처먹진 않았을 텐데, 난 저 여자가 불행해지길 원해. 나보다 더.

진영은 세연이 죽든 말든 아무 관심도 없었다. 진영은 자신에게 이토록 냉정한 구석이 있다는 것을 처음으로 깨닫고 소스라치게 놀랐다.

남이었으면 분명 묻지도 따지지도 않고 기증을 했을 것이다. 이 여자의 딸이라서 하고 싶지 않았다. 진영은 제 속에서 부글거리는 악의를 느꼈다. 그래서 이 여자가 더 미웠다. 낳았으면서 진영에게 준 것이라곤 미움밖에 없는 여자였다. 진영은 굳게 입을 다물었다. 절대로, 절대로 조혈모세포 기증을 하지 않을 생각이었다.

"얼마 주면 팔래?"

진영은 귀를 의심했다.

"공짜로 달라는 소리 아니야."

"하아."

진영은 기가 막혀 헛웃음이 나왔다.

"너 돈 필요하잖아. 그러니까 팔아."

정말 진영은 돈이 절실했다. 그걸 잘 아는 사람이, 언니가 암에 걸려 수술을 받는대도 문병 한 번 오지 않았다. 아빠 사업이 망했대도 이제껏 한 번도 경제적으로 도움을 준 적이 없었다. 그에 비하면 차라리 차용증을 쓰게 한 작은아빠 부부가 백 배는 더 나았다.

"당신한테는 안 팔아요."

인숙은 치를 떨었다. 진영이 이렇게까지 나올 줄은 꿈에도 몰랐다. 그래도 목숨이 달린 일이니 어쨌든 기증해 줄 거라는 근거 없는 믿음이 있었다. 그런데 진영은 정말로 기증할 생각이 없어 보였다. 자기도 모르게 욕이 나왔다.

"지독한 년! 기어이 내가 쫓겨나는 꼴을 봐야 속이 시원하겠다는 거야!"

"누굴 닮았겠어요? 사람이 오죽 지독해야 자기 자식을 버리죠? 아니, 당신은 날 버린 게 아니야."

진영은 차가운 눈으로 인숙을 바라보았다.

"내가 죽길 바랐지."

인숙은 멈칫했다. 그 일을 진영이 기억할 줄 몰랐다. 그때 진영은 고작 여섯 살이었다.

"그래 놓고 이제 와서 당신 딸을 내가 살리길 바라요? 웃기네요."

"내가 쫓겨나면 언니 마음은 편할 거 같아?"

진영도 참지 않았다. 감히 당신이 엄마를 끌어들여?

진영은 인숙을 노려보며 천천히 말했다.

"절대로 기증 안 해요. 죽어도 안 해요."

인숙은 절박했다. 진영이 아니면 세연에게는 희망이 없었다.

"열 달 동안 뱃속에서 키웠어! 마흔여덟 시간 진통해서 널 낳았어!"

인숙은 악을 썼다.

"그러니까 열 달 동안 뱃속에서 키운 값이랑 낳은 값이라도 해!"

진영의 눈에 눈물이 고였다. 독기밖에 없어 보였던 진영의 눈물에 인숙은 당황했다.

"오늘이 무슨 날인지 알아요?"

"뭐?"

"오늘이 무슨 날인지 아냐고!"

인숙은 전혀 모르는 눈치였다. 이 여자에게 자신의 존재는 겨우 이 정도였다.

"낳은 값을 받으려면 적어도 낳은 날은 잊지 말아야지요."

인숙은 얼음처럼 굳었다. 그제야 진영이 무슨 말을 하는지 깨달았다.

진영은 저 여자 앞에서 절대로 울고 싶지 않았다. 보란 듯이 당당하게 잘 사는 모습만 보이고 싶었다. 절대로 저 여자 탓을 하며 살고 싶지 않았다. 그렇지 않으면 지금껏 잘 키워 준 엄마, 아빠를 욕보이는 것 같았다. 그런데 저 여자가 끝내 자신을 비참하게 만들었다. 꾹꾹 눌러놓았던 아픈 기억들이 되살아났다. 진영은 울먹이면서 말했다.

"가. 가라고. 다신 찾아오지 마."

인숙은 주춤거리며 접견실을 나갔다. 인숙의 모습이 사라지자 울음이 본격적으로 터져 나왔다. 정말 미운 여자였다. 자신을 낳은 여자에게 버림받은 기억은, 진영을 쉬이 놔주지 않았다. 그것은 종기처럼 마음속에 잠복하고 있다가 어느 순간 터져 나왔다. 아무리 부정하고 잊어버리려고 해도, 친엄마에게도 버림받았는데 과연 누가 날 사랑할 수 있을까, 내가 누굴 사랑할 수 있을까, 하는 생각에서 벗어날 수 없었다. 그 누구에게도 진심으로 기댈 수 없었다.

엄마에게, 아빠에게 미안했다. 엄마와 아빠가 아무런 대가 없이 자신을 키우고 사랑해 줬음을 알면서도 진영은 늘 부모님께 빚을 지고 있다는 생각을 떨치지 못했다. 실망시켜 드리고 싶지 않았다. 좋은 딸이 되고 싶었다. 그러면서도 자신이 친딸이 아니라는 사실을 잊어 본 적이 없었다. 사랑하지만 마음껏 사랑할 수 없고, 의지하고 싶어도 마음껏 의지할 수 없었다. 사람을 믿을 수가 없었다.

인선과 진형이 미안하다는 눈으로 바라볼 때마다 진영은 양심의 가책을 느꼈다. 내가 엄마의 친딸이었으면 힘들다고 도망

갔을지도 몰라. 어쩌면 난 사람들이 내게 손가락질하는 게 겁나는 것일지도 몰라. 엄마가 날 키워 줬으니까 그 빚을 갚아야 한다고 생각하는지도 몰라. 빚쟁이로 살고 싶지 않아서 이러는 건지도 몰라.

가슴이 터질 것 같았다. 울음으로는 억눌렀던 분노와 슬픔이 조금도 해소되지 않았다. 자기도 모르게 진영은 가슴을 치다가 탁자를 쳤다. 정말 그 여자가 미웠다. 자신을 전혀 사랑하지도 않고, 관심도 없는 그 여자가 자신에게 가장 큰 영향을 미친다는 게 싫었다. 그 여자에게 여전히 상처받는 자신이 싫었다.

윤아는 싱글거리며 민호를 맞이했다. 놀리는 듯한 그 얼굴에 민호는 왠지 마음이 불편하기도 했고 부끄럽기도 했다.

"손님이 찾아와서 잠깐 자리를 비웠어요."

윤아는 빈 의자를 가리키며 말했다.

"앉아서 기다려요. 커피 마실래요?"

민호는 고개를 저었다. 학생 하나가 윤아를 찾아왔다. 윤아가 학생을 상대하는 동안 민호는 잠시 학교를 어슬렁거릴 생각으로 교무실 밖으로 나왔다.

'접견실에 있으려나?'

증축 공사와 리모델링 탓에 민호는 모교에서 길을 잃어버렸다. 지나가던 학생 하나를 붙잡고 접견실이 어디 있는지 물어보고서야 민호는 1층 구석에 있는 접견실을 찾을 수 있었다. 자기도 모르게 걸음걸이가 어색해졌다. 어떤 얼굴을 해야 할지도 알 수 없었다. 접견실에 가까워질수록 발걸음이 느려졌다.

저만치 접견실의 팻말이 보였고, 문이 열렸다. 단정하게 차려입은 중년 여자가 밖으로 나왔다.

민호는 발걸음을 멈췄다.

'진영이 손님인가?'

중년 여자는 빠른 걸음으로 민호의 곁을 스쳐 지나갔다. 민호는 접견실 근처를 서성였다. 그런데 좀처럼 문이 열리지 않았다. 민호는 접견실 문 앞으로 다가갔다.

울음소리가 들려왔다. 진영이 울고 있었다. 그 서럽고 가슴 저미는 소리에 민호는 문 앞에서 얼어붙었다.

한두 방울 떨어지는 비가 소나기로 변한 것처럼 울음소리는 점점 커졌다. 무언가를 탕탕 치는 소리도 났다. 울음은 쉬이 그칠 것 같지 않았다.

민호는 접견실에 들어가려고 문손잡이에 손을 댔다가 뗐다.

진영은 다른 사람 앞에서 결코 울지 못하는 사람 같았다.

울고 싶을 때는 실컷 울게 내버려 두자. 당신은 위로 같은 것을 원하지 않는 사람이니까.

민호는 뒤로 돌아서 걸어갔다. 그는 아무것도 듣지 못했다. 그렇게 칠 생각이었다. 그렇지만 가슴이 답답했다. 뭔가 울컥하는 게 치밀어 올라 괜히 주먹으로 벽을 쾅 쳤다.

민호는 교무실로 돌아왔다.

"갑자기 회사에 일이 생겨서요. 지금 당장 들어가 봐야 할 것 같습니다."

"지금 바로 가야 해요? 잠깐만 기다려요. 진영이 데려올게
요. 인사라도 하고 가요."

"아뇨. 그럴 시간이 없어서요. 모처럼 자리 마련해 주셨는데
죄송합니다."

"아뇨. 괜찮아요. 다음에 다시 자리 만들게요."

"저 왔다 갔다고 전해 주시고요. 그리고 이거."

민호는 품에서 상품권이 든 봉투를 꺼내 윤아에게 건넸다.

"제가 줬다는 소리는 하지 마시고 형수님이 준비한 걸로 해
서 주세요."

"민호 씨가 준비한 건데 어떻게 제가 줘요."

"제가 줬다고 하면 부담스러워할 것 같아서요. 서프라이즈
생일파티 꼭 재미있게 해 주세요."

"네, 그럴게요."

민호는 굳은 얼굴로 교무실을 나갔다. 윤아는 상품권 봉투
를 보면서 중얼거렸다.

"멋대가리 없게 상품권이 뭐야. 민호 씨, 생각보다 센스가
없네."

윤아는 혹시나 진영이 볼까 상품권을 가방 안에 넣었다.

"그나저나 얘는 왜 이렇게 안 오는 거야?"

민호는 침대에 누워 휴대전화를 만지작거렸다. 힐끗 시계를
바라보았다. 11시 15분. 내일이 되기까지, 진영의 생일이 끝날
때까지 45분 남았다.

서프라이즈 생일파티는 잘했나? 궁금했지만 경현에게 전화를 걸고 싶진 않았다. 진영의 울음소리가 여전히 민호를 괴롭혔다. 그렇게 슬픈 울음소리는 난생 처음이었다.

'도대체 누굴 만난 거지? 무슨 일이 있었던 거지?'

민호는 천천히 문자를 찍었다.

생일 축하해, 진영아.

어쩐지 너무 친근했다. 반말을 허락했다고 해서 친한 척하라는 뜻은 아닐 것이다. 민호는 뒤의 세 글자를 지웠다.

생일 축하해.

이것도 어색했다. 음, 그럼 좀 건조하게 써 볼까?

생일 축하합니다.

뒤에 고객님만 붙이면 은행에서 보낸 축하문자 같았다.

민호는 문자를 지웠다. 뭐가 이렇게 어려운 거지? 골치가 아팠다. 그때 노크 소리가 들렸다.

"자니?"

아버지였다. 민호는 침대에서 벌떡 일어나서 방문을 열었다.

석금은 자리에 앉자마자 본론을 꺼냈다.

"유라, 그 아이 만나 봤다. 그만하면 됐다. 둘이 결혼해라."

유라를 직접 만나 본 후 석금은 마음을 굳혔다. 배경이나 조건도 나무랄 데 없었고, 실제로 만나 보니 민호에게 넘칠 만큼 똑똑하고 야무졌다. 회사 경영을 맡겨도 될 정도로 배짱도 있어 보였다. 민호같이 물렁한 녀석에겐 그런 야무진 여자가 어울렸다.

"아버지, 전 유라랑 결혼할 생각 없습니다."

석금은 민호의 마음을 움직일 카드를 꺼내 들었다.

"그 아이 말로는 시집살이가 심할 거라며 네가 결혼하지 않겠다고 했다던데, 한 1년만 살면 분가시켜 주마. 네 엄마야 누굴 데려와도 다 싫다고 할 텐데, 네 엄마 마음에 드는 여자를 어디서 찾아."

말은 1년이라고 했지만 석금은 바로 분가시킬 생각이었다. 유라와 연희가 한집에 산다면 매일이 전쟁일 게 뻔했다. 석금은 이제 시대가 많이 바뀌었고, 그의 로망이 시대착오적이라는 것을 인정했다.

석금의 기세를 보니 정말 곧 상견례를 하고 날짜라도 잡을 기세였다. 민호는 자기도 모르게 입을 열었다.

"저 결혼할 사람 있습니다."

"뭐?"

"제가 말씀드렸잖아요, 그냥 만나는 사이라고. 따로 결혼 생각하고 만나는 사람이 있습니다."

석금은 믿지 않는 눈치였다. 석금은 민호가 한유라와 결혼하지 않으려고 지어낸 거짓말이라고 생각했다.

"그럼 곧 만날 수 있겠구나."

"네."

민호가 조금도 동요하는 기색 없이 대꾸하자 석금은 혼란스러웠다.

"뭐 하는 여자냐?"

"교사요. 고등학교 국어교사."

고작 교사? 석금은 뜨악한 얼굴을 했다.

"그럼 왜 이제껏 집에 말 한마디 안 했냐?"

"먼저 말해서 좋을 게 뭐 있어요? 어머니가 유라한테 하시는 거 보고도 모르세요?"

"뭐 하는 집안 딸이냐?"

"직접 보고 물어보세요."

"그럼 이번 주라도 약속 잡자."

"네. 아버지 편하신 날로 하세요."

"그럼 한유라 걔는 뭐냐? 결혼도 안 할 여자랑 호텔에 가?"

"그날은 제가 술에 많이 취해서 유라가 호텔에 데려다줬던 것뿐이에요. 시간이 늦어서 한방에서 잠만 잤다고요. 아버지, 괜히 이상한 소문 내지 마세요. 남의 집 귀한 딸 혼삿길 막혀요."

'정말 결혼할 여자가 있다는 건가?'

석금은 무엇에 홀린 것 같은 기분으로 민호의 방을 나갔다.

마을버스에서 내리는데 비가 내리기 시작했다. 운수 나쁜 날의 끝을 장식하는 비였다.

진영은 마을버스 정류장 앞 편의점에서 비닐우산이라도 살까 하다가 그만뒀다. 돈이 아까웠다. 월말이라 가지고 있는 돈도 간당간당했다. 그렇지만 공기가 유난히 찼다. 비를 맞으면 감기에 걸릴 것 같았다. 진영은 편의점 차양 밑에 서서 비를 피했다. 고작 3천 원도 마음대로 쓰지 못해 머리를 굴려야 하는 자신의 처지가 처량 맞고 서글펐다.

어디서 맛있는 냄새가 났다. 컵라면 냄새였다. 라면 냄새를 맡자 배에서 꼬르륵 소리가 났다. 8시가 넘은 시간이었지만 진영은 저녁도 먹지 못했다. 집에 가서 밥을 차려 먹을 기운도 없었다. 마음도 몸도 오늘은 버티기 힘들 만큼 피곤했다.

편의점 안으로 들어간 진영은 컵라면 하나만 사려다가 참치 마요네즈 삼각김밥도 하나 샀다. 그래도 오늘은 생일이니까. 진영은 컵라면과 삼각김밥을 다 먹고 편의점을 나왔다. 속이 차서 그런지 공기가 덜 차갑게 느껴졌다.

진영은 머리고 옷이고 흠뻑 젖은 채 집에 도착했다. 현관을 열고 들어가니 컴컴한 어둠과 퀴퀴한 냄새가 났다. 식탁 위에 그대로 놔둔, 먹고 남은 음식과 개수대에 쌓인 그릇들에서 나는 냄새였다.

"엄마, 자?"

진영은 인선이 쓰는 안방 문을 조용히 열고 물었다. 한참 후에야 인선이 졸음이 가득한 느릿한 목소리로 대답했다.

"진영이니?"

"응. 왔어."

인선이 부스럭거리며 일어나려고 하자 진영이 말렸다.

"엄마, 일어나지 마."

"저녁은 아직이지?"

"아니야. 먹고 왔어. 피곤해서 그냥 씻고 잘래."

"그럴래?"

인선의 목소리가 많이 피곤한 듯했다.

"그럼 엄마는 좀 더 잘게."

진영은 조용히 안방 문을 닫고 욕실로 들어가 젖은 옷을 벗었다. 목욕을 다 한 진영은 주방으로 가 식탁을 치우고 설거지를 했다. 내일 먹을 국을 끓이고, 반찬 몇 가지도 만들고, 쌀도 씻어 밥통에 넣고 예약취사를 눌러 놓았다. 젖은 옷을 그냥 놔두면 냄새가 날 것 같아서 진영은 아랫집에서 뭐라고 할지도 모른다는 생각을 하면서도 세탁기를 돌렸다. 빨래를 널고 나서야 진영은 침대에 기절하듯 쓰러졌다.

혹시 인선이 미역국이라도 끓여 놓지 않았을까 기대했었다.

아무에게도 축하받지 못한 생일이었다.

아무도 내가 태어나길 바라지 않았어. 생긴 순간부터 짐 덩어리였고, 한 번도 누군가에게 일순위가 된 적 없잖아. 낳아 준 여자도 기억 못 하는 생일인걸.

눈물도 나지 않았다.

진영은 까무룩 잠이 들었다. 한참 후 진영은 휴대전화 벨소리에 화들짝 잠이 깼다.

"여, 여보세요?"

— 잤니? 자는데 깨운 거야?

"누구세요?"

— 박민호. 자는데 깨운 거면 미안.

"아, 아니에요. 일은 잘 해결하셨어요?"

— 응?

"회사에 갑자기 급한 일이 생겨서 가셨다고."

— 응. 잘 해결됐어. 바람 맞춰서 미안.

"아, 아니에요."

— 다시 약속을 잡아야 할 것 같아서. 언제가 편해?

"저녁 시간이면 괜찮아요."

— 그럼 내일 문자로 알려줄게.

"네."

진영이 전화를 끊으려고 할 때 민호가 불쑥 말했다.

— 생일 축하해.

진영이 뭐라고 반응하기도 전에 전화가 황급히 끊겼다. 전화가 끊긴 후에도 진영은 한참 동안 멍하니 있었다. 갑자기 눈물이 흘러내렸다.

7

약속장소인 아르노에는 민호가 먼저 와서 기다리고 있었다. 민호는 진영을 아래위로 훑어보았다. 진영은 너무 초라하게 입고 나와서 그러나 싶어 기분이 상했다.

"평소대로 입고 오랬잖아요."

"누가 뭐래?"

"근데 왜 그렇게 훑어봐요?"

"예뻐서."

진영은 당황했다. 민호의 입꼬리가 올라갔다. 놀린 거구나. 진영의 얼굴은 붉어졌다. 어쩐지 민호는 기분이 좋아 보였다. 진영은 민호 옆에 앉았다.

민호는 진영에게 가짜 여자 친구 노릇을 하루 해 달라고 했다.

"부모님이 자꾸 선을 보라고 해서 사귀는 사람이 있다고 거 짓말을 했거든. 그런데 우리 부모님이 좀 집요하신 편이라 사귀는 사람을 꼭 한번 보셔야겠다잖아."

민호가 진영을 위해 파멜라에서 했던 일과 비슷한 일이었 다. 이걸로 그때 진 빚을 갚는다고 생각하니 진영은 오히려 홀 가분하기까지 했다.

"오늘 제가 어떻게 하면 돼요?"

"우리 부모님이 뭐라고 하셔도 '네.'라고만 하면 돼. 말도 안 되는 소릴 해도 기본 미소 장착하고 방긋방긋 웃어. 이것저것 귀찮게 물을 텐데, 대충 대답해. 아, 거짓말은 하지 마. 앞뒤가 안 맞아서 들통 나면 큰일이니까. 일찍 끝내 줄게. 딱 한 시간 만 참아."

진영은 망설이다가 물었다.

"제가 입양아라는 것까지 이야기해요?"

"응."

진영은 긴장이 돼서 물을 마셨다.

민호는 말을 툭 던졌다.

"하긴 걱정할 건 없겠다. 넌 그런 거 잘할 것 같아."

뭔가 뼈가 있는 소리 같았다.

"제가 뭘 잘해요?"

"힘들어도 안 힘든 척, 기분 나빠도 아무렇지 않은 척, 싫어 도 좋은 척, 하나도 안 착하면서 착한 척."

민호의 거침없이 파고드는 직설적인 말에 진영의 얼굴이 굳었다. 그렇지만 아무 말도 하지 못했다.

"봐. 이렇게 대놓고 까는데도 화도 안 내잖아. 그렇게 살면 좋아?"

민호는 빙글빙글 웃었다. 또 놀림 받은 것 같았다.

담당 서버가 들어와 박 회장 내외의 도착을 알렸다. 민호와 진영은 의자에서 몸을 일으켰다. 두 사람이 들어오자 민호는 자연스럽게 진영의 허리에 손을 감았다. 진영은 움찔 놀라 민호를 바라보았지만 민호는 태연한 얼굴이었다.

"저랑 사귀는 이진영 씨예요."

진영은 허리를 굽힌 후 말했다.

"처음 뵙겠습니다."

진영의 인사에도 석금과 연희는 아무 대꾸도 하지 않고 그저 빤히 바라보기만 했다. 싸늘하고 적대적인 분위기에 진영은 몸 둘 바를 몰랐다.

"아버지, 진영이가 인사하잖아요."

석금이 못마땅한 기색이 역력한 얼굴로 입을 열었다.

"민호한테 이야기 많이 들었다."

"인사는 이만하면 됐고 밥이나 먹죠."

민호는 서버에게 눈짓을 했다.

진영의 무릎에 다정하게 냅킨을 펴 주고 민호는 진영을 보며 말했다.

"주문은 내가 할게."

진영은 고개를 끄덕였.

"둘이 자주 오나 봐?"

연희의 말에 진영이 뭐라고 대꾸하기도 전에 민호가 말을 가로챘다.

"자주 오기는요. 진영이는 이런 화려한 분위기를 별로 안 좋아해요."

안 좋아하는 게 아니라 못 좋아하는 거겠지. 연희는 얼굴을 찌푸렸다. 옷 입은 꼬락서니 하고는. 머리는 또 저게 뭐야? 젊은 애가 피부 관리도 안 하나?

석금이 입을 열었다.

"교사라고 들었는데."

"기간제 교사입니다."

"기간제가 뭐지?"

"계약직이라고 생각하시면 됩니다. 아직 임용시험에 합격하지 못해서요."

석금의 이마에 주름이 한 줄 깊게 잡혔다.

"가족은?"

"아버지는 돌아가셨고, 어머니와 남동생이 있어요."

"그럼 생전에 부친은 무슨 일을 하셨지?"

문초라도 하듯 석금은 연이어 질문을 던졌다.

"사업을 하셨는데, 돌아가시기 전에 갑작스럽게 부도가 났습니다."

정확히 말하자면 부도를 막기 위해 동분서주하다가 과로로 심장마비가 왔다.

"그럼 지금 생활은?"

"제가 일하고 있습니다."

"어머님하고 동생은?"

"어머니는 암으로 투병 중이시고 동생은 아직 학생이라서요."

연희는 커틀러리를 내려놓고 진영을 빤히 바라보았다. 기가 막힌다는 얼굴이었다. 진영은 애써 그 시선을 모른 척했다. 진영은 제일 민감한 이야기를 꺼냈다.

"민호 씨에게 들으셨을지 모르겠는데 전 입양아입니다. 여덟 살 때 입양되었어요."

분위기가 차갑게 가라앉았다. 진영에게 너무나 익숙한 공기가 흘렀다. 투명한 막이 그녀에게 들러붙은 듯한 기분마저 들었다.

입양, 다들 좋은 일이라고 입을 모아 칭송하지만 직접 입양아와 관계를 맺게 되면 뭔가 하자가 있는 물건을 보는 듯한 눈빛으로 바라보았다. 땡감을 한 입 크게 베어 문 듯한 석금과 연희를 보며 진영은 민호가 말한 대로 미소를 지었다. 방긋방긋. 마음에도 없는 미소를 짓고 괜찮은 척하는 건 자신이 있었다. 늘 그렇게 살았으니까.

불편한 점심 식사를 마치자 민호는 진영을 마리 앙투아네트의 응접실처럼 꾸며 놓은 카페로 데려왔다. 패션잡지 화보에서 빠져나온 듯한 민호를 돋보이게 하는 배경이었다. 민호의 말대로 식사는 딱 한 시간만 했지만 진영은 어쩐지 정신이 너덜너덜해진 기분이었다. 진영은 헤어지고 싶었지만 민호는 예약을 해 뒀다며 진영을 반강제로 끌고 왔다.

"차는 뭘로 준비해 드릴까요?"

"다르질링 퍼스트 프레시."

민호는 진영에게 묻지도 않고 차를 주문했다. 나비와 꽃이 아름답게 그려진 티포트가, 같은 무늬가 그려진 홍차잔과 함께 민호와 진영의 앞에 놓였다. 진영은 모래시계에서 모래가 떨어지는 것을 멍하니 바라보았다. 모래가 다 아래로 떨어지자 민호가 두 사람의 잔에 차를 따랐다. 골든 토파즈처럼 반짝이는 차색과 섬세한 머스캣 향기에 기분이 좋아졌다. 차를 마시자 진영은 자기도 모르게 긴 한숨이 나왔다. 이제야 좀 살 것 같았다. 진영은 민호에게 물었다.

"도대체 나에 대해 뭐라고 말한 거예요? 무슨 사귀는 사람에게 그렇게 시시콜콜한 것까지 물어대요?"

분가는 안 된다, 일도 그만둬야 한다, 살림도 제대로 배워야한다. 진영은 기가 질렸지만 티 내지 않고 민호가 시킨 대로 무조건 '예, 그렇게 하겠습니다.'만 연발했다. 진영이 고분고분하게 대답하자 민호의 부모는 더 당황한 것 같았다.

외아들이라더니 정말 부모가 극성이다 싶었다.

"우리 부모님이 좀 그러셔. 이러니 내가 결혼할 수 있겠어?"

"그렇지만 좀 부럽기도 해요."

진영은 한 번도 받아 본 적 없는 애정의 형태이기도 했다.

"별게 다 부럽다."

민호는 미소 지으며 시선을 정원으로 돌렸다. 진영도 민호를 따라 시선을 돌렸다. 도심 한가운데에서 고요한 녹색 정원을 바라보는 것만으로도 힐링이 되는 것 같았다. 한 번도 들어본 적 없는 새소리가 들렸다. 진영은 실내에 잔잔하게 흐르는 클래식 음악보다 새소리가 더 듣기 좋았다.

진영은 정말 오랜만에 머릿속이 텅 빈 것 같은 기분이었다. 불안도 걱정도 없는 편안한 상태. 진영은 기쁨이나 행복보다 이런 고요한 평정이 절실하게 필요했다.

"결혼할래?"

담담하고 태연한 목소리였다.

차를 마시려던 진영은 잔을 내려놓았다. 황당하다는 얼굴로 민호를 바라보았지만 민호는 진영을 보고 있지 않았다. 민호는 저만치 서 있는 서버에게 눈짓을 했다. 서버가 소리 없이 두 사람이 있는 테이블로 다가왔다.

"오페라랑 타르트 타탱."

주문을 하고 민호는 진영을 바라보며 말했다.

"여기 디저트 맛있어."

여전히 담담한 목소리였다. 잘못 들은 거라고, 진영은 '케이크 먹을래?'라고 물은 걸 자신이 잘못 들었다고 여겼다. 민호는 덤덤한 얼굴로 홍차를 마셨다. 진영은 그런 민호의 얼굴을 보며 자기 추측에 확신을 가졌다.

"오페라는 어느 쪽에 놓아 드릴까요?"

"두 개 다 저쪽에 놓아 주세요."

민호는 주문한 디저트를 모두 진영 앞에 놓게 했다. 진영은 의아한 얼굴을 했다.

"먹어."

"그쪽이 먹으려고 주문한 거 아니에요?"

"난 단것 싫어해."

"근데 왜?"

"너는 좋아할 것 같아서."

진영은 민호의 친근한 말투가 거슬렸다.

"안 먹을래요."

"케이크 싫어해?"

"아뇨."

진영은 단것이라면 사족을 못 썼다.

"근데 왜 안 먹어? 여기 디저트 맛있어."

민호는 아까 했던 말을 반복했다.

그래도 진영은 케이크에 손을 대지 않았다. 금테가 둘러진 흰 접시에 아름답게 장식된 타르트 타탱과 오페라는 먹기가 아까울 정도였고 은제 포크는 눈이 부시게 반짝거렸다. 그렇지만 먹고 싶지 않았다.

민호는 메뉴판을 펼쳤다.

"다른 거 시켜 줄까? 마카롱이랑 밀푀유도 괜찮은데. 크림 브륄레도 잘하고, 라즈베리 시럽을 끼얹은 바닐라 아이스크림도 맛있어. 아니면 갓 구운 쿠키 먹을래? 주문하면 바로 구워서 줘, 좀 기다려야 하지만."

민호는 가게에 있는 디저트를 모두 시킬 기세였다. 단것을 좋아하지도 않는다면서 디저트가 맛있다는 것을 아는 걸 보면 여자들과 어지간히 많이 와 본 것 같았다.

'하긴, 잘생긴 건 사실이잖아.'

이 정도 얼굴에, 그만한 배경에 여자가 붙지 않으면 이상할 것 같기도 했다. 게다가 싹수없게 굴다가도 갑작스럽게 배려심이 폭발하고, 여자의 응석을 무한대로 받아 줄 듯 구니 그 온도차에 여자들이 자지러질 것 같았다.

남자가 한결같이 헌신적이고 착한 여자를 지루하게 생각하는 것처럼, 여자도 늘 그 자리에 있을 것 같은 남자는 지루하니까.

진영은 또다시 피식거렸다. 이 남자에 대해 논문이라도 쓸 거야? 뭘 그렇게 분석하고, 예상하고 그래?

진영이 대답하지 않자 민호는 멋대로 주문하려고 서버를 찾아 고개를 돌렸다. 진영은 민호를 말렸다.

"왜 그렇게 나한테 케이크를 먹이려는 거예요?"

"뇌물. 단걸 먹여 두면 협상이 좀 쉬울 것 같아서."

"무슨 협상이요?"

"너랑 결혼하고 싶어."

잘못 들은 게 아니었다. 진영은 놀라서 민호를 바라보았다. 민호 역시 진영을 똑바로 바라보았다. 대답을 듣고 싶다는 눈빛이었다.

"당신, 설마 나 좋아해요?"

민호는 말도 안 된다는 듯 피식 웃었다.

"예쁘다고는 했지만 좋아한다고는 안 한 것 같은데."

진영은 무안해서 얼굴이 달아올랐다.

"고용하고 싶다는 뜻이야. 전에 네가 말했잖아, 월급을 주면 결혼할 수 있다고. 사대보험은 안 되지만 건강보험은 결혼하면 당신이 내 피부양자가 될 테니까 그걸로 됐고, 나머지는 적당히 보장할게. 서로 납득하는 선에서 말이야. 계약직 아내로 당신을 고용하고 싶어."

진영은 그제야 민호가 무슨 말을 하는 건지 겨우 감을 잡았다.

"농담이죠?"

"아니, 진담이야."

"난 농담이었어요."

"아니, 그때 넌 진담이었어. 농담이라고 하기엔 너무 구체적이었지. 넌 사랑으론 결혼할 수 없지만 일로는 결혼할 수 있을 거야. 네겐 돈이 필요하지, 사랑이 필요한 게 아니니까."

사실이었기에 진영은 아무 말도 하지 못했다.

민호는 천천히 말을 이었다.

"아버님이 꽤 많은 빚을 남기셨더군. 동생은 군대 다녀와서 이제 겨우 3학년에 복학한 데다 앞으로 최소한 2년은 회계사 공부하면서 학교를 다녀야 할 테니 학비는커녕 자기 용돈도 벌지 못할 테고, 시험에 합격한 후에도 금방 목돈을 벌진 못할 거야. 예전처럼 회계사들이 잘나가던 시절은 아니니까. 경쟁도 치열하고 말이야. 어머님 병원비도 계속 나가겠지. 암 4기이니

완치 판정을 받더라도 갑자기 상태가 나빠지거나 전이가 오면 감당하지 못할 만큼 의료비가 들 거야. 거기에 간병인비도 들 테고. 그 집에서 유일하게 돈 벌 수 있는 사람이 당신인데, 기간제 교사 월급으로는 세 사람 생활비도 빠듯하잖아. 그것도 내년 2월이면 끝난다며? 임용고시가 된다고 해도 교사 월급이야 빤하지. 안정적이긴 하지만 큰돈은 못 버는 직업이잖아."

진영은 화가 났다.

"내 뒷조사를 했어요?"

"응. 고용주가 예비 고용인에 대해 알 건 알아야지."

"이것 보세요. 내가 언제 당신 계약직 아내직에 지원했다고 내 뒷조사를 해요?"

"뭐, 그럼 헤드헌팅이라고 생각하든가."

민호는 얼굴색 하나 변하지 않고 뻔뻔하리만큼 담담한 목소리로 대꾸했다.

헤드헌팅? 이봐, 그 말뜻은 알고 쓰는 거야? 진영은 자기도 모르게 입을 벌렸다. 진영은 이 남자와 정상적인 대화가 불가능하다는 것을 깨달았다.

"너 나 싫어하잖아. 넌 날 절대로 좋아하지 않을 테니까 금상첨화지. 너만 한 사람 구하기 힘들 것 같아. 난 충분히 진지하게 생각하고 있으니까 너도 진지하게 생각해 봐."

"그만해요."

민호는 그만하지 않았다.

"급한 빚은 먼저 갚아 줄게. 결혼 생활 중에 발생하는 당신 집안일에 대해서 금전적으로 섭섭하게 할 일은 없을 거야. 당신이 말한 대로 고용주의 경제 상황은 중요하지. 난 돈은 많아."

"그 대신 노예처럼 살라고요?"

"당신을 사겠다는 소리가 아니라 당신을 고용하겠다는 거야. 통상적인 계약직 고용과 다를 게 없어. 당신이 마음에 안 들면 떠날 수도 있고, 내가 마음에 안 들면 당신을 해고할 수도 있어. 1년 단위로 재계약하는 걸로 하지. 그렇지만 일의 특수성을 고려해서 노동 삼권은 보장해 주기 힘들 것 같아. 물론 그 부분에 대해서는 돈으로 보상할게."

"2년 이상 근무하면 무기 계약직으로 전환된다는 건 모르시나 봐요?"

"나랑 오래 살고 싶어?"

진영은 실소가 터졌다.

"난 우리 이해관계가 잘 맞는다고 생각해. 이 정도면 꽤 좋은 조건이고."

우리라는 말에 진영의 미간 주름이 깊어졌다.

"너도 나도 결혼이나 연애에 환상 같은 건 없잖아. 연애의 해피엔딩이 결혼이라는 환상 말이야. 연애는 즐기는 거고, 결혼은 생활이지."

"그럼 그대로 살면 되잖아요."

"우리 부모님이 자꾸 날 결혼시키려고 하시거든. 하지만 어떤 여자도 우리 집에서 버텨 내지 못할 거고 난 무지하게 피곤해지겠지. 당신도 봤잖아, 우리 부모님이 어떤 사람들인지."

진영은 문득 뭔가 짚이는 듯한 얼굴로 민호를 바라보았다.

"설마 당신, 날 결혼할 여자로 소개한 거예요?"

"응."

이제야 그 집요한 질문들과 어이없어 하던 민호 부모의 얼굴이 이해가 되었다. 그렇게 생각하니 그쪽도 오늘 참 많이 참았구나 싶었다.

"도대체 무슨 생각으로 그런 말을 한 거예요? 결혼할 사람이라니요."

"너랑 결혼하고 싶으니까."

민호는 세상에서 제일 쉬운 것을 묻는다는 얼굴로 대답했다. 진영은 한숨을 내쉬고 말했다.

"여자들은 대부분 남편을 사랑하기 때문에 시집살이를 감수하면서 살아요. 그냥 당신 좋다고 하는 여자 만나서 결혼해요."

"그건 뻔뻔한 논리지. 날 사랑하니까 내 부모의 진상 짓도 참아라? 너를 키워 준 부모보다 더 신경 쓰고 위해라? 도대체 그게 어떻게 성립하는 논리지? 게다가 그 역은 성립하지 않잖아. 상당히 부당한 계약이지, 여자에게."

"페미니스트시군요."

"아니. 논리적이고 상식적인 이기주의자일 뿐이야. 난 집안일에 신경 쓰고 싶지 않고, 아내와 내 부모가 나를 가지고 줄다리기하는 것도 딱 질색이야. 내가 납득할 수 없는 것을 상대에게 강요하는 것도 악취미라고 생각하고. 돈으로 그 서비스를 받겠다는 게 나쁜 생각인가? 나름 고용 창출인 것 같은데?"

"한 10년 결혼 생활을 한 사람 같아요. 혹시 한 번 갔다 왔어요? 전처가 시집살이를 못 견뎌서 이혼하자고 했어요?"

"우리 어머니가 지독하게 시집살이하시는 것을 보고 자랐으니, 간접 경험은 풍부하지. 그리고 시집살이를 심하게 한 시어머니가 더 지독한 시집살이를 시킨다는 것도 알아."

"그러니까, 정말 계약직 아내를 구한다는 거예요?"

"그래."

"내가 결혼을……, 아니 고용계약을 받아들였다고 쳐요. 내가 그만둔 다음엔 또 다른 계약직 아내를 구할 건가요?"

민호는 어깨를 으쓱했다.

"당신같이 별난 여자가 또 있을 리 없잖아. 당신 말고 결혼하고 싶다는 생각이 드는 여자는 평생 못 만날 것 같아. 한 번 실패를 했으니 더 이상 결혼하라는 말은 하지 않으시겠지. 사람들이 날 게이로 보지도 않을 테고, 이상한 놈 취급도 받지 않겠지. 결혼 안 한 여자만 피곤한 게 아니야. 결혼 안 한 남자도 나름 사람들의 시선 때문에 피곤하다고."

"그쪽 부모님이 절 받아들이실 거라고 생각해요?"

"글쎄."

"반대하는 결혼, 할 수 있어요?"

민호는 잠시 생각하다가 입을 열었다.

"아니. 난 못 해."

"하아."

진영은 자기도 모르게 소리를 내고 말았다. 이 남자 뭐야?

"재미없는 이야기, 이제 그만하죠."

진영은 자리에서 일어나려고 옆 의자에 두었던 가방에 손을 댔다. 민호가 나지막한 목소리로 말했다.

"집에서 벗어나고 싶잖아. 짊어지고 있는 게 부담스럽잖아. 결혼은 딸이 집에서 벗어날 수 있는 합법적이고 사회적으로 인정받는 제도지."

느닷없이 허를 찔린 진영의 얼굴이 새빨갛게 달아올랐다.

"당신과 결혼하고 싶다는 건 사실이야."

민호가 진영에게 한마디 더 덧붙였다.

"게다가 우리는 감정적으로 얽힐 게 없으니 더할 나위 없이 깔끔하지 않겠어?"

어디까지가 농담이고 어디까지가 진담인지 알 수 없어 진영은 혼란스러웠다.

예상대로 석금은 펄쩍 뛰었다. 석금은 그래도 한유라 급은 될 거라 기대했었다. 민호는 요지부동이었다. 진영이 아니면 결혼 생각이 없다고 못을 박았다. 술에 술 탄 듯, 물에 물 탄 듯 하던 민호가 이번엔 단호했다. 연희는 머리를 싸매고 누웠고 석금은 절대 안 된다고 말했다.

"그럼 결혼 못 하는 거죠. 서로 공평하잖아요, 아버지도 저도."

"뭐가 공평하다는 거야!"

"아버지는 마음에 안 드는 며느리를 안 봐서 좋고, 저는 싫은 사람과 결혼 안 해서 좋고요."

석금은 자기도 모르게 '썩을 놈.' 하고 욕을 했다. 이 녀석은 정말 자기에게 엿을 먹이기 위해 태어난 놈 같았다.

"너, 날 바보로 알아? 너, 나랑 네 엄마 열 받게 하려고 그런 말도 안 되는 여자앨 데리고 나온 거잖아!"

"뭐가 말이 안 되는데요?"

석금은 비서실을 통해 진영에 대한 조사를 했다. 보고서를 읽고는 더 기가 막혔다.

"부모도 모르는 애를 어떻게 며느리로 들여?"

민호가 날카롭게 석금을 노려보았다. 석금은 아들의 눈빛에 자기도 모르게 움찔했다.

"입양하신 분, 진영이 이모세요. 사정이 있어서 결혼하지 못하고 아이를 낳았고, 이모가 입양해서 친딸처럼 키웠어요. 진영이도 이모를 친엄마처럼 여기고요. 입양아인 게 어때서요? 진영이는 누구보다 가족을 소중하게 생각하는 애예요."

"그래도 이놈아, 어지간해야지."

"제 조건은 뭐가 그리 대단해서요. 돈 빼면 제가 진영이보다 나은 거 하나도 없어요. 진영이는 착하고, 성실하고, 머리 좋고, 사리분별 딱 부러지고, 책임감도 강해요."

아들의 이렇게 진지한 모습은 난생 처음이었다.

"너 설마 진짜로 개랑 결혼할 생각인 거냐?"

"그러니까 부모님께 보여 드렸죠."

민호가 사귀는 여자를 보여 준 것도, 결혼하겠다고 제 입으로 말한 것도 이번이 처음이었다.

"그렇게 좋다면서 왜 내가 반대하면 결혼을 안 하겠다는 거냐?"

"시부모가 모두 반대하는 결혼, 해 봤자 진영이가 힘들 테니까요. 그건 아버지도 잘 아시잖아요. 진영이는 제가 좋아하는 것만큼 절 좋아하지 않아요. 제가 쫓아다니는 겁니다."

석금은 할 말을 잃었다. 아들이 이렇게 진지한 눈빛으로 속 이야기를 털어놓은 건 정말 처음인 것 같았다.

진영은 순순히 석금과의 만남을 약속했다. 드라마 한 편 찍으면 되지. 그렇게 체념했다. 이미 종수의 부모와 겪어 본 적이 있어서인지 별로 부담스럽지도 않았다. 이걸로 민호에게 진 빚은 이자까지 청산한 거라고 진영은 생각했다.

진영은 석금이 보낸 차를 타고 회사 근처에 있는 한정식 집으로 향했다. 진영은 별채로 안내되었다. 석금은 도착 전이었다. 서버가 내온 결명자차를 막 마시려는데 석금이 도착했다.

진영은 자리에서 일어나 석금에게 허리를 굽혀 인사했다.

석금은 눈을 내리깔고 다소곳하게 서 있는 진영을 가만히 바라보았다. 지금껏 민호가 만나고 다닌 여자들과는 질적으로 다르긴 했다.

"앉자."

석금이 자리에 앉자 진영도 자리에 앉았다.

석금은 마주앉은 진영을 빤히 바라보며 애써 좋은 점을 찾아보았다.

공부를 잘했다. 민호가 졸업한 대학보다 훨씬 좋은 대학을 장학금을 받고 다녔다. 대학교 2학년 때 부친이 세상을 떠난 후 실질적인 가장 노릇을 한다는 것을 보니 야무지고 책임감이 강하다는 민호의 말이 맞는 것 같았다. 죽은 양부의 평판도 나쁘지 않았다. 성실하고 수완도 있는 사람인데 아까운 나이에 죽었다는 평이었다.

사업을 하다 보면 항상 좋은 날만 있는 게 아니었다. 사람들은 사업하는 집 사모가 팔자 좋다고 하지만 그건 모르니까 하는 속 편한 소리였다. 물론 그의 아내 연희처럼 애초부터 아내 노릇을 내팽개치고 공주 노릇만 하면서 이날 이때까지 온 사람도 있긴 했다.

고분고분해 보이는 것도 마음에 들었다. 처음 만났을 때도 한 번도 '아니오.'라는 말을 한 적이 없었다. 요즘 젊은 여자들은 합가라는 말만 들어도 안색이 변한다는데 진영은 아무런 토도 달지 않고 수긋이 그리하겠다고 대답했었다.

유라보다는 한참 못했지만 그래도 지금껏 성실과는 1억 광년 이상 떨어진 민호가 이런 여자와 결혼할 마음을 먹었다는 건, 제대로 살아보고 싶은 마음이 든 것일지도 몰랐다.

석금은 민호의 첫 연애에 멋모르고 간섭한 것에 대해 나름의 죄책감이 있었다. 자식이 하나다 보니 과도하게 간섭하는 면이 없잖아 있었다. 민호가 본격적으로 비뚤어진 건 그 일 때문이었다. 이 결혼은 민호가 준 마지막 기회일지도 몰랐다. 나름의 계산속도 있었다. 이 정도로 처지는 혼사이니, 시집살이가 힘들어도 잘 버티겠거니 싶은 마음도 있었다.

석금은 눈앞에 있는 진영과 얼마 전에 만난 유라를 비교해 보았다. 유라는 똑똑하고 당찬 아이였다. 미래의 시아버지가 될 수도 있는 석금 앞에서 자기 생각을 당돌하리만큼 당당하게 밝혔다. 그런 유라가 연희와 마찰이 없을 리 없었다. 어머니가 세상을 떠나면서 겨우 고부 갈등에서 벗어났는데 또 그 아수라장으로 끌려 들어가고 싶진 않았다. 진영은 연희에게 고분고분 잡혀서 살아 줄 것 같았다.

"오늘 만나는 건 민호에게 말했니?"

"아니요. 말하지 않았습니다."

눈치는 있어 보였다. 민호 녀석이 안다면 난리를 쳤을 것이다.

"왜 말하지 않았니?"

"무슨 이야기를 하실지 알 것 같아서요."

"그래? 네가 독심술을 하는 줄은 몰랐구나."

"죄, 죄송합니다."

진영은 이 불편한 자리가 어서 끝나기만을 기다렸다. 돈 봉투든 물벼락이든 좋으니 후딱 끝나 버렸으면 좋겠다고 생각했다. 석금은 진영의 바람대로 바로 본론으로 들어갔다.

"민호 엄마는 반대하지만 난 이 결혼, 시키기로 마음 굳혔다."

"네에?"

진영은 깜짝 놀랐다. 일이 요상한 방향으로 흘러가고 있었다.

"아버님, 그날은 민호 씨가 가볍게 식사나 하자고 해서 나간 자리였습니다. 그런 자리인 줄 알았으면 나가지 않았을 거예요. 전 민호 씨와 결혼할 생각 없습니다."

결혼 생각이 없다는 말에 석금은 조금 당황했다.

"결혼 생각도 없으면서 만나는 거냐?"

"만난 지 얼마 되지 않았습니다."

"민호는 너랑 결혼하겠다고 했다."

"저는 아닙니다. 설사 오래 사귄다고 해도 결혼은 안 할 겁니다. 제 처지에 결혼은 사치예요. 그 정도 염치는 있습니다."

"내가 민호와 헤어지라면 헤어질 테냐?"

"네. 아버님이 아무 말씀 안 하셔도 제 쪽에서 알아서 정리하려고 했습니다."

한참 후 석금이 물었다.

"너, 민호 사랑하니?"

"아니요. 깊은 감정은 아닙니다."

진영은 단호하게 말했다.

"다행이구나."

진영은 자신이 민호를 사랑하지 않는다고 했으니 석금이 결혼을 없던 일로 하겠다고 말할 줄 알았다. 진영이 안도의 한숨을 내쉬려는 찰나, 전혀 예상치 못했던 말이 석금의 입에서 나왔다.

"결혼해라."

"네?"

"그 녀석이 제 입으로 뭔가 하겠다는 건 난생 처음이라 시키는 게다. 그 녀석은 널 아주 많이 좋아하고 너랑 결혼하고 싶어 하니까 아비가 한 번 져 주는 거다. 한 번은 그 녀석이 원하는 대로 해 줘야지."

"아버님, 그때도 말씀드렸지만 저희 집에서 돈 버는 사람은 저 하나라 저는 결혼할 처지가 아닙니다."

"그건 걱정하지 마라. 너희 친정에 생활비 정도는 내가 보내 줄 수 있다. 네가 우리 민호를 별로 사랑하지 않는다니 다행이구나. 그 녀석이 너한테 싫증 날 때까지만 살아라. 물론 보상은 충분히 하마. 나중에 이혼하더라도 섭섭하지 않게 챙겨 줄 테니 걱정 말고. 단, 아이는 못 내준다."

석금은 진영의 앞에 서류 봉투를 내밀었다.

"민호 녀석 고집이 지랄 맞아. 네가 아니면 결혼하지 않겠다고 했으니 정말로 결혼하지 않을 게다. 하나뿐인 자식을 총각 귀신으로 만들 순 없지 않니? 뭐, 길진 않을 게다. 내가 민호 녀석을 아는데 그 녀석은 뭐든 끈질기게 한 적이 이제껏 단 한 번도 없었어. 결혼도 마찬가지일 게다."

정말 석금은 진영과 민호를 결혼시킬 기세였다. 진영은 당황해서 어쩔 줄 몰랐다.

"혼전계약서와 각서다. 네가 이혼한 후 받게 될 액수는 결혼 기간에 맞춰서 구체적으로 적어 놨다. 봉투 안에 변호사 명함을 넣어 뒀으니 마음이 정해지면 변호사와 약속 잡아라. 부족하다 싶으면 변호사 통해서 말하고."

할 말을 다 한 석금이 자리를 뜬 후에도 진영은 한참 동안 앉아 있었다.

정말 이 집안 남자들은 단체로 상식이 가출한 거야? 아니면 있는 집 사람들은 다 이런 건가? 충격이 가시자 진영은 화가 치밀어 올랐다.

진영은 민호에게 전화를 걸었다. 민호가 전화를 받자마자 진영은 퍼붓기 시작했다.

"정말 대단한 아버지를 두셨네요."

민호는 놀랐는지 아무 말도 하지 못했다.

"그쪽 아버지도 날 계약직 며느리로 고용하려고 하시는 것 같은데 어느 쪽 조건이 더 좋은지 지금 따져 보고 있는 중이에요."

— 거기 어디야?

"어디면요!"

— 갈게. 어디야?

30분 후, 잔뜩 당황한 민호가 나타났다. 진영은 민호 쪽으로 석금이 준 서류 봉투를 밀었다.

"당신 아버지, 정말 결혼시키실 생각이세요."

서류를 찬찬히 읽은 후 민호는 생각에 잠겼다. 진영도 흥분을 가라앉혔다. 이제 민호에게 맡겨 두면 이 황당한 소동에서 자신은 빠질 수 있을 것 같았다.

"알아서 설득시키세요. 난 이제 당신도, 당신 부모님도 뵙고 싶지 않아요."

민호는 진영을 똑바로 보며 입을 열었다.

"정말 결혼 생각 없어? 나쁘지 않은 조건이야. 이중 계약이긴 하지만 난 괜찮아."

진영은 살짝 입을 벌렸다. 이중 계약?

"더블이잖아, 나한테서도 받고 아버지한테서도 받고. 순식간에 몸값이 두 배로 올랐군."

부전자전이라더니. 진영은 기가 막혔다. 아버지도, 아들도 참 징그럽게 자기 할 말만 했다.

"이것 보세요, 박민호 씨."

"그리 좋은 노동 환경이라곤 할 수 없다는 거 알아. 하지만 우리 아버지는 바빠서 당신 괴롭힐 시간 별로 없어. 우리 어머니가 좀 집요하긴 하겠다, 워낙 할 일이 없는 양반이라."

진영은 어이가 없어 대꾸하고 싶지 않았다.

"어쨌든 이쯤 했으면 당신에게 진 빚은 넘치게 갚았어요."

진영은 자리에서 일어났다. 민호가 황급히 진영의 손을 잡았다.

"아직 내 이야기 끝나지 않았어. 우리 아버진 당신과 나를 결혼시키려고 마음먹었어. 이게 무슨 뜻인지 몰라?"

진영은 민호의 말이 잘 이해되지 않아 그저 눈만 깜빡였다.

"우리 아버지는 어떻게 해서라도 당신과 나를 결혼시킬 거야. 우리 아버지 고집이 장난이 아니시거든."

이 역시 부전자전이겠지.

"협박이라도 할 거라는 거예요?"

"못 할 것 없지. 그런 쪽은 우리 아버지 전공이거든. 당신은 약점이 많잖아."

냉정한 어조로 민호는 진영의 현실을 상기시켰다.

아픈 어머니, 빚, 남동생.

"당신이 날 좋아하지 않는다고 말하면 되는 거잖아요. 그럼 끝날 문제예요."

"말해도 믿지 않으실걸. 내가 네 뜻대로 해 주느라 거짓말한 다고 생각하실 거야. 그러면 우리 아버지는 아들이 가여워서라 도 널 더 압박하겠지."

"난 이런 결혼 못 해요. 그러니까 제발 없던 일로 해 줘요."

"난 아버지에게 아무 말도 하지 않을 거야."

"민호 씨!"

"말했잖아, 난 너랑 결혼하고 싶다고."

진영은 무언가 헤어날 수 없는 덫에 치인 기분이었다.

"진영아, 결혼하자."

진영은 한참 후에야 겨우 입을 열었다.

"도대체 나한테 왜 이래요?"

글쎄, 내가 너한테 왜 이럴까? 민호 역시 답을 알고 싶었다.

진영은 얼핏 민호가 웃고 있다는 기분이 들었다.

8

윤아는 들고 있던 500cc 생맥주 유리잔을 탕 소리가 나게 내
려놓았다. 그 서슬에 거품이 사방으로 튀었다.

"야! 공양미 300석에 팔려 가는 심청이도 아니고. 그 부자,
쌍으로 미친 거 아냐?"

윤아는 고개를 절레절레 흔들었다.

"그러니까 시아버지 자리는 아들 아내 노릇을 잘해 주면 섭
섭하지 않게 돈을 주겠다는 거고, 아들 녀석은 제 부모님 며느
리 노릇을 잘해 주면 돈을 주겠다는 것 아니야. 그런데 뭐? 몸
값이 더블이니 손해 보는 게 아냐? 된장 발라 꼬치로 꿰어 숯불
위에서 빙빙 돌릴 놈! 내 앞에 나타나기만 해. 절대 가만 안 둬!
도대체 인간이 뭘 먹고 크면 그렇게 싹수가 없다니?"

안 그래도 힘든 애한테 똥물을 튀겨도 유분수지. 윤아는 진

영의 어려운 상황을 민호가 이용하려고 한 게 더 마음에 안 들었다. 반면 진영은 담담했다. 같이 화를 내자고, 마중물을 붓듯 오버해서 화를 냈던 윤아는 머쓱해졌다.

"심청이가 정말 아버지를 위해서 팔려 간 걸까요?"

진영은 바구니에 담긴 뻥튀기를 한 주먹 크게 쥐어 입안에 털어 넣었다. 맥주를 한 모금 마신 진영이 입을 열었다.

"동냥젖으로 키운 딸자식이 구걸하고 삯일해서 번 걸로 사는 주제에 제 눈 뜨겠다고 공양미 300석을 겁도 없이 약속하는 아버지. 심청이는 아버지가 자기 인생에 들러붙은 야차 같고, 아귀 같았을 것 같아요. 누군가의 자식으로 태어나서 갚아야 하는 빚. 이걸로 끝내자, 지독하게 박복한 내 인생 이걸로 고생은 끝이라는 생각으로 인당수에 뛰어들었을 것 같아요. 그 아버지가 그런 희생을 받을 자격이 있는 사람이었던가요? 딸자식 물귀신 만들어 번 돈으로 새장가 들어서 젊은 년 치마폭에 싸여 돈 떨어질 때까지 헤헤거리며 살았잖아요. 정말 지긋지긋해."

마지막 말은 인숙을 떠올리며 한 말이었다. 낳아 준 값을 달라고 했다. 악에 받쳐 한 소리겠지만, 진영은 그것이 그 여자의 진심임을 알았다.

인간도 아니야. 어떻게 그런 소릴 할 수 있지?

천박한 여자였다. 그 여자의 피가 자기에게도 흐른다고 생각하니 정말 끔찍했다.

"낳아 준 게 그렇게 대단한 일일까요? 피지도 못한 딸 목숨을 내놓으라고 할 만큼?"

키우지도 않고 한 번도 딸로 인정하지도 않았으면서 골수를 달라고 할 만큼?

세연의 목숨이 달린 문제이니 인숙은 절대로 포기하지 않을 것이다. 그냥 줘 버리자 싶은 마음이 없는 것도 아니었다. 줘 버리면 적어도 귀찮게는 하지 않을 테니까. 그렇지만 마음이 복잡했다. 진영은 자신이 왜 이렇게 버티는 건지 곰곰이 생각해 보았다.

당신은 나를 너무 쉽게 잊어버렸고, 없는 존재로 만들었어. 당신, 처음으로 나에 대해 생각해 보는 거잖아. 안 그래? 그러니까 이번에 생각 좀 더 해 보라고, 내가 누군지 당신이 내게 어떻게 했는지.

갑자기 한기가 느껴졌다. 그 여자를 떠올리면 늘 어디선가 찬바람이 쉴 새 없이 불어왔다.

딸자식 팔자 망치려고 태어났다고 진영에게 악다구니를 하던 외할머니가 죽고, 그 여자는 볼일이 있다며 집을 나갔다. 며칠을 굶었는지도 기억나지 않았다. 깨어났을 때는 병원이었다.

"그 사람이 도망치고 싶지 않냐고 물었을 때 솔직히 흔들렸어요. 나 지금 너무 힘들어요. 내가 해야 할 일이라고 생각하지만 가끔 억울해요. 내가 동생이고 진형이가 오빠였다면 좋았을 거라는 생각도 해요. 참 못됐죠? 내가 친딸이 아니라서 그런 생각을 하는 걸까요?"

"친딸이어도 해."

170

윤아는 딱 잘라 말했다. 대학교 2학년 때부터 진영이 어떻게 가장 노릇을 해 왔는지 가장 가까이에서 봐 온 윤아였다.

누군가가 목을 조른 듯 갑자기 숨이 콱 막혔다. 조혈모세포 기증을 하고 돈을 받을까? 그러면 이 달 말까지 넣어야 하는 이 자와 원금은 갚을 수 있었다. 몇억이라는 돈의 무게는 사람마다 달랐다. 누군가에겐 겨우 차 한 대 값이었지만 진영에게는 10년이 걸려도 가까이 갈 수 없는 어마어마한 액수였다.

"선배, 나 가끔 무서워요, 내 인생이 이렇게 시들 것 같아서요. 결혼도 못 해 보고, 연애도 못 해 보고, 엄마 병수발에 진형이 뒷바라지하다가 20대, 30대 지나고 나면 더 이상 예쁘지도 않고 젊지도 않은 내게 뭐가 남을까요? 선배, 나 후회하지 않을까요?"

윤아는 멈칫했다. 진영이 제 입으로 힘들다고 내색하는 건 정말 드문 일이었다.

후회할 것이다. 하지만 진영은 그렇게밖에 사는 방법을 몰랐다. 그 누구에게도 넘길 수 없는 진영만의 짐이었다.

집에서 벗어나고 싶잖아. 짊어지고 있는 게 부담스럽잖아.

착하지도 않으면서 착한 척, 그렇게 살면 좋아?

다들 내게 힘내라는 말밖에 하지 않는데 왜 그 싹수없는 남자는 내게 그런 말을 해 주는 걸까? 엄마도, 진형이도, 윤아 선배도 해 주지 않은 말이었는데.

"결혼하면 돈 걱정은 하지 않아도 된다는 그 남자 말에, 끝이 보이지 않는 터널 속에 갑자기 빛이 확 비치는 기분이었어요."

"빛도 빛 나름이지. 심해어들이 불빛으로 먹잇감을 유인하는 거 몰라?"

진영은 웃으며 맥주잔을 입으로 가져갔다.

먹이도 먹이 나름이지, 자신은 그다지 맛이 없는 물고기였다. 그런데 그 사람은 왜 나와 결혼하려는 걸까? 이해가 되지 않았다. 그 정도 외모에 그 정도 재력이면 분명 그와 결혼하고 싶어 하는 여자는 많을 것 같았다. 그런데 왜 나한테 그러는 거지? 내가 예뻐서? 진영은 막 맥주를 삼키려다가 웃음이 터져 사레가 들렸다. 한참을 쿨럭거린 후에야 진영은 윤아와의 대화를 이을 수 있었다.

"선배, 구해 주는 사람을 선택할 수는 없잖아요."

민호는 아빠가 세상을 떠난 후 진영에게 유일하게 구체적으로 도움의 손길을 내민 사람이었다. 수많은 위로를 받았지만 위로로 해결되는 것은 아무것도 없었다. 마음만으로는 가족을 지킬 수 없었다. 민호의 말은 조목조목 모두 맞았다. 그리고 그것은 공짜도 아니었다. 진영이 일해서 갚으면 되는 것이다. 싹수 노란 그 가족들에게 며느리와 아내 노릇을 하면서 말이다.

"옛날에, 마리아의 집에 있을 때 연말이면 사람들이 기부품을 들고 사진 찍으러 오는데, 난 그런 사람들이 되게 싫었어요. 웃기 싫은데 계속 웃으라고 하고, 평소보다 더 불쌍하게 보이려고 이런저런 연출을 하는 게 어린 나이에도 정말 꼴사나웠거든요. 근데 내가 스무 살 먹고 마리아의 집에서 봉사를 할 때는 생각이 좀 달라졌어요. 그런 전시성 기부품이 정말 절실해요. 아이들한테는 멀리서 불쌍히 여겨 주는 사람보다는 그렇게 찾아와서 공책 한 권, 연필 한 자루라도 쥐여 주는 사람이 더 필요해요. 내 입에 과자를 넣어 주고 내 손에 동화책을 쥐여 준 건 바로 그 사람들이었어요. 어쩌면 이 모든 것에서 벗어날 수 있을지도 모르겠다는 생각을 처음으로 했어요."

진영은 메마르게 웃었다.

"그렇다고 그런 남자랑 결혼해? 분명 다른 방법이 있을 거야."

"무슨 방법이 있는데요?"

윤아는 할 말을 잃었다. 돈을 빌려주는 거라면 윤아도 할 수 있었다. 그러나 진영은 윤아의 도움을 받으려 하지 않았다. 신세 지는 것을 극도로 싫어하는 진영의 성격을 윤아는 대학 시절부터 익히 겪어 왔다.

"너, 설마 결혼하려는 건 아니지?"

"당연한 소릴 왜 해요. 어떻게 그런 결혼을 해요. 우리 엄마가 날 어떻게 키웠는데요. 그런 결혼 하면 엄마가 속상해하실 거예요."

윤아는 안도의 한숨을 내쉬었다. 진영은 자리에서 일어났다.

"선배, 우리 그만 일어서요. 늦으면 엄마가 불안해하세요."

윤아와 헤어진 진영은 지하철 역으로 걸어갔다. 고작 500cc 한 잔인데도 취했는지 어지러웠다. 진영은 힐끗 쇼윈도에 비친 얼굴을 바라보았다. 얼굴은 하나도 빨갛지 않았다. 피곤해서 그런 것 같았다.

지하철을 타고 가면서 진영은 휴대전화를 확인했다. 민호로부터 전화가 몇 통 와 있었다. 진영은 부재중 전화 목록을 지우고 휴대전화를 가방에 넣었다. 개소리에는 무시가 답이었다.

아파트 주차장을 지나던 진영은 유난히 눈에 띄는 차를 보고 고개를 갸웃거렸다. 이 동네 주차장에서 보기 힘든 특이한 디자인의 이탈리아제 외제차인데 이상하게도 눈에 익었다. 박민호의 차였다. 진영은 화들짝 놀라 집으로 달려갔다.

"진영아, 여기, 여기야."

진영의 아파트 동 근처에 있는 벤치에 앉아 있던 민호가 손을 흔들며 진영을 불렀다. 친한 친구 집에 놀러온 사람처럼 느긋한 얼굴이었다. 진영은 요동치는 심장을 겨우 진정시키며 민호에게 다가갔다.

"여기서 뭐 해요?"

진영의 말에는 대꾸도 하지 않고 민호가 물었다.

"전화했는데 왜 안 받아?"

진영은 어이가 없어 아무 말도 하지 못했다. 이 남자가 여기가 어디라고 온 거야? 설마, 엄마를 만나러 온 건 아니겠지? 민호는 진영에게 가까이 다가와 킁킁 냄새를 맡았다.

"술 마셨구나. 누구랑 마셨어?"

"지금 그게 중요해요? 여긴 왜 왔어요?"

"아버지가 가급적 빨리 상견례하고 결혼식 하길 바라셔."

"누구 마음대로 상견례를 하고 결혼을 해요. 빨리 가요."

"알았어. 갈게."

민호가 순순히 일어나자 진영은 꼭 허깨비에게 홀린 기분이었다.

민호가 순순히 가 줘서 고마우면서도 그렇게 순순히 갈 거면서 왜 굳이 여기까지 왔을까 싶었다. 정말 종잡을 수 없는 사람이었다. 개구리도 저 남자보다는 예측 가능한 방향으로 뛸 것 같았다.

진영은 안도의 한숨을 내쉬며 아파트 건물로 들어갔다. 비밀번호를 누르고 현관문을 열고 들어가자마자 진영은 우뚝 서버렸다. 거실 탁자 위에 커다란 꽃바구니가 놓여 있었다. 방에 있던 인선이 진영이 들어오는 소리를 듣고 거실로 나왔다. 인선은 뭔가 묻고 싶은 얼굴로 진영을 빤히 바라보며 말했다.

"민호 군이 선물로 사 온 거야."

망할. 자기도 모르게 욕이 튀어나올 것 같아서 진영은 입술을 꽉 깨물었다. 순순히 간 이유가 있었다. 이미 사고를 친 후였던 것이다. 이 나쁜 놈.

소파에 앉은 인선이 진영에게 앉으라고 손짓을 했다.

"얘기 좀 하자."

뭔가를 잘못해서 야단을 맞는 기분이었다. 인선은 진영을 빤히 보다가 시선을 꽃바구니로 돌렸다. 방에 있던 진형도 문을 열고 거실로 나왔다. 인선도 진형도 추궁하는 눈빛으로 진영을 바라보았다.

진형이 저녁 먹은 설거지를 하고 있을 때 현관 벨이 울렸다.

진형은 인터폰에 비친 얼굴을 보고 고개를 갸웃거렸다. 낯선 남자가 서 있었다. 처음엔 집을 잘못 찾아왔나 싶었지만 어디선가 본 듯한 기분도 들었다. 진형은 안전 고리를 건 상태로 문을 조금 열었다.

"누구세요?"

남자가 진형을 보고 반가운 듯 미소를 지으며 말했다.

"진형 씨, 전에 병원에서 봤죠? 박민호입니다."

그제야 기억이 났다. 기생오라비같이 생겨서 밥맛없다고 생각했었다. 진영은 윤아의 친구라고 했지만 뭔가 이상하다는 느낌이 있어서 마음에 걸렸었다.

"누나 일로 찾아왔습니다. 어머님을 뵙고 싶습니다. 드릴 말씀이 있어서요."

"들어오세요."

진형은 안전 고리를 풀었다.

방에 누워 있던 인선이 벨 소리를 듣고 나왔다.

"누구시냐?"

인선이 진형을 보며 물었다.

"엄마, 그게……."

진형이 적당한 말을 찾지 못해 머뭇거리는 틈에 민호가 꾸벅 허리를 숙였다.

"연락도 없이 찾아와서 죄송합니다. 박민호라고 합니다."

민호는 작약과 수국, 장미가 풍성하게 꽂힌 꽃바구니를 인선에게 건넸다.

"꽃을 좋아하신다고 들었습니다."

인선은 얼결에 꽃바구니를 받아 들었다. 그렇지만 영문을 알 수 없어 어리둥절한 얼굴이었다. 진형이 인선에게 말했다.

"엄마, 앉아서 이야기해. 누나 일로 왔대."

인선은 민호를 소파에 앉게 했다. 진형은 주방으로 가 민호에게 대접할 커피를 타기 위해 물을 끓였다.

"저번에 병원에 계실 때 드렸던 꽃은 마음에 드셨어요?"

"꽃? 아, 그 꽃을 민호 군이 보낸 거예요?"

"네. 병원에 일이 있어 들른 김에 진영이 편에 보냈습니다. 그때 직접 뵙고 인사드리고 싶었는데 진영이가 말려서요."

뜬금없는 꽃다발이어서 신경이 쓰였었다.

"우리 딸하고는?"

"좋은 감정으로 만나고 있습니다."

주방에서 와장창 소리가 났다. 거실에서 나는 소리에 귀를 곤두세우고 있던 진형이 찻잔을 개수대에 떨어뜨리면서 나는 소리였다. 진형만큼이나 인선도 놀랐다.

"우리 딸과 사귄다고요?"

"네."

"언, 언제부터요?"

"오래되진 않았습니다. 어머님, 말씀 낮추세요."

"아, 아뇨. 아무리 어린 사람이라도 초면에 말 놓는 건 예의가 아니지요."

"송구스럽습니다."

"아니, 아니에요. 그런데, 우리 진영이는 어떻게 만나게 된 거예요?"

"진영 씨 선배인 서윤아 씨가 제가 친형처럼 따르는 대학 선배와 결혼할 사이입니다. 그런 인연으로 만나서 사귀게 되었습니다."

인선은 진영이 윤아를 만나러 나간다고 몇 번 외출했던 것을 기억했다. 설마 데이트하러 간다고 말하기가 쑥스러워서 윤아 핑계를 댄 걸까? 며칠 전에는 치마 정장에 화장까지 제대로 하고 외출했었다. 이런, 데이트를 나간 거였구나. 인선은 미소를 지었다.

"진영인 저희 부모님께 인사를 드렸습니다. 저도 어머님께 인사드리는 게 예의인 것 같아 이렇게 갑자기 찾아왔습니다."

진영이 민호의 부모를 만났다는 말에 인선은 놀랐다.

"민호 군 부모님을 만났다고요?"

"교제 중인 여자가 있는 걸 아시고 얼굴이라도 보여 달라고 성화를 부리셔서요. 아버지가 결혼을 늦게 하신 데다 자식이라곤 저 하나라 제 결혼을 엄청 기다리고 계세요."

"아버님 춘추가?"

"일흔이 넘으셨습니다."

"민호 군은?"

"올해 서른둘입니다."

집에서 서두를 만한 나이이긴 했다.

"그럼, 결혼 허락받으러 온 건가요?"

178

"아닙니다. 허락을 받으러 온 게 아니라 그냥 인사를 드리러 왔습니다. 제 이야기, 전혀 못 들으셨죠?"

"네. 전혀 모르던 일이라 경황이 없네요."

충분히 이해한다는 듯 민호가 고개를 끄덕이며 말했다.

"이렇게라도 하지 않으면 진영이가 어머님께 말씀을 드리지 않을 것 같아서요."

민호는 진형이 내온 커피를 마시고 바로 자리에서 일어났다.

"좀 있으면 진영이 올 거예요. 보고 가요."

"아, 아닙니다. 진영이가 오면 어머님께서 제가 결혼 이야기 부담 가지지 말라고 했다고 전해 주세요. 제 전화를 안 받아서요. 그리고 연락 좀 해 달라고 전해 주시고요."

"그래요. 전해 줄게요."

인선은 민호의 모습을 찬찬히 살펴보았다. 종수와는 전혀 다른 타입이었다. 종수는 유약한 모범생 같았다. 패션잡지에서 빠져나온 듯한 남자가 우리 진영이 타입이었나?

"민호 군은 결혼에 대해 어떻게 생각하고 있어요?"

"진지하게 생각하고 있습니다. 진영이는 이런저런 형편 때문에 아예 생각도 안 하려고 하고, 제 도움도 전혀 받으려고 하지 않아서 걱정입니다. 혼자서 다 지고 가려고 해요. 자기를 좋아하는 사람에게 의지하고 힘들다는 투정을 부려도 될 텐데요."

"그렇죠. 우리 진영이가 그래요."

인선도 늘 그렇게 생각했기에 한숨을 내쉬었다. 종수는 그런 진영의 성격을 전혀 몰랐지만 이 남자는 아는 것 같았다. 인선은 민호에게 호감이 생겼다. 겉모습은 영 뺀질거려서 미덥지 않지만 진영에 대해 말하는 것을 보니 마음씀씀이가 깊어 보였다.

"다음에 또 놀러 오겠습니다."

"그래요. 다음엔 꼭 연락하고 와요. 그때는 내가 밥 제대로 차려서 대접할게요."

대접이 소홀해 인선은 마음에 걸렸다. 과일도 떨어져 인스턴트커피 말고는 내놓을 것이 없었다. 게다가 며칠 기운이 없다는 핑계로 청소도 제대로 하지 않아 집 안 여기저기에 먼지가 쌓여 있었다.

식구끼리 살 때는 몰랐는데 낯선 사람이 오니까 주부가 집안일에서 손을 놓은 티가 났다. 예전의 인선이었다면 상상도 할 수 없는 일이었다. 인선은 좀 더 기운을 내서 집안일을 돌봐야겠다고 생각했다.

자식 둘을 치우고 나야 부모로서의 책임을 다하는 거지. 진영과 진형이 짝을 찾아 결혼할 때까지 흐트러진 모습을 보이지 말아야겠다고, 인선은 마음을 단단히 먹었다.

늘 고생만 시키는 것 같아 안쓰러웠던 진영이 연애를 한다니 인선은 기분이 좋았다. 한편으로는 걱정도 되었다. 먹고 죽을 돈도 없는데 진영이 결혼을 하게 되면 어떻게 해서 보내야 하나. 인선은 피식 웃었다. 하여튼, 앞서가기는.

인선은 진형에게 민호를 아는지 물었다.

"병원에 있을 때 딱 한 번 봤어."

"그럼 너는 누나 연애하는 거 알고 있었어? 엄마만 왕따 시킨 거야?"

"아냐. 그냥 인사만 했어. 윤아 누나 친구라고 그랬단 말이야. 사귄다는 말 안 했어."

두 사람은 진영을 애타게 기다렸다.

인선은 진영에게 질문을 던졌다.

"윤아가 소개했니? 윤아랑 결혼할 남자 후배라고 하던데."

멀찌감치 앉은 진형은 진영이 방으로 들어가라고 눈치를 몇 번이나 줘도 모른 척했다. 진영은 어쩔 수 없이 입을 열었다.

"응."

"꽃, 그 사람이 사 온 거라며?"

"응."

"그쪽 부모님께 인사드렸다며?"

"응. 근데 엄마, 그게…….."

진영은 미치고 팔짝 뛸 노릇이었다. 민호는 그들의 관계를 그럴듯한 연인 사이로 만들어 놓고 간 것 같았다. 인선은 한숨을 내쉬었다.

"너도 참. 그럼 말을 하지 그랬어. 연애하는 게 무슨 큰 죄라고 숨기고 그래? 엄마가 뭐라고 할 줄 알았어?"

"그런 거 아니야."

"결혼 이야기에 너무 부담 가지지 말라고 하더라. 그쪽 아버님이 칠순을 넘기셨다며? 게다가 외아들이잖아. 부모 마음은 다 똑같아. 죽기 전에 자식 짝지어 주고 싶은 거야."

부담을 가지지 마? 이 남자가 정말. 압박을 하는 방법도 지능적이었다.

"우리 진영이, 스물여섯 청춘인데 연애도 하고 그래야지."

인선은 흐뭇한 얼굴이었다.

"엄마, 그게 문제가 아니야."

진영은 머리를 굴렸다. 박민호, 그 사람이 그럴듯한 연애 스토리를 들려주었으니, 이제 진영이 그럴듯한 결별 스토리를 들려줄 차례였다.

"잠깐 만난 건 맞는데, 안 만날 거야."

"왜?"

"알고 봤더니 그 사람 집안이 대단해. 나는 그런 집안 남자 감당 못 해."

"얼마나 대단한 집안이기에?"

"영일그룹이라고 알아?"

"영일그룹?"

"그 왜 텔레비전에 가끔 아파트 광고 나오잖아. 영일건설. 행복을 속삭여요. 피오니."

진영이 CM송을 흥얼거렸다.

"아, 본 적 있는 것 같다."

"그 사람, 그 영일그룹 회장 아들이야. 올라가지도 못할 나무 쳐다보다가 목 디스크 걸리기 싫어. 아들이 연애한다고 부모가 나와서 누구랑 사귀는지 일일이 체크하는 이유가 뭐겠어? 우리 집안에 들어올 만한 여자인지 아닌지 보려고 그런 거잖

아. 그런 대단한 집에서 뭐가 아쉬워서 나 같은 여자를 며느리로 들이겠어."

"아버님이 널 마음에 들어 하셨다고 하던데?"

자기 아들을 안 사랑해서, 없는 집 딸이라 고분고분 시집살이할 것 같아서 마음에 들어 했다고 말하면 인선은 뒤로 넘어갈지도 몰랐다.

"시어머니 자리가 장난이 아니야. 눈에서 하이빔이 나오는 줄 알았다니까. 난 아직 결혼 생각 없어. 스물여섯에 무슨 결혼을 해."

"그 사람은 널 좋아하는 것 같던데."

"난 아냐. 엄마, 신경 쓰지 마."

인선의 얼굴이 어두워졌다.

"네 아버지 사업만 그렇게 팍삭 무너지지 않았어도."

"또, 또 엄마 괜한 소리 한다. 우리 같은 서민하고는 단위가 다른 사람들이야. 요즘 신데렐라가 어디 있어? 다 끼리끼리 만나서 결혼해. 그 사람은 내가 그 사람 주변에 없는 타입이라 내가 신기했던 것뿐이야. 앞으로 안 볼 거야."

인선은 진영이 괜히 형편 때문에 좋아하는 사람과 헤어지려고 하는 것 같아 마음이 안 좋았다. 일어나려는 진영을 인선이 잡았다.

"진영아, 세연이 말이야."

인선이 어렵게 말을 꺼냈다. 몇 시간 전, 인숙이 울면서 제발 진영을 설득해 달라고 전화를 했었다.

"안 되겠니?"

"엄마는 내가 했으면 좋겠어?"

인선은 한숨을 길게 내쉬었다.

"하필 너하고 세연이가 맞을 게 뭐니. 한쪽 부모만 같을 때는 맞을 확률이 거의 없다던데. 정말 못 하겠어? 죽어도 못 하겠니?"

"엄마, 만약에 내가 급성백혈병에 걸렸다면 세연이가 내게 조혈모세포를 기증했을까?"

인선은 솔직하게 말했다.

"아니."

"근데 왜 나는 해 줘야 해?"

"넌 세연이보다 착하잖아. 그 사람들보다 더 나은 사람이잖아. 사람 목숨이 달려 있는 문제야."

구구절절 맞는 말이었지만 진영에겐 전혀 설득력이 없는 말이기도 했다.

진영은 인선이 진형과 세연의 HLA가 일치했어도 진형에게 똑같이 말했을 것임을 알고 있었다. 그걸 알면서도 친엄마라면 하지 말라고 말릴 것 같다고 생각하는 자신이 싫었다.

"엄마, 나 그렇게 착한 사람 아니야."

자기도 모르게 진영은 화를 내듯 말했다. 인선은 난생처음 보는 진영의 모습에 좀 당황했다.

"그리고 그 사람, 나한테 한 번도 사과 안 했어. 그런데 왜 나만 호의를 베풀어야 해?"

"진영아."

"나 일해야 돼."

진영은 자리에서 일어났다. 진영은 자기 방문 앞에 서서 거실 쪽에 신경을 곤두세웠다. 인선이 한숨을 내쉬는 소리가 들렸다. 몇 초 후, 인선이 방으로 들어가는 소리가 났다. 진영은 문이 꼭 닫힌 것을 확인하고 민호에게 전화를 걸었다. 신호가 몇 번 울리지 않아 민호가 전화를 받았다.

— 응. 왜?

아주 친근한 목소리였다. 사람 열 받게 하는 방식도 가지가지였다.

"박민호 씨. 지금 재미있죠, 나 가지고 노니까?"

— 아니. 난 되게 진지해. 너와 결혼하고 싶다는 말, 농담 아니야.

"박민호 씨."

— 응.

"나 정말 힘들어요."

— …….

"힘들어 죽겠다고요."

— …….

"그러니까 박민호 씨까지 날 힘들게 안 했으면 좋겠어요."

— 그래. 알았어. 힘들게 안 할게.

너무 쉽게 대답이 나와 진영은 믿기 힘들었다. 도대체 무슨 생각을 하고 사는 사람일까?

더 이상 할 말이 없어 진영은 전화를 끊었다. 전화를 끊고 나서도 찜찜한 기분은 사라지지 않았다. 정말 이게 끝이야? 그럴 것 같지 않았다. 이 사람이 이렇게 잽싸게 퇴각하는 건 분명 다음 기습을 준비하기 위해서일 것이다. 하지만 힘들게 안 할 거라고 말하는 사람에게 더 이상 할 말이 없었다.

'개구리가 아니라 미꾸라지인가?'

며칠 동안은 정말 아무 일도 없었다. 그러나 민호가 집에 온 지 일주일이 지나고 인선에게 화사한 꽃바구니가 배달되었다. 카드도 들어 있었다. 그 후, 이삼일 간격으로 인선에게 꽃바구니가 왔다. 좁은 거실 곳곳에 꽃이 놓였다. 진형은 집이 꽃집이 돼 버린 것 같다고 투덜거렸다. 진영은 진형이 꽃값을 알았다면 기절했을 거라고 생각했다. 인선 역시 꽃값을 몰라 다행이었다. 꽃바구니 하나에 몇십만 원은 훌쩍 넘는 것들이었다.

'이 남자가 정말.'

진영은 참다못해 전화를 했다.

"우리 엄마한테 왜 꽃을 보내는 거예요?"

— 어머님이 꽃을 좋아하신다고 해서.

"그런 이야기가 아니잖아요."

— 너한테도 보내 줄까? 근데 힘들게 하지 말라며? 연락하거나 앞에서 알짱대거나 뭐 보내지 말라는 뜻 아니었어? 난 그렇게 이해했는데.

"근데 왜 우리 엄마한테 꽃을 보내요?"

— 싫어하셔? 꽃이 마음에 안 드신대?

"아뇨. 좋아하세요."

— 근데 왜?

도무지 문제 될 게 없다는 말투였다. 하긴 이런 남자니까 계약직 아내를 고용하겠다는 거겠지.

진영은 심호흡을 했다. 자꾸 이 남자 술수에 말리는 것 같았다. 이러다가는 대화가 끝이 안 날 것 같았다.

"엄마한테 꽃 보내지 마세요."

— 내가 보내고 싶으면 보낼 거야. 나하고 어머님과의 관계에 왜 네가 끼어들어?

"엄마가 싫다고 하면 안 보낼 거예요?"

— 아니, 그래도 보낼 거야. 널 힘들게 하지 말랬지, 어머님을 힘들게 하지 말라고는 안 했잖아. 내가 결혼하고 싶은 건 너지, 어머님이 아니니까.

민호는 기분이 좋은지 낮은 웃음소리를 냈다.

— 너희 집에 인사하러 갔다 왔다고 하니까 아버지가 상견례 날짜 잡자고 하시는데, 어떡할까?

전화를 끊어 버리려던 진영은 장승처럼 굳어 버렸다.

— 그래도 난 지금 널 위해 열심히 아버지 디펜스하고 있는 중이야.

이 사태를 만든 장본인이 누군데? 진영은 다시 심호흡을 깊게 했다.

— 우리 대화, 꽤 오래 하지 않았어?

"네?"

— 맨 처음 만났을 때는 너, 내가 묻는 말에 대답밖에 하지 않았잖아. 그런데 이젠 나한테 물어볼 게 많아졌나 봐. 계속 질문을 던지네.

민호가 또다시 웃었다. 뭔가 대단히 재미있다는 듯한 웃음이었다.

"박민호 씨, 왜 나랑 결혼하려는 거예요?"

— 경현 선배가 그러던데 말이야. 인생에 이 사람이다 싶은 사람을 만나는 건 한 번도 많대. 그 사람이 싱글일 가능성은 더 낮고.

"제가 박민호 씨의 이 사람인가요?"

— 응. 완벽해.

문맥을 빼고 보자면 참으로 달달한 고백이었다. 윤아 선배와 그 약혼자의 대화였다면 로맨틱 드라마의 대사였겠지만 자신과 민호의 경우는 부조리극의 대사였다.

— 언제쯤 내 제안에 넘어올래?

"민호 씨 아버님이 그러시더군요. 민호 씨는 뭐든 끈질기게 한 적이 이제껏 단 한 번도 없었다고요."

민호가 또다시 웃었다.

— 원래 부모가 자식을 잘 모르는 법이지.

민호는 일해야 한다며 전화를 끊었다. 진영은 멍하니 휴대전화를 바라보았다. 뭔가 자꾸만 이 남자의 의도대로 끌려가고 있다는 생각을 지울 수가 없었다. 박민호, 이 남자는 정말 진영과 결혼할 생각이었다. 진영은 기분이 묘했다. 누군가가 자신을 이렇게 원하는 건 난생처음이었고, 그것은 정말 낯선 기분이었다.

"누구랑 통화를 했기에 그렇게 심각한 얼굴이야?"

여교사 휴게실에 들어오던 윤아가 진영을 보고 물었다.

"혹시, 은행이야?"

"아, 아니에요. 별것 아니에요."

"그래?"

"선배, 저 커피 마실 건데 선배 것도 뽑아요?"

"응. 난 블랙으로."

진영이 자판기에서 커피 두 잔을 뽑아 왔을 때 윤아는 웨딩 잡지를 뒤적이고 있었다. 잡지에는 울긋불긋한 포스트잇 플래그가 잔뜩 붙어 있었다.

"이 드레스 어때? 록산느 이번 시즌 신상이야."

진주로 된 허리띠를 빼고는 아무런 장식이 없는 민소매의 심플한 시폰 드레스였다.

"너무 소박하지 않아요?"

윤아는 평소 화려한 스타일을 선호하는 편이었다.

"신부는 역시 청순해야지. 장신구는 진주로 통일하고, 티아라도 진주 티아라를 쓸 거야. 부케는 여기 모델이 든 것처럼 은방울꽃으로 할 거야. 로열 웨딩에서 케이트 왕세손비가 든 거 봤어? 정말 예쁘더라."

진영은 은방울꽃 부케 가격을 힐끗 보고 눈을 의심했다. 저게 백만 원이 넘는다고? 역시 윤아는 있는 집 딸이었다.

"예쁜 게 너무 많아서 뭘 골라야 할지 모르겠어."

윤아는 정말 행복해 보였다. 잡지에 표시해 둔 드레스만 스무 벌이 넘었다.

좋아하는 사람과 결혼하면 나도 이렇게 행복한 얼굴일까?

"아, 오빠한테는 이걸 입혀야겠다."

윤아는 옅은 회색 모닝코트를 입은 모델 사진이 실린 페이지에 표시를 했다.

"검정색 모닝코트는 좀 답답해 보여. 그렇지 않니?"

"네? 아, 네."

"우리 오빠, 이거 입으면 정말 멋있을 거야."

진영은 경현이 아니라 민호가 모닝코트를 입은 상상을 했다. 키가 크고 체격도 좋은 데다 얼굴까지 받쳐 주니 꽤 멋있을 것 같았다. 이 사진의 모델보다 더.

진영은 화들짝 놀라 고개를 확확 내저었다. 내가 지금 무슨 상상을 하는 거지?

"별로야?"

"아, 아뇨. 저는 보는 눈이 없어서요."

"하긴 옅은 회색 모닝코트는 너무 캐주얼하긴 해. 그럼 정석대로 검정으로 할까?"

윤아는 잡지를 빠르게 넘겼다.

"이거 괜찮다."

진영은 고개를 끄덕였다. 윤아는 잡지를 보느라 진영의 얼굴이 붉게 달아오른 것을 눈치채지 못했다.

9

석금을 막고 있다는 민호의 말은 사실인 듯싶었다.

진영은 언제 결혼에 대한 연락이 올까 전전긍긍했지만, 민호에게서도 석금에게서도 아무런 연락이 없었다. 침묵이 고마우면서도 불안했고 조마조마했다. 정말 웃기는 일이지만, 민호로부터 아무런 연락이 없자 진영은 민호를 생각하는 시간이 더 많아졌다.

꽃은 계속 오고 있었다. 민호는 꼭 작은 카드에 직접 메시지를 써서 보냈는데, 뭐라고 쓰여 있는지 진영도 슬슬 궁금해졌다. 하지만 인선은 진영이 카드에 손도 대지 못하게 했다. 아빠랑 연애할 때도 받아 보지 못한 꽃과 카드라며 인선은 좋아했다. 인선은 서서히 기운을 차리고 있었다. 진영은 그것만으로도 어깨가 조금 가벼워진 기분이었다.

오늘 민호가 보낸 것은 은방울꽃이었다. 아침에 들판으로 산책을 나가 손에 잡히는 대로 잔뜩 꺾어 와 만든 꽃다발 같았다. 꽃송이가 작아도 은방울꽃이 풍기는 향기는 짙었다.

"엄만 이렇게 수수한 게 좋아."

인선의 말에 진영은 마시던 우유를 뿜을 뻔했다.

'가격을 안다면 수수하다는 말이 쑥 들어갈걸요.'

일견 소박해 보이는 은방울꽃 다발을 보면서 진영은 마리 앙투아네트가 젖 짜는 아가씨 노릇을 하며 양을 키웠던 트리아농을 떠올렸다. 어쩌면 박민호는 전생에 마리 앙투아네트였을지도 몰라. 너무 잘 어울려서 또다시 진영은 우유를 뿜을 뻔했다.

진영은 민호가 보내는 꽃이 부담스럽기만 했다. 그렇지만 민호의 말대로 인선과 민호 사이의 일이었다. 꽃값을 말한다면 분명 인선은 당장 민호에게 그만 보내라고 하겠지만 인선의 좋은 기분을 진영은 망치고 싶지 않았다. 요즘 인선은 컨디션이 좋았고, 식욕도 어느 정도 돌아왔다. 게다가 7차 항암치료가 얼마 남지 않았다. 이전에는 항암치료를 받기 열흘 전부터 일상생활이 힘들 만큼 우울해하던 인선이 이번에는 아무렇지 않아 보였다. 항암치료를 버티려면 체력만큼이나 정신력도 중요했다. 진영은 인선의 컨디션을 계속 좋게 유지하고 싶었다.

게다가 그 일로 연락을 하는 것은 민호의 의도대로 움직이는 것 같았다.

'개구리도, 미꾸라지도 아니야. 능구렁이야.'

민호는 자기가 말한 대로 절대로 연락을 하지 않을 것이다.

개교기념일 전날이라 아이들이 잔뜩 들떠 있어서 수업에 집중시키기가 힘들었다. 수업을 마치고 교무실에 가자마자 진영은 물부터 마셨다. 주의를 집중시키려고 계속 목소리를 높이다 보니 목이 아팠다. 이걸로 오전 수업이 끝났다. 점심시간까지는 휴게실에서 좀 쉴 생각이었다.

"이 선생, 접견실에서 손님이 기다리셔."

같은 국어과 기간제 교사인 홍 선생이 진영에게 다가왔다.

"누구요?"

"남자 분이던데. 잠깐만."

홍 선생은 책상 위에 올려 둔 메모지를 보고 말했다.

"정영훈 님. 누구야? 학부모?"

"이모부요."

분명 올 거라고 생각했기 때문에 그리 놀랍지는 않았다. 인숙이 변명을 둘러대는 것도 한계가 왔을 것이다. 접견실로 가는 진영은 심장이 쿵쿵 뛰는 소리를 들을 수 있었다. 지루하고 재미없는 영화의 끝이 그녀를 기다리고 있는 것 같았다.

'설마 말했나? 그래서 내게 진실을 확인하러 온 걸까?'

진영이 접견실에 들어가자 영훈이 자리에서 일어났다.

"오셨어요?"

진영을 보는 영훈의 눈에 아주 잠깐 냉기가 돌았지만 금세 영훈은 눈빛을 고쳤다. 아쉬운 쪽은 영훈이었다.

'낳은 정보다 기른 정이라더니. 처형을 많이 닮았네.'

아내와 처형은 배다른 자매여서 사이가 좋은 편이 아니었다. 같은 서울 하늘에 살면서도 장인, 장모 제사 때나 얼굴을 마주하는 정도였다.

십몇 년도 전, 인숙에게서 처형 부부가 다 큰 애를 입양했다는 말을 듣고 영훈은 그저 좋은 일 하는구나 정도로 생각했다. 그러면서도 부모도 모르는 그 아이와 자기 딸 세연이 사촌지간으로 지내는 것이 영 내키지 않았다. 딸이 급성백혈병으로 쓰러지기 전 진영에 대한 영훈의 생각은 딱 거기까지였다.

아내의 양조카인 진영과 세연의 HLA가 일치한다는 것을 알고 그는 기적이 일어났다고 생각했다. 영훈은 당장 수술 일정을 잡으려고 했지만 진영은 기증 의사를 밝히지 않았다. 아내는 계속 자기에게 맡겨 달라고 했지만 차일피일 시간이 흐르고 세연 역시 불안해했다. 인숙은 여전히 자신이 설득하겠노라고 말했지만 인내심이 다한 영훈은 오늘 아내에게 알리지 않고 진영의 학교로 찾아왔다.

"이렇게 연락도 없이 찾아와서 미안하다. 그렇지만 자식이 뭔지, 예의 차리고 체면 차릴 겨를이 없구나. 아직도 결정을 내리지 못했니?"

인숙은 여전히 말을 안 한 것 같았다. 기이하게도 실망과 안도감이 동시에 들었다. 인숙에 대한 진영의 감정은 늘 모순적이었다. 자신을 학대하고 버렸다는 증오와 그럼에도 한 번은 돌아봐 주었으면 하는 처절한 바람이 복잡하게 얽혀 있었다.

자기는 버렸으면서 세연에게는 눈꼴이 실 정도로 헌신적인 엄마 노릇을 하는 게 보기 싫었다. 그러나 자식과 자신 중에 선택을 해야 할 때가 되면 인숙의 선택은 여전히 자기 자신이었다. 그 여자에겐 모성이라는 게 없었다.

그 여자에게 자식은 뭘까? 결국 그 여자에게는 세연도 진영과 다를 바 없었다. 그 여자는 죽어도 손해날 짓은 안 했다. 그것이 딸의 목숨이 걸린 문제라도 말이다. 그 사람에게 제일 중요한 것은 남들처럼 번듯하게 사는 것이니까. 갑자기 진영은 쓴물이 올라와 얼굴을 찡그렸다. 생각지도 못한 곳에서 그 여자와 닮은 곳을 발견하고 말았다. 진영은 내뱉듯이 말했다.

"아무 말도 못 들으셨나 봐요. 전 기증 안 하겠다고 했어요."

그렇다고 순순히 물러날 영훈이 아니었다.

"골수 이식이 엄청 아프고 부작용도 많다고 해서 겁먹은 거 아니냐? 사실 그렇지 않아. 요즘 골수 기증은 헌혈하는 것과 비슷해."

진영이 말을 가로챘다.

"말초혈 조혈모세포 기증을 말씀하시는 거죠."

진영이 말초혈 조혈모세포 기증에 대해 알고 있자 영훈의 얼굴이 조금 밝아졌다.

이식용 골수를 얻는 방법은 크게 두 가지였다.

전신 마취를 한 후 장골에 채취 침을 찔러 주사를 이용해 골수를 얻는 방법과 백혈구와 조혈모세포를 증가시키는 주사를 맞고 혈액성분채집기를 이용해 조혈모세포를 채취하는 방법이었다. 요즘은 90%가 채집기를 이용하는 말초혈 조혈모세포 기증을 선택했다. 골수 이식을 할 때 사람들이 제일 두려워하는 것은 전신 마취였다. 그렇지만 요즘 주로 사용되는 말초혈 조혈모세포 채취 방법은 전신 마취를 할 필요가 없었다.

영훈은 골수 이식을 위해 말초혈 조혈모세포를 기증한 사람에게 직접 물어본 적이 있었다. 몇 번에 걸쳐 헌혈을 하는 것과 비슷하다고 말했다. 병원에서는 기증을 한 후 가벼운 부작용이 있을 수 있지만 크게 걱정할 수준은 아니라고 했고, 부작용이 나타나는 사람 역시 드물다고 했다.

"병원에 오가고 이식하는 날 입원해야 하는 게 번거롭긴 하지만 한 사람의 생명을 살릴 수 있는 일이잖아. 그런 일을 할 수 있는 기회가 온 건 네 인생의 축복일 수도 있어."

"그래서 기증해 보셨어요?"

"뭐?"

"기증해 보셨냐고요."

그 말에 영훈은 할 말을 잃었다.

"남의 일이면 누구나 쉽게 말할 수 있죠. 기증받는 입장에서야 한시가 급하니 무슨 말을 못 해요."

"나도 단체에 조혈모세포 기증 서약을 했어. 기증해 달라는 연락이 오면 기꺼이 기증할 생각이다."

"대단하시네요. 전 아무리 생각해도 겁이 나서 못 하겠던데요."

말에 가시가 있었다.

"혹시 부작용이 걱정되는 거라면 내가 책임질 테니 걱정하지 마라. 내 딸 목숨을 살려 주는 건데 그 은혜를 어떻게 잊겠니. 넌 내 딸이나 다름없어."

"전 안 해요. 괜히 절 설득하느라 시간 낭비하지 마시고 다른 방법을 알아보세요. 다른 기증자를 찾아보시든가요."

영훈은 울컥 화가 치밀어 올랐다.

"너 그러는 거 아니다. 널 친딸처럼 키운 처형을 생각해서라도 그러는 건 아니지. 오갈 데 없는 널 처형이 입양해서 키워 준 은혜를 갚을 기회이지 않니."

"은혜요?"

진영은 실소가 나왔다.

"그래요. 엄마가 절 친딸처럼 키워 주셨죠."

그 말을 하면서 진영은 생각했다. '친딸'과 '친딸처럼'의 사이에는 과연 얼마만큼의 거리가 떨어져 있는 걸까?

"그런데 그 은혜를 왜 전혀 상관없는 사람한테 갚아요?"

영훈은 '상관없는 사람'이라는 말에서 가시를 느꼈다.

"네 아버지 사업이 망하고 갑자기 돌아가셨을 때, 우리 집에서 도와주지 않았다고 지금 앙심 품고 그러는 거냐?"

진영은 대답하지 않았다.

"네 입장에선 충분히 원망할 수 있는 일이야. 설마 네 아버지가 그렇게 갑작스럽게 세상을 떠날 줄 어떻게 알았겠니. 참 법 없이도 살 양반이……."

진영의 눈빛은 여전히 싸늘하기만 했다.

"네 이모도 모르는 일인데 난 하느라고 했다. 네 아버지가 부도 막는다고 동분서주할 때 내가 차용증도 안 쓰고 3천만 원을 빌려 드렸다. 형편을 아는데 이제 와서 갚으라고 하진 않으마."

아빠가 이 남자에게 돈을 빌린 건 몰랐었다. 영훈은 마치 '그 대신에' 하는 눈빛으로 진영을 바라보았다. 골수를 팔라는 그 여자나 진영이 빌리지도 않은 돈을 들먹이며 기증하라고 압박하는 이 남자나, 참 닮은 부부였다. 하긴 비슷하니까 같이 사는 거겠지.

"한정 승인하고 상속 포기하면 빚 안 갚아도 되는 건 상식이에요."

"세상엔 도리라는 게 있는 거다."

진영은 저도 모르게 웃음이 나왔다.

"부창부수네요. 그 여자는 돈을 줄 테니 팔라고 하지 않나, 그 남편이라는 사람은 빌리지도 않은 돈을 갚으라고 하지 않나. 제가 안 갚겠다고 하면 진형이한테 가서 갚으라고 하시겠죠. 갚을게요. 이자까지 쳐서 갚을게요. 그러니까 앞으로는 절 찾아오지 마세요."

진영은 탁자 위에 있는 메모지와 볼펜을 영훈 쪽으로 밀었다.

"계좌번호 적어 주세요."

영훈은 질렸다는 눈빛으로 진영을 바라보았다. 진영이 이렇게까지 완강하게 거절할 줄은 꿈에도 몰랐었다.

"이러니 머리 검은 짐승은 거두지 말라고 했지. 타고난 피는 못 속이는 거다. 제 자식 버린 부모가 어디 사람이야? 짐승도 제 새끼는 거두는데 짐승보다 못한 부모에게서 똑바른 자식이 나왔으려고."

영훈도 악에 받쳐 험한 말을 쏟아 냈다. 하지만 진영은 표정 하나 바뀌지 않았다. 그래 봐야 누워서 침 뱉기였다.

"우리 세연이, 너 때문에 죽으면 나 너 가만 안 둬."

영훈은 핏발 선 눈으로 진영을 노려보았다. 진영은 이 부부가 자기를 얼마나 하찮고 우습게 봤는지 깨달았다. 애원하는 모습은 겉모습뿐이었다.

내 말 한마디면 당신의 그 잘난 척하는 얼굴이 흙빛이 될걸. 완벽하다고 생각하는 당신의 가정이 얼마나 허약한 거짓과 기만의 토대에 서 있는 줄 알아? 진영은 진실을 말하고 싶은 마음을 꾹꾹 억눌렀다.

말해 버리지? 그 여자를 위해 입을 다물 필요가 없잖아. 왜 나는 지금껏 입을 다문 거지?

그 순간 진영은 왜 자신이 이제껏 모든 것을 밝히지 않은 건지 깨달았다. 비밀, 그것은 진영과 친모 인숙이 공유한 유일한 것이었다. 그것을 밝히고 나면 그 여자와는 영원히 끝이 날 것이다. 진영은 무의식적으로 그 여자와의 관계가 끝나는 것을 두려워하고 있었던 것이다.

당신이 뭐라고? 당신이 뭔데?

영원히 당신은 날 봐 주지 않을 텐데, 내가 받은 상처는 단 한 순간도 생각하지 않을 텐데.

지긋지긋했다.

진영은 휴대전화를 꺼내 인숙에게 전화를 걸었다.

— 어머, 진영아.

인숙이 반색하며 전화를 받았다.

"그쪽 남편이 절 찾아왔어요."

— 진, 진영아.

"내가 분명히 말했죠, 당신 남편이 나 찾아와서 귀찮게 하면 다 말할 거라고."

진영은 휴대전화를 탁자 위에 올려놓고 스피커폰 버튼을 눌렀다. 전화기에서 비명 비슷한 소리가 났다. 진영은 차가운 눈으로 영훈을 바라보았다.

"내가 왜 세연이한테 조혈모세포 기증을 못 하냐면 말이에요."

— 여보, 듣지 마. 걔 미쳤어! 다 헛소리야!

진영은 아랑곳하지 않고 또박또박 말했다.

"저 여자가 26년 전에 날 낳았기 때문이에요."

영훈도, 전화기 너머에 있는 인숙도 얼음처럼 얼어붙었다. 진영의 입가에 처절한 미소가 걸렸다.

"닮지 않았나요? 당신 아내하고, 세연이하고요."

영훈은 충격을 받았다. 진영이 닮은 건 처형이 아니라 그의 아내였다. 그의 아내를 닮았기 때문에 처형과도 닮아 보였던 것이다. 그러고 보니 가끔 세연과 진영을 자매로 착각하는 사람도 있었다. 그때는 그저 불쾌하기만 했다.

하지만 마음과 다른 말이 입 밖으로 튀어나왔다.

"마, 말도 안 되는 소리 하지 마."

"유전자 검사면 다 밝혀질 텐데 뭐하러 거짓말을 해요? 유전자 검사 하실래요? 그건 언제든 기꺼이 해 드리죠."

인숙이 비명을 질렀다. 상스러운 욕설이 전화기를 통해 흘러나왔다. 영훈은 진영의 말이 진실임을 이젠 부인할 수 없었다. 진영은 무표정한 얼굴로 전화를 끊었다.

"제가 누군지 두 사람에게 밝히면 기증하겠다고 했어요. 그런데 안 하더군요. 여전히 말할 마음이 없었던 것 같네요. 다른 사람에겐 얼마든지 해 줄 수 있어요. 하지만 세연이에겐 안 줘요."

"세연이가 널 버린 게 아니잖아."

"나도 원해서 그 여자 딸로 태어난 건 아니잖아요."

진영은 자리에서 일어났다. 영훈은 갑자기 진영의 앞을 막고 무릎을 꿇었다.

"내가 대신 빌게. 네가 원하는 건 뭐든지 해 줄게. 내가 줄 수 있는 거라면 다 내줄게. 제발, 세연이만 살려 다오."

쇼가 아니었다. 진영은 영훈이 정말 절박해서 자기 앞에 무릎을 꿇었다는 것을 알았다.

부모는 그런 존재인가? 자식을 위해서라면 뭐든지 할 수 있는? 세연이 넌 좋겠다, 반쪽짜리라도 이렇게 널 위해 무릎 꿇어 줄 수 있는 아빠가 있어서. 난 아무도 없어. 아무도.

영훈은 오히려 진영의 마음을 더 아프게 할퀴었다는 것을 몰랐다.

"말만 해, 뭐든 해 줄 테니까. 세연인 네 동생이잖아. 남도 아니잖니. 진영아, 제발."

역시 부창부수가 맞았다.

"이럴 때만요?"

진영은 싸늘하게 쏘아붙이고는 접견실을 나갔다.

지하철에서 내려서 마을버스를 탔다. 이미 밤 10시 반이 훌쩍 넘은 시간이었다. 마을버스에서 내려 아파트까지 오는 길이 진영에겐 늘 멀고 고단하게 느껴졌다. 안 해도 될 일까지 맡아서 해서인지 오늘은 평소보다 더 피곤했다.

휴대전화 배터리가 거의 닳을 정도로 인숙은 전화를 해 댔다. 결국 진영은 인숙의 번호를 차단했다. 왜 일찌감치 이렇게 하지 않았을까 싶었다. 하루 종일 휴대전화의 진동에 시달렸더니 전화가 오지 않았는데도 주머니 속에 있는 휴대전화가 부르르 떠는 듯한 느낌이 들었다.

번호 키를 누르고 집에 들어가니 인숙이 잔뜩 독이 오른 얼굴로 소파에 앉아 있었다. 인숙은 진영을 보더니 자리에서 벌떡 일어나 곧장 다가왔다.

짜악!

인숙이 뺨을 때리는 소리가 비현실적으로 크게 들렸다. 인숙의 손톱에 긁혔는지 맞은 부분이 화끈거리고 따끔거렸다. 아픔보다 수치심과 모욕감이 더 컸다. 자기도 모르게 진영의 손이 올라갔다. 진형이 달려오다시피 해서 진영의 손을 꽉 잡아 말리지 않았다면 정말 인숙의 뺨을 쳤을지도 몰랐다.

당신이 감히 나를 때려?

인숙이 또 진영의 뺨을 쳤다. 진형은 황당하다는 얼굴로 인숙을 노려보았다. 인선도 달려와 인숙을 막아서며 소리를 질렀다.

"너 미쳤어? 감히 누구한테 손을 대. 네가 무슨 자격으로!"

"독한 년! 이게 내가 그렇게 빌었는데도 결국 다 말했어. 언니, 이게 사람이야? 그 사람, 이제 나하고 죽어도 같이 못 산대. 나랑 살 비비고 살았던 시절이 끔찍하대. 집에서 나가래. 네 소원대로 내가 집에서 쫓겨나니까 이제 속이 시원해?"

인선은 놀라서 진영을 바라보았다. 인선은 인숙이 조혈모세포 기증 때문에 진영을 찾아온 거라고만 생각하고 있었다.

"당신이 언제 나한테 빌었어? 당신은 나한테 한 번도 빈 적 없어. 속이 시원하냐고? 그래, 시원해. 당신 같은 사람은 철저하게 불행해져야 해. 사람들한테 동정조차 받지 못해야 해. 자식을 두 번이나 버린 년이라고 손가락질 받고 살아야 해. 당신이 나만 버린 줄 알아? 당신은 세연이도 버렸어!"

자기도 모르게 진영은 악을 썼다.

"너, 너 같은 걸 낳는 게 아니었어! 네가 아들이었으면 그 집에서 날 받아들였을 거야. 거지 같은 계집애가 끝까지 내 인생 발목을 잡아!"

"인숙아, 그만해! 진형아, 이모 바래다 드려. 어서!"

"놔! 오늘 내가 이 계집애 죽일 거야! 차라리 그때 죽여 버렸어야 했어. 엄마 말대로 낳자마자 엎어놨어야 했다고!"

"나도 태어나고 싶지 않았어! 그때 죽이지 그랬어. 그럼 나도 이런 더러운 꼴 안 봐도 됐잖아."

진형이 겨우 인숙을 끌고 나갔다. 현관문이 닫힌 후에도 인숙의 악다구니가 여전히 들려왔다. 진영은 신발을 벗고 거실에 주저앉았다. 인선도 무너지듯 진영 앞에 앉았다.

인선은 갑자기 현기증이 밀려와 눈을 감은 후 한숨을 내쉬었다. 한참 후 눈을 뜬 인선을 보고 진영은 움찔했다. 인선의 눈에 책망의 빛이 어려 있었다.

"여태까지 아무 말 하지 않았으면서 왜 그랬니? 괜한 분란 일으켜서 좋을 일이 없잖아. 인숙이를 미워하는 건 이해되지만, 그렇다고 잘 살고 있는 사람을……. 그렇다고 네 속이 시원한 것도 아닐 텐데. 이해가 안 된다."

진영은 눈을 내리깔았다. 솔직히 진영은 속이 시원했다.

인선이 깊은 한숨을 내쉬었다.

"진영아, 이왕 이렇게 된 거, 세연이에게 기증은 해 주자. 네 원대로 그 집안에 다 알려졌잖아. 그러니까 세연이는 살게 해 줘야지."

"싫어."

"세연이를 위해서도, 인숙이를 위해서도 아니야. 널 위해서야. 악연은 조용히 끊어 내야지, 이렇게 악으로 갚으면 결국 너한테 또 돌아오는 거야. 기증하고 저쪽과 인연 끊는 걸로 하자. 엄마도 이제 안 볼 거야."

인선은 부어오른 진영의 뺨을 보자 마음이 안 좋았다. 손을 내밀어 뺨을 만지려고 하는데 진영이 몸을 뒤로 물렸다.

"싫어! 난 안 해."

그냥 무작정 내 걱정만 해 주면 안 돼? 그렇게 공정하고 착해야 해?

"진영아, 사람 목숨이 달린 문제잖아. 네가 속상한 건 엄마도 다 이해해."

"아니, 이해 못 해. 엄마가 어떻게 이해해? 엄마는 한 번도 이해한 적 없어."

"진영아. 엄마도 많이 속상해. 이번 한 번만 엄마 말 들어줘."

"친엄마라면 안 그랬을 거야."

진영의 말에 인선은 놀라서 그대로 굳었다. 진영 역시 놀라긴 마찬가지였다. 그렇지만 둑이 무너진 것처럼 그만해야 하는 줄 알면서도 진영은 말을 멈출 수 없었다.

"친엄마였다면 이렇게 쉽게 기증하라는 말 안 해. 만에 하나 있을 부작용이 걱정되어서라도, 남들이 하는 건 몰라도 내 딸은 하지 말라고 할 거야. 지금도 엄마는 내 걱정이 아니라 세연이 걱정, 그 여자 걱정을 하잖아. 친엄마라면 그딴 거 걱정 안 하고 오직 나만 걱정해 줬을 거야. 내 마음을 엄마가 조금이라도 이해했다면 기증하라는 이야기 절대 못 해! 엄마는 내가 남이니까 기증하라고 하는 거야. 그게 나 빼고 다 편해지는 길이니까! 이 집에선 나만 희생하면 다 편하잖아!"

인선의 얼굴이 하얗게 질렸다. 속에 담아 둔 말을 다 해 버리고 나니 진영은 인선의 얼굴을 똑바로 바라볼 수 없었다. 진영은 어디 간다는 말도 하지 않고 대충 신발을 신고 집을 나왔다. 한참을 걷다 보니 마을버스 정류장이었다. 진영은 주머니에 넣어 둔 휴대전화 말고는 아무것도 챙겨 오지 않았다는 것을 깨달았다.

집으로 돌아가고 싶지 않아 진영은 마을버스를 탔다. 마을버스에서 내려 지하철역으로 들어갔다. 사람들에게 휩쓸려 전동차에 타고, 사람들에게 휩쓸려 전동차에서 내렸다. 내린 후에야 진영은 역 이름을 확인했다. 건대입구역이었다.

진영은 의자에 앉아 전동차가 오가고, 사람들이 타고 내리는 모습을 멍하니 바라보았다. 그사이 주머니에 있는 휴대전화는 쉴 새 없이 진동을 울렸다. 그렇지만 진영은 확인하지 않았다.

삐, 하는 소리가 크게 났다.

진영은 휴대전화를 꺼내 액정을 확인했다. 배터리가 얼마 남지 않았다는 경고음이었다. 배터리를 갈아 끼우라는 경고음은 꽤 신경에 거슬렸다. 아예 꺼 두려고 하는데 휴대전화가 울렸다. 박민호였다. 자기도 모르게 진영은 전화를 받았다.

— 어디야?

화가 난 것 같기도 하고, 짜증이 난 것 같기도 하고, 걱정하는 것 같기도 했다. 진영은 아무 대답도 하지 않았다.

— 진영아? 듣고 있니? 내 목소리 들려? 이진영!

어째서 생판 남인 당신이 날 이토록 애타게 부르는 걸까? 진영은 자기도 모르게 대꾸를 하고 말았다.

"왜요?"

민호의 한숨 소리가 전화기를 통해 흘러나왔다. 안도의 한숨이었다.

— 어머님이 전화하셨어. 네가 전화를 안 받는다고 걱정이 대단하셔.

"살아 있으니까 걱정 마시라고 전해 주세요."

— 거기 어디야?

"알아서 뭐하게요?"

— 데리러 갈게.

"그냥 내버려 둬요."

— 일단 만나자. 그리로 갈게. 거기 어디야?

진영은 입을 꾹 다물었다.

— 거기 어디냐고!

"건대입구역이요."

— 갈게. 기다려.

휴대전화를 끊자 삐이, 하는 긴 소리가 났다. 배터리가 완전히 방전되어 휴대전화가 꺼지는 소리였다. 어쩐지 진영은 완벽하게 혼자가 된 기분이었다.

역무원이 진영에게 다가와 마지막 열차가 지나갔다며 역에서 나가 달라고 말했다. 진영은 순순히 역을 빠져나왔다. 역 주변은 사람들로 북적거렸다.

진영은 유난히 밝은 빛을 내는 편의점을 향해 걸어갔다. 진영은 휴대전화에 내장된 교통카드로 생수 한 병을 사서 편의점 앞에 있는 플라스틱 의자에 앉았다. 이대로 사라진들 슬퍼할 사람도 없을 것 같았다. 이 세상에 진영의 존재를 정말로 필요로 하는 사람은 없었다.

진영은 편의점 앞을 오가는 사람들을 바라보았다. 막차가 끊긴 후라 집으로 돌아가려는 사람들은 도로까지 나와 아슬아슬하게 택시를 잡고 있었다. 저렇게 해서라도 저 사람들은 돌아가야 할 곳이 있구나. 나는 어디로 돌아가야 할까?

진영은 고개를 숙이고 손을 물끄러미 바라보았다. 거스러미가 보기 싫었다.

"야, 이진영."

진영은 고개를 들었다. 민호가 눈앞에 있었다.

민호의 얼굴은 땀투성이였다. 숨소리도 거칠었다.

진영의 휴대전화는 꺼져 있었고, 역의 구내로는 들어갈 수 없었다. 도대체 어디에 있는 거야? 민호는 무작정 역 근처를 돌아다니다가 편의점 앞에 멍하니 앉아 있는 진영을 발견했다. 반갑다기보다는 화가 났다.

민호는 발갛게 부은 진영의 뺨을 보고 얼굴이 굳었다.

"너, 얼굴이 왜 그래?"

진영은 아무 말도 하지 않았다.

민호는 진영의 부은 뺨을 노려보다가 겨우 말을 내뱉었다.

"약부터 바르자."

"됐어요."

"되긴 뭐가 돼."

민호가 진영의 손을 잡으려고 손을 뻗자 진영은 그 손을 피했다. 그렇지만 왼손 새끼손가락이 잡히고 말았다. 진영은 손을 뿌리쳤다. 민호가 물었다.

"집에 데려다줘?"

진영은 고개를 저으며 말했다.

"돈 좀 빌려줘요. 내일, 아니 오늘 바로 갚을게요."

"돈 빌려서 어디 갈 건데? 여관방? 찜질방? 집에 안 들어갈 거면 나랑 있어."

민호가 진영의 팔을 확 잡아끌었다. 민호는 진영을 데리고 차를 세워 둔 주차장으로 향했다. 진영은 민호의 차에 탔다. 어디로 가는지도 묻지 않았다. 민호는 명동에 있는 매그놀리아 호텔에 차를 세웠다.

진영이 멍하니 로비에 서 있는 동안 민호는 프런트에 가 룸키를 들고 왔다. 응접실과 침실 두 개가 있는 스위트룸이었다. 민호는 침실로 진영을 데려가 침대에 앉히고 룸서비스 메뉴를 눈으로 확인하며 물었다.

"뭐 좀 먹을래?"

"아뇨. 생각 없어요."

"그럼 자. 아니면 샤워를 하든가. 나도 샤워 좀 해야겠다."

"왜 나온 거예요?"

민호는 대답 대신 질문을 던졌다.

"그러는 너는 왜 내 전화를 받은 건데?"

진영은 아무 대답도 하지 못했다. 왜 당신 전화를 받은 거지? 평소처럼 무시하면 되는데.

"내가 답을 말해 줄까? 넌 내가 만만해진 거야. 사람은 귀신같이 자기한테 만만한 사람을 알아채거든."

만만? 이 남자가?

"그리고 그건 나한텐 아주 좋은 징조지."

민호는 방을 나갔다.

오랜만에 달리기를 했더니 온몸의 관절과 근육이 다 삐걱거리는 기분이었다. 민호는 응접실 냉장고에서 맥주를 꺼내 한 모금 마시고 인선에게 전화를 걸었다.

"어머님, 저 민호예요. 진영이 찾았어요. 많이 놀라셨죠? 진영이가 다 늦게 사춘기인가 봐요. 이런 건 스무 살 전에 끝내야 하는 건데 말이에요. 집에 안 가려고 해서 일단 호텔에 데려왔어요. 여기서 재우고 내일 집으로 보내 드릴게요. 진영이도 지금 들어가려면 쑥스러울 거예요. 진영이 지금 자고 있어요. 네, 내일 아침에 다시 전화 드릴게요."

전화를 끊고 민호는 프런트에 전화를 했다.

"상처 난 데 바르는 연고 좀 갖다 줘요."

자고 있던 진영은 침대 한쪽에서 나는 삐걱거리는 소리에 잠이 깼다. 몸을 일으키려고 했지만 단단한 손이 어깨를 눌러 다시 눕게 했다.

"가만히 있어. 약 발라 주러 온 거야."

상처를 보기 위해 민호는 침대 옆에 있는 전등을 켰다.

"예쁜 얼굴에 흉 지면 안 되는데……."

민호의 예쁘다는 말에 진영은 짜증이 났다. 놀리는 것 같았다. 진영은 몸을 일으켜 앉았다. 이번에는 민호도 진영을 억지로 눕히지 않고 말했다.

"그럼 기대고 있든가."

"그 말 듣기 싫어요. 하지 마요."

"무슨 말?"

"난 안 예뻐요. 그러니까 그런 말 하지 말라고요."

"네 눈에 안 예쁜 거겠지. 내 눈엔 예뻐. 왜 내 눈이 보는 것까지 간섭해?"

"예쁘지도 않은 사람보고 왜 예쁘다고 해요? 비웃는 거 맞죠?"

민호는 진영을 가만히 보다가 말했다.

"넌 왼쪽 새끼손가락만 빼고 다 예뻐."

이젠 될 대로 되라는 심정이 된 진영은 민호에게 장단을 맞췄다.

"저런, 그럼 난 완벽하게 예쁜 게 아니네요, 왼쪽 새끼손가락 때문에."

어디까지 가나 한번 보자는 심사로 내뱉은 말이었다. 그런데 갑자기 민호가 진영의 왼쪽 새끼손가락을 살짝 쥐었다 놓았다.

"왼쪽 새끼손가락은 특별하지."

진영은 순간적으로 정신이 멍해졌다. 이 남자의 말은 도무지 종잡을 수가 없었다. 도무지 진실이라곤 1그램도 찾을 수 없지만, 거짓말을 한 적은 없었다. 그리고 약속을 어긴 적도 없었다. 하지 않는다면 하지 않았고, 온다고 하면 왔다. 당신 도대체 정체가 뭐야?

"나한테 도대체 왜 이러는 거예요? 당신 이상한 거 알아요?"

"너만큼 이상할까."

민호는 딱 잘라 말했다. 민호는 진영의 가슴을 손가락으로 쿡 찔렀다.

"여기, 텅 비어 있잖아."

진영은 굳어 버렸다.

"그리고 아무도 거기 있게 하지 않을 생각이잖아. 모래가 담긴 유리병 아가씨."

민호의 얼굴이 거의 코가 부딪칠 정도로 진영에게 가까이 다가왔다. 그의 몸에서 나는 머스크향이 짙게 느껴졌다. 아주 작은 목소리로 중얼거리듯 말했지만 그 말은 또렷하게 진영의 귀에 들렸다.

"마음에 아무도 없으면 상처도 안 받고 배신도 안 당할 거라고 생각했겠지. 그렇지만 별로 성공하지 못한 것 같네, 이렇게 다친 걸 보면."

민호는 진영에게서 떨어져 연고를 손가락에 짰다. 그의 손길이 조심스럽게 아직도 붉게 부어 있는 진영의 뺨에 닿았다. 피가 말라붙어 딱지가 생기고 있었다. 민호는 인숙의 손톱에 긁혀서 난 생채기를 손가락으로 따라 그렸다. 손가락을 따라

212

그의 시선도 흐렸다. 민호의 눈빛이 볼을 따라 따스하게 흐르는 것 같았다. 그것은 눈빛이 아니라 진영의 눈물이었다.

민호는 손으로 진영의 뺨에 흐르는 눈물을 지워주면서 말했다.

"나는 널 배신하지 않아. 아니, 배신할 수가 없지. 우린 인간 관계가 아니라 계약 관계니까."

"그래서 나와 결혼하자는 건가요? 사랑이 아니라서?"

"그래. 사람들이 말하는 결혼과는 조금 다른 내용으로 채워지겠지만, 어차피 중요한 건 겉모습이잖아. 네 인생의 목적은 다른 사람처럼 사는 거 아니야? 속은 어떻든 겉만 멀쩡하면 되잖아. 나도 그래."

"꼭 날 아주 잘 아는 것처럼 말하네요."

"틀렸으면 틀렸다고 해."

진영은 아무 말도 하지 못했다.

"모호한 감정 대신 우리에겐 숫자가, 서로 이행할 일들이, 얻게 되는 이득이 있을 거야. 단순하고 명쾌하지. 넌 내게 아무것도 기대하지 않을 거고, 나도 네게 아무것도 기대하지 않을 거야. 계약 외에 네가 내게 해야 하는 의무 같은 건 없어. 감정 같은 것도 필요 없어. 나도 너에게 주지 않을 거니까 너도 내게 주지 마. 너는 날 믿을 필요가 없고 나도 널 믿지 않을 거야."

진영은 생각했다.

난공불락의 요새였던 마지노선이 어떻게 무용지물이 됐지?

작전명 그라닛. 독일군은 글라이더로 벨기에를 통해 프랑스로 들어갔다. 마지노선은 건드리지도 않았다.

　나는 널 배신하지 않아. 아니, 배신할 수가 없지.

　이토록 달콤한 말을 하는 당신은 천사일까, 악마일까?

　진영은 처음으로 자신이 민호에게 넘어갈지도 모르겠다는 생각을 했다.

　이런 말도 안 되는 소리에 흔들리는 것을 보면 난 어딘가 크게 고장 난 게 분명해. 나를 사랑하지 않겠다는 말에, 사랑하지 말라는 말에 왜 안심이 되는 걸까? 내가 당신을 사랑하지 않아도, 당신이 나를 사랑하지 않아도 함께 있을 수 있는 거야?

　민호는 진영을 다시 눕게 했다.

　"그럼 푹 자. 필요하면 날 깨우고. 걱정하실까 봐 집에는 연락했어."

　민호는 불을 끄고 자기 방으로 돌아갔다.

10

진영이 잠에서 깬 건 아침 10시가 넘어서였다. 잠자리가 설어 깊이 잠들지 못한 탓인지 늦잠을 잤는데도 피곤이 풀리지 않았다. 몸이 무겁기만 했다. 침대 옆 협탁 위에 민호가 휘갈겨 쓴 쪽지가 있었다.

로비에 앉아 있어. 씻고 내려와.

진영은 민호가 돌아갔을 거라고 생각했는데 아니었다. 누가 기다린다고 생각하니 마음이 괜히 급해졌다. 진영은 서둘러 욕실로 들어가 세수를 하고 이를 닦았다. 객실에 비치된 스킨과 로션을 바르고 머리를 빗었다. 옷은 그대로 입고 자서 구깃구깃했다. 휴대전화만 빼곤 아무것도 가져오지 않아서 챙길 것도 없었다. 15분 후 진영은 방을 나섰다.

민호는 로비에 있는 소파에 앉아 신문을 읽고 있었다. 평소 모습과는 많이 달랐다. 옷은 후줄근했고, 머리는 헝클어져 있었고, 얼굴에는 피로한 기색이 역력했다.

"잘 잤어요?"

진영의 말에 민호는 읽고 있던 신문을 접어 탁자에 놓고 자리에서 일어나며 말했다.

"내가 예민해서 잠자리 바뀌면 잘 못 자."

"먼저 가지 그랬어요. 회사 가야 하잖아요."

"회사는 내가 없어야 잘 돌아가. 그러는 너는?"

"전 개교기념일이에요."

"그랬나?"

"졸업생이라면서요."

"난 내가 안 노는 날은 기억 안 해."

민호는 하품을 하면서 기지개를 켰다.

"배고프다. 밥 먹으러 가자."

이번에도 진영에게 메뉴 선택권 따윈 없었다. 민호는 진영에게 뭐가 먹고 싶은지 물어보지 않았다. 진영은 호텔 근처에서 밥을 먹을 거라고 생각했는데 민호의 차는 서울을 벗어났다. 평일 오전이라 도심을 빠져나오자 도로는 한산했다.

"어디로 가는 거예요?"

"어디라고 하면 알아?"

"오래 걸려요?"

"약속 있어?"

"아뇨."

"그럼 상관없잖아."

평일 오전에 남자와 단둘이 호텔에서 나와 어딘지도 모를 곳으로 가고 있었다. 그런데 솔직히 진영은 될 대로 되라는 기분이었다. 이 남자랑 있으면 늘 이랬다. 성실하게 응수하다가 제풀에 지쳐 될 대로 되라는 마음이 되고 말았다.

어제부터 지금까지의 일들이 진영에게는 모두 다 비현실적이었다. 그중에서도 압권은 이 남자였다. 도대체 왜 어제 내게 전화를 건 걸까? 왜 나를 찾으러 온 걸까? 왜 날 호텔에 데려간 걸까? 왜 굳이 옆방에서 잔 걸까? 왜 나랑 밥을 먹으려고 하는 걸까? 물음표투성이였다.

가장 알 수 없는 건 이것이었다.

'왜 내 진짜 모습을 알면서도 결혼하고 싶어 하는 걸까?'

이 남자와 만난 후 이상한 일들이 너무 많았다. 이 남자에게 이상한 영향을 받은 걸까? 평소의 진영은 인선 앞에서 목소리를 높이는 것을 상상도 하지 못했다. 친엄마면 안 그랬을 거라니, 스스로 말해 놓고도 유치했다. 인선은 친엄마가 아니다. 그러니 인선에게 그런 걸 요구하면 안 되었다. 기대하지 않을 거라고 하면서 기대하는 자신이 어리석고, 나약하게 느껴졌다. 인선이 자신을 위해 해 준 걸로 만족하지 못하는 자신이 이기적으로 느껴졌다. 그렇지만 무언가 대단히 서운했다.

요즘 진영은 뭔가 가슴에서 울컥울컥 올라오는 것을 잘 참을 수가 없었다.

지금껏 잘 참았는데 내가 왜 이러는 걸까? 진영은 휴대전화를 만지작거렸다. 엄마, 걱정하시겠지? 목소리를 듣기는 좀 그런데 문자를 보낼까? 민호는 진영의 마음을 읽은 듯 말을 꺼냈다.

"아침에 내가 전화 드렸어."

"그, 그랬어요? 고마워요."

인선이 자신과 민호와의 사이를 분명히 오해했을 거라고 생각하자 진영은 자기도 모르게 한숨이 나왔다. 저 남자가 이 좋은 기회를 놓칠 리 없었다. 불현듯 진영은 외박이 처음이라는 사실을 깨달았다. 생전 처음 해 본 일탈에 진영은 경악했다.

'엄마는 이 남자를 믿는 걸까? 도대체 어딜 봐서?'

진영은 살짝 기가 막히려 했다. 그렇지만 어젯밤 진영은 그에게 기댔다. 그건 정말 드문 일이었다. 인선에게도, 진형에게도, 유일하게 친구라고 말할 수 있는 선배 윤아에게도, 연인관계였던 종수에게도 진영은 기댄 적이 없었다.

그가 오지 않았다면 과연 어떻게 되었을까?

새벽이 올 때까지 편의점 앞 의자에 앉아, 멍하니 사람들이 오가는 것을 바라보았겠지. 스스로 뛰쳐나왔으면서 버림받은 듯한 기분을 느꼈겠지. 이 세상에 나는 혼자, 아무도 나를 필요로 하지 않는다는 쓸개즙처럼 씁쓸한 진실을 핥고 있었겠지. 이제야 진영은 어제의 자신이, 자기 자신을 아무렇게나 내동댕이쳐 버렸다는 것을 깨달았다. 그리고 민호가 그런 그녀를 주웠다.

민호가 하품을 길게 했다. 많이 피곤해 보였다. 진영은 자기도 모르게 얼굴에 난 상처를 손으로 쓰다듬었다. 지난밤, 민호가 연고를 덧발라 주러 왔다 간 것이 생각났다. 볼에 민호의 손가락이 닿았던 촉감이 생생했다. 민호는 한껏 기척을 죽이고 조심스럽게 약을 발랐다, 진영이 그에게 대단히 소중한 존재라도 된다는 양. 진영은 기분이 이상했다.

"어제 왜 나온 거예요?"

"심심해서."

"장난하지 마요."

"어차피 이유 같은 건 중요하지 않잖아."

"도대체 왜 나온 거냐고요."

민호는 피식 웃다가 하품을 했다. 눈물이 살짝 고인 눈에 핏발이 서 있었다.

"왜 내가 나온 건지 궁금해? 이진영이 왜 그런 걸 궁금해하는데? 안물안궁이 이진영 인생 모토 아니었나? 아니면 갑자기 나에 대해 관심이라는 게 생겼어?"

안물안궁. 안 물어봤어, 안 궁금해. 확실히 진영은 그런 편이긴 했다.

"그럴 리가요."

"그치? 그러니까 계속 그 노선을 유지해. 안물안궁 하시라고."

"엄마한테 뭐라고 했어요?"

"그렇게 분연히 떨치고 나왔으니 바로 들어가긴 쪽팔릴 거라고."

"뭐, 뭐라고요?"

"남들 스무 살 전에 다 끝내는 반항을 이제야 하나 보다, 다 늦게 온 사춘기인가 보다 그랬지."

진영은 기가 막혀 이제 말소리도 나오지 않았다. 민호는 진영을 힐끔 쳐다보고 물었다.

"이제 난 네가 좀 인간으로 보인다."

"네?"

"난 네가 화내고, 소리 지르고, 울고 그런 거 못 하는 사람인 줄 알았거든."

민호는 진영의 얼굴에 난 상처에 시선을 던졌다. 얼굴이 또 사정없이 구겨졌다.

"얼굴 상처, 누가 그런 거야? 어젯밤에 밖에 있을 때 누가 건드렸어?"

나지막하고, 얼핏 다정하기까지 한 목소리였지만 그 안에 숨겨진 살기에 진영은 움찔했다. 진영이 맞은 것에 민호는 진심으로 분노하고 있었다.

"날 낳은 여자가 그랬어요."

민호는 잠시 할 말을 잃었다.

"도대체 왜?"

"나한테 낳은 값 달라고 했는데 안 줬거든요."

"낳은 값?"

민호는 기막히다는 얼굴을 했다.

"그 여자한테 딸이 하나 있는데 급성백혈병에 걸렸어요. 조혈모세포를 기증해 달라고 하더군요. 그래서 그 여자 남편에게 내가 누군지 밝혔어요. 그 여자는 내가 조혈모세포를 기증 안 한 것보다 남편에게 진실을 밝힌 것에 더 열 받았을걸요."

민호는 어두운 얼굴로 입을 열었다.

"그런데 왜 당신 가족은 그 여자에게서 당신을 보호해 주지 않아? 애초에 그 여자가 그런 헛소리를 못 하게 했어야 하잖아. 당신을 버린 여자야. 그런 여자를 당신 곁에 가까이 있게 해선 안 되잖아."

진영은 갑자기 뭔가 뜨거운 것이 가슴 속에서 울컥 치밀어 올라와 눈을 내리깔았다.

매번 그 여자를 보는 게 정말 고통스러웠다. 볼 때마다 그 여자에게 버려졌던 고통이, 그 여자가 자신에게 퍼부었던 폭언과 폭력이, 사경을 헤맸던 그 며칠간의 기억이 떠올랐다. 진영이 인숙 앞에서 평정을 유지하게 된 건 그녀와 물리적인 힘이 동등하다고 느낀 후부터였다. 진영은 간신히 대꾸했다.

"가족의 인연이 그렇게 쉽게 끊어지겠어요. 엄마한테는 여동생이잖아요."

"당신을 입양한 순간 선택을 했어야 하지 않았을까? 당신인지, 동생인지."

갑자기 공기가 무거워졌다. 진영은 애써 가벼운 목소리로 대답했다.

"가족은 선택할 수 있는 게 아니잖아요."

"도망갈 수도 없지."

민호는 가느다랗게 한숨을 내쉬었다. 진영은 민호의 한숨을 가만히 들으며 생각했다. 어째서 내가 하고 싶은 말을 당신이 하는 걸까? 진영은 언젠가 읽었던 책 한 구절을 떠올렸다. 누군가의 자식으로 태어나는 것이 인간의 첫 번째 불행이다. 당신도 그런 걸까? 당신도 누군가의 자식으로 태어나 불행한 걸까?

진영은 옆에 앉은 민호에게 아주 짧은 순간이었지만 동질감을 느꼈다. 누군가 이 넓은 지구에서 자신과 똑같은 것을 느낀다는 것은 기묘하리만큼 진영의 마음을 편안하게 했다. 아주 잠시 동안이었지만 외롭지 않다는 기분마저 들었다.

한참 후 민호가 물었다.

"기증할 생각이야?"

진영은 기분이 이상했다. 아무도 진영에게 기증 의사를 묻지 않았다. 마치 맡겨 놓은 것처럼 조혈모세포를 기증하라고 했다. 당연히 해야 할 일이라고 믿는 것 같았다. 그런데 이 남자는 달랐다. 진영은 대답했다.

"잘 모르겠어요."

진영의 솔직한 심정이었다.

"하지 마."

민호가 단호하게 말했다.

"진영이 네가 왜 그래야 하는데?"

"조혈모세포 기증을 못 받으면 죽을 수도 있는데요?"

"무슨 상관이야. 만약에 부작용이라도 있으면 어쩔래? 안 돼. 하지 마.”

갑자기 눈시울이 뜨거워져 진영은 창밖을 보는 척했다. 진영은 감정을 지운 목소리로 말했다.

“라디오 듣고 싶어요.”

“그래.”

민호는 FM 라디오를 켰다. 소소한 사연과 음악을 전해 주는 나이 든 남자 DJ의 구수한 목소리가 흘러나왔다.

민호는 나무 아래에 차를 세우고 내렸다. 진영도 민호를 따라 차에서 내려 두리번거렸다. 논과 밭이 펼쳐진 평범한 시골 마을이었다.

“여기서부터는 차가 못 들어가. 걸어야 해.”

서울에서 40분만 달려도 공기의 감촉과 맛이 달랐다. 진영은 모래와 고운 자갈이 깔린 길을 걸었다. 발밑에서 차락차락 나는 소리가 경쾌했다. 자기도 모르게 진영은 미소를 지었다. 그런 진영을 곁눈으로 보던 민호가 입을 열었다.

“시골 좋아해?”

“초록색을 좋아해요. 보고 있으면 마음이 편해져서요.”

민호의 발걸음이 멈춘 곳은 고풍스러운 한옥 앞이었다. 아무리 봐도 식당 같지 않아서 진영은 고개를 갸웃거렸다. 아르노 같은, 아는 사람들만 오는 회원제 한식당 같은 곳인가? 그렇지만 왜 이렇게 조용하지? 손님을 맞이하는 직원들이라도 있어야 하는 거 아닌가? 민호는 대문을 밀고 안으로 들어갔다. 진영은 민호의 뒤를 졸졸 따라갔다. 평상 위에서 임부복을 입고 앞치마를 한 여자가 채소를 다듬고 있었다. 풀어 키우는 개가 민호를 보고 반갑다는 듯 꼬리를 흔들며 다가왔다.

"잘 있었어?"

민호는 쭈그리고 앉아 개를 잠시 쓰다듬었다.

"어머, 민호야. 어쩐 일이야? 너 온단 소리 못 들었는데?"

소라는 평상에서 내려와 반갑게 민호를 맞았다.

민호는 자리에서 일어나 손을 탁탁 털며 말했다.

"밥 얻어먹으려고. 누나는 언제 온 거야?"

"임 서방이 한 달 동안 베트남에 출장 갔어. 그 사람 없는 동안 애 나올까 봐 엄마한테 납치당했어."

"예정일이 언제지?"

"아직 두 달 넘게 남았어. 혼자 있어도 괜찮은데 그 사람하고 엄마가 괜히 난리지."

소라는 부엌을 향해 소리를 질렀다.

"엄마, 민호 왔어요."

민호라는 말을 듣고 부리나케 밖으로 나온 영천댁은 민호 뒤에 어정쩡하게 서 있는 진영을 보고 눈이 커졌다. 진영은 자기에게 쏟아지는 두 여자의 시선에 몸 둘 바를 몰랐다.

"근데 같이 오신 분은 누구?"

소라가 민호에게 물었다. 영천댁 역시 호기심 어린 눈으로 진영을 빤히 보고 있었다.

"이진영. 내 친구야."

"친구?"

소라가 짓궂게 되물었다. 민호가 황급히 말을 돌렸다.

"고모, 밥 주세요. 아침도 못 먹었어요."

고모라는 말에 진영은 당황했다. 이 꼴로 친척 집에 데리고 온 거야?

"여가 식당이가, 밥 달라고 하게."

영천댁은 맵게 쏘아붙였지만 얼굴은 싱글싱글 웃고 있었다.

"니가 먹을 복은 있구나. 오이지 딱 맞게 익은 줄 어째 알고 왔노. 점심에 편수할라 카는데, 아가씨 편수 묵을 줄 알아요?"

진영은 얼결에 대답했다.

"아, 네."

"어서 올라가라. 소라야, 니 뭐 하노? 민호 땀 흘리는 거 안 보이나? 퍼뜩 찬 물수건하고 마실 거 갖다 줘라."

바람이 통하는 대청마루는 시원했다. 진영과 민호는 소라가 가져온 찬 물수건으로 손과 얼굴을 닦은 후, 시원한 결명자차를 마셨다. 진영은 작은 목소리로 소곤거렸다.

"여길 왜 데려온 거예요?"

"오랜만에 고모 밥이 먹고 싶어서. 편수 안 좋아해?"

"먹어 본 적 없어요."

"만두 같은 거야. 맛있어. 앉은 자리에서 스무 개는 먹어치울걸."

"지금 그게 문제가 아니잖아요. 왜 날 고모님 댁에 데려온 거예요?"

"친고모는 아니야. 할머니가 양딸로 삼으셨고, 우리 아버지랑은 친남매처럼 자라셨어. 우리 집 살림도 오래 하셨고."

이 남자와의 대화는 늘 뭔가 미묘하게 엇갈렸다. 진영이 뭐라고 말하려는데 민호가 다시 입을 열었다.

"휴대전화 배터리 다 됐지? 줘. 충전해 줄게."

민호는 진영에게 휴대전화를 거의 빼앗다시피 해서 가져갔다. 진영이 몸 둘 바를 몰라 하며 마루에 덩그러니 앉아 있는데, 영천댁과 소라가 편수를 만들 재료를 잔뜩 들고 마루로 올라왔다.

"편수는 이렇게 여럿이 빚어 먹는 게 제 맛이제. 아가씨도 재미 삼아 함 빚어 봐요."

"말씀 낮추세요."

"그, 그라까? 하하하."

민호는 피 만드는 일을 맡았고, 여자 셋이 빚는 일을 맡았다.

"더 얇게, 더 얇게 밀어야 된다. 이기 송편이지 편수가?"

영천댁이 혀를 끌끌 찼다.

"송편은 겉을 먹는 거고 편수는 속을 먹는다 켔다. 삶았을 때 안에 든 기 보름새모시맹키로 은은하게 비쳐야 제대로 만든 기란 말이다."

민호에게 한바탕 지청구를 한 영천댁은 소라가 빚은 편수를 손가락으로 쿡쿡 찌르며 타박을 했다.

"뱃속에 든 기 고추라 다행이지. 이기 이기 뭐꼬? 발로 빚었나?"

"어차피 뱃속에 들어갈 건데 뭘 그리 신경 써서 만들어. 원래 집에서 만든 편수는 이렇게 못나야 먹음직스러운 거야."

영천댁은 말도 안 되는 소리를 한다는 듯 소라를 흘겨보았다.

"이 봐라. 편수는 요래 꽃봉오리처럼 예뻐야 하는 기라."

"근데 내 얼굴은 왜 이 모양이래?"

영천댁은 진영을 보며 말했다.

"아가씨는 손끝이 야무지네. 예쁘기도 해라."

무슨 사이인지 묻고 싶어 영천댁은 입이 간질간질했지만 소라가 눈에 힘을 줬다. 가스나, 사납기는. 영천댁은 마음속으로 투덜거렸다.

민호가 영천댁의 집에 올 때는 안 좋은 일, 마음 아픈 일이 있을 때가 많았다. 풀죽은 얼굴로 온 민호에게 영천댁은 따스한 밥상을 차려 주었다. 누군가를 데려온 건 난생처음이었다. 거기다 여자였다. 선을 보이러 온 것이 분명했다. 영천댁은 편수를 빚으면서 진영을 힐끔힐끔 쳐다보았다.

손을 보니 게으르진 않겠고, 얼굴도 그만하면 박색은 아니었다. 삐쩍 마른 것이 마음에 들지 않았지만 그건 그냥 넘어갔다. 그보다는 어딘지 모르게 지쳐 보이는 것이 마음에 걸렸다. 일흔 가까이가 되면 사람에 대해선 반 점쟁이가 다 됐다. 얼굴에서 그늘과 가시가 느껴졌다. 평탄한 인생길을 걸어온 아이는 아닌 것 같았다. 그래서 영천댁은 진영에게 친밀감을 느꼈다. 영천댁의 인생도 평탄함과는 거리가 멀었다.

소라는 영천댁을 보고 눈에 또 힘을 줬다. 아이고, 됐다. 고마 볼게. 니 그래 힘주다가 아 낳는다. 영천댁은 마음속으로 투덜거렸다.

백 개가 넘게 편수를 빚었는데도 아직도 소가 남았다. 소라는 허리가 아파서 투덜거리며 말했다.

"엄마는 손이 너무 커서 문제야. 누가 먹는다고."

"저녁에 아부지한테 맛은 보여 드려야 하고, 민호 올만에 왔는데 빈손으로 보내나. 손님한테도 싸 줘야 하고. 가시나, 니는 입으로 편수를 빚나. 몇 개 만들지도 않고 와 이리 잔소리가 많노."

소라는 혀를 쏙 내밀고 다시 편수를 빚기 시작했다. 진영도 손을 빨리했다. 손을 움직이자 머리가 가벼워졌다. 소라와 영천댁이 주거니 받거니 하는 수다를 듣는 것도 즐거웠다. 흉을 봐도 흉을 보는 것 같지 않았다. 참 사이좋은 모녀구나, 진영은 생각했다.

편수를 다 빚자 영천댁은 휴대용 가스레인지를 가져왔다. 물을 끓여 편수를 바로바로 삶아 접시 위에 올려놓았다. 호박과 표고버섯이 들어가 달큰하면서도 담백하고 감칠맛이 있었다. 소라도 맛있다, 맛있다를 연발하며 편수를 먹다가 편수가 물릴 만하면 물기를 쏙 빼서 양념한 오이지를 집어 먹었다.

"엄마 편수는 정말 끝도 없이 들어가."

"전 다 먹었어요. 편수는 제가 삶을 테니까 좀 드세요."

진영이 주춤거리며 자리에서 일어나려고 했다.

"아이고, 딸보다 낫네. 저년은 지 입에 들어가는 것밖에 모르는데."

"제가 할게요. 진영이 넌 좀 더 먹어."

민호가 나서서 편수를 삶았다. 뜻밖의 행동에 소라와 영천댁은 시선을 나눴다. 진영은 더 몸 둘 바를 몰랐다.

후식으로 나온 앵두를 먹고 나니 식곤증이 몰려왔다. 소라가 하품을 했다. 하품도 전염이 되는지 진영은 자기도 모르게 하품을 했다.

"좀 잘래?"

민호가 묻자 진영은 펄쩍 뛰었다.

"아, 아니요."

소라가 웃으며 말했다.

"괜찮아요. 눈을 보니까 졸음이 가득한걸. 어려워할 거 없어요. 같이 낮잠 자요. 나도 졸려 죽겠어."

"그래. 눈 좀 붙여. 어제 잘 못 잤잖아."

그 말에 영천댁뿐만 아니라 소라와 진영의 눈도 등잔만 하게 커졌다.

소라가 진영을 끌고 안방으로 들어갔다. 소라는 편한 티셔츠와 트레이닝 바지를 진영에게 내주고, 진영이 옷을 갈아입는 동안 요를 펴고, 풀을 먹인 모시 이불을 펼쳤다. 베개 두 개를 나란히 놓은 후 소라는 어서 누우라고 진영에게 손짓을 했다. 진영은 주춤거리며 이불 속으로 들어갔다. 처음 온 집 안방에 누워 있으려니 기분이 이상했다.

"근데 진영 씨, 민호랑은 그냥 친구예요? 아니면 요즘 말로 썸 타고 있는 중?"

진영은 그냥 웃었다. 졸리다는 말이 정말이었는지 소라는 금세 잠이 들었다. 소라의 고른 숨소리를 들으며 언제인지도 모르는 사이에 진영은 잠이 들었다.

민호는 노곤해 죽을 지경이었다. 지난밤 민호는 진영이 아무 말도 안 하고 호텔방에서 나가 버릴 것 같아서 잠을 잘 수 없었다. 진영의 방에서 나는 소리에 온 신경을 곤두세우고 방안을 계속 서성거리다, 도저히 못 참겠어서 연고를 발라 준다는 핑계로 진영의 방에 들어갔었다.

민호는 마루에 벌렁 드러누웠다. 시원한 마룻바닥에 몸이 닿자 잠이 살짝 깨는 기분이었다.

"일나 봐라."

영천댁은 단도직입적으로 물었다.

"누꼬?"

"결혼할 여자요."

"흐음."

"맘에 안 드세요?"

"내랑 사나, 니캉 살지. 부모님한테는 보였고?"

"네."

"별로 마음에 안 들어 하제?"

"네."

갑자기 영천댁이 큰 소리로 웃음을 터트려 민호는 어리둥절했다.

 "다 지 한 대로 받는 기라. 민호야, 너거 아부지 결혼할 때 얘기 들은 적 있나?"

 "아니요."

 "두 어른이 다 몸져누웠다 아이가. 어무이는 며느릿감이 맘에 안 들어서 몸져눕고 니 아부지는 상사병으로 몸져눕고 두 모자가 방에 누워서 물 한 모금 안 먹는데, 그때 누구 한 사람 송장 치우는 줄 알았다 아이가. 오빠가 어무이가 죽으라 카면 죽는 시늉을 할 만큼 효자였는데, 결혼 문제만큼은 조금도 안 물러섰제. 아이고, 내가 이제 갈 날이 멀지 않은갑다, 니 앞에서 오빠 흉도 보고. 자식 이기는 부모 읎다고 어무이가 졌제. 마흔 넘은 노총각이 상사병으로 쓰러졌으니 그거는 약도 없다 아이가."

 생전 처음 듣는 이야기였다. 민호는 부모의 결혼에 이런 사연이 있을 줄은 꿈에도 몰랐다. 민호의 기억 속에 석금과 연희는 늘 사이가 좋지 않았다. 그런데 할머니의 반대를 무릅쓸 만큼 아버지는 어머니가 좋아서 결혼을 했단 말인가? 민호는 기분이 이상했다. 아버지에게도 젊은 시절이 있었다는 게, 누군가가 그리워 상사병이 날 만한 여린 감성이 있었다는 게 쉬이 믿기지 않았다.

 "그런데 왜 그러고 사신데요?"

 영천댁의 얼굴에서 웃음기가 사라졌다.

 "이제 와 돌아가신 어무이 욕을 하겠나, 철없는 올케 욕을 하겠나. 아이면 밖으로 돈 오빠 욕을 하겠나. 셋 중 하나만 정신 차렸어도 그렇게까진 안 됐을 건데. 니는 그래 살지 말그라. 아무리 시대가 변했어도, 여자는 남자 하나 믿고 시집가는 거다. 인생 빌그 없다. 남자든 여자든 내 좋다카는 사람이랑 한 이불 덮고 알콩달콩 사는 거, 그거 하나면 되지. 눈에서 눈물 안 나게 아껴 주고 닳을 만큼 안아 주고 그리 살아라. 여자는 남자한테 많은 거 안 바란다. 그저 자기 마음 알아주는 거, 그거 하나문 된다. 근데 사내들이 못나서 그 쉬운 걸 몬해서 여자 가슴에 피멍이 들게 하제."

민호의 시선이 뜰에 제멋대로 자란 풀로 향했다. 초록색 풀 가운데 하얀색 꽃이 앙증맞게 피어 있었다.

"고모, 저거 봉숭아꽃이에요? 봉숭아가 벌써 피었어요?"

"씨도 안 뿌렸는데 어디서 날라왔는지 지멋대로 자라네. 요새 날씨가 이상해서 그런 긴지 아이면 자가 미친 건지 내도 모리겠다."

"흰 봉숭아로는 봉숭아물 못 들이죠?"

"아이다. 그건 꽃 색깔하고 상관없다."

"백반 있어요?"

"와? 봉숭아물이라도 들일라꼬?"

영천댁은 희한하다는 눈으로 민호를 보고는 약통에서 백반을 가져다줬다. 민호는 하얀 봉숭아 꽃잎과 백반을 섞어 콩콩 찧었다. 민호는 살그머니 소라와 진영이 자고 있는 안방으로 들어갔다.

민호가 들어오는 소리에 문 가까이에서 자고 있던 소라가 잠에서 깼다. 민호는 눈을 뜬 소라를 보고 손가락으로 입술을 꾹 눌렀다. 소라는 가만히 일어나 민호가 하는 양을 보았다. 민호는 진영의 왼손 새끼손톱에 봉숭아 꽃잎에 백반 찧은 것을 살짝 얹고 랩으로 감싼 다음 굵은 실로 칭칭 감아 묶었다. 소라는 닭살이 돋는다는 얼굴로 민호를 보고 밖으로 나갔다.

민호는 가만히 진영의 새끼손가락을 잡고 눈을 감았다.

당신 마음도 나로 물들었으면 좋겠다.

민호는 금세 잠이 들었다.

진영은 왼쪽 새끼손톱을 계속 만지작거렸다. 고작 몇 시간인데 봉숭아물은 꽤 진하게 들어 있었다. 진영은 잠에서 깬 후에도 한참 동안 뭐가 이상한지 몰랐다. 소라와 영천댁이 자꾸 웃기에 왜 그러나 싶었는데 새끼손톱을 보고 그러는 거였다.

개구리도, 미꾸라지도, 능구렁이도 아니야. 그냥 사차원이야.

"왜 물을 들인 거예요?"

영천댁과 소라 앞에서는 화를 낼 수도 없었다. 운전을 하던 민호가 어깨를 으쓱하며 말했다.

"흰 봉숭아도 물이 든다고 해서 진짜 그런지 실험해 봤어."

"왜 실험을 내 손톱으로 해요? 당신도 손톱, 발톱 도합 스무 개나 있잖아요."

"남자가 하긴 그렇지. 예뻐."

민호는 흐뭇하다는 얼굴로 대꾸했다.

진영은 말문이 막혔다. 집에 도착할 때까지 진영은 아무 말도 하지 않았다.

진영이 사는 아파트에 도착했을 때에는 뉘엿뉘엿 해가 지고 있었다. 진영은 아무 말도 하지 않고 차에서 내렸다. 민호는 진영이 아파트 건물로 들어가자 경적을 부드럽게 울렸다. 마치 '나 아직 여기 있어.' 하고 말하는 듯한 경적 소리였지만 진영은 뒤돌아보지 않고 건물 안으로 들어가 버렸다.

현관문 앞에서 진영은 멈칫했다. 번호 키를 눌러야 하는데 손이 나가지 않았다. 우두커니 서서 진영은 우울한 얼굴로 현관문 호수를 바라보았다. 들어가고 싶지 않았다. 다시 뒤돌아 어디론가 도망치고 싶었다. 하루 동안 까맣게 잊고 있었던 짐들이 이 문 너머에서 기다리고 있었다. 막 번호 키를 누르려는데 휴대전화가 부르르 울렸다. 문자였다.

그날은 미안했다. 집사람이 한 짓, 내가 사과하마. 그리고 형님께 빌려 드린 돈은 갚지 않아도 된다. 내가 자식 생각에 제정신이 아니었다.

진영은 다 읽지도 않고 문자를 지워 버렸다. 제발, 제발 나 좀 내버려 두라고!

진영은 입술을 깨물고 현관문의 번호 키를 눌렀다.

인선이 파리한 얼굴로 거실에 앉다가 진영이 들어오는 소리에 자리에서 일어났다. 한숨도 못 잔 듯한 인선의 얼굴에 진영은 마음이 불편해졌다. 죄인이 된 것 같은 기분이었다.

"진영아, 너 괜찮은 거야?"

"응, 괜찮아."

인선은 깊은 한숨을 내쉬었다. 그래도 얼굴빛이 영 나쁘지는 않은 걸 보니 괜찮다는 말이 빈말은 아닌 것 같았다.

"피곤하겠지만 잠깐 엄마랑 얘기 좀 해. 엄마도 계속 생각했어. 기증 건 말인데……."

얼굴을 보자마자 또 그 이야기였다. 진영은 정말 미칠 것 같았다.

"기증할게."

자기도 모르게 튀어나온 말이었다.

"진영아."

"그러니까 더 이상 아무 말도 하지 마."

진영은 방으로 들어가 문을 잠갔다.

공양미 300석에 몸을 판 심청이의 기분이 꼭 이랬을 것 같았다. 지긋지긋한 친모와의 인연은 이걸로 끝이었다. 가족도 남도 아닌 관계가 지긋지긋했다. 그 사람은 이제 영원히 진영에게 남이었다.

인선은 진영의 꼭 닫힌 방문 앞에 가만히 서 있었다.

정 싫으면 안 해도 된다고, 네가 그 문제를 그렇게 민감하게 생각할 줄은 몰랐다고 이야기할 생각이었다. 엄마라고 자식의 모든 것을 다 아는 건 아니라고.

꼭 닫힌 문이 진영의 마음 같아 인선은 가슴이 아팠다. 진영을 생각하면 늘 가슴 한구석이 시리고 저릿했다. 입양은 가슴

으로 낳는다는 말은 틀린 말이 아니었다. 진형을 생각할 때와
는 전혀 다른 감각이었다.

처음 보았을 때부터 아이가 가여웠다. 인선이 어릴 때 겪었
던 일이 떠올라 더욱 아이를 동정했는지도 모른다. 계모와, 자
식에게 무관심한 아버지 밑에서 자란 인선은 진영이 느꼈을
'버려졌다'는 감정이 어떤 것인지 알고 있다고 생각했다. 그런
데 진영은 인선에게 말했다, 인선은 아무것도 모른다고, 한 번
도 제대로 안 적이 없었다고.

언제나 진영이 네가 내게 아픈 손가락이었다는 게 너에겐
상처였을까?

인선은 집이 무너질 듯 깊은 한숨을 내쉬었다. 그렇지만 한
편으로는 다행스럽기도 했다. 이런 식으로 화를 내고 속마음을
그대로 말한다는 건, 진영의 견고한 벽이 서서히 무너지고 있
다는 뜻이었다. 그렇지만 인선에게 진영이 이렇게 멀게 느껴지
기는 처음이었다.

방 안의 진영에게도 인선이 쉬는 한숨 소리가 들렸다.

기증을 한다고 했는데도 엄마는 왜 저러는 걸까?

바라는 대로 해 줬잖아. 제발 나 좀 편하게 해 주면 안 돼?

갑갑해. 갑갑해서 미칠 것 같아. 왜 내 인생은 이렇게 갑갑
한 걸까?

좋은 일이라곤 하나도 없어. 행복할 겨를도 없이 불행이 쫓
아와.

어디론가 도망치고 싶어. 도무지 숨을 쉴 수가 없어.

진영은 물끄러미 봉숭아물이 든 손톱을 바라보았다.

'결혼은 딸이 집에서 벗어날 수 있는 합법적이고 사회적으로 인정받는 제도지.'

진영은 민호에게 전화를 걸었다.

"나와 결혼하자는 말, 아직 유효해요?"

구해 주는 사람을 선택할 수 있는 사람은 아무도 없다, 부모를 선택할 수 없듯이.

민호가 느긋한 목소리로 대꾸했다.

— 응.

11

"절대로 안 돼. 이 결혼, 엄마는 허락 못 하겠어."

상견례에서 돌아오자마자 인선은 선언하듯 말했다.

인선은 민호가 꽤 마음에 들었다. 좋아하는 사람 어머니에게 공을 들이는 모습이 좋아 보였다. 꽃보다도 서툰 글솜씨로 또박또박 써 보내는 카드가 인선의 마음을 움직였다.

성실하고 듬직한 구석은 없어 보였지만 그런 건 진영에게 차고 넘치도록 많았다. 가볍고 발랄한 분위기가 오히려 진영을 보완해 주지 않을까 생각했다.

진영이 예전에 민호의 부모에 대해 언질을 주었지만 이 정도일지는 몰랐다. 조건이 좋지 않다는 것은 알고 있었다. 아무리 그렇다고 해도 석금과 연희의 말과 태도는 안하무인이었다. 인선의 눈에는 진영의 앞날이 훤히 보였다.

상견례 때 본 민호 부모의 모습은 아무리 좋게 표현해도 꼴불견이었다. 인선에게는 평생 상종도 하고 싶지 않은 사람들이었다.

합가도, 진영의 일을 그만두게 하는 것도 무작정 반대할 생각은 아니었다. 일흔을 넘긴 석금이 하나뿐인 아들을 끼고 살고 싶은 마음을 이해할 수 있었다. 그런 큰 기업을 경영하는 집안에서는 여자들이 내조할 일이 많았다. 이런 사정을 설명하며 인선의 이해를 구했다면 인선 역시 그리하라고 승낙했을 것이다. 그런데 시종일관 통보였다. 거절 따위는 상상도 못 하는 듯한 오만한 얼굴이었다. 인선은 상견례 자리가 진영을 사고파는 노예시장 같다는 생각을 지울 수 없었다.

절정은 인선이 조심스럽게 예단과 예물에 대해 말을 꺼냈을 때였다. 인선은 말을 꺼내기가 부끄러웠다. 형편이 형편인지라 민호 집안의 수준에 맞출 수 없다는 것은 알고 있었지만 그래도 빈 몸으로 시집왔다는 소리를 듣게 하고 싶지는 않았다. 그런데 단칼에 거절당했다.

"결혼에 대한 모든 비용은 저희 쪽에서 대겠습니다."

석금은 '모든'이라는 말을 유난히 강조했다.

"그래도 애를 보내는데 빈 몸으로 보낼 수는 없지요. 인사는 드려야 하지 않겠습니까? 저희 형편이 좋진 않지만 그래도 성의는 보이고 싶습니다."

"아니요. 저희 쪽에서도 아무것도 하지 않을 예정입니다. 그러니 예단도 예물도 전혀 신경 쓰지 않으셔도 됩니다. 안 주고 안 받는 걸로 하시지요, 사부인."

석금의 말 속에 숨은 뜻을 이해하지 못할 만큼 인선은 바보가 아니었다. 결혼식은 남들 보는 눈이 있으니까 자기네들 돈을 들여 번듯하게 하겠지만 진영에게 해 줄 건 아무것도 없다는 말이었다.

그걸로 인선은 결혼 마음을 접었다. 이런 집안에 보내려고 그렇게 가슴 졸여 가며 키운 게 아니었다.

"절대로 엄마는 허락 못 해. 결혼에서 돈, 중요해. 오죽하면 가난이 문으로 들어오면 행복이 창으로 나가 버린다는 말이 있겠니? 그렇지만 그게 전부는 아니야. 아무리 가난하더라도 엄마는 널 그대로 인정해 주고 받아들여 주는 사람 아니면 결혼 허락 못 해. 그 집안에 들어가서 몸종 노릇 하는 꼴, 엄마는 못 본다."

"엄마."

"안 돼. 절대 안 돼. 너, 엄마 가슴에 대못 박아도 좋으면 가!"

"엄마, 한 번만 내가 하고 싶은 대로 하면 안 돼?"

"너 정말 그 남자랑 결혼하겠다는 거야?"

인선의 눈에 진득한 눈물이 고였다.

"민호 군하고 결혼 생각은 없다고 했잖아. 왜 갑자기 마음을 바꾼 거야?"

"마음은 바뀔 수 있는 거잖아."

그러나 인선이 아는 진영은 그렇게 쉽게 마음을 바꾸는 아이가 아니었다.

"민호 군을 사랑하니?"

차마 사랑한다는 거짓말을 할 수는 없었다. 인선의 얼굴이 참담하게 일그러졌다.

"돈 때문에 결혼하는 거니?"

"날 좋아하는 사람이 돈도 많으면 더 좋은 거 아니야?"

"그래, 민호 군은 널 좋아하니까 그렇다고 쳐. 그렇지만 그 시부모는 어쩔 건데? 그 사람들이 널 사람대접이라도 해 주겠어?"

"상관없어."

"어떻게 상관이 없어! 결혼은 가족이 되는 거라고. 널 제대로 인정하지도 않는 사람들과 가족이 될 수 있어?"

"꼭 가족이 되어야 해? 어느 집에 시집간들 내 조건으론 편치 않아. 평범한 집도 날 안 반긴다고. 그럴 바엔 돈이라도 있는 집에 가서 시집살이할래."

인정받고 사랑받기 위해 노력하는 거, 안 하고 싶어.

인선은 진영을 낯선 눈빛으로 바라보았다. 진영이 이렇게까지 메말라 있을 줄은 꿈에도 몰랐다.

"민호 씨도 아버님도 내 사정 충분히 알고 계시고 도와주시겠다고 하셨어."

"딸 팔아서 호강할 생각 없어. 그럴 바엔 혀 깨물고 죽는 게 낫다고!"

"혀 깨물고 죽어도 빚은 그대로 남아. 나도 이제 좀 편해지고 싶어."

빚이라는 말에 인선은 멈칫했다. 진영은 쐐기를 박듯 말했다.

"빚 갚다가 시집도 못 가고 늙어 버리고 싶진 않아."

그때 진영의 휴대전화가 울렸다.

"민호 씨야."

"받지 마."

진영은 통화 거절 버튼을 눌렀다. 몇 초 후 초인종이 울렸다.

진영은 현관문에 달린 렌즈로 방문자를 확인했다. 예상대로 민호였다. 민호는 잔뜩 초조한 얼굴로 문을 노려보고 있었다. 문을 열지 않으면 부숴 버릴 것 같은 눈빛이었다.

"엄마, 민호 씨가 찾아왔어."

다시 초인종이 울렸다.

"엄마."

진영이 말꼬리를 올렸다.

"들어오라고 해. 끝낼 때 끝내더라도 이쪽저쪽 할 말은 다 하고 끝내야지."

진영이 문을 열었다. 구두를 벗고 들어온 민호가 진영을 보고 말했다.

"어머님께 드릴 말씀이 있어. 자리 좀 피해 줘."

"진영이 없는 자리에서 민호 군에게 들을 이야기 없어요. 우리, 이쯤에서 이 결혼 접도록 해요."

민호의 예상대로였다. 그의 부모와 다르게 예의와 경우가 있는 인선이기에 최대한 참았던 것뿐이었다.

"오늘 불쾌하셨던 건 충분히 이해합니다. 자식인 저도 가끔 부끄럽다는 생각이 드는데, 딸을 시집보내야 하는 어머님 눈에는 더 마뜩잖으셨을 게 당연합니다. 결혼을 거절하셔도 할 말이 없습니다. 마지막으로 저에게 조금만 시간을 내주세요. 다시는 귀찮게 하지 않겠습니다."

다시는 귀찮게 하지 않겠다는 민호의 말에 인선이 설득됐다. 인선이 진영에게 말했다.

"잠깐 자리 좀 피해 줘."

진영은 휴대전화와 지갑을 들고 나가며 인선에게 말했다.

"엄마, 나 놀이터 근처에 있을게. 끝나면 전화해 줘."

진영은 민호를 바라보지도 않고 집밖으로 나갔다. 진영이 엘리베이터를 타는 소리가 들리자 인선이 자리에서 몸을 일으켰다.

"차 마실래요?"

"손님으로 온 거 아닙니다. 앉아 계세요."

민호는 인선을 만류했다. 솔직히 인선 역시 민호에게 차를 대접하고 싶은 마음이 없었다. 인선은 다시 자리에 앉아 민호를 똑바로 바라보며 말했다.

"두 사람, 그만 만나도록 해요. 예전에 진영이가 민호 군 집안을 감당할 수 없어서 민호 군과 더 이상 만나고 싶지 않다고 했을 때 그러라고 하지 않은 게 난 정말 후회돼요. 나도 속물이었던 거죠. 먹고 죽을 돈도 없는 내가 이런 말 하는 건 우습지만, 돈이 전부는 아니잖아요. 진영이, 상처가 많은 애예요. 무조건적으로 그 애 편을 들어 주고, 그 애 마음을 이해해 줄 사람이 곁에 있어 줘야 해요.”

인선은 다시금 부아가 치밀어 올라 입술을 깨물었다.

첫딸은 살림 밑천이라더니 정말 그렇습니다.

진영이가 학교 그만두면 생활비가 끊길까 봐 그러시는 겁니까?

인선은 가급적 진영이 교사 생활을 이어가길 바랐다. 어떻게 될지 한 치 앞도 모르는 게 인생이고, 여자도 평생 가정에만 묶여 사는 시절이 아니었다. 남편의 부도를 겪으면서 인선은 여자도 경제적 능력이 있어야 함을 뼈저리게 깨달았다. 자본주의 사회에서 인간다움은, 인정하기 싫지만 돈에서 나왔다.

“나, 언제 어떻게 될지 모르는 사람이에요. 민호 군은 남자라 잘 모르겠지만, 여자한테 친정은 있는 것만으로도 힘이 돼요. 내가 이 모양이니 진영이 시부모님만큼은 돈이 없어도 좋으니 진영이를 가족으로 받아들이는 분이시길 바라요. 시부모가 며느리를 딸같이 생각한다는 건 힘든 일이지만, 난 진영이에게 그런 시부모를 찾아 주고 싶어요.”

인선에게도 친정이라고 할 만한 게 없었다. 인선은 어릴 때 생모를 잃고 계모 밑에서 컸다. 학대까진 아니었지만 인숙의 어머니는 그녀에게는 어머니 노릇을 하지 않았다. 늘 겉돌던 인선은 집에서 나오기 위해 결혼을 선택했다. 그때는 결혼 말고는 여자가 집에서 도망칠 방법이 없었다. 다행히 남편은 좋은 사람이었다. 남편은 인선에게 엄마 노릇, 아빠 노릇, 오빠 노릇까지 다 해 주었다. 그녀를 아무 조건 없이 품어 준 사람이었다. 그래서 인선은 진영을 그런 남자와, 진영을 이해하고 보듬어 줄 수 있는 남자와 결혼시키고 싶었다.

"저희 부모님이 쉬운 분들이 아니시라는 건 잘 압니다. 하지만 결혼은 저와 하는 겁니다. 저만 중심을 잘 잡으면 진영이가 힘들지는 않을 겁니다."

인선은 민호를 가만히 보다가 입을 열었다.

"나는 내 딸이 좋은 남자와 가정을 꾸리길 바라요. 민호 군은 좋은 남자인가요?"

민호는 잠시 생각에 잠겼다가 대답을 꺼내 놓았다.

"아니요. 별로 좋은 남자는 못 됩니다. 그다지 성실하지도 않고 능력이 뛰어난 것도 아니고요. 이기적이고, 귀찮은 것도 싫어하고, 부모 잘 만나 편하게 사는 한심한 남자죠."

너무 솔직한 대답에 인선은 할 말을 잃었다.

"그래서인지 모르겠지만, 전 진영이의 빈틈이 처음부터 보였습니다."

그 사람이 얼마나 외로운지, 얼마나 힘든지, 얼마나 메말랐는지. 그런데 가장 위로가 절실한 그 사람이 민호를 위로했다. 아이러니한 일이었다. 진영은 민호의 마음에 있는지도 몰랐던 수많은 감정들을 서서히 깨웠다. 그 감정들은 꽤 오랫동안 그가 가치가 없다고 경멸해 온 것들이었다.

"진영이한테 무슨 빈틈이 있다는 건가요?"

"어머님은 진영이가 정상이라고 생각하세요?"

인선은 화가 나려고 했다. 진영이 입양아라 어딘가 문제가 있을 거라고 생각하는 사람들의 시선에 인선은 진영만큼이나 상처를 받을 대로 받았다.

"진영이가 입양아라서 뭔가 문제가 있다고 말하고 싶은 건가요?"

"진영이는 아마 이제껏 어머님 속을 한 번도 썩인 일이 없었을 거예요."

인선은 눈빛으로 민호의 말에 동의했다.

"그렇지만 원래 애들은 부모 속을 썩이며 크는 거 아닌가요."

그 말에 인선은 멈칫했다. 그 말이 맞았다.

진형만 해도 친구 문제, 진로 문제로 자잘하게 속을 썩였다. 그러나 진영이는 신경 쓸 데가 하나도 없는 아이였다. 학교에서 돌아오면 늘 알아서 숙제를 한 후, 복습과 예습을 하고, 인선을 도와 집안일을 했다. 고3 때도 학원 한 번, 과외 한 번 하지 않았다. 대학도 안정적이라는 이유로 사대를 선택했고, 전액 장학금을 받으며 학교에 다녔다.

민호는 인선의 안색을 살피며 조심스럽게 입을 열었다.

"진영이가 뭔가 욕심을 낸 적이 있던가요? 이건 꼭 하고 싶다고 고집을 피운 적도 없죠? 아버님이 돌아가신 후부터 가장 노릇을 해 왔지만 한 번도 힘들다는 소리를 입 밖으로 내지 않았을 거예요. 진영이는 고작 스물여섯이에요. 제가 아는 사람들은 다 진영이가 대단하다고 칭찬해요. 그렇지만 전 이상했습니다. 사람이 그렇게 강한 존재인가요? 아무에게도 기대지 않고 저렇게 얼마나 버틸 수 있을까요? 아니, 진영이가 과연 누구에게 기대는 방법을 알기나 할까요?"

인선은 20여 년을 키운 자신보다 민호가 진영을 더 잘 꿰뚫어 보고 있다는 생각마저 들었다.

"저는 진영이가 착하고 올바르지 않아도 괜찮습니다. 전 진영이가 절 만만하게 생각하고, 필요한 만큼 실컷 이용했으면 좋겠어요. 진영이를 위해 세상에 그런 사람 하나쯤은 있어야 할 것 같아서요."

만만한 사람, 그런 사람이 진영에게 있을까? 인선은 길게 한숨을 쉰 후 입을 열었다.

"민호 군 말을 들으니 내가 정말 나쁜 엄마인 것 같군요."

"너무 좋은 엄마가 되려고 하시다 보니 그렇게 된 게 아닐까요? 진영이가 너무 좋은 딸이 되려고 애쓰다가 그렇게 된 것처럼요."

너무 좋은 딸, 늘 인선의 가슴을 묵직하게 짓누르고 있던 생각이었다.

민호의 말은 정곡을 찔렀다. 좋은 엄마보다 나쁜 엄마보다 그냥 평범한 엄마가 어쩌면 제일 되기 힘든 존재일지도 몰랐다. 그리고 진영이 바랐던 것도 그런 평범한 엄마였을지도 몰랐다.

인선은 진영을 처음 만난 날을 떠올렸다.

결혼 후 남편을 따라 미국으로 가면서 인선은 친정과의 왕래가 거의 끊어졌다. 계모의 장례에도 오지 않으려고 했지만 재산 문제는 인선이 직접 가서 정리를 해야 해서 어쩔 수 없이 온 길이었다.

동생 인숙을 만나러 갔지만 집은 텅 비어 있었다. 칼바람이 부는 한겨울, 온기라곤 없는 집에 어린아이가 쓰러져 있었다. 그때까지 인선은 인숙에게 아이가 있다는 것도 몰랐다. 아이의 몸에는 시퍼런 멍 자국이 가득했다. 영양실조와 폐렴으로 조금만 늦었으면 위험했을 거라고 의사는 말했다. 응급실 의사는 인선에게 아이와의 관계를 물었다. 학대를 의심하는 눈빛이었다.

인숙은 책임감이라곤 약에 쓰려고 해도 없었고, 아이는 출생신고도 되어 있지 않은 상태였다. 인숙에게 아이를 맡기고 미국으로 돌아갈 수는 없었다. 게다가 인숙은 결혼을 앞두고 있었다. 인숙은 인선에게 책임질 게 아니면 상관하지 말라고 했다.

인선은 마리아의 집에 아이를 맡기라고 인숙을 설득했다. 진영은 생모가 있음에도 기아로 마리아의 집에 맡겨졌다. 이름을 지어 준 것도 인선이었다. 진형과 같은 돌림자를 넣어 진영이라고 이름을 지었다. 그 이름을 지어 주었을 때, 인선은 진영을 입양해 딸로 키울 결심을 했다. 그러나 입양은 혼자만의 결정으로 할 수 있는 것이 아니었다.

인선은 남편과 진형을 설득해 한국으로 돌아오자마자 진영을 입양했다. 다시 만난 아이의 눈빛은 차가웠다. 인선을 기억하지 못하는 것 같았다. 인선은 진영의 그 눈빛이 꼭 자기 탓같았다. 좀 더 빨리 데리러 왔어야 했는데.

"민호 군은 진영이에 대해 정말 잘 아는 것 같아요. 엄마인 나도 몰랐던 것까지 알고 있는 걸 보면요."

"그건 제가 제삼자이기 때문입니다."

민호는 잠깐 사이를 두고 덧붙였다.

"그리고 진영이를 좋아하기 때문입니다."

"그럼 진영이는 민호 씨를 좋아하나요?"

민호는 아릿함이 느껴지는 미소를 지었다.

"진영이는 이제껏 누굴 진심으로 좋아한 적이 없을 겁니다. 좋아한다는 것은 단순히 사랑을 주기만 하는 게 아니라 받을 줄도 알아야 하는 거니까요. 진영이는 자기 자신을 100% 내던 질 만큼 믿는 사람이 없죠. 벽을 쌓고 사는 사람이잖아요. 벽 안에 있으면 안전하다고, 누구도 자기를 아프게 하지 못할 거라고 생각하니까요."

인선은 아니라고 말하기 힘들었다. 진영의 상처는 자신의 생각보다 훨씬 깊은 것임을 인선은 이제야 깨달았다. 평온한 건 겉모습뿐이었다. 너무 가까이 있어서 도리어 그 속마음을 더 알지 못했던 것 같았다. 너무 늦게 알았다는 후회가 인선의 가슴에 밀려들었다. 인선에게 허락된 시간은 길지 않았다.

그렇지만 이 남자라면 그 견고한 벽을 깰지도 모르겠다는 생각이 들었다.

"진영이가 쌓은 벽, 깰 자신 있어요?"

"아뇨. 없습니다. 깨고 싶지도 않습니다. 진영이가 스스로를 지키기 위해 쌓은 거니까 함부로 깨 버리면 진영이도 상처받고 부서질지 몰라요. 제가 할 수 있는 건 벽 너머에 있어 주는 것 뿐입니다. 언젠가 그 벽이 무너졌을 때 벽 너머에 아무도 없다면 너무 슬플 것 같으니까요."

"민호 군, 자기를 사랑하지 않는 사람 곁에 있는 게 얼마나 괴로운 일인지 알아요?"

"제게는 선택의 여지가 없지 않습니까. 전 이미 사랑하게 되어 버렸고, 그 사람 곁에 있는 것이 괴로워도 그 사람을 보지 못하는 것만큼은 괴롭지 않을 테니까요."

인선은 한동안 아무 말도 하지 못했다.

인선은 자리에서 일어나 안방으로 들어갔다. 방에서 나오는 인선의 손에는 붉은 벨벳으로 겉을 댄 반지 케이스가 들려 있었다.

"애들 아빠가 진영이 대학에 입학할 때 아는 세공사에게 부탁해서 만든 결혼반지예요. 나중에 진영이가 결혼할 사람을 데리고 오면 주겠다고요. 진형이 것도 만들었고요."

인선은 반지 케이스를 열었다. 심플한 백금반지 한 쌍이 반짝거렸다.

"비싼 반지는 아니에요. 애들 아버지가 사업하면서 위기가 여러 번 있었는데 그때 내 결혼반지도 팔아야 했거든요. 그때 마음이 많이 아팠는지 애들 결혼반지는 평생 지닐 수 있는 걸로 해야겠다고 마음먹었던 것 같아요. 이 반지는 팔아 봤자 돈이 되지 않으니까 계속 간직할 수 있을 거라고 말했어요."

인선은 반지를 물끄러미 보며 중얼거렸다.

"그렇게 일찍 갈 줄 알고 미리 준비해 둔 건지."

"어떤 분이셨습니까?"

"꿈도 많았고, 낭만도 많았고, 사랑도 많은 사람이었죠. 이 반지가 초라해 보일지도 모르지만 두 사람 결혼반지로 끼어 줬으면 좋겠어요. 그럼 하늘나라에 있는 애들 아버지도 기뻐할 거예요."

"그러겠습니다. 저야말로 이렇게 소중한 것을 주셔서 감사합니다."

"우리 진영이, 잘 부탁해요. 내겐 목숨보다 더 소중한 딸이에요."

"제게도 그런 사람입니다."

민호를 보는 인선의 시선이 따뜻했다.

이야기가 꽤 길어지는 것 같았다. 놀이터 근처에 있는 벤치에서 진영은 몸을 일으켰다.

놀이터가 텅 비어 있었다. 진영이 어릴 때만 해도 놀이터는 아이들로 가득했다. 제일 인기 있는 놀이기구인 그네는 한참을 기다려야 탈 수 있었다.

그때는 진형이에게 양보하느라 못 탔었는데.

진영은 쑥스러웠지만 놀이터 그네에 앉았다. 가볍게 다리를 구르자 그네가 앞뒤로 흔들렸다. 신이 난 진영은 호를 길게 그렸다. 진영의 움직임이 만들어 낸 바람에 머리카락이 흔들렸다. 뒤에서 누군가가 진영의 등을 밀었다.

진영은 누군지 보려고 고개를 돌렸다. 민호였다. 민호는 장난스러운 미소를 지으며 진영의 등을 밀었다. 위험할 정도로 그네가 높이 올라갔다.

"그, 그만해요."

그렇지만 약이라도 올리듯 민호는 더 세게 진영의 등을 밀었다.

"어지럽단 말이에요."

"결혼한다고 하면 그만할게."

"무슨 말도 안 되는 소릴 하는 거예요!"

갑자기 민호가 홱 그네 줄을 잡아 멈췄다.

"허락받았어."

진영은 어안이 벙벙했다.

"거짓말."

그렇게 강경하던 인선을 도대체 어떻게 설득한 거지?

"어머님이 허락하셨어. 우리 이제 결혼하는 거야."

민호는 주머니에서 반지 케이스를 꺼냈다.

"반지는 언제 준비한 거예요?"

"아버님이 준비하신 거야."

"아빠가요?"

민호는 진영의 왼손 약지에 반지를 끼워 주었다. 그리고 자기도 반지를 꼈다.

"아버님, 신통력이 있으신 거 아니야? 반지가 딱 맞아, 당신도 나도."

정말 신기하게도 반지가 두 사람의 네 번째 손가락에 딱 맞았다.

"도대체 엄마한테 뭐라고 사기를 친 거예요?"

"사기라니? 정직한 사랑 고백에 어머님이 설득당하신 거지."

진영은 어이가 없었다. 인선이 결혼을 허락할 줄은 정말 꿈에도 몰랐다.

"그럼, 이진영 씨, 잘 부탁합니다."

민호는 빙그레 웃으며 손을 내밀었다. 진영은 가만히 그 손을 보고만 있었다. 과연 이 손을 잡는 게 옳은 걸까? 나, 지금 아주 말도 안 되는 짓을 하려는 것 아닐까?

"이진영 씨, 직장에서는 말입니다. 고용주가 악수를 청하면 하는 거예요."

진영은 주춤거리며 손을 내밀었다. 민호는 진영의 손을 꽉 잡았다. 진영이 아파서 얼굴을 살짝 찡그리는데도 민호는 계속 진영의 손을 꼭 잡고 있었다.

"아파요."

민호는 손에서 살짝 힘을 뺐지만 손을 놓지는 않았다.

조혈모세포 기증 문제를 마무리 짓기 위해 영훈을 만나러 가는 날, 민호는 꼭 따라가야겠다고 고집을 부렸다. 민호는 기증을 하지 말라고 화를 냈지만 진영은 말했다.

"결혼하기 전에 이 문제를 깔끔하게 정리하고 싶어요. 이 사람들, 계속 날 괴롭힐 거예요. 혹시 알아요, 이번 생에서 착한

일을 했으니 신이 다음 생에는 날 좋은 부모 밑에서 태어나게
해 줄지?"

"그럼 나랑 같이 가."

"당신이 가서 뭐하게요?"

"어쨌든 혼자는 못 보내."

민호에게 자리엔 동석하지 않고 멀찌감치에서 보기만 하겠
다는 약속을 받고 진영은 허락했다.

영훈과는 병원 근처의 커피전문점에서 만나기로 했다. 근처
에 차를 댈 만한 곳이 없어서 민호는 진영을 커피전문점 앞에
먼저 내려 주고 병원에 차를 대러 갔다.

영훈은 진영을 보자마자 자리에서 벌떡 일어났다. 영훈의
앞에는 얼음만 남아 있는 유리잔이 놓여 있었다. 진영은 레모
네이드를 주문했다.

주문한 레모네이드가 나오기 전에 진영은 가방에서 하얀 봉
투와 서류, 펜을 꺼내 영훈 쪽으로 밀었다.

"아버지가 빌리신 3천만 원이에요. 이자는 은행 이자보다 더
넣었어요. 서류에 사인해 주시면 돼요."

영훈은 새파랗게 질렸다. 정말 진영이 3천만 원을 이렇게 빨
리 마련해 올지 몰랐다. 서류에 사인을 하면 조혈모세포 기증
은 절대 받을 수 없을 터였다. 영훈은 괜히 돈 이야기를 꺼냈다
고 후회했다.

세연의 상태가 빠르게 악화되고 있었다. 의사는 조혈모세포
이식 말고는 방법이 없다고 했다. 자식이 죽어 가는 것을 보는

것만큼 고통스러운 것은 없었다. 살릴 수만 있다면 자기 심장이라도 떼어 줄 수 있을 것 같았다.

"수술 날짜 잡으세요. 기증할게요."

돈을 주었으니 조혈모세포 기증은 절대로 하지 않겠다고 말할 줄 알았던 영훈은 진영의 뜻밖의 말에 멍해졌다. 쉬이 믿기지가 않았다.

"뭐?"

"기증할게요."

영훈의 눈에 뜨거운 눈물이 차올랐다. '기증할게요.'라는 말을 재차 듣는 순간, 이제 세연이는 살 수 있을 거라는 생각 말고는 아무것도 떠오르지 않았다.

"이 돈은 받을 수 없다."

"받으세요."

"네 덕에 세연이가 사는 건데, 내가 이 돈을 받으면 짐승밖에 더 되겠니?"

정말 진영에게 미안했다.

"남이라서 돈을 갖는 거예요. 남이라서 기증하는 거예요. 세연이에게는 제가 기증했다는 말, 하지 마세요."

진영의 어조는 단호했다. 다시는 이 사람들과 얽히고 싶지 않았다.

"세연이가 진실은 알아야 하지 않겠니? 네 덕에 사는 건데, 당연히 감사 인사는 받아야지."

"어디까지요? 어디까지 밝히실 건데요? 저하고 세연이가 생물학적 자매라고 밝히실 건가요?"

"밝힐 수 있어. 아니, 밝혀야 된다고 생각해. 세연이도 제 엄마가 한 짓은 알아야지."

"그러지 마세요, 절대로. 전 세연이에게 고맙다는 말 듣는 것도 끔찍해요. 행여나 그걸로 뭔가 인연 같은 게 얽힐까 봐 지긋지긋해요. 기증자가 기적적으로 나타났다고, 세연이에게는 그렇게 말하세요."

진저리 치는 진영을 보면서 영훈은 자기와 인숙이 진영에게 얼마나 지긋지긋하게 굴었는지 깨달았다.

"사인해 주세요."

"받은 걸로 치마. 남이라도 받을 수 없어. 사인해 줄 테니 돈은 가져가라."

"그럴 순 없어요. 꼭 제가 3천만 원에 조혈모세포를 판 것 같잖아요. 모든 문제를 깨끗하게 마무리하려고 온 거예요. 이 돈을 안 받으시면 전 기증 안 해요."

"돈은 어디서 난 거니?"

"어디서 난 거면요."

"너희 집 경제 사정을 뻔히 아는데, 혹시 사채라도 쓴 거냐?"

"제 돈이에요."

"말이 되는 소리를 해라. 내가 미안했다. 너한테 너무 모질게 굴었어."

"그 사과, 전 안 받아요."

영훈은 한숨을 깊게 내쉬고 서류에 사인을 하고 봉투를 양복 안주머니에 넣었다.

"앞으로 우리 가족에게 절대로 연락하지 마세요. 또다시 세연이에게 조혈모세포 기증이 필요하다고 해도 연락하지 마세요."

"알았다."

아무것도 받고 싶어 하지 않는 진영을 보고 영훈은 양심의 가책을 느꼈다. 불현듯 영훈은 진영을 위해 해 줄 수 있는 것이 이것 하나밖에 없다고 생각하고 말했다.

"나, 이혼 안 하려고 한다."

무슨 소리냐는 듯한 눈으로 진영이 영훈을 바라보았다.

"너한테 은혜를 갚고 싶다는 마음, 그건 진심이다. 그 사람 얼굴 보는 것도 괴로워. 죽을 때까지 그 사람을 용서할 수 없을 거야. 어떻게 사람을 20년 넘게 속일 수 있었을까, 널 보면서 어떻게 그렇게 아무렇지 않은 척했을까 생각하면 자식까지 낳고 산 여자지만 정말 징그럽고 끔찍하다. 같은 하늘에서 숨을 쉬고 사는 것조차 견디기 힘들 정도야. 그렇지만 혹시라도 이혼한 후에 너한테 들러붙을까 봐, 지금이야 괜찮더라도 나중에 늙고 병들어 의지할 사람이 없을 때 널 찾아갈까 봐 그러는 거다. 그 사람은 내가 평생 너한테 폐 끼치지 않도록 붙들고 있으마. 그걸로 그 사람이 너한테 저지른 죄, 1만분의 1도 못 갚는다는 건 잘 안다."

"이혼을 하시든 말든, 그 여자를 미워하시든 말든 저하고는 상관없는 일이에요."

진영의 반응은 여전히 차가웠다.

"어쨌든 나는 나대로 네게 뭔가를 해 주고 싶다. 남으로 지내고 싶다는 네 뜻을 존중하마. 그 사람이 너에게 제대로 사과하길 바라지만, 사과라는 게 억지로 시켜서 되는 건 아니지 않니. 미안하다."

영훈이 먼저 자리에서 일어났다. 진영은 허탈했다.

이걸로 정말 끝이 난 걸까?

어쩐지 눈물이 쏟아질 것 같았다.

"많이 늦었지? 주차장에 자리가 없어서 애먹었어."

민호가 옆자리에 털썩 주저앉았다.

"벌써 끝났나 봐?"

"긴 이야기 할 게 뭐가 있어요."

"돈은 받아?"

"네."

"양심도 없네."

"제가 받으라고 했어요. 그래야 깨끗하게 정리될 것 같아서요."

"그래. 잘했어."

민호가 진영의 어깨를 가볍게 두드렸다. 갑자기 진영은 눈물이 쏟아졌다. 울지 않으려고 애썼지만 자꾸만 눈물이 흘렀다. 자기만 고통 받고, 뭔가를 내놓아야 한다는 게 서러웠다.

그 여자에게 미안하다는 말 한 마디 듣는 게 이렇게 힘든 일일지 몰랐다. 널 버려서 미안해. 그거면 됐는데, 다른 건 하나도 바라지 않았는데. 마지막까지 그 여자는 미안하다는 말을 하지 않았다.

"그 여자 때문에 울지 마."

민호가 손바닥으로 눈물을 닦아 주었다.

"그 여자는 하늘이 준 마지막 기회조차 갈기갈기 찢어 버린 사람이니까."

그래도 눈물이 멈추지 않았다. 민호는 진영을 가볍게 품에 안고 등을 토닥였다.

"하늘이 너한테 미안하다고 용서를 빌 수 있는 기회를 줬는데 말이야. 넌 분명 그 한 마디면 용서했을 거야. 이 얼빠질 정도로 착한 이진영 씨."

얼빠질 정도로 착하다는 말이 칭찬 같지 않아 진영은 민호의 품에서 얼굴을 뗐다.

"난 착하지 않아요. 그쪽도 그랬잖아요, 착한 척하는 거라고."

"그쪽이 뭐야. 꼭 잘 모르는 사이 같잖아. 우리 며칠 후면 결혼할 거야. 난 다른 사람들 앞에서 우리가 멀쩡한 부부로 보이길 바라. '여보'라고 부를래?"

"미, 미쳤어요!"

"하긴 나이 들어 보인다. 그럼 '오빠'는 어때?"

"당신이 왜 내 오빠예요?"

민호는 아쉬운 듯 말했다.

"그럼 민호 씨라고 불러. 다른 사람들 눈엔 우린 사랑에 미쳐 부모의 반대를 물리치고 결혼에 골인한 커플이니까. 좀 더 다정하게 날 보라고. 좋아 죽겠다는 그런 눈빛 몰라?"

"그런 눈빛이 어떤 건데요?"

민호가 느끼한 눈빛으로 진영을 응시했다. 진영은 웃음을 터트렸다.

민호는 주머니에서 자동차 키를 꺼내 진영의 손에 쥐여 주었다.

"뭐예요?"

"보면 몰라? 차 키잖아. 스틱은 잘 못 몰 것 같아서 일단 오토로 했어. 색상은 무난하게 은색으로 했고. 면허는 있지?"

"없, 없어요."

"도대체 그 나이 먹도록 면허도 안 따고 뭐 했어?"

민호는 황당하다는 눈으로 진영을 바라보았다. 무슨 미개인을 보는 듯했다.

"BMW요."

"뭐?"

"버스, 지하철, 도보로 살았어요."

민호는 피식 웃었다.

"어머니 따라 여기저기 모임 갈 일도 많을 거고, 당신 혼자 다녀올 일도 많을 거야. 어머니는 경조사는 다 당신에게 맡길 생각이셔."

"지금처럼 대중교통 이용하면 돼요."

"그런다고 검소하다고 칭찬받을 것 같아? 없는 집에서 온 티를 낸다고 다들 비웃을 거야. 안 그래도 당신은 주목의 대상이야. 우리 어머니를 포함해서 당신이 실수하기만을 애타게 기다리는 사람들이 얼마나 많은 줄 알아? 괜한 문제로 꼬투리 잡히지 마."

"하, 대단한 사람들이네요. 그분들은 신라 시대 성골의 후손들이래요?"

"원래 졸부들이 더 엄격한 법이야."

"내가 지하철을 타든, 택시를 타든 무슨 상관이에요? 그 사람들이 설마 내가 뭐 타고 오는지 유심히 보기라도 한다는 소리예요?"

"당연하지. 당신이 하고 다니는 것, 말하는 것, 행동 하나하나 다 스캔하고 있을걸. 원래 심심한 사람들이 그래. 그분들의 무료한 일상에 당신은 한 줄기 빛일 테니까. 또 다른 한 줄기 빛이 나타날 때까지 몇 달만 참아."

민호는 또 웃음을 터트렸다.

"왜 웃어요?"

"우리 어머니, 요즘 아주 신이 나셨어. 당신 아래에 누구 하나 들어오는 게 그렇게 신이 나나 봐. 이것도 시키고, 저것도 시키겠다고 목록까지 작성하시는 거 같아. 난 군대를 안 가서 잘 모르겠는데, 경현 선배 말로는 평생 이등병으로 살다가 순식간에 병장으로 진급하는 기분일 거라던데? 이렇게 효도하기 쉬운 줄 몰랐어. 대한민국 남자들 참 편하게 사는 것 같아."

민호는 웃었다. 진영은 가느다랗게 한숨을 내쉬었다. 만만치 않을 거라고 생각했지만 예상했던 것보다 훨씬 해야 할 일도, 배워야 할 일도 많았다.

"벌써부터 못 해 먹겠다 싶어?"

진영은 고개를 가로저었다.

"아뇨. 남의 돈 벌기는 원래 어려운 법이에요."

"그래. 나는 잘 모르겠지만 다들 그렇다고 하더라."

민호는 진영의 손을 잡고 자리에서 일어났다.

"오늘 가구 고르기로 했잖아. 가자."

얼결에 진영은 손을 잡은 채로 민호를 따라갔다. 눈물은 깨끗이 말라 있었다. 진영은 어느새 좀 전에 서럽게 울었다는 것조차 까맣게 잊었다.

12

　진영은 석금이 준 서류에 깔끔하게 사인을 해서 보냈고, 민호를 만나 빚에 대한 변제를 의논했다. 진영은 매달 일정 금액씩 원금과 이자를 변제하길 원했지만 민호는 단번에 갚기를 원했다. 진영이 망설이자 민호가 말했다.

　"은행에 빚이 있는 거나 나한테 빚이 있는 거나 마찬가지잖아."

　진영은 민호의 설득에 넘어갔다.

　은행에 가서 대출 원금과 이자를 갚는데 기분이 묘했다. 늘 그녀에게는 불친절하기 그지없던 은행이었다. 매달 날아오던 무례한 독촉 문자가 무색할 정도로 은행 사람들은 그녀에게 친절했다. 아니, 민호의 돈에 친절했다.

　"어머님 말인데, 우리 집 가까이에 있는 작은 아파트를 얻어

드리고 싶어. 지금 집은 병원도 멀잖아. 나이 들수록 병원 가까이에 살아야 해."

민호는 제멋대로 방 세 칸짜리 아파트를 진영 명의로 구입했다. 지은 지 얼마 안 되는 아파트였고, 남향이어서 하루 종일 햇빛이 들었다. 민호의 집에서 차로 15분 정도면 오갈 수 있는 거리였다. 진영은 간병인 겸 가사도우미도 고용했다. 비용은 진영이 민호에게 받는 월급에서 나갔다. 인선과 진형은 낯선 사람과 어떻게 한집에서 사냐며 만류했지만 진영이 우겼다.

"엄마는 치료에 전념하고, 진형이 넌 공부에 전념해. 한 번에 시험 붙어야지."

인선의 상태가 많이 좋아졌지만 절대로 무리를 해선 안 됐고, 병원에 모시고 다닐 사람이 필요했다. 진형은 시험공부에 몰두해야 할 때라 인선을 돌볼 시간이 없었다.

새집에 이사 가는 날, 세 사람의 얼굴은 별로 좋지 않았다. 이전에 살던 아파트보다 밝고 깨끗한 집이었지만 인선도, 진형도 마음이 불편했다.

안방은 인선이, 작은 방 하나는 진형이 썼다. 인선은 괜찮다는데도 굳이 진영의 방을 만들었다.

"내가 허전해서 그래."

인선은 길게 한숨을 쉬었다. 진영의 결혼 날짜가 잡힌 후 생긴 버릇이었다. 진영은 그 한숨을 못 들은 척했다.

결혼식을 일주일 남겨 놓고 연희가 민호와 진영이 쓸 2층의 인테리어 공사가 끝났다며 진영을 집으로 불렀다.

"작은 사모님 오셨어요?

저택 관리와 경비를 맡은 강 부장이 철제 대문 앞에서 진영을 깍듯이 맞이했다. 대문에서 집까지는 한참을 걸어가야 했다. 넓고 웅장한 저택에 진영은 살짝 기가 죽는 기분이었다. 집까지 걸어가면서 대여섯 명이 넘는 사람에게 인사를 받았다. 가족만 사는 집에 익숙한 진영은 낯선 사람들이 식구보다 많은 민호의 집이 이상하게 느껴졌다.

"들어가세요."

강 부장이 현관문을 열었다. 진영은 조심스럽게 집 안으로 들어가 신발을 벗고 슬리퍼로 갈아 신었다. 그러면서 곁눈으로 민호의 집을 살폈다. 밖에서 풍기던 위압적인 분위기가 집 안까지 그대로 이어져 있었다. 무언가가 짓누르는 기분에 목과 어깨가 뻣뻣해졌다.

먼지 하나 없이 청결하게 정리되어 있었지만 온기라고는 느낄 수가 없었다. 차갑고 건조한 공기가 집 안을 가득 채우고 있었다.

"사모님 뵙기 전에 신혼방 먼저 구경하세요."

강 부장이 싹싹하게 말을 붙였다.

1층은 석금과 연희의 공간이었고, 2층이 민호와 진영의 공간이었다. 2층으로 올라가자 코를 톡 쏘는 냄새가 났다.

"환기를 한다고 했는데 아직 페인트 냄새가 남아 있네요."

강 부장이 송구스럽다는 얼굴을 했다.

"괜찮아요. 지금 들어와 살 것도 아닌데요."

진영은 강 부장과 함께 새로 꾸민 침실과 드레스 룸, 파우더 룸, 욕실을 둘러봤다.

침실만 해도 진영이 이전에 살았던 아파트 전체 면적보다 넓었다.

"사모님 취향에 맞게 꾸민 거라 작은 사모님 눈에는 어떨지 잘 모르겠네요."

진영은 바로 대답했다.

"마음에 들어요."

"그래도 신혼인데, 좀 딱딱하지 않나 싶은데."

"아니에요. 차분한 게 좋네요. 가구하고도 잘 어울리고요."

"그렇다니 다행입니다."

강 부장은 진영 몰래 안도의 한숨을 내쉬었다.

"어머님이 많이 애쓰셨겠네요."

강 부장은 애매한 미소를 지으며 대답을 피했다.

집에서 일하는 사람들은 연희가 인테리어로 심술을 부린다고 뒷말을 했었다. 신혼부부가 쓸 방이 너무 칙칙한 거 아니냐며 인테리어 디자이너도 걱정을 했었다. 진영이 재공사를 요구할까 봐 강 부장은 조마조마했다. 그런데 진영은 까칠한 타입은 아닌 것 같아 강 부장은 마음이 놓였다.

석금도, 연희도, 민호도 까칠하기는 타의 추종을 불허할 정도라 강 부장은 자기도 모르게 새 식구인 진영 역시 그런 성격이 아닐까 지레 걱정하고 있었다. 그렇지만 실제로 만난 진영은

'망나니' 민호에겐 아까울 만큼 참한 아가씨였다. 순한 얼굴로 이 집안의 독한 사람들을 어찌 겪고 살지 괜한 걱정이 될 정도였다. 딸이 있다면 절대로 시집보내고 싶지 않은 집안이었다.

2층 복도 끝에 있는 방문을 열며 강 부장이 말했다.

"여긴 손님방으로 썼는데 작은 사모님의 개인 공간으로 특별히 꾸몄습니다. 마음에 드세요?"

방은 아담한 서재로 꾸며져 있었다.

"가구랑 커튼이랑 카펫, 다 본부장님이 손수 고르신 거예요."

진영은 뜻밖의 선물을 받은 기분이었다.

북향이라 다소 어둡긴 했지만 테라스가 딸려 있는 점이 마음에 들었다. 테라스로 나가면 집 뒤에 있는 산이 한눈에 들어왔다. 초록색을 좋아한다는 말을 기억한 걸까? 민호와 함께 쓰는 공간은 아무리 해도 편한 기분이 들지 않을 것 같았다. 진영은 민호가 자신을 위해 작은 은신처를 마련해 준 것 같은 기분이었다.

"더 필요한 게 있으시면 말씀하십시오."

"예. 고맙습니다. 수고 많으셨어요."

"별말씀을 다 하십니다. 사모님 뵙고 나시면 차 실장을 보고 가세요."

차 실장은 민호 집안의 안살림을 맡고 있는 사람으로 집 안에서 일하는 도우미들을 감독하고 지휘하는 사람이었다. 앞으로 연희만큼이나 부딪힐 일이 많은 사람이었다.

연희는 짜증스러운 얼굴로 진영을 맞이했다.

"결혼 준비는 잘돼 가니?"

"예."

"하긴, 네가 할 일이 뭐가 있어?"

"그러게요, 어머님."

"민호, 걔는 왜 제주도로 신혼여행을 간다는 거야?"

"결혼 일정이 급하게 잡혀서 휴가를 길게 내기가 어렵다고 해서요."

"그래도 일주일이면 유럽 정도는 다녀올 수 있잖아."

"왔다 갔다 사흘은 비행기랑 공항에서 보내야 하는걸요. 차라리 제주도가 나아요."

"넌 안 서운하니, 일생에 한 번인데?"

"괜찮아요. 전 제주도 한 번도 안 가 봤거든요."

비행기를 타는 것도 처음이었다. 연희는 어이없다는 얼굴을 했다. 그래, 네 수준에 딱 맞는 신혼여행이지.

"제주도 별장에 가 본 지도 오래됐는데, 나 따라갈까?"

"그러세요."

진영이 선선히 대꾸했다. 진영의 아무렇지 않은 얼굴에 연희는 더 어이가 없었다. 진영이 자신을 놀리는 것 같다는 기분마저 들었다.

"너는 농담하고 진담도 구분 못 하니? 시어머니가 신혼여행까지 따라갔다고 하면 사람들이 뭐라고 하겠어?"

"신혼여행이 뭐 별건가요. 오시고 싶으면 언제든 내려오세요. 민호 씨랑 골프 치시면 좋잖아요. 제가 골프를 못 쳐서 민호 씨가 혼자 라운딩 돌아야 한다고 재미없어 하던데요."

'영악한 거야, 순진한 거야?'

단수가 높은 건지 아니면 낮은 건지 알 수가 없었다.

연희는 진영과 대화를 할수록 기분이 나빠졌다.

뭐라고 말해도 '네.', '그렇게 하겠습니다.' 말고는 다른 말을 하지 않았다. 고분고분한 게 거슬리기는 처음이었다. 고분고분 하면서도 진영은 자신을 무서워하는 기색이 없었다. 그것이 제일 마음에 들지 않았다.

연희는 좀 더 심술을 부렸다.

"민호가 결혼을 서두르던데 혹시 너 임신했니?"

"아니요."

"다행이구나. 아이는 좀 이따가 가지도록 해라. 배워야 할 것도 많고 분위기 익혀야 할 것도 있는데 덥석 애부터 가져서 상전 노릇 하는 거 보기 싫다. 피임은 네가 알아서 해, 괜히 민호 귀찮게 하지 말고."

"네, 어머님."

"작은 일이라도 내 허락을 꼭 먼저 구하도록 하고."

"네."

"청담동 신 여사 매너 스쿨엔 다니고 있고?"

"네, 일주일에 이틀 다니고 있습니다."

"프랑스 어 과외는?"

"하고 있습니다."

"아트 페어의 민서령 씨에게 받는 과외도 빼먹지 말고."

"네."

"비서실에서 경조사 정리한 파일은 받았니?"

"네."

"앞으로 네가 잊지 말고 잘 챙겨야 해. 집안 망신시키지 않도록 행동 조심하고."

"네, 그렇게 하겠습니다."

"너희 부모님은 입양한 딸이라도 그렇지, 취미 하나 제대로 가르쳐 놓은 게 없어. 음악을 할 줄 아나, 미술을 볼 줄 아나, 그렇다고 운동을 제대로 하나. 하다못해 영어 말고 다른 외국어도 하나 구사할 줄 모르잖아. 정말 대단하신 분들이시다, 이런 딸을 시집보내시다니. 어디 남부끄러워 데리고 다니겠니?"

진영의 눈빛이 서늘해졌다. 자기에 대해선 뭐라고 해도 상관없지만 인선을 무시하는 언행은 참지 않을 생각이었다. 눈빛만으로도 연희는 움찔했다. 역시, 만만한 애는 아니었다.

"열심히 공부해서 빨리 어머님 수준까지 따라갈 수 있도록 하겠습니다."

"좀 이따가 미스 채가 오기로 했다. 여름 동안 입고 다닐 것들 챙겨 온다고 했으니까 적당히 골라서 드레스룸 채우도록 해. 네 안목으로는 물건도 못 고를 테니까, 미스 채가 골라 준 것으로 입고 다니면 어디 가서 촌스럽다는 소리는 듣지 않을 게다."

"네, 그렇게 하겠습니다."

"너는 '네, 그렇게 하겠습니다.'라는 말 말고는 할 줄 아는 말이 없니?"

비꼬는 말이었지만 진영은 담담하고 공손하게 대답했다.

"어머님 말씀이 다 맞으신데 제가 뭐라고 토를 달겠어요?"

흥, 네가 언제까지 이러는지 보자.

"그럼 차 실장 보고 가라."

"네, 어머님."

진영은 다소곳하게 응접실을 나갔다. 연희는 피곤했다. 유라, 그 계집애보다는 쉬울 거라고 생각했는데 연희가 물어뜯을 빈틈이 없었다. '예.'라고 말하는데 뭐라고 할 말이 없었다. 공손하게 대답하지만 비굴한 미소를 짓지는 않았다. 어떤 감정도 드러내지 않았다. 연희는 진영과 한집에서 사는 일이 만만치 않을 것 같았다.

'애교라곤 없는 계집애. 도대체 민호는 쟤의 어디가 좋은 거야?'

차 실장은 야무진 인상의 50대였다. 성북동의 여러 대단한 집안에서 집안일을 맡은 경력이 있는 베테랑 가사 관리인으로, 영천댁이 집안일에서 손을 뗀 후 민호의 안살림을 맡았다. 주방 옆에 딸린 작은 방이 차 실장의 사무실이었다. 얌전한 노크 소리가 났다.

"들어오세요."

차 실장은 사무실로 들어오는 진영을 보고 화들짝 놀라 자리에서 벌떡 일어났다.

"어머, 작은 사모님. 부르시지 그러셨어요?"

여간해선 이 집 식구가 이 사무실에 나타난 적이 없어 차 실장은 당황했다.

"이거, 쿠키하고 떡이에요. 저희 어머니가 직접 만드신 건데 일하시는 분들과 나눠 드세요."

인선이 빈손으로 가는 것 아니라고 억지로 쥐여 준 쿠키와 떡이었다. 연희에게 주자니 비웃을 게 뻔하고 먹지도 않을 것 같아서 차 실장에게 선물하는 것이었다.

"뭐 이런 걸 다 챙겨 오셨어요?"

차 실장은 쿠키와 떡이 담긴 상자를 열었다. 보암직하게 담긴 모양새만으로도 정갈하고 야무진 솜씨가 느껴졌다. 차 실장은 진영에게 호감이 생겼다.

차 실장은 무례하지 않은 눈길로 진영을 찬찬히 뜯어보았다. 민호가 이런 여자를 아내로 맞이한다니 정말 의외였다. 얼굴 반반한 것 말고는 볼 것 없는 여자나 부잣집에서 응석받이로 커 아무것도 할 줄 모르는 연희 같은 여자를 데려올 줄 알았다.

연희만으로도 머리가 터질 것 같은데 연희 같은 여자를 둘이나 윗사람으로 모셔야 한다면 제아무리 급료가 세다고 해도 미련 없이 그만둘 생각이었다. 그래서 차 실장은 진영을 꼭 뵙고 싶다고 연희에게 청을 넣었다. 집안일에 대해 미리 알려 주고 싶다는 핑계를 대자 연희는 순순히 허락했다.

"실장님은 성함이 어떻게 되세요?"

이름을 묻는 고용주는 난생처음이라 차 실장은 당황했다. 이렇다 할 집안에서 일하는 사람을 고용주와 고용주의 가족은 집에 딸린 가전제품처럼 생각하기 일쑤였다. 그들에게 이름과 가족이 있다는 사실을 잊고 살았다.

"차윤정입니다."

"차윤정 실장님, 앞으로 잘 부탁드려요. 어린 사람 가르친다고 생각하시고 집안일을 알려 주세요. 꾀부리지 않고 다 배우겠습니다. 제가 부족하거나 잘못한 부분이 있으면 얼마든지 알려 주세요."

남의 집 일하러 다니면서 이렇게 공손한 인사를 받아 본 적도 처음이고, 풀 네임을 불러 준 사람도 처음이었다.

"부탁드릴 일이 있는데요."

"네, 말씀하세요."

"지금 이 집에서 일하시는 분들 성함과 연락처, 생일, 가족 관계에 대해 알고 싶습니다."

"비서실 윤 부장님을 통해서 인사 정보 파일을 보내 드리겠습니다."

"아버님과 어머님에 대해 제가 알아야 할 것도 알려 주세요. 식성이나 건강상 주의해야 할 일들이나 제가 조심해야 할 일들 같은 거요. 차 실장님이 이 집에 제일 오래 계셨으니 잘 알고 있으실 거라고 민호 씨가 그랬어요."

차 실장은 미소를 지었다. 인상대로 야무진 사람이었다. 연희는 평생 일을 피해 다녔지만 진영은 그러지 않을 것 같았다.

'이러다가 잘하면 큰 사모님이 며느리 시집살이를 하실지도 모르겠어.'

"어머, 내 정신 좀 봐. 작은 사모님, 제가 차 가져올게요."

차 실장은 차를 준비하기 위해 자리에서 일어났다.

진영은 화려하게 꾸며진 신부 대기실에 앉아 벽에 붙어 있는 커다란 전신 거울을 바라보았다. 어깨를 드러낸 머메이드라인의 웨딩드레스는 민호가 고른 것이었다. 베일과 티아라, 부케도 민호가 골랐다.

본식에 입을 드레스를 고르기 위해 진영은 서른 벌도 넘는 웨딩드레스를 입었다 벗어야 했다.

웨딩드레스를 처음 입어 본 날, 진영은 두 가지 점에서 크게 놀랐다. 엄청나게 무겁다는 것과 엄청나게 조인다는 것이었다. 겉으로 볼 때는 아름답고 연약해 보이는 드레스가 사실은 갑옷이었다. 드레스를 입고 꼿꼿하게 어깨와 허리를 펴는 것이 이렇게 힘든 노동일 줄은 꿈에도 몰랐다. 이런 옷을 입고 춤까지 췄다니, 옛날 여자들이 파티 도중 쓰러진 것은 코르셋 때문만은 아니었을 것 같았다.

진영은 피곤해 죽을 지경이었지만 민호는 즐거워 보였다. 진영이 드레스를 입고 그의 앞에 설 때마다 활짝 미소를 지었다. 진영은 그가 꼭 '진짜로 사랑에 빠져' 결혼하는 행복한 신랑처럼 보여서 기분이 이상했다. 그래서 진영은 더 무뚝뚝하게 굴었다. 보다 못한 드레스 숍 직원들이 '신부님, 좀 웃어 보세요.'라고 말했지만 진영은 웃지 않았다.

인형놀이를 하듯 온갖 디자인의 드레스를 입혀 보더니 결국 민호가 고른 것은 제일 처음 입었던 것이었다. 진영은 살짝 부아가 치밀어 올랐다. 진영이 투덜거리자 민호는 '고용주가 그 정도 갑질도 못하냐'고 능글거렸다. 하여튼, 말로는 이길 수 없는 사람이었다.

민호가 골라 준 드레스는 심플하면서도 몸매가 고스란히 드러나 의외로 섹시해 보였다. 진영은 거울에 비친 모습이 낯설기만 했다. 자신이 이렇게 젊고 아름다워 보인다는 것이 믿기지 않았다. 진영은 거울 속의 모습이 진짜 자신이 아닌 줄 알면서도 자꾸만 바라보게 되었다. 이 모든 것이 민호가 가진 돈의 힘이었다. 동화 속 요정할머니는 마술지팡이를 흔들었지만 민호는 카드를 그었다.

'내가 과연 잘할 수 있을까?'

진영은 토끼 굴로 끝없이 떨어지는 앨리스가 된 기분이었다. 이제 진영은 결혼이라는 이상한 나라로 가려 하고 있었다.

'난 그 사람과 그 사람 부모와 가족이 되는 게 아니야. 그저 일을 하는 것뿐이야.'

일이라고 생각하면 못 할 일도 아니었고, 민호는 그리 나쁜 상사도 아니었다.

가족이 될 필요가 없으니 마음을 얻기 위해 애쓸 필요도 없었다. 사랑을 구걸하지 않아도 괜찮았다. 민호의 가족 누구도 진영에게 상처를 주지 못할 것이었다.

이제 몇 분 후면 식장에 나가야 했다. 좀 전까지 곁에 있어 주던 윤아도 먼저 식장으로 가고 진영은 혼자였다.

진영은 천천히 소파에서 일어났다. 머리에 쓴 긴 베일이 귀찮았다. 진영은 베일을 벗어 소파에 얌전히 걸쳐 두고 거울 쪽으로 다가갔다. 윤아가 좀 전에 속삭이듯 한 말이 귓가에 맴돌았다.

"도망치고 싶으면 언제든 말해."

윤아는 경현이 사회를 보는 것도 못마땅해 죽을 지경이었다. 윤아의 눈에는 웨딩드레스를 입은 진영이 꼭 인당수에 빠지기 직전의 심청이처럼 보였다.

"선배, 제가 원해서 하는 결혼이에요. 그 누구를 위해서도 아니에요. 저를 위해서 하는 거예요."

진영은 그토록 친한 윤아 선배보다 민호가 자신의 마음을 더잘 이해하고 있는 게 이상했다. 윤아처럼 평탄하게 자란 사람은 자신처럼 마음에 그늘과 가시가 있는 사람을 이해하지 못했다. 행복과 불행의 역치는 제각각이었다. 하긴, 심청이의 마음을 누가 이해했겠어? 인당수에 빠지는 순간, 심청이는 웃었을지도 몰라. 행복도 없지만 고통도 없는 세상으로 가는 거니까.

나는 내가 원해서 결혼을 하는 거야. 태어나서 처음으로 내가 선택한 일을 하는 거라고.

돈 걱정을 더 이상 하지 않아도 되는 것만으로도 진영은 살것 같았다.

진영은 깊이 심호흡을 했다. 그때, 신부 대기실 문이 열렸다.

이제 가자. 진영은 굳게 마음을 먹고 문 쪽으로 몸을 돌렸다.

진형인 줄 알았는데 민호였다. 민호의 얼굴에 초조함이 가득했다. 민호는 대기실 문을 잠갔다. 찰칵 소리와 함께 신부 대기실은 둘만의 밀실이 되었다. 무슨 일인지 알 수가 없어서 진영은 눈만 크게 떴다.

"정말 마지막 순간이야. 나와 결혼하겠다는 거, 진심이야?"

이제 와서 무슨 소리람? 이 남자, 이제 와서 이 결혼을 무르겠다는 거야?

"내가 안 하겠다면 안 할 거예요?"

그 말에 민호의 얼굴이 창백하게 변했다.

"그러지 않으면 좋겠어."

"우리는 결혼하기로 계약을 했어요. 세세한 계약 조건들까지 정했고요. 그런데 왜 그런 말을 하는 거죠? 도대체 왜 이러는 거예요?"

"결혼하기 전에 당신 입으로 직접 듣고 싶어, 나와 결혼하고 싶다고."

민호의 얼굴은 절박하기까지 했다. 진영은 이 남자를 이해할 수 없었다. 토끼몰이를 하듯 진영을 결혼으로 내몬 이 남자가 지금은 진영이 '이런 결혼 죽어도 못 하겠어.'라고 말하면 그 소원을 들어줄 것처럼 그녀를 바라보고 있었다.

"난 정말 박민호 씨를 이해할 수가 없어요."

"나도 날 이해 못 하는데, 네가 날 이해할 리 없지."

"결혼하기 싫어졌어요?"

민호는 세게 고개를 가로저었다.

"우여곡절이 많았지만 결혼을 선택한 건 내 의지예요. 나는 당신과 결혼하고 싶어요."

민호는 믿을 수 없다는 눈으로 진영을 바라보았다.

"왜 나와 결혼하고 싶은 거야?"

"그런 건 좀 더 일찍 물었어야 했다는 생각 안 들어요?"

"그래서 지금 묻는 거잖아."

민호는 막무가내로 고집을 부렸다.

"말해 줘."

"당신은 약속을 지키는 사람이니까요."

"그게 다야?"

"돈도 많고요."

민호는 피식 웃었다.

"하나만 약속해 줘."

"말해요."

"내 앞에서는 절대로 척하지 마. 특히 착한 척."

"척하면 어떻게 할 건데요? 월급을 깎을 건가요?"

"아니. 꼭 껴안고 키스해 버릴 거야."

"그거 정말 무서운 벌이네요."

진영은 웃었지만 민호는 웃지 않았다.

"착하지도 않은 내가 착한 척하는 게 보기 싫어요?"

"넌 착해. 내가 본 사람 중에서 제일 착한 사람이야. 근데 그거 알아? 착한 사람이 착한 척을 하려면 그냥 착한 것보다 몇 배나 더 착해야 돼. 그래서 싫어."

"착한 사람이 왜 착한 척을 해요?"

"넌 네가 착한 걸 모두가 알아야 한다고 생각하잖아. 근데 그럴 필요 없어. 넌 그냥 착해. 누구에게 증명할 필요 같은 건 없어. 넌 정말 좋은 사람이야."

갑자기 진영은 울컥 울음이 나올 것 같아 주먹을 힘껏 쥐었다. 도대체 이 사람은 뭐지?

"아니에요. 난 좋은 사람 아니에요. 좋은 사람이라면 절대로 아픈 엄마를 두고 결혼하지 않을 거예요. 당신이야말로 이런 나와 결혼하고 싶어요?"

"그래. 난 너와 결혼하고 싶어."

"왜 나와 결혼하고 싶어요?"

민호는 미소를 지었다. 어쩐지 그 미소가 슬퍼 보였다.

"진심으로 그 이유를 알고 싶어?"

진심이라는 단어가 진영의 심장에 화살처럼 꽂혔다. 진심, 그건 계약의 영역이 아니었다. 진영은 아무 감정을 담지 않은 눈으로 민호를 보며 대답했다.

"아니요."

진영은 거짓말을 했다.

민호는 진영에게 다가와 손을 잡고 입을 열었다.

"당신이 나를 원해서 결혼하는 건 내겐 중요한 문제야. 난 당신이 억지로 결혼하길 바라지 않아."

잠시 머뭇거리다가 민호는 덧붙여 말했다.

"내가 약속했잖아, 당신 힘들게 하지 않겠다고."

진영이 민호의 말을 정정했다.

"당신의 돈을 원해서 결혼하는 거예요. 당신은 나를 고용한 것이고요."

민호의 시선이 진영의 손으로 향했다. 무의식적으로 진영은 민호가 보고 있는 것을 보았다. 봉숭아물이 든 왼손 새끼손톱이었다. 또 그런 눈빛이었다. 진영은 민호가 자신을 그런 눈빛으로 응시하는 게 싫었다. 진영에 대해 대단히 잘 알고 있다는 눈빛, 그녀가 가엾다는 눈빛, 무언가를 애타게 구하는 듯한 눈빛이었다. 자기도 모르게 진영은 민호에게 물었다.

"말해 줘요, 당신이 나와 결혼하는 이유."

"당신은 내가 한심한 줄 알면서도 한심하게 보지 않은 유일한 사람이어서."

"그게 결혼을 결심한 이유예요?"

"주요한 이유 중 하나지."

이 사람, 날 좋아하는 건가?

이 사람이 나를 좋아하든 말든 무슨 상관이람. 난 그저 계약을 했을 뿐이야. 이 사람이 무엇을 느끼든 그건 이 사람의 문제지, 내가 관여할 일은 아니야. 이 사람에게 받을 건 오직 돈뿐이야. 그리고 그리 길진 않을 거야.

진형이 회계사 시험에 합격해 직장을 잡고, 인선의 병수발이 끝날 때까지만이었다. 그러면 진영은 인선에게 진 신세를, 자신이 딸로 해야 할 의무를 다한 거라고 생각했다.

"난 돈 말고 다른 어떤 것도 당신에게 기대하지 않아요. 당

280

신도 그랬으면 좋겠어요."

어떠한 감정적인 것도 기대하지 말라고 못을 박는 진영의 말에 민호의 눈빛은 담담하기만 했다. 진영은 민호를 똑바로 보며 다시 입을 열었다.

"또 한 가지 이유가 있어요, 내가 당신과 결혼하는 이유. 나는 당신을 사랑하지 않고, 당신도 나를 사랑하지 않을 것 같아서예요."

"나와 사랑에 빠지지 않을 자신 있어?"

진영은 가볍게 고개를 끄덕였다.

"그러니까 당신도 빠지지 마요. 차라리 다른 사람을 사랑해요."

"왜?"

"당신이 말했잖아요, 모래가 담긴 유리병 같은 여자라고. 내 마음에선 아무것도 자라지 않아요."

결국 목이 말라 쓰러지게 될 것은 당신이야. 상처받게 되는 것도 당신이고.

"설마 당신, 나 좋아해요?"

민호는 자신이 좋아한다고 말하면 진영이 결혼을 그만둘 거라는 것을 직감했다.

"아니."

"그래요. 계속 그래 줬으면 좋겠어요. 그건 별로 힘든 일이 아닐 거예요."

민호는 소파 옆에 걸쳐 둔 긴 베일을 가져와 진영에게 씌워 주었다.

"우리는 서로 원해서 결혼하는 거야. 그렇지?"

진영은 가볍게 고개를 끄덕였다. 베일 너머로 민호가 어떤 얼굴을 하고 있는지 잘 보이지 않았다.

문 두드리는 소리가 났다.

"누나, 시간 됐어."

민호가 문을 열었다.

"처남, 오늘 잘 부탁해."

처남은 무슨. 진형은 곱지 않은 눈빛으로 노려보았지만 민호는 아랑곳하지 않았다.

민호는 엘가의 사랑의 인사를 들으며 천천히 버진 로드를 걸어갔다. 불이 꺼지고 신부가 있는 곳에만 조명이 비쳤다. 민호는 버진 로드 끝에 서서 그가 고른 웨딩드레스를 입고, 이제 모두의 앞에서 거짓 서약을 하러 올 그의 계약직 아내를 바라보았다.

민호는 시간이 느리게 흐르는 기분이었다. 신부 입장을 알리는 바그너의 혼례합창곡이 울려 퍼졌다. 중창단과 현악 사중주단이 합창과 연주를 시작했다. 사랑을 얻은 용기를 찬미하고 그들의 행복을 축복하는 희망적인 가사가 식장에 울려 퍼졌다.

민호의 마음은 불길하기만 했다. 밝고 희망찬 혼례합창곡의 주인공이었던 엘자와 백조의 기사는 어떻게 되었지? 기사는 떠났고 엘자는 죽었다. 엘자가 그의 정체를 묻지 말라는 금기를 깼기 때문이었다.

진영은 그에게 말했다. 사랑에 빠지지 말라고, 차라리 다른 사람을 사랑하라고.

내가 당신을 사랑하고 있다는 것을 들키게 되면 나 역시 그렇게 되겠지. 당신은 떠나고 나는 죽겠지.

혼례합창곡 소리가 희미해졌다. 그에게 천천히 다가오는 진영의 모습이 모든 감각을 잠식했다. 민호는 희디흰 웨딩드레스를 보면서 어렸을 때 읽었던 오스카 와일드의 동화를 떠올렸다. 시인을 위해 붉은 장미를 피웠던 작은 새.

빨간 장미 한 송이를 주세요. 세상에서 가장 아름다운 노래를 들려드릴게요.

겨울 동안 추위로 줄기는 얼어붙었고, 서리로 꽃봉오리는 떨어졌어. 바람에 가지마저 부러졌어. 꽃을 피우려면 달빛 아래에서 심장 깊숙이 가시를 꽂고 노래를 해야 해. 심장의 붉은 피와 아름다운 노래가 꽃을 피울 거야. 그러나 넌 죽어.

갑자기 심장이 가시에 찔린 듯 아파 민호는 얼굴을 찡그렸다.

그 작은 새는, 그 작은 새가 심장으로 피웠던 붉은 장미는 어떻게 됐지?

진영이 코앞까지 와서 그를 바라보고 있었다. 민호는 진영과 진형에게 다가갔다.

지금 이 순간, 진영이 그의 앞에 있었다. 적어도 계약이 유효한 동안에는, 진영은 그의 곁에 머물 것이다.

당신은 날 사랑해 주지 않겠지. 나는 당신을 길들일 수도, 당신의 마음을 물들일 수도 없을 거야. 그래서 난 보아 뱀처럼 당신을 꿀꺽 삼켜 버릴 생각이야.

진영은 다소 긴장한 듯 입술을 파르르 떨고 있었다. 도망이라도 가고 싶은 듯 진형을 잡은 손을 놓지 않았다. 민호는 팔짱을 끼면서 진영에게만 들릴 목소리로 말했다.

"뭘 그렇게 떨어? 어차피 연극이고 거짓말인걸. 첫 업무잖아. 잘해 내야지."

민호는 진영의 베일을 걷어 올렸다.

민호의 눈빛이 어쩐지 차갑다는 느낌이 들었다. 그러나 그 차가움이 진영은 반가웠다.

그래, 이건 연극이야. 절대로 진짜가 되지 않을 결혼이야.

사정없이 흔들리던 진영의 눈빛이 제대로 돌아왔다. 진영은 민호를 바라보았다.

나는 절대로 당신을 사랑하지 않을 거야. 그러니까 당신도 날 사랑하지 마. 우리 둘이 사랑하게 되면 모든 게 엉망이 될 거야.

어느덧 바그너의 혼례합창곡이 멈췄다. 민호의 손에 이끌려 진영은 제단으로 향했다.

"신랑 박민호 군은 신부 이진영 양을 기쁠 때나 슬플 때나 괴로울 때나 즐거울 때나 한결같이 사랑하겠습니까?"

민호의 대답이 곧바로 나오지 않았다. 진영은 고개를 돌려 민호를 바라보았다. 민호는 지그시 진영을 바라보며 대답했다.

"기쁠 때보다 슬플 때, 즐거울 때보다 괴로울 때 더 많이 사랑하겠습니다."

하객들의 웃음소리가 경쾌하게 울려 퍼졌다. 식장에서 웃지 않는 사람은 민호와 진영 둘뿐이었다.

신혼여행에서 돌아온 다음 날, 진영은 진동으로 맞춰 둔 알람 소리에 잠에서 깼다. 밤새 자다 깨다를 반복한 진영은 머리가 무거웠다.

제주도 별장에서 보낸 일주일 동안 두 사람은 방을 따로 썼다. 민호는 1층을, 진영은 2층을 썼다. 방해받지 않고 편하게 쉬라는 뜻인지 민호는 일하는 사람도 부르지 않았다. 신혼부부가 각방을 쓰는 모습을 보여 주고 싶지 않아서일지도 몰랐다.

진영은 낯선 사람과 일주일 동안 어떻게 지낼까 걱정했는데 의외로 민호와 지낸 일주일은 편안했다. 배려인지 몰라도 민호는 진영을 거의 혼자 내버려 두었다. 꼭 필요한 말만 했고, 건조하고 사무적으로 진영을 대했다.

느지막하게 일어나 민호가 차를 타고 나가서 사 온 빵으로 간단하게 아침 겸 점심을 먹고 나면 민호는 낚시 도구를 챙겨서 바다로 나갔고, 진영은 침대에서 뒹굴거나 테라스에서 바다를 바라보며 책을 읽거나 별장 주변을 산책했다. 오랜만에 맛보는 휴식이었다.

낚시를 마친 민호가 오후에 별장으로 돌아오면 진영은 저녁을 차렸다. 민호와 진영이 오기 전에 별장 관리인이 냉장고를 꽉 채워 놔서 따로 장을 볼 필요는 없었다. 민호가 낚아 온 물고기로 회를 뜨거나 매운탕을 끓여 먹은 적도 있었다. 민호는 진영이 해 주는 음식을 별 불평 없이 먹었다.

저녁을 먹고 나면 각자 방으로 갔다. 텔레비전도 없고 인터넷도 안 돼서 처음에는 허전했지만 진영은 곧 그 고요함에 익숙해졌다. 일주일이라는 시간이 어떻게 흘렀는지도 몰랐다.

한 침대에서 잠을 잔 건 어제가 처음이었다.

민호는 제일 큰 사이즈의 침대를 주문했다. 킹사이즈도 아니고 슈퍼 킹사이즈였다. 그 이름대로 침실 한가운데 놓인 침대는 정말 컸다.

"어느 쪽이 편해? 오른쪽? 왼쪽?"

"오른쪽이요."

"그럼 오른쪽에서 자."

그렇게 자리를 정했다. 민호가 피곤하다며 먼저 잠자리에 들었고, 진영은 드레스 룸에서 옷 정리를 하느라 늦게 잠자리에 들었다. 그런데 막 잠이 들려는 찰나 잠에서 깨 버렸다. 머리카락을 누가 잡아당기는 기분이 들어서였다. 진영은 어둠 속에서 머리 근처로 손을 뻗었다. 민호의 손이 진영의 머리카락에 닿아 있었다. 진영은 조심스럽게 민호의 팔을 원래 자리로 되돌렸다. 그런데 몇 분 후 다시 민호의 손이 머리카락을 만지작거려서 화들짝 놀라 잠에서 깼다. 밤새도록 그런 일의 반복이었다.

진영이 세수를 하고 드레스 룸에서 옷을 갈아입고 나왔을 때 민호는 침대에서 몸을 막 일으키고 있었다.

"아침 준비하러 1층에 내려갈게요."

민호는 충혈된 눈으로 진영을 바라보며 입을 열었다.

"어제 계속 뒤척거리던데."

"그게요."

진영은 민호가 머리카락을 만지던 일을 이야기할까 하다가 잠시 망설였다.

"혹시 나 코 골았어?"

"아뇨. 나 때문에 잠 못 잤어요?"

"잠들 만하면 당신이 뒤척여서 잘 못 잤어."

누가 할 소릴. 그러나 진영은 사과했다.

"미안해요. 잠자리가 설어서 그랬나 봐요. 조심할게요."

석금은 연희, 민호와 함께 식탁에 앉아 아침을 먹는 풍경이 신기하기도 했고, 뿌듯하기도 했고, 이상하기도 했다. 민호는 아침 식사를 하지 않았고 각방을 쓴 지 오래된 연희는 그가 아침 식사를 하든 말든, 출근을 하든 말든 코빼기도 비추지 않았다. 그러나 새로 들어온 사람에게 그런 모습을 보일 수 없다고 생각했는지 연희는 식사를 다 하고 나서 석금을 배웅하기까지 했다. 석금은 물론 온 집안사람들에게 그런 연희의 모습은 낯설었다.

진영은 민호의 가방을 들고 대문 밖까지 나갔다. 석금의 차가 먼저 떠나자 민호의 차를 직원이 몰고 왔다.

"잘 다녀오세요."

진영은 민호의 차가 떠나는 것을 보고 집 안으로 들어왔다. 식사 시중을 드느라 진영은 아직 아침 전이었다.

"작은 사모님, 식사하세요."

차 실장이 집으로 들어오는 진영을 보고 말했다.

"네."

진영이 식당으로 가려는데 민호가 현관문을 열고 안으로 들어왔다.

"뭐 잊어버린 거 있어요?"

진영이 물었다.

"응."

"뭔데요? 갖다 줄게요."

민호가 진영에게 다가왔다. 의아한 얼굴로 바라보는 진영의 이마에 민호가 쪽 소리가 나게 입을 맞췄다. 진영뿐만 아니라 연희도, 차 실장도, 일하는 사람들까지 모두 깜짝 놀라 몸 둘 바를 몰랐다. 이 집에서 난생처음 보는 애정 표현이었다. 신혼부부다운 달콤한 키스였다.

"생각해 보니까 이걸 깜빡했더라고."

진영은 느닷없는 키스에 너무 놀라 아무 말도 못 했다.

"올 때 뭐 사 올까? 아이스크림? 롤 케이크?"

"아, 아뇨. 괜찮아요."

"그럼 내 맘대로 사 올게."

여섯 살짜리 아기를 어르듯 민호는 진영의 볼을 살짝 꼬집으며 말했다.

"다녀올게. 나 올 때까지 잘 있어. 나 보고 싶어도 꾹 참아야 해."

집에서 일하는 사람들 모두가 보고 있었다. 민망해 닭이 될 것 같은 진영의 얼굴이 새빨갛게 달아올랐다. 민호는 그런 분위기에 진영을 혼자 두고 가 버렸다. 민호가 나간 후에도 진영은 어찌할 바를 모르고 멍하니 서 있었다. 연희가 못 말린다는 듯 혀를 차는 소리가 들렸다.

"하여튼 어른 앞에서 조심성 없이."

잔소리가 길어지려고 할 때 차 실장이 진영을 구원해 주었다.

"작은 사모님, 아침 준비 다 됐어요. 어서 식사하세요."

진영은 식당으로 가 아침을 먹었다. 그렇지만 밥이 코로 들어가는지 입으로 들어가는지 알 수가 없었다.

13

아침 식탁에는 석금과 민호 두 사람만 있었다. 연희는 열흘 일정으로 체코 여행을 떠나고 없었다.

두 사람 다 어제 술을 많이 마시고 들어와서 입안이 깔깔할 것 같았다. 진영은 새벽에 순두부를 만들었다. 처음엔 두부를 만들어 먹는다고 해서 놀랐지만 결혼한 지 1년, 이 정도는 이제 일도 아니었다.

결혼한 후 진영은 2주에 한 번씩 영천댁의 집에 음식을 배우러 갔다. 돌아가신 어머니 손맛을 석금의 며느리에게 전하고 싶다는 영천댁의 소원을 석금이 들어주었기 때문이다. 석금 역시 내심 바라던 일이었다. 영천댁의 집에 다니는 것은 지난 1년 동안 진영의 유일한 숨 쉴 구멍이었다.

영천댁은 음식을 만드는 수고가 줄면 맛도 준다고 믿는 사람이었다. 영천댁은 옛 방식을 고집했다. 불린 콩을 믹서에 가는 건 영천댁으로는 상상도 할 수 없는 일이었다. 물에 불린 콩을 맷돌에 정성껏 갈아 삼베 포에 넣어 짜고 콩물을 은근한 불에 계속 저어 가면서 끓여야 해 잔손이 많이 가긴 했지만 그렇게 만든 순두부의 맛은 각별했다.

석금과 민호가 그렇게 만든 순두부를 좋아해서 진영은 일주일에 한 번 정도는 순두부를 만들었다. 몸이 힘들긴 했지만 잘 먹는 모습만으로도 보상을 받는 기분이었다.

"어, 좋다."

석금은 콩나물과 황태로 끓인 육수에 순두부를 띄운 황태순두부탕을 단숨에 비웠다. 민호는 담백한 맛을 좋아해서 순두부만 먹었다. 그런데 영 순가락질이 시원치 않았다.

"속이 많이 안 좋아요?"

진영은 조심스럽게 물었다.

"아니. 그냥 입맛이 없어."

반 그릇도 먹지 못하고 민호는 숟가락을 놓았다.

"술 깨는 생즙 줘요?"

"아니. 물이나 한 잔 줘."

"미지근한 물로 줄까요? 속 안 좋을 때 찬물 마시면 위가 놀란대요."

"당신이 알아서 줘."

석금은 살뜰하게 민호를 챙기는 진영을 흐뭇한 눈으로 바라보았다. 자기와 달리 아들은 아내의 내조를 받는 모습이 좋아

보였다.

진영이 민호 앞에 물 잔을 놓을 때 석금이 물었다.

"민호 엄마 오는 날이 언제냐?"

"오늘 밤에 인천공항에 도착하세요."

"이번엔 또 얼마나 긋고 오려나."

나름의 농담이었지만 석금 말고는 아무도 웃지 않았다.

석금이 민호에게 물었다.

"넌 어제 누구랑 마신 거냐?"

"적우건설 신 사장이요."

"그 사람 술고래지. 절대 속 이야기 안 하는 능구렁이야. 조심해야 한다."

요즘 석금은 민호에게 중요한 일들을 하나씩 맡기고 있는 중이었다. 예상외로 민호는 신중하게 일을 처리해 석금을 놀라게 했다. 거덜 내지만 않으면 다행일 줄 알았는데 제법 성과를 내고 있었다.

"그래도 술로는 제가 이겨요."

석금은 웃었다. 석금도 젊어서부터 술로는 누구에게 진 적이 없었다. 닮은 구석이 없다고 생각했던 아들에게서 자기와 닮은 부분을 찾으니 이상할 정도로 심장이 뻐근했다.

"석촌동 개발 때문에 만난 거냐?"

"그쪽에서도 꽤 눈독을 들이는 눈치예요. 아닌 척하면서 어찌나 간을 보던지."

"자금이 없을 텐데?"

"명동 김 씨 쪽에서 돈을 대나 봐요."

"어이구. 그 사람 돈 때문에 배탈 난 사람이 한둘이 아닌데."

"요즘 은행에서 건설 쪽은 대출이 힘들잖아요. 사채로 눈 돌리지 않으면 사업을 접어야 하니까 어쩔 수 없죠. 그만한 현금 가진 사람이 몇 안 되잖아요."

"신 사장도 감이 죽었구나. 명동 김 씨 돈을 끌어다 사업할 생각을 하다니."

"명동 김 씨가 아무래도 적우건설을 먹을 생각인 것 같아요. 아들한테 사채업은 물려주기 싫다는 말을 하고 다닌대요. 예전에 할머니하고 안 좋은 일이 몇 번 있었죠?"

"네 할머니 앞에서 돈 자랑 하다가 된통 혼났지."

석금이 웃었다.

진영은 식후에 먹을 과일과 차를 준비하기 위해 조용히 주방으로 향했다.

벌써 세 번째 넥타이인데 민호는 다시 고개를 가로저었다. 결혼 후 민호는 자기에 관해서는 뭔가 부탁하는 일이 거의 없었다. 아침에 출근하기 전, 넥타이를 골라서 매 주는 것, 그것이 민호가 아내 진영에게 요구한 일의 전부였다.

진영은 수백 개가 넘는 민호의 넥타이를 이리저리 뒤지며, 민호가 마음에 안 드는 건 넥타이가 아니라 진영 자신이 아닐까 생각했다. 요 며칠 민호는 기분이 계속 저조했고, 줄곧 뭔가 하고 싶은 말이 있는 눈빛으로 진영을 바라보았다.

내가 무슨 실수를 했나?

아무리 생각해도 잘못한 게 없었다.

아침 식사 때 석금과 민호의 분위기가 화기애애했던 걸 보면 회사 일이나 석금 때문도 아니었다. 그렇다고 민호가 연희 때문에 괴로울 리도 없었다.

그럼 뭐지? 불만이 있으면 말을 하지, 왜 이렇게 사람을 고문하는 거야? 넥타이를 뒤지는 진영의 손길이 거칠어졌다.

'어제는 은색이었고, 그저께는 다크 네이비였지.'

심술의 원인이 넥타이가 아니라 자신일 거라는 진영의 추측은 맞았다. 민호는 삐딱한 얼굴로 넥타이를 고르는 진영을 노려보았다.

오늘은 그들 부부의 결혼 1주년이었다. 그러나 지금껏 진영은 결혼기념일의 '결' 자도 꺼내지 않았다. 분명 잊어버렸거나 진영에겐 별 의미 없는 날이라는 뜻이었다. 민호는 그것이 화가 났다. 진영에게 화가 난 것이 아니라 자기 자신에게 화가 났다. 그녀에게는 오늘이 어제와도 내일과도 다를 바 없는 하루인데, 자기에겐 특별하다는 게 화가 났다.

많은 것을 기대하지 않겠다고 다짐했으면서도, 그녀에게는 이 결혼이 오직 '일'일 뿐임을 매순간 확인하면서도 기대를 버리지 못하는 자신이 바보 같았다. 진영은 뛰어난 직원이었다. 그의 앞에서 힘들다는 내색 한 번 한 적이 없었다. 민호는 그것도 마음에 들지 않았다.

"이건 어때요? 이것도 영 별로예요?"

진영은 스카이 블루 색깔의 에르메스 넥타이를 민호에게 내밀었다. H 자가 새겨진 스카이 블루 넥타이는 민호가 좋아하는 것이었다. 진영은 내심 이거면 고개를 끄덕이겠지 생각했다.

"별로야."

민호는 건조하게 말했다.

곤란하다는 듯 진영은 한숨을 내쉬었다. 진영은 미간을 살짝 찌푸렸다. 영 기분이 안 좋은 것 같은데 그 이야기를 꺼내는 건 퇴근 후로 미룰까? 출근하는 사람을 언짢게 하고 싶진 않은데.

진영은 한참을 뒤적인 끝에 밀크 초콜릿 빛깔의 넥타이를 골라 민호에게 보였다.

"그럼 이건 어때요?"

민호가 고개를 끄덕였다. 겨우 턱걸이로 합격이었다. 어쩌면 출근 시간이 얼마 남지 않아서 그런 것일지도 몰랐다.

진영은 안도의 한숨을 내쉬고 민호의 넥타이를 매기 시작했다. 민호는 눈을 살짝 내리깔고 넥타이의 매듭을 만들고 있는 진영을 내려다보았다. 이 순간만이 민호가 그녀의 얼굴을 마음 놓고 빤히 바라볼 수 있는 유일한 시간이었고, 진영이 그의 몸에 닿는 유일한 시간이었고, 진영이 그와 가장 가까이 있는 시간이었다. 그녀에게 다정하게 굴 수 있는 건 오직 사람들이 보고 있을 때뿐이었다.

뭔가에 집중을 하면 진영은 자기도 모르게 입을 살짝 벌렸다. 벌린 입을 통해 촉촉하게 젖어 있는 입안과 하얀 이가 언뜻 보였다. 그런 것도 한없이 사랑스럽고 섹시했다. 부서질 정도로 세게 껴안고 키스하고 싶었다. 민호는 진영이 눈치 채지 못하게 그녀의 체취를 들이마셨다. 향수를 뿌리지도 않는데 그녀에게선 늘 좋은 냄새가 났다. 그녀가 가까이에 있으면 늘 멀미라도 하듯 민호는 속이 울렁거렸다. 1년째, 민호는 그의 아내를 목하 짝사랑 중이었다.

진영은 넥타이 매는 것에 서툴렀다. 민호는 진영의 실력이 전혀 향상되지 않길 바랐다. 그의 앞에서 난처해하는 모습을 보는 게 좋았다.

민호가 좋아하는 넥타이 매듭은 하프 윈저 노트였다. 가볍고 날렵한 느낌이 좋아 처음 넥타이를 맬 때부터 항상 이 매듭을 선호했다.

여러 번 연습을 해 봐도 진영은 민호가 맨 것처럼 날렵하고 매끈하면서도 입체감이 살아 있는 매듭을 맬 수가 없었다. 마음이 급해서 그런지 오늘은 평소보다 더 형편없었다. 절로 한숨이 나왔다. 민호가 자신을 빤히 보는 시선이 느껴졌다.

"미, 미안해요. 너무 엉망이죠? 다시 할게요."

진영이 좀 더 민호에게 가까이 다가와 넥타이와 씨름을 했다. 현기증이 날 만큼 아찔해서 민호는 가만히 눈을 감았다.

한참이 걸려서야 진영은 겨우 넥타이를 맸다. 아까보다는 나았지만 여전히 한심한 모양새였다. 민호가 거울을 보면서 매듭을 살짝 매만지자 그것만으로도 진영이 맨 것보다 훨씬 보기가 좋아졌다. 진영은 민호가 왜 자신에게 넥타이를 계속 매 달라고 하는지 이해가 되지 않았다. 넥타이가 민호의 완벽한 패션의 유일한 NG라는 생각이 영 떠나지 않았다.

결혼한 지 얼마 되지 않았을 때, 아무리 연습해도 넥타이 매는 실력이 늘지 않자 진영은 조심스럽게 민호에게 넥타이를 직접 매는 게 어떻겠냐고 한 적이 있었다.

"내가 그 월급을 주는데 넥타이 하나도 못 매 줘?"

"그런 뜻이 아니잖아요. 다들 뭐라고 안 해요?"

"대놓고는 안 하는데 뒤에서 많이 해. 어떻게 매일 그렇게 수트하고 안 어울리는 데다 매듭도 엉망인 넥타이를 하고 오냐고. 당신이 패션 테러리스트라고 회사 여직원들이 매일 씹고 있어. 나는 대단한 애처가로 알려졌고. 얼마나 사랑하면 그런 넥타이를 자랑스럽게 매고 다니냐더군. 당신도 알다시피 내가 결혼 전에 워낙 완벽하게 하고 다녔어야지."

진영의 얼굴이 달아올랐다.

"그럼 결혼 전처럼 당신이 매고 다니면 되잖아요."

민호는 웃으며 말했다.

"내 패션의 포인트야, 이진영이 골라서 매 주는 형편없는 넥타이가."

별게 다 포인트였다. 진영은 어이가 없어 대꾸도 못했다.

"나는 회사원이지 모델이 아니잖아. 내가 넥타이까지 완벽해 봐. 사람들이 날 보느라 일을 하겠어? 생산성 하락에 지대한 영향을 미칠 거라고. 또 대인 관계의 측면에서도 상대가 좀 빈틈이 있어 보여야 편하게 대하는 법이야."

"아, 그러니까 사람들이 당신을 모델로 착각하지 않게, 당신

보느라 일 못 하는 것을 막으려고, 친근하게 보이려고 전략적으로 넥타이를 허술하게 매는 거다, 지금 그 말인가요?"

"전략적이라고 우기기에도 당신 참 못 맨다. 음식은 잘하는 사람이 넥타이는 왜 이렇게 못 매? 내가 연습 상대가 되어 줄 테니까 연습 좀 할래?"

"아뇨. 매다가 열 받으면 목을 졸라 버릴 것 같아요."

"살벌하기는."

민호는 웃음을 터트렸다.

"하긴 이미 전적이 있지."

민호에게 운전을 배우던 중 진영은 액셀을 브레이크인 줄 알고 힘껏 밟았다가 사고가 날 뻔한 적이 있었다.

여전히 민호는 매일같이 진영에게 넥타이를 골라서 매 달라고 했고, 다른 옷들은 다 직접 구입하면서 넥타이만큼은 진영이 골라 사 오게 했다.

진영이 민호에게 수트 재킷을 건네자 민호는 재킷을 입고 거울에 자신의 모습을 비춰 보았다. 진영도 거울에 비친 민호를 바라보았다. 넥타이와 수트가 잘 어울리진 않았다. 뭔가 미묘하게 엇박이었다. 감각이라는 것은 확실히 배워서 익힐 수 있는 건 아닌 것 같았다.

망설이던 진영이 거울 속 민호를 보면서 조심스럽게 입을 열었다.

"저기, 오늘 우리 결혼한 지 1년 된 날이잖아요."

민호는 웃지 않으려고 혀를 깨물었다.

내가 먼저 말 꺼내길 계속 기다렸구나. 하긴 결혼기념일은 남자가 챙기는 거니까.

아무리 계약이라고 해도 결혼기념일은 결혼기념일이었다. 기념일을 챙기는 건 여자들의 종족 특성이 아닌가. 그녀가 기억하고 있다는 것만으로도 민호는 큰 선물을 받은 것 같았다.

민호는 마음이 급해졌다. 아르노에 자리가 있을까? 처음 만난 곳에서 결혼기념일 디너를 하는 게 좋을 것 같았다. 회사에 가자마자 당장 박 비서에게 시켜 디너 예약을 해야겠다고 마음먹었다. 아, 샴페인도. 이럴 줄 알았으면 어제 꽃 주문을 취소하는 게 아니었다. 요 며칠 동안 기색을 살펴도 진영이 전혀 결혼기념일에 신경을 쓰는 것 같지 않자, 민호는 괜히 부아가 치밀어 어제 저녁 퇴근하기 직전에 진영에게 보내기로 한 꽃을 취소해 버렸었다.

민호가 미리 준비한 결혼기념일 선물을 줘야겠다고 생각하고 있는데 진영이 뜻밖의 소리를 했다.

"그래서 그런데요. 유급 휴가 좀 줬으면 해요."

진영의 말에 민호는 얼어 버렸다. 사고가 멈췄다. 민호는 몸을 돌려 진영을 바라보았다.

"유급 휴가?"

민호는 바보처럼 진영의 말을 되풀이했다.

"직장 1년 다니면 연차 15일 나오잖아요."

민호는 겨우겨우 머리를 돌렸다.

그러니까 오늘로 이 '직장'을 다닌 지 1년이 된 거니까 유급 휴가를 내놓으라는 거였다.

"왜? 보건 휴가도 달라고 하지?"

"주 5일이 되면서 보건 휴가는 무급으로 전환되거나 없어지는 추세예요."

기업을 경영하는 사람이면서 그것도 모르냐는 말투였다.

"당신이 주 5일은 아니잖아."

"원래 주부 일이 출퇴근이 명확하지 않잖아요. 근무 시간이 딱 떨어지는 것도 아니니까. 월급이 많은 건 휴일 근무와 야근이 많기 때문이라고 당신이 그랬잖아요."

"그래서?"

민호의 냉랭한 대꾸에 진영은 살짝 긴장한 듯했다.

"한 달에 하루 정도 휴가를 쓰고 싶어요. 아버님, 어머님, 당신에게 최대한 맞춰서 낼게요."

민호는 진영이 지난 1년간 개인적인 시간을 거의 가지지 못했다는 것을 알고 있었다. 친정에도 거의 가지 못하고 겨우 짬을 내 전화통화를 하는 것으로 참았다. 모든 시간과 에너지를 민호와 민호의 가족을 위해 썼다.

인선의 몸 상태가 요 몇 달 동안 별로 좋지 않다는 말을 간병인에게서 들었었다. 진형은 시험이 코앞이라 바빠서 따로 인선을 챙기기 힘들었다. 인선을 보러 친정에 가고 싶은 마음에 진영은 한 달에 하루 정도는 쉬고 싶다는 말을 겨우 꺼낸 것 같았다.

'네가 그냥 친정에 가고 싶다는 말을 할 날이 올까?'

오지 않을 것 같았다.

그들은 계약에 묶여 있는 관계였다. 그렇게 첫 단추를 꿴 건 민호 자신이었다. 후회하진 않았다. 그렇게 하지 않았으면 영원히 그녀는 자신에게 묶이지 않았을 테니까.

민호는 물끄러미 진영을 바라보았다. 또, 심장이 아프게 뛰었다. 진영과 결혼한 후, 민호에게 행복은 늘 불안과 동반된 것이었다. 언제든 그를 버리고 가볍게 이 집을 나갈 수 있는 그녀였다. 그 빌어먹을 벽은 더 높고 견고해졌다. 민호의 침묵이 길어지자 진영의 안색이 어둡게 변했다. 민호는 아무렇지 않은 듯 짧게 대꾸했다.

"그렇게 해."

민호는 1년 동안 마음을 감추는 것에 능숙해졌다. 가급적 간결한 말투로 차갑고 건조하게 진영을 대했다. 진영은 그런 그의 태도를 편안해했다.

"고마워요."

"어머니에겐 내가 말씀드릴게. 아마 허락해 주실 거야. 오늘 집에 오시나?"

"네."

정말로 고마운지 진영은 진심으로 미소를 지어 주었다.

도우미가 침실 문을 두드린 후 말했다.

"회장님 출근하십니다."

"먼저 내려갈게요. 당신도 얼른 준비하고 내려와요."

진영이 드레스 룸을 나갔다.

진영이 나가자 민호는 진영에게 주려고 준비했던 결혼기념일 선물을 홧김에 집어 던졌다.

어째서 매번 당하면서도 진영에 대한 기대를 버리지 못하는 건지 민호는 알 수 없었다. 저 여자는 절대 아무것도 주지 않을 텐데.

민호는 한숨을 내쉬며 바닥에 내팽개쳐진 선물을 집어서 다시 가방에 넣었다. 우그러진 선물 상자가 꼭 민호 자신 같았다.

"스트레이트로."

오랜만에 찾았지만 바텐더는 그를 기억하고 있었다. 바텐더는 잔에 그가 늘 마시던 싱글 몰트 위스키를 4분의 1 가량 따르고, 찬물과 함께 조용히 그의 앞에 내려놓았다. 민호는 단숨에 위스키를 다 마시고 다시 스트레이트로 부탁했다.

연락도 하지 않고 늦는 건 결혼 후 처음이었다. 휴대전화도 꺼 버렸다. 연락도 되지 않아 진영은 몇 번이나 저녁상을 다시 준비하고 있을 것이다.

민호는 풀이 죽어 있었다. 진영에게 그는 일일 뿐이었다. 새벽 몇 시가 되든, 진영은 한결같은 얼굴로 민호가 오기를 기다리고 있을 것이다. 민호가 와야 퇴근을 할 수 있으니까.

결혼 1주년은 지혼식이어서 종이로 된 선물을 준다고 했다. 종이라고 했을 때 떠오른 건 책, 그림 정도였다. 책은 일단 탈락시켰고, 그림을 진지하게 고민해 봤다. 그림을 사서 진영의 서재에 걸어 줄까 했지만 진영이 그 그림을 자기 것으로 여길 것 같지 않았다.

민호는 수첩을 생각해 냈다. 진영은 메모나 일정을 적는 작은 수첩을 늘 가지고 다녔다. 민호는 북 아티스트의 공방에 수첩을 주문했다. 진영의 취향에 맞춰 디자인은 최대한 심플하게, 평생 쓸 수 있도록 튼튼하게 만들어 달라고 주문했다. 시간이 촉박했지만 꽤 멋진 수첩이 만들어졌다.

민호는 오늘 하루 종일 가지고 다닌 수첩을 꺼냈다. 아직 길들지 않은 가죽 커버가 다소 뻣뻣한 느낌이었지만, 가죽 제품은 쓰면 쓸수록 쓰는 사람에게 길이 들어 고유의 광택과 촉감이 생기면서 자기 것이라는 느낌이 들었다. 민호는 그게 좋아 가죽 커버를 선택했다.

민호는 수첩 제일 앞장에 쓴 글을 손가락으로 만지작거렸다.

소중한 사람에게.

민호는 가볍게 한숨을 쉬며 수첩을 덮었다. 주지도 못할 거면서.

선물을 궁리하는 동안, 수첩 앞장에 뭐라고 써서 줄까 고민하는 동안, 그는 행복했다. 그것이 민호의 문제였다. 전혀 행복할 상황이 아닌데도 그 여자 때문에 행복했다. 그 여자는 내게 아무것도 주지 않는데 왜 난 행복한 거지?

"하이볼로 줘요."

낯익은 목소리가 옆에서 들렸다. 민호는 고개를 돌렸다.

"오랜만이네."

유라가 여유 있는 얼굴로 민호에게 인사를 했다. 유라와 마주친 건 결혼하고 나서 처음이었다. 생각해 보니 이 바는 유라도 단골이었다.

민호는 혼자 있고 싶어서 유라에게 아무 대꾸도 하지 않았다. 그냥 모른 척했으면 좋았잖아. 민호는 남은 술잔을 비우고 바텐더에게 다시 한 잔을 더 주문했다. 유라는 기어이 민호의 옆에 앉았다.

유라는 바텐더가 가져다준 하이볼을 마시며 민호에게 말했다.

"우리가 그다지 아름답게 헤어지진 않았지만 오랜만에 만난 자리에서 인사도 안 할 그런 결말은 아니었던 것 같은데."

민호는 무뚝뚝하게 대꾸했다.

"오랜만이야."

"옆구리 찔러 절 받기지."

유라는 하이볼 잔으로 민호의 잔을 툭 쳤다.

"늦었지만 결혼 축하해. 나 물 먹이고 결혼하니까 어때? 행복해?"

유라는 장난스럽게 물었다. 유라에게 민호는 이미 과거의 남자였다. 자기와 헤어지자마자 민호가 결혼을 해서 어마어마한 배신감을 느꼈지만 우연히 만나니 반갑기도 했다. 안 좋게 헤어지긴 했지만 민호와 즐거운 시간을 보낸 것도 사실이었다.

"마음에도 없는 미소에도 미치도록 행복해."

마음에도 없는 미소? 유라는 살짝 고개를 갸우뚱했다.

"행복해. 전혀 행복한 상황이 아닌데도 행복해."

그녀가 아는 박민호는 이렇게 알쏭달쏭한 말을 하는 사람이 아니었다.

유라는 민호가 어떤 여자와 결혼했는지 궁금했다. 거의 정보가 없는 여자였다. 재명 문건영 회장의 딸과 결혼할 줄 알았는데 민호의 결혼 상대는 평범한 교사 출신의 여자였다. 재명문 회장의 딸이었다면 차라리 나았다. 아무것도 가진 게 없는 여자라니. 엄청난 미인인가? 유라는 자존심이 상했다. 게다가, 양다리도 아니고 세 다리였다. 유라는 연달아 잽을 맞은 기분이었다. 헤어지길 잘했다고 수없이 자신을 다잡았다.

사람들은 민호가 사랑에 빠져 부모의 반대를 극복하고 결혼했다고 말했지만 유라는 믿지 않았다. 그 남자가 사랑에 빠져? 남극 대륙에 붉은 바나나 꽃이 피는 것이 더 빠르겠다. 그런데 결혼 후 민호는 달라졌다. 마음을 잡고 회사 일을 열심히 하고 있다는 소문이었다. 소문 속의 민호는 유라가 알고 있던 그 남자가 아니었다.

유라는 무안할 정도로 빤히 민호를 바라보았다. 민호는 뭔가 많이 달라져 있었다. 특히, 눈빛이 달랐다. 예전 민호의 눈빛은 저렇게 솔직하지 않았다. 민호는 진짜 감정은 토끼의 간처럼 어딘가에 숨겨 두고 있는, 진지하지 않은 가볍고 한심한 남자를 연기했었다. 그러나 지금 눈앞에 있는 민호는 부드러우면서 상처받기 쉬운 눈동자를 한, 사랑에 빠진 남자였다.

유라는 기분이 좋지 않았다. 유라는 민호가 누군가와 진심으로 사랑에 빠질 수 있는 사람이라는 것을 한 번도 믿어 본 적 없었다. 유라는 자기에게 진지하지 않았던 민호에게 그다지 상처받지 않았다. 어차피 이 남자는 그런 남자였으니까. 그런데 오늘 유라는 자기가 틀렸다는 것을 인정해야 했다. 유라는 시선을 돌렸다. 딴 여자를 진지하게 사랑하는 옛 남자 따위에는 관심 없었다.

"그거 뭐야?"

바 위에 민호가 올려놓은 수첩에 유라의 시선이 멈췄다. 민호는 유라가 수첩을 만지지 못하도록 수첩을 밀었다. 진영에게 주지 못할 선물이지만 유라가 만지는 것은 싫었다.

"별거 아니야."

차가운 민호의 반응에 유라는 머쓱해졌다. 괜히 오기가 생겼다. 뭐기에 만지지도 못하게 해? 기어이 유라는 수첩에 손을 뻗었다. 갈색 송아지 가죽으로 만든 커버가 고급스러웠지만 평범한 수첩이었다. 그렇게 오기를 부리며 만진 게 무색할 정도였다.

민호의 얼굴이 구겨졌다. 민호는 짜증스러운 얼굴로 유라의 손에서 수첩을 빼앗아 바닥에 던졌다. 당황한 유라는 수첩을 주워 바에 놓으며 말했다.

"허락 없이 만진 건 미안한데 그렇다고 이러는 건 아니지."

종로에서 뺨 맞고 한강에 눈 흘기는 셈임을 알았지만, 민호는 유라에게 화풀이를 했다.

"버려."

"박민호!"

"그럼 네가 갖든가."

민호는 수첩이 꼴도 보기 싫었다. 유라는 어이가 없었다. 이런 점을 매력적이라고 느꼈던 1년 전의 자신이 아무리 생각해도 미친 것 같았다.

"성질 더러운 건 사랑으로도 치유가 안 돼?"

유라가 투덜거렸다.

"짝사랑을 하다 보면 지쳐서 혼자 있고 싶을 때가 있거든."

짝사랑? 유라는 점점 더 알쏭달쏭해서 머리가 아플 지경이었다. 괜히 벌집을 건드렸구나 싶었다. 유라는 하이볼 잔을 들고 일어났다.

"꺼져 달라는 뜻이구나. 알았어."

유라는 민호에게서 멀찌감치 떨어진 자리에 가서 앉았다.

진영은 손목시계를 힐끔 보았다. 밤 11시. 여전히 민호의 휴대전화는 꺼져 있었다. 결혼 후 한 번도 이런 일이 없어서 마음이 불안했다. 진영의 휴대전화가 울렸다.

— 작은 사모님, 상무님 오셨습니다. 많이 취하셔서 몸을 가누질 못하시네요. 아래까지 내려오셔야 할 것 같습니다.

집에 왔다는 말을 듣자 자기도 모르게 안도의 한숨이 나왔다. 진영은 밖으로 나갔다. 경호 요원이 당황한 기색이 역력한 얼굴로 문을 열어 주었다. 대문 앞에 낯선 차가 서 있었고, 낯선 여자가 민호를 부축하고 서 있었다.

갑자기 뒤에서 차 소리가 났다. 진영은 소리가 나는 쪽을 바라보았다. 낯익은 차에서 연희가 내렸다. 연희는 어정쩡한 모습으로 인사하는 진영을 무시한 채 유라와 민호를 노려보며 날카로운 목소리로 물었다.

"무슨 일이야? 얘는 왜 이래?"

연희는 유라에게 물었지만 진영이 대답했다.

"술을 많이 마신 모양이에요."

연희의 시선은 엉거주춤하게 민호의 몸을 부축하고 있는 유라에게 계속 향해 있었다. 연희의 눈에는 경멸이 가득했다. 뭔가 더러운 것을 봤다는 듯한 얼굴이었다. 유부남을 집적거리는 여자를 바라보는 유부녀의 눈빛이었다.

유라는 어쩔 수 없이 민호를 집까지 데리고 온 건데 이런 대접을 받자 화가 났다. 예전에 연희를 만나 모욕을 당했던 일도 떠오르면서 두 배로 기분이 나빠졌다. 진영은 유라와 연희 사이의 날선 시선이 오가는 것을 느끼고 몸 둘 바를 몰랐다. 취한 민호만 빼곤 다 불편한 자리였다. 연희의 입가에 비틀린 미소가 어렸다 사라졌다. 연희는 유라에게서 시선을 돌리고 입을 열었다.

"김 기사, 민호 안으로 데려가요."

"네, 사모님."

술에 취해 제대로 걷지도 못하는 민호를 진영이 데려가기엔 역부족이었다.

"너도 들어와라."

진영은 그래도 민호를 데려다준 유라에게 인사를 하려고 주춤거렸지만 연희가 다시 날카로운 목소리로 '어서.' 하고 진영을 재촉했다. 진영은 허둥지둥 유라에게 고개를 살짝 숙이며 말했다.

"오늘 폐가 많았습니다. 고맙습니다."

유라는 진영을 빤히 바라보았다. 이 여자인가? 뭐야, 평범하잖아. 고작 이런 여자 때문에 나도, 재명 문 회장 딸도 버린 거야? 기가 막혀 헛웃음이 나왔다. 진영은 유라가 누군지 궁금해하지 않는 눈치였다. 한밤중에 남편이 술에 취해 여자와 함께 집에 왔는데도 평온해 보이는 진영이 유라의 신경을 긁었다.

유라는 불쑥 진영에게 수첩을 내밀었다.

"이거, 민호 씨한테 돌려주세요."

"네?"

"민호 씨가 가지라고 했는데 아무래도 그건 아닌 것 같아서요."

진영은 얼떨결에 수첩을 받아들고 집으로 들어갔다.

방으로 올라가니 민호는 멍한 얼굴로 침대에 앉아 있었다.

"물 가져다줘요?"

민호는 고개를 저었다.

"옷 갈아입고 씻어요."

민호는 꼼짝도 하지 않았다.

"많이 취했어요?"

"넥타이 풀어 줘."

진영은 민호의 넥타이를 풀고 와이셔츠의 단추도 몇 개 풀었다. 민호는 진영이 가져다준 잠옷으로 갈아입고 침대 속으로 파고들었다. 진영은 민호가 풍기는 술 냄새에 취할 것 같았다. 진영은 침실의 불을 끄고 작은 무드등만 켜 두었다.

진영은 욕실로 가서 세수를 하고 이를 닦았다. 잠옷으로 갈아입은 진영은 민호의 잠을 깨우지 않기 위해 조심스럽게 침대 끝에 몸을 눕혔다.

오늘 아침부터 계속 민호의 기분이 저조한 것 같아서 진영은 신경이 쓰였다. 연락도 없이 술을 마시고 늦게 들어온 것도 처음이었다. 하긴, 민호에게는 진영에게 연락을 할 의무 같은 건 없었다.

진영의 몸에 무언가가 닿았다. 민호였다. 이렇게 가까이 다가온 건 처음이라 진영의 몸이 굳었다. 기습 공격을 당한 기분이었다.

'뭐, 뭐지?'

민호의 손길은 머뭇거리지 않고 그녀를 뒤에서 강하게 껴안았다. 진영이 뭐라고 입을 열기도 전에 민호의 손바닥이 진영의 입을 막았다. 숨이 막힐 정도로 민호가 진영을 꽉 껴안았다. 진영은 민호의 몸에 완전히 갇힌 상태였다. 민호는 온몸을 진영에게 밀착시켰다. 어디선가 기묘한 소리가 나지막하게 들려왔다.

사랑해.

온몸이 고막이 된 듯, 민호의 말에 진영의 몸이 바르르 떨렸다.

진영은 머리가 멍해졌다. 맞닿은 몸에서 느껴지는 민호의 체온은 델 듯이 뜨거웠다. 늘 서늘하다고 생각했던 남자가 용암처럼 펄펄 끓고 있었다. 목덜미에 민호의 얼굴이 닿았다. 뜨거움에 움찔했던 것도 잠시, 따끔한 아픔이 몰려 와 자기도 모르게 진영은 소리를 냈다.

"아, 아파."

그렇지만 진영의 소리는 민호의 손바닥에 고스란히 흡수되어 들리지 않았다.

그게 키스라는 사실을 깨닫는 데는 한참이 걸렸다. 강아지가 장난치듯 민호는 진영의 목덜미를 깨물었다. 입술과 혀, 이를 사용해 진영의 귀와 목덜미, 어깨 근처를 간지럽혔다. 민호가 키스에 집중하자 입을 막은 손이 떨어졌다. 민호의 손은 진영의 얼굴을 쓰다듬고 있었다. 엉덩이 부근에서 무언가 단단한 것이 계속 진영을 쿡쿡 찌르고 있었다. 그것이 무엇인지를 깨닫고 진영은 흠칫 놀랐다. 너무도 당연한 진실. 민호는 남자이고, 또 성욕이 있었다. 그러나 그건 민호의 문제였다. 진영은 계약할 때 분명히 못 박았다, 섹스는 없다고. 민호는 사람들 앞에서 보여 주기 위한 가벼운 포옹과 뽀뽀 이상을 넘은 적이 없었다.

"싫어요. 하지 마."

진영은 있는 힘껏 민호를 밀어내려고 했지만 압도적인 남자의 힘 앞에서는 아무 소용이 없었다. 도리어 진영이 품에서 벗어나고 손길을 밀치려고 할 때마다 진영에게 가해지는 압력과 열기는 더 강해졌고 뜨거워졌다.

"왜 이래요? 하지 마요."

민호의 손이 다시 진영의 입을 막았다.

꼭 껴안고 키스하는 것 이상은 하지 않았지만 진영은 자기 의지와 상관없이 몸이 구속되는 것이 두려웠다. 몸이 타 버릴 듯한 이 열기가 싫었다. 왜 이러는 거지? 민호는 뭔가에 홀린 것처럼 그녀를 꼭 안고 있었다. 아무 소리도 들리지 않는다는 듯 굴었다. 끝내 민호는 진영을 억지로 돌려서 자신의 가슴에 진영이 얼굴을 대게 했다. 절대로 품에서 도망칠 수 없게 하겠다는 강한 의지가 느껴졌다. 술 냄새와 섞여 이젠 익숙해진 민호의 체취가 훅 밀려들었다.

진영은 민호가 자신이 아닌 다른 누군가를 안고 있다는 기분을 떨칠 수 없었다. 민호가 이렇게 미친 듯이 탐하는 대상이 자신일 리 없었다. 그렇지 않다면 지난 1년간 그가 그렇게 담담하게 자신과 한 침대를 썼을 리 없었다. 진영은 저항할 기운이 없어 민호가 하는 대로 내버려 두었다. 진영의 몸에서 힘이 빠지자 민호의 팔에서도 힘이 빠졌다. 무력하다는 기분에 눈물이 울컥 쏟아질 것 같았다. 갑자기 익숙한 느낌이 찾아왔다. 민호가 머리카락을 만지작거렸다. 달래는 듯한 손길이었다. 민호의 입술이 진영의 정수리 부근에서 보슬비처럼 내려왔다. 한참 후 키스가 끝났다. 그 후에도 민호는 진영을 품에서 풀어 주지 않았다. 결국 진영은 민호의 품에서 잠이 들었다.

민호는 잠든 진영의 입술에 가볍게 키스를 했다.

"첫 번째 결혼기념일 축하해."

민호는 지독한 두통과 함께 잠에서 깼다. 민호는 멍하니 텅 비어 있는 진영의 자리를 바라보았다. 문이 열리고 진영이 물이 담긴 투명한 유리병과 컵이 놓인 쟁반을 들고 들어왔다. 민호는 멋쩍은 얼굴로 물을 따라 마셨다. 민호는 나가려는 진영을 붙잡았다.

"어제 내가 아무래도 뭔가 실수를……."

민호는 술에 취했지만 지난밤 일을 뚜렷이 기억하고 있었다. 취기는 그저 핑계에 불과했다. 더는 진영을 안지 않고는 견딜 수가 없었다. 그러나 진영은 평소 같은 얼굴로 민호를 가만히 응시하며 말했다.

"별일 없었어요. 많이 취해서 그냥 뻗었어요."

"그냥 뻗었어?"

"네."

가슴에 싸늘한 얼음이 쏟아지는 것 같았다. 마음에 우박이 내리면 꼭 이런 기분이겠지.

"그럼 씻고 내려와요. 어머님이 아침 드시기 전에 잠깐 보자고 하세요."

"잠깐 기다려."

민호는 침대에서 내려와 가방에서 작은 봉투를 꺼내 진영에게 내밀었다.

"뭐예요?"

"우리 결혼한 지 어제로 1년 됐잖아. 1년 근속 보너스라고 생각해. 맘에 드는 거 있으면 사."

물건에는 감정이 담기지만 돈은 단순 명쾌했다. 그리고 진영이 가장 좋아하는 것이기도 했다. 선물은 받지 않겠지만 정당한 대가라고 생각하는 돈은 받을 거라고 생각했다. 어쨌든 돈도 좋으니까. 지혼식 선물로 조건에 맞았다.

민호는 진영의 얼굴을 보지 않고 욕실로 갔다.

진영은 민호에게 받은 돈을 침대 옆 협탁 서랍에 넣었다.

어제의 그 갑작스러운 접촉에 대한 대가라는 생각을 떨칠 수가 없었다. 어쩐지 화대 같은 기분이 들어 그 돈을 만지고 싶지 않았다. 이제껏 민호에게 돈을 받고 기분이 나쁜 적은 없었다. 그러나 이 돈은 기분 나빴다.

진영은 협탁 위에 놓아둔 수첩에 시선을 멈췄다. 어제 그 여자가 돌려준 것이었다. 민호가 선물했다가 거절당한 건가? 진영은 무심히 수첩에 손을 뻗어 요리조리 살폈다. 그 여자에게 선물한 건가? 진영은 수첩을 펼쳤다. 제일 첫 장에 뭔가가 적혀 있었다. 민호의 필적이었다.

소중한 사람에게.

진영은 수첩을 덮었다. 뭔가 봐서는 안 될 것을 본 기분이었다.

어제 민호는 자기를 그 여자 대신 껴안은 것이었다. 더할 수 없이 불쾌했다. 어제의 그 여자가 어떻게 생겼었는지 떠올리려고 했지만 잘 떠오르지 않았다. 밤이었고, 술에 취한 민호에, 연희의 신경질적인 반응 때문에 자세히 살필 경황이 없었다. 키가 크고 세련된 인상이었던 것만 얼핏 떠올랐다.

수첩을 돌려준 이유가 뭐지? 진영은 자기도 모르게 미간의 주름을 잡았다. 그 여자의 목소리가 떠올랐다. 도전적이면서 당당한 목소리였다. 기분이 더 나빠졌다. 그 여자라면 돈 때문에 이런 굴욕적인 시집살이를 하진 않겠지.

샤워를 하고 트레이닝복으로 갈아입은 민호가 드레스 룸을 나왔다. 민호는 진영이 멍하니 앉아 수첩을 쥐고 있는 것을 보았다. 민호는 진영에게 다가와 수첩을 빼앗았다. 분명 어제 버렸는데 왜 이게 진영의 손에 있는지 이해가 되지 않았다. 난폭한 행동에 진영은 놀라서 민호를 바라보았다.

"왜 내 물건을 함부로 만져?"

"미, 미안해요."

민호는 진영을 노려보다가 수첩을 쓰레기통에 던졌다.

"민호 씨."

민호는 대꾸도 하지 않고 방을 나갔다.

내가 만진 게 그렇게 기분 나빴나? 쓰레기통에 던져 버릴 만큼?

한참 후에야 진영은 정신을 차리고 1층 주방으로 내려갔다.

"작은 사모님, 생즙 준비됐습니다."

매일 아침 연희는 공복에 제철 과일과 채소로 짠 생즙을 마셨다. 진영은 생즙을 가지고 연희의 방으로 갔다. 방 안에서 큰 소리가 나서 노크를 하려던 진영은 멈칫했다.

"미쳤니? 어디 결혼기념일에 옛날에 만났던 여자에게 끌려서 집에 들어와! 너 계속 한유라 만났니?"

"우연히 마주친 것뿐이에요."

"우연히? 결혼기념일에 우연히 결혼 말까지 나왔던 여자랑 만나 술이 떡이 되도록 취해서 집에 들어왔다고?"

"네, 우연히요."

"걔가 우리 집에 어울리지 않는다고, 얌전하게 며느리 노릇 못 한다고 결혼 안 한 건 너야. 그랬으면 깨끗이 정리했어야지. 너 집에 두는 여자 따로, 밖에서 즐기는 여자 따로 그렇게 살 생각이야!"

연희의 목소리가 더 커졌다.

연희는 남편의 외도로 큰 상처를 받았었다. 자살을 생각할 만큼 괴로웠었다. 믿었던 남편에게 배신당한 상처도 컸지만, 이 구질구질한 집 말고는 갈 곳이 없다는 게 더 그녀를 비참하게 했었다. 석금은 그 시절 남자들이 그렇듯 뻔뻔하게 굴었다. 그 이후 결혼은 연희에게 감옥이 되었고 그녀는 종신수였다. 다른 문제는 몰라도 여자 문제만큼은 아들이라도 용납하지 않을 생각이었다.

"우연히라도 마주치지 마. 너 결혼할 때 내가 분명히 말했어, 결혼 중에 딴 여자는 절대로 안 된다고. 싫증 나면 차라리 이혼하라고 했어. 그 변변치 않은 아이와 결혼을 허락한 건 네가 걔 아니면 안 된다고 했고, 조건 맞춰 이렇다 할 집안 딸과 결혼시키면 너란 녀석은 분명 네 아버지처럼 밖으로 돌 게 뻔해서였어. 그런데 벌써 식었니? 고작 1년 살고? 부전자전이라더니 어떻게 그런 것까지 닮아!"

진영은 더 이상 듣지 않고 다시 주방으로 돌아갔다.

"작은 사모님?"

차 실장이 생즙을 들고 오는 진영을 의아하게 바라보며 물었다.

"어머님이 그 사람하고 이야기 나누고 계셔서요. 좀 이따가 가져다 드릴게요. 이거 버리고 새로 만들어 주세요."

"네, 알겠습니다."

진영은 2층 침실로 올라가 민호가 쓰레기통에 버린 수첩을 꺼내 펼쳤다.

소중한 사람에게.

진영은 수첩을 쓰레기통에 다시 넣었다.

아침 식사를 하고 민호는 다시 샤워를 했다. 진영은 민호가 입을 수트에 맞춰 넥타이를 골랐다.

"넥타이, 오늘은 내가 맬게."

"그럴래요?"

진영은 골라 둔 넥타이를 다시 걸어 두고 드레스 룸에서 나왔다. 침대에 멍하니 앉아 있다가 진영은 쓰레기통에 들어 있는 수첩을 다시 바라보았다. 견딜 수 없이 기분이 나빴다. 진영은 쓰레기통을 버리러 1층으로 내려갔다.

14

"작은 사모님, 그거 버리시게요?"

수첩을 들고 쓰레기를 모아 두는 곳에 멍하니 서 있는 진영을 보고 저택 관리 일을 하는 직원이 말을 걸었다.

"아, 아뇨."

진영은 버리려던 수첩을 다시 들고 왔다. 버리더라도 민호가 직접 버리는 게 맞는 것 같았다. 발끈해서 쓰레기통을 들고 내려온 자신이 이상했고 우스웠다. 진영은 다시 수첩을 살폈다. 주문 제작한 제품 같았다. 민호의 취향이라기에는 지나치게 수수했다.

'그 여자 취향인가?'

박민호가 다른 여자와 연애를 하고 있다고 한들 무슨 상관이지? 결혼식 때 자신이 분명히 말했었다. 다른 사람을 사랑하라고. 그런데 이 기분은 뭐지? 진영은 한숨을 내쉬고 고개를 가로로 세게 저었다.

방으로 돌아가니 출근 준비를 마친 민호가 진영을 기다리고 있었다. 진영은 주춤거리며 수첩을 민호가 보지 못하게 감췄다. 진영은 민호가 맨 넥타이를 자기도 모르게 바라보았다. 수트와 썩 잘 어울리는 연한 핑크색 넥타이였다.

민호가 진영에게 말했다.

"어머니께 당신 한 달에 하루 정도 휴가 주고 싶다고 말씀드렸어. 그러라고 하셔."

"별로 안 좋아하시죠?"

"늘 안 좋은 기분인걸. 신경 쓰지 마. 내 생각으로 말씀드린 걸로 했으니까 나중에 어머니가 뭐라고 하셔도 당신은 그냥 모른 척해."

민호는 좀 전과 태도가 180도 바뀌어 있었다. 다소 거리감이 느껴지는 태도, 지난 1년간 민호가 진영을 대했던 바로 그 분위기였다. 그렇지만 진영의 마음은 도리어 더 불편해졌다. 그럼, 아까 그랬던 것은 뭐지? 어느 게 진짜 당신 기분인 거야?

"고마워요."

"고마운 건 나야. 우리 집이 결코 쉬운 집이 아닌데 1년 동안 정말 수고 많았어. 어머니가 싫은 소리를 해도 한 귀로 듣고 한 귀로 흘려. 원래 그렇게 꼬여 있는 분이니까."

진영은 가만히 고개를 끄덕였다.

"오후에 장모님 댁에 갔다가 저녁엔 나랑 저녁 식사해. 허락

받았어."

"네?"

"다들 내가 결혼기념일을 까맣게 잊어버린 걸로 알고 있으니 화해하는 모습이라도 보여줘야 하지 않겠어. 아르노에 예약해 둘게."

"네."

진영은 할 말을 다 하고 방을 나서려고 하는 민호를 잡았다.

"바쁘지 않으면 잠깐 이야기 좀 해요."

민호가 뭐냐는 눈빛으로 진영을 바라보았다.

"나한테 불만 있으면 솔직히 말해 줘요."

"불만?"

"요 며칠 계속 당신, 나한테 이상하게 굴었잖아요. 내가 뭐 실수했어요?"

"그런 거 없어. 당신은 정말 완벽한 아내이자 며느리니까."

완벽하다는 말에 가시가 박혀 있었다.

"정말 유능해. 쓸데없을 정도로 유능하지."

진영은 수첩을 민호에게 내밀었다.

"이거, 정말 버리는 거예요?"

민호의 시선이 복잡해졌다.

"아니."

참 묘한 인연의 물건이었다. 무슨 주술이라도 걸어 놓은 것처럼 민호에게 자꾸만 돌아왔다.

"이거 어떻게 당신이 가지고 있는 거지?"

"어제 당신을 집까지 데려다준 여자가 나한테 줬어요. 자기한테 줬는데 받기가 좀 그렇다면서요."

그 여자의 도전적이고 사람을 깔보는 듯한 목소리와 눈빛이 떠올라 진영은 다시 불쾌해졌다. 자기도 모르게 진영은 묻고 말았다.

"그 여자에게 준 선물이에요?"

"아니야. 그 수첩은……."

민호는 할 말을 찾지 못했다.

"한유라라는 사람이랑 사귀는 거예요? 예전에 결혼 말까지 나왔다면서요."

민호는 진영이 유라의 이름을 알자 좀 놀라는 기색이었다.

"아까 어머님께 생즙 드리러 갔다가 들었어요. 엿들으려고 한 건 아니었어요."

민호는 가느다랗게 한숨을 내쉬었다. 어디까지 들은 거지? 오해받기 딱 좋은 상황이었다. 뭔가 변명을 해야겠다고 머리를 굴렸지만 아무 생각도 나지 않았다.

"어제 일은 우연이었어."

변명을 하고도 참으로 설득력이 없다는 생각이 들었다.

"알았어요."

진영은 무심히 대꾸했다. 민호는 가슴 한구석이 서늘해졌다. 진영은 아예 오해할 생각조차 없는 것 같았다. 진영은 아내와 며느리라는 역할에만 충실하면 그뿐이었다.

이대로는 심장이 터질 것 같아 도저히 살 수 없을 것 같았

다. 민호는 진영의 무심함에 자신이 이토록 깊은 상처를 받을
줄 몰랐다.

"믿기 힘들겠지만 우연이었어."

"믿어요. 당신은 거짓말을 안 하는 사람이잖아요."

민호는 물끄러미 진영을 바라보았다. 어떻게 당신은 이렇게
까지 내게 관심이 없을까? 민호는 진영을 흔들고 싶었다.

"아니. 나 당신에게 거짓말했어. 수도 없이 했는데, 매일매
일 했는데 당신은 눈치 채지 못하더라."

민호는 깊이 한숨을 쉬었다.

"당신한테 난 어떤 사람이지?"

진영은 자동반사적으로 어젯밤 일이 떠올랐다.

사랑해.

그가 그렇게 말했다. 지난 1년간 그렇게 데면데면 담담하게
굴었으면서.

"종잡을 수 없는 이상한 사람?"

"내가 종잡을 수 없고 이상해?"

"그래요."

"왜 당신은 늘 정답을 피해 가지?"

"정답이라뇨?"

"당신은 바보인 거야, 아니면 정말 아무것도 느끼지 못한 거
야? 내가 당신을 사랑할 거라고는 단 한 번도 생각해 본 적 없
어? 내가 당신을 사랑한다면 그 모든 일들이 아귀가 맞지 않아?"

진영의 몸이 굳었다.

"무슨 소리예요?"

"나는 매일매일 당신에게 거짓말을 했어, 당신을 사랑하지 않는다고."

"뭐라고요?"

"처음부터 당신을 사랑했던 것 같아. 미안. 말하지 않으려고 했는데, 더 이상은 내가 거짓말을 못 할 것 같아."

아무것도 느끼지 않아도 된다고 말했던 사람은 당신이잖아. 우리 사이에는 늘 명쾌한 계약만 있을 거라고, 그래서 배신도 고통도 없을 거라고 날 유혹했던 건 박민호, 당신이었어. 그런 데 왜 그런 상처받고 슬픈 눈빛으로 날 보는 거지? 난 아무것도 하지 않았는데.

"알아, 계약위반이라는 거."

당신보고 바보라고 했지만 내가 더 바보였어. 어떻게 당신이 그저 곁에 있는 것만으로도 만족할 수 있다고 믿었을까? 내 것은 아니지만 다른 남자의 것은 절대 될 수 없으니까, 당신 가슴에 다른 누군가가 담길 일은 아마 없을 테니까 그렇게 마음에도 없는 미소를 짓는 당신만으로도 만족하며 살 줄 알았는 데. 진영아, 나 너무 힘들다.

"날 사랑해 달라는 건 아니야. 그냥 말하고 싶었어. 당신에게 사랑한다는 말이 하고 싶어서 미칠 것 같았어."

민호는 벌써 후회하고 있었다. 이제, 진영은 그가 주는 모든 것을 의심하고 받아들일 것이다. 고백하지 말걸. 건조한 계약 남편인 척할걸. 그러면 진영은 지금까지처럼 그가 주는 것을 당연한 보수로 받아들이고, 돈이 필요한 동안에는 그의 곁에 머무를 텐데. 이제 진영이 그에게 아무것도 받으려 하지 않을까 봐, 떠나려고 할까 봐 민호는 겁이 나고 마음이 아팠다.

"난 내 주제를 잘 알아. 내가 당신에게 사랑받을 만큼 괜찮은 남자가 못 된다는 거, 잘 알고 있어. 그래서 당신에게 계약을 제안한 거야. 최선이 아니라 차선을 선택한 거지. 난 그런 남자야. 결혼으로 당신을 꽁꽁 묶어 놓은 후에 사랑을 고백하는 내 비겁함을 당신이 경멸해도 어쩔 수 없어. 당신은 도움이 절실히 필요했고, 그때 내게는 그 방법 말고 당신을 도와줄 수 있는 방법이 없었어."

문밖에서 조심스러운 노크 소리가 났다. 진영이 반사적으로 '네.' 하고 대답했다.

"회장님, 출근 준비 마치셨습니다."

"지금 내려갈게요."

민호가 진영을 붙잡았다.

"이거, 당신 거야."

민호는 진영의 손에 수첩을 쥐여 주었다.

"결혼 1주년은 지혼식이라고 해서 종이로 된 걸 선물한대. 마음에 안 들면 당신이 버려."

"버려도 정말 괜찮은 거예요?"

민호가 우울한 얼굴로 대꾸했다.

"괜찮을 리가 없잖아. 그렇지만 강요도 할 수 없지."

민호는 서류가방을 들고 방을 나섰다. 진영은 수첩을 가만히 내려다보았다. 수첩 앞부분에 각인된 알파벳 이니셜이 눈에 들어왔다.

LJY

처음 보았을 때는 수첩의 브랜드 이름이라고 생각했는데 곰 곰이 생각해 보니 진영의 이니셜이었다.

결혼기념일은 진영의 안중에는 없는 날이었다. 그렇지만 민 호에겐 아니었던 것 같았다. 요 며칠 계속 기분이 안 좋았던 것 도, 어제 술을 마시고 늦게 들어온 것도 다 결혼기념일 때문이 었던 건가?

진영은 민호를 배웅하기 위해 대문 밖으로 나갔다. 직원들 은 안 보는 척하면서 민호 부부를 유심히 살폈다. 어제가 민호 부부의 결혼기념일이라는 사실이 알려지면서 진영에 대한 동 정 여론이 커졌다.

민호의 차가 왔다.

"잘 다녀와요."

민호는 물끄러미 진영을 보다가 가볍게 이마에 입을 맞추려 고 고개를 숙였지만 진영은 민호의 입술을 피했다. 싫다기보다 는 마음이 복잡했다. 민호는 주인에게 야단맞은 강아지처럼 처 량 맞은 눈으로 진영을 바라보았다. 그것이 진영의 마음을 더 불편하게 했다. 꼭 자기가 잘못한 사람 같았다. 마치 민호를 괴 롭히고 있는 기분마저 들었다.

"늦었어요. 어서 가요."

민호가 출근하는 것을 보고 집으로 들어오자 연희가 불렀다. 연희는 잔뜩 못마땅한 얼굴로 한 달에 하루 휴가를 쓰라고 말했다.

"직접 말하면 내가 안 들어줄 것 같아서 그런 꼼수를 썼니? 안 그래도 이제 결혼한 지 1년 됐으니까 슬슬 친정에 보내 주려고 했는데 그걸 못 참고 고새 남편에게 속삭거린 거야?"

진영은 아무 말도 하지 않고 가만히 있었다. 침묵이 연희에 대한 최선의 수비라는 사실을 일찌감치 깨달은 진영이었다.

"민호 녀석, 어제가 결혼기념일인 건 알고 있었니?"

"네. 잊어버린 건 저였어요."

연희는 기막혀했다.

"어떻게 결혼기념일을 잊어버리니?"

"요 며칠 딴 일에 신경을 쓰다가 깜빡했어요."

연희는 물끄러미 진영을 보다가 말했다.

"남자 바람, 그거 초장에 잡아야 된다. 아예 여지를 주지 말아야 해."

결혼 후 연희가 충고 비슷한 말을 한 건 처음이었다.

"민호 씨가 우연히 만난 거라고 했어요."

연희가 냉소했다.

"넌 그 말을 믿니? 그 여자애하고 민호, 결혼 전이지만 갈 데까지 간 사이었어. 그런데 우연히 만나 술이 떡이 되도록 마셨다고?"

"결혼 전 일이잖아요. 전 그 사람 믿어요."

"대단한 열녀 났구나."

연희는 담담한 진영의 반응이 아니꼽기만 했다. 질투와 심술도 끓어올랐다. 진영이 예전에 깊은 사이였던 여자의 등장에도 저렇게 담담한 건 민호에게 사랑받는다는 확신이 있어서라는 데에 생각이 미쳤기 때문이다. 그녀는 한 번도 받아 보지 못한 남편의 든든한 사랑을 며느리인 진영이 받고 있다는 생각이 들자 마음이 뾰족해졌다.

"발등을 찍는 건 믿는 도끼지."

끝내 연희는 아픈 소리를 하고 말았지만 여전히 진영의 얼굴은 담담하기만 했다.

"친정 가는 거 허락해 주셔서 고맙습니다. 잘 다녀오겠습니다."

느닷없는 진영의 방문에 인선은 놀라면서도 기뻐했다. 시집 간 후로 마음 놓고 얼굴 보는 것은 고사하고 전화조차 길게 할 수 없었다. 진영이 고용한 간병인 겸 가사도우미 미옥이 좋은 사람이라 적적함은 덜했지만 마음 한구석이 늘 불편했다. 이게 다 진영이 시댁에서 고생한 대가로 얻은 거라고 생각하니 바늘 방석에 앉아 있는 기분이었다.

그렇지만 진영의 얼굴은 나쁘지 않았다. 진영이 안정되어 보여 인선은 조금 마음을 놓았다. 다른 건 몰라도 민호가 진영의 든든한 바람막이가 돼 주고 있는 것 같았다.

"우리 점심, 뭐 해서 먹을까?"

인선은 눈을 반짝이며 주방으로 가 냉장고를 열었다.

"칼국수 먹고 싶어, 멸치 육수 진하게 내고 호박 고명 듬뿍 얹어서. 엄마 팔 아프니까 칼국수 반죽은 내가 밀게."

생각만 해도 침이 고였다. 시집을 가 보니 엄마가 해 준 음식이 제일 맛있었다.

"고작 칼국수? 모처럼 왔는데 맛있는 거 먹고 가."

"진형이는? 요새 공부하느라 힘들어하지?"

공인회계사 1차 시험에 합격한 진형은 2차 시험 준비로 정신이 없었다.

"힘들긴."

인선이 킥킥 웃음을 터트렸다.

"진형이 연애한다."

"정말?"

"같이 시험 준비하는 후배 여자앤가 봐."

"본 적 있어?"

"휴대전화에 저장해 둔 사진만 몰래 봤어. 애가 흰토끼처럼 귀엽고 순진하게 생겼더라."

인선의 목소리가 들떠 있었다. 진영도 웃었다. 진형의 문자가 뜸해져서 공부가 많이 바쁜가 여겼었다. 그런데 연애하느라 바빠서 그런 거였다.

"많이 진지해?"

"그런 것 같아. 진형이가 가벼운 성격은 아니잖아. 엄마 죽기 전에 진형이 짝지어 주고 싶은데, 힘들겠지? 2차 붙고도 실무 수습 받아야 하고 자리 잡는 데도 몇 년은 걸릴 테고, 진형이가 벌어서 가야 하는데 서울 전셋값은 또 어느 세월에 벌어. 거기다 짐덩어리까지 하나 있으니.”

“엄마, 또 그런 약한 소리.”

인선이 화제를 돌렸다.

“박 서방이 잘해 주지?”

“응.”

“좋은 소식 없니?”

진영은 그저 미소만 지었다.

“시부모님이 기다리지 않으셔?”

“시아버지는 그런 눈치이신데, 시어머니는 아직 할머니 소리 듣기 싫으시대.”

“할머니 소리가 왜 듣기 싫어? 엄마는 빨리 들었으면 좋겠다.”

진영은 마음속으로 중얼거렸다.

‘엄마, 미안. 난 엄마는 되지 않을 거야. 엄마가 사랑해 줬지만, 정말 잘 키워 줬지만 난 엄마처럼 내 아이를 사랑할 자신이 없어. 나 같은 사람은 엄마가 되지 않는 편이 나아.’

“어제 결혼기념일인데 어떻게 보냈어?”

“어제는 박 서방이 바빠서 오늘 저녁에 밥 먹기로 했어.”

“박 서방한테 무슨 선물 했어? 결혼하고 첫 기념일이잖아.”

“선물은 무슨.”

“첫 결혼기념일을 그냥 넘긴 거야? 박 서방은 뭐 준비했을 거 아니야."

"결혼 1주년 때는 종이로 된 걸 주는 거라며 수첩 줬어."

"어유, 세심하기도 해라. 근데 너는."

인선은 아프지 않게 진영의 등을 찰싹 때렸다.

"결혼은 둘이 하는 거잖아. 날름 선물만 받았어? 뭐 작은 거라도 준비해서 주지. 그럼 참 좋아했을 텐데, 우리 박 서방."

진영은 친근하게 박 서방이라고 말하는 인선이 신기했다.

"요새도 박 서방이 꽃 보내?"

거실 탁자 위 꽃병에 정갈해 보이는 아이리스가 꽂혀 있었다.

"올 때마다 꽃을 가져와."

"그 사람이 여길 와?"

"응. 한 달에 두세 번 정도 와. 밥이라도 한 끼 차려 주고 싶은데 나 귀찮게 하는 게 싫은지 늘 오후에 와서 차만 한잔 마시고 가."

진영은 금시초문이었다.

"왜 나한테 말 안 했어?"

"박 서방이 얘기하지 말라고 했어. 너는 시댁 일이 바빠서 잘 못 오니까 자기가 대신 오는 거라고. 진영이 네가 자기 부모 모시느라 바쁘니까 장모님은 자기가 챙기는 거라더라. 우리 박 서방, 참 볼수록 사람이 진국이야. 보통 남자들은 처가에 하나 잘하면 그걸로 죽을 때까지 사골처럼 우려먹고 생색은 있는 대로 내는데 말이야. 그렇지 않니? 박 서방, 사람 참 괜찮지 않아?"

진영은 인선에게서 고개를 돌려 화사하게 피어 있는 아이리스를 보며 말했다.

"응. 좋은 사람이야. 자기가 생각하는 것보다 훨씬 좋은 사람."

"진영이 너 행복한 거 맞지?"

인선이 조심스럽게 물었다.

행복? 낯선 단어에 진영은 인선을 돌아보며 조용히 미소 지었다.

"너, 괜찮은 거지?"

인선이 거듭 물었다.

"응."

진영은 간결하게 대답했다.

아르노로 차를 몰고 가다가 진영은 충동적으로 백화점 쪽으로 핸들을 돌렸다. 길이 막힐 것을 고려해도 시간은 넉넉하게 남아 있었다. 진영은 백화점 에스컬레이터를 타고 신사복 매장이 있는 층으로 향했다. 결혼기념일 선물로 뭘 해 줄까 생각하니 넥타이가 떠올랐다.

민호는 넥타이 쇼핑을 진영에게 맡겼지만 진영은 한 번도 직접 구입한 적이 없었다. 항상 퍼스널 쇼퍼에게 적당한 것을 챙겨 오도록 부탁했었다.

진영은 매장에 들어가 매장 한쪽 벽을 빼곡히 채운 넥타이들을 보고 패닉에 빠졌다. 색도, 패턴도, 디자인도 너무 다양했다. 직원이 소리 없이 진영에게 다가와 부드러운 미소를 띤 얼굴로 물었다.

"넥타이를 보고 계세요?"

"예."

"어느 분이 하실 건가요?"

"남편에게 결혼기념일 선물로 주려고요."

"아, 그러시군요. 남편 분 취향을 알려 주시면 제가 몇 개를 골라 드릴게요."

진영은 고개를 가로저었다.

"제가 직접 고르고 싶어서요. 신상 위주로 보여 주시겠어요?"

직원은 열 개가 넘는 넥타이를 가져와 죽 펼쳐 놓았다. 진영은 꼼꼼히 넥타이를 살폈다. 이제껏 민호의 지위를 생각해 차분하고 단정해 보이는 색깔만 골랐지만 민호는 화려하고 발랄한 분위기였다. 차라리 확 튀는 패턴과 색상의 넥타이가 오히려 잘 어울리지 않을까? 진영의 눈에 진한 노란색 넥타이가 들어왔다. 고릴라 프린트가 익살스러웠다.

"이걸로 주세요."

선물이기에 진영은 월급이 들어오는 계좌와 연동되는 체크카드로 결제를 마쳤다. 기분이 이상했다. 어쩐지 진짜 부인이라도 된 기분이었다.

납작한 상자에 넣어 곱게 포장한 넥타이를 받아 들고 진영은 아르노로 향했다. 주차장에 차를 맡기면서 진영은 망설이다가 넥타이를 그냥 차에 두고 내렸다.

민호는 화장대 위에 놓인 수첩을 흘끗 바라보았다. 진영이 늘 쓰는 워터맨 볼펜이 끼워져 있었다. 어쨌든 쓰기로 결정한 것 같았다. 자기도 모르게 민호는 미소를 지었다.

민호는 옷을 갈아입기 위해 드레스 룸으로 갔다. 바지와 셔츠를 입자 진영이 다소 긴장된 얼굴로 다가왔다.

"넥타이 어떻게 할까요? 오늘도 직접 맬 거예요?"

"당신이 골라서 매 줘."

"이건 어때요?"

진영은 어제 백화점에서 산 노란색 넥타이를 보여 주었다. 이제껏 진영이 골라 준 것과는 많이 달라 민호는 다소 놀란 얼굴을 했다.

"별로예요?"

"아니, 마음에 들어. 고릴라가 귀엽네. 못 보던 건데 언제 샀어?"

"얼마 전에요."

진영은 말을 얼버무렸다. 진영은 넥타이를 매고 한 걸음 뒤로 물러나 민호의 모습을 보았다. 생각보다 잘 어울리는 것 같아 자기도 모르게 살짝 미소가 지어졌다.

민호가 잔뜩 긴장한 목소리로 물었다.

"내가 당신을 사랑한다고 해도 우리 계약 계속할 거야?"

진영이야말로 민호가 변덕을 부려 계약을 해지하면 곤란했다. 진영은 고개를 끄덕였다. 진영은 이 사람이 주는 돈이 필요했다.

민호가 안도의 한숨을 쉬었다. 망설이던 민호가 입을 뗐다.

"내가 그렇게 싫지 않으면 나랑 연애 한번 해 보는 건 어때?"

진영은 민호를 빤히 바라보며 대꾸했다.

"제가 전에 말하지 않았던가요? 일터에선 일만 해야죠. 전 사내연애 안 해요."

"난 계속 들이대고 싶은데?"

"짝사랑은 당신 마음이죠."

"그럼 나, 당신 계속 좋아해도 되는 거야?"

"그건 당신 마음이잖아요. 난 상관없어요. 당신 돈이 필요 없어지는 순간 난 떠나요."

진영은 민호에게 그들 관계의 진실을 일깨웠다.

"나는 돈 말고 당신에게 바라는 게 없어요."

민호는 애써 아무렇지 않은 목소리로 말했다.

"장모님이 아주 오래오래 사셔야겠다. 그때까진 당신에게 내가 필요할 테니까."

"민호 씨."

진영이 민호의 이름을 불렀다. 그것만으로도 민호는 심장에 찌르르 전기가 흐르는 것 같았다.

"당신은 당신이 생각하는 것보다 더 좋은 사람이에요. 난 당신이 생각하는 것보다 더 형편없는 여자고요. 그러니까 더 좋은 여자를 찾아봐요."

"싫어."

"당신도 그랬잖아요, 모래 같은 여자라고."

"세상엔 사막을 좋아하는 사람도 있어."

민호와 진영은 가만히 시선을 맞췄다. 충동적으로 민호는 진영의 이마에 키스했다. 뜨거운 민호의 입술에 진영은 움찔하며 몸을 뒤로 뺐다. 가끔씩 사람들 앞에서 하던 키스와는 달랐다. 민호는 처음으로 자신의 솔직한 감정을 진영에게 드러냈다.

당신을 사랑해.

두 팔이 제멋대로 그녀를 안으려고 해서 민호는 팔짱을 끼고 진영을 바라보았다.

두 사람은 또 한참 동안 가만히 서 있었다. 민호의 시선은 진영에게 못 박혀 있었지만 진영은 고개를 숙인 채 발끝만 뚫어져라 바라보았다. 진영은 어서 드레스 룸을 나가고 싶었지만 민호의 시선이 온몸을 꽁꽁 묶어 버린 듯, 한 걸음도 움직일 수가 없었다. 진영은 겨우 입을 열었다.

"어서 출근해요."

"그래. 가서 열심히 돈 벌어야지. 그래야 이진영이 날 떠나지 않을 테니까."

민호의 말에 진영은 가슴이 따끔거렸다.

처음으로 진영은 민호와의 결혼을 후회했다.

드레스 룸을 나가려던 민호가 다시 몸을 돌려 진영을 보았다.

"진영아, 난 널 계속 좋아할 거야. 너도 분명히 허락했어."

"상관하지 않는다고 했어요."

민호는 뭐라 표현하기 힘든 눈으로 진영을 바라보았다.

"그래도 고마워."

진영은 심장이 또 따끔거렸다.

15

석금과 연희는 금요일에 2박 3일로 제주도로 부부동반 모임을 떠났다. 그 김에 진영은 집에서 일하는 사람들도 1박 2일로 휴가를 줬다. 알람 소리를 듣고 진영이 몸을 일으키려는데 민호가 진영을 다시 이불 속으로 끌어당겼다.

"아침 해야 해요."

"오늘은 내가 할게. 당신은 자고 있어."

"당신이 아침 준비를 어떻게 해요?"

"나가서 빵 사 올게. 당신은 좀 더 자. 이런 날이라도 늦잠을 자야지."

정말 오랜만에 갖는 단둘의 시간이었다.

민호는 진영을 침대에 남겨 두고 나갔다. 민호는 새벽에 문을 여는 베이커리에 가서 갓 구운 크루아상과 빵 오 쇼콜라를 사고, 커피점에 들러 아메리카노를 두 잔 샀다.

빵과 커피를 가지고 침실로 돌아오니 진영은 아직 자고 있었다.

민호는 빵과 커피를 테이블에 올려놓고 서재로 가 전화를 걸었다.

"성 사장님? 영일 박민호입니다. 오늘 골프는 저 빼고 가셔야 할 것 같아서요. 제가 꼭 처리해야 할 일이 생겨서요. 네. 네. 일이라는 게 그렇죠. 다음 주 중에 술 한잔하시죠. 다른 분들께도 잘 말씀드려 주세요. 네. 네."

진영은 커피와 갓 구운 빵 냄새를 맡고 눈을 떴다. 민호와 결혼하고 아침에 이렇게 게으름을 피운 건 처음인 것 같았다. 진영이 세수를 하고 옷을 갈아입고 드레스 룸에서 나오는데 민호가 방으로 들어왔다.

"좀 있으면 우리 결혼기념일인데, 뭐 받고 싶은 거 있어?"

민호가 크루아상에 버터를 바르며 물었다.

"마리아의 집에 기부해 주세요."

"기부는 매달 하고 있잖아. 당신은 뭐 가지고 싶은 거 없어?"

"없어요."

"오늘 마리아의 집에 가는 날이지?"

"네."

"내가 데려다줄까?"

"당신 골프 약속은요?"

"취소됐어."

"그럼 집에서 쉬어요. 요즘 잠이 모자라 힘들어했잖아요."

"괜찮아. 오는 길에 드라이브도 하고 맛있는 것도 먹고 쇼핑도 좀 하고 그러자."

평범한 부부가 주말을 보내는 것처럼 말이야.

"뭐 필요한 거 있어요? 미스 채더러 오라고 할까요?"

무언가 계속 대화가 어긋나고 있다는 것을, 민호도 알았고 진영도 알았다. 마치 자석의 같은 극처럼 민호가 다가가면 진영은 밀어냈다. 두 사람은 물과 기름처럼 겉돌았다.

민호는 물끄러미 진영을 바라보았고 진영은 민호의 시선을 피했다. 진영은 매달 약속된 월급 말고는 아무것도 그에게서 받으려고 하지 않았다.

"데이트하자는 거야."

진영이 곤란한 얼굴을 했다. 민호는 그쯤에서 멈췄다.

"알았어. 그럼 잘 다녀와."

민호는 자리에서 일어나 가볍게 미소를 띤 얼굴로 진영에게 말했다.

"아침 먹은 건 내가 치울 테니까 당신은 마리아의 집에 갈 준비나 해. 당신 말대로 난 집에서 푹 쉬어야겠다. 서재에 가서 보고서나 읽을게."

민호가 나가자 진영은 자기도 모르게 한숨을 내쉬었다. 밀어내도, 밀어내도 늘 민호는 그 자리에 있었다. 마치 유령과 싸우는 기분이었다. 아무리 도망치려고 해도 잘 안 됐다.

진영은 민호가 자신을 사랑한다고 했을 때 크게 신경 쓰지 않았다. 자신이 아무런 반응을 보이지 않으면 금세 차갑게 식어 휘발될 마음이라고만 생각했었다. 그러나 진영은 자신이 잘못 생각했음을 인정했다. 그러면서도 더더욱 민호가 이해되지 않았다. 왜 나를 사랑하는 거지? 난 그런 사랑을 받을 자격이 없는데. 진영은 고슴도치처럼 날카로운 가시를 세웠다. 언젠가 당신도 지칠 거야. 나조차도 사랑할 수 없는 나인걸. 그러니 제발 날 좀 내버려둬요.

진영은 자리에서 일어나 욕실로 갔다. 어쩐지 한기가 느껴졌다. 진영은 마른 기침을 두어 번 뱉어냈다.

마리아의 집에 도착한 진영은 주차장에 차를 대고 원장실로 향했다. 오늘은 만 열여덟 살이 되어 시설에서 독립하는 아이들을 위한 멘토 프로그램과 미혼모들의 독립 지원 프로그램을 의논하기 위해 온 길이었다. 결혼 후 민호는 회사를 통해 마리아의 집에 꾸준히 지원을 했다. 진영이 고마워하자 민호는 별거 아니라는 투로 대꾸했다.

"세금 때문이야."

말은 그렇게 해도 마음이 없으면 그렇게 꾸준히 지원하는 게 결코 쉬운 일이 아님을 진영은 잘 알고 있었다. 민호의 돈은 마리아의 집 아이들에게 큰 힘이 되었다. 덕분에 대학에 진학한 아이들도 여럿이었고, 직업 훈련을 받고 사회생활을 하는 아이들도 여럿이었다.

레지나 수녀는 원장실에 없었다. 진영은 원장실을 나와 지나가는 보육사 하나를 붙잡고 물었다.

"원장님은 어디 계세요?"

"별님방에 계세요. 별님방 봉사자 분이 갑자기 일이 생겨서 못 오시는 바람에 손이 많이 모자라요."

별님방은 생후 1년 미만의 아기들이 있는 곳이었다.

태어난 지 두어 달 지나 막 사람을 알아보기 시작한 아이들은 진영이 다가오는 기척에 옹알이 소리를 냈다. 안아 달라, 놀아 달라는 뜻이었다. 아직 몸도 채 가누지 못하는 아기들인데 관심과 사랑에 목말라 있었다. 그 보채는 소리가 진영은 늘 마음이 아팠다.

아기들이 가장 원하는 것은 우유도, 마른 기저귀도 아닌 안아 줄 수 있는 포근한 품과 체온이었다. 이제 낯을 가릴 때인데도 누구에게나 안아 달라고 팔을 뻗었다. 그렇게 본능적으로 보호와 애정을 갈구하는 모습이 진영은 꼭 자기 모습 같았다.

'아무리 팔을 뻗어도 네게 그걸 줄 사람은 도망쳐 버렸어.'

진영은 괜히 눈시울이 뜨거워졌다.

더욱 잔인한 것은 태어나자마자 부모의 당연한 사랑과 보호를 잃어버린 아이들에게 잠시나마의 특별한 사랑도 줘서는 안 된다는 것이었다. 아이의 엄마가 되지 않는 한 그렇게 할 수 없는 게 이곳의 엄격한 규칙이었고, 또 그래야만 했다. 이곳은 집이 아니라 보육시설이었다. 어느 아이도 특별히 좋아해서는 안 되었다. 보육원 안에서의 사랑은 늘 그랬다. 관심과 애정은 공평하게 똑같이 나누어져야 했고, 어느 누구도 특별해질 수 없었고, 주는 것 이상을 욕심내서는 안 되었다.

시설 아이들은 두 종류로 나뉘었다. 사람을 너무 쉽게 믿는 아이와 사람을 절대 믿지 않는 아이. 그러나 그 둘 다 애정에 대한 갈증과 세상에 대한 절망에서 비롯되는 것임을 진영은 경험으로 알았다.

진영은 손을 깨끗이 소독하고 옷 위에 부드러운 가운을 덧입었다. 레지나 수녀가 익숙한 손길로 아기에게 우유를 먹이고 있었다. 진영도 배가 고파 칭얼거리는 아기를 안아들고 보육사가 건네 준 우유병을 물렸다.

"아기들이 줄지 않은 것 같은데요?"

별님방 아기들은 대부분 이곳에 몇 달 정도 머물다가 새로운 보금자리를 찾아갔다.

"입양법이 개정되면서 입양 수는 줄고, 아기를 버리는 사람은 늘어서 진퇴양난이에요."

레지나 수녀는 우유병을 다 비운 아기를 안고 가볍게 등을 토닥이며 트림을 시켰다.

"예전에는 출산 전에 입양동의서와 친권 포기각서를 받으면 입양을 할 수 있었는데, 이젠 법이 바뀌어서 아기의 출생신고를 해야 해요. 그런데 미혼모들이 출생신고를 하길 두려워해서 아기를 낳자마자 버리고 가는 경우가 많아요. 입양이 되면 친부모의 가족관계기록부에 올라간 출생 기록이 삭제되는데 모든 아기가 다 입양되는 건 아니잖아요."

갑자기 화가 치밀어 올라 몸에 힘이 들어갔다. 진영이 안은 아기가 칭얼거렸다. 진영은 아기를 좀 더 편안하게 안고 우유를 먹였다. 아기가 놀라지 않게 하려고 진영은 억지로 화를 누르고 조용조용하게 말했다.

"아이에게 그것도 못 해 주나요? 아기도 최소한 자기를 이 세상에 낳은 사람이 누군지는 알아야 하잖아요. 그런데 그것 하나 못 해 줘서 아이를 버리고 가요? 원장님, 세상엔 정말 모성이라는 게 있나요? 얼마나 절박해야 자기 자식을 버릴 수 있죠?"

"그래도 지우지 않고 낳아 줬기 때문에 이 아이가 지금 여기 있는 거잖아요. 여기다 버려 줘서 난 아기 엄마에게 고맙게 생각해요."

"아이에게 어떤 짓을 하는 줄은 알고 하는 걸까요? 버려진 아이가 평생 어떤 생각을 하면서 사는 줄 알까요? 차라리 태어나지 말았으면 하고 생각할 때가 얼마나 많은지, 그 누구에게도 이런 상실감을 이해받지 못한다는 건 알까요?"

"그럼에도 삶은 축복이에요."

"저는 수녀님처럼 마음 수련을 하지 못해서인지 그렇게 생각되지 않아요. 삶이 어째서 축복인가요? 태어나자마자 아무 이유도 모른 채 부모에게 버려진 이 아이에게 그렇게 말씀하실 건가요? 삶은 축복이라고? 아무도 이 아이를 원하지 않는데도요?"

"네, 나는 그렇게 말해 줄 거예요, 삶은 축복이라고. 우리는 불행하기 위해 태어나는 게 아니라 행복하기 위해, 사랑하고 사랑받기 위해 태어나는 거예요. 살아 있으면 분명 좋은 일이 있어요."

"30년 가까이 살았는데도 좋은 일 같은 건 하나도 없었다고요."

레지나 수녀가 진영을 빤히 바라보며 말했다.

"남편을 만났잖아요. 결혼 후 베로니카 얼굴이 좋아졌어요. 많이 편해진 얼굴이에요."

많이 편해진 얼굴이라. 몸이 힘들긴 하지만 더 이상 돈 걱정을 하지 않아서겠지.

레지나 수녀는 화제를 돌렸다.

"아기 안는 자세를 보니까 베로니카도 이제 엄마가 되어도 되겠어요. 좋은 소식 기다리고 있어요."

레지나 수녀의 덕담에 진영의 얼굴이 어두워졌다. 진영은 고해성사라도 하듯 입을 열었다.

"수녀님, 전 제가 가끔 두려울 때가 있어요."

"뭐가 두려운가요?"

"제 안에 사랑이 자랄 수 있을까요? 제 안에 있는 건 증오밖에 없는 것 같아서 두려워요. 다른 사람들에게는 겉모습을 적당히 꾸미면서 거리를 두고 살면 그만이지만 자식은 그럴 수 없잖아요. 마음속에 날 버린 부모에 대한 분노밖에 없는 제가 누군가를 제대로 보살필 수 있을까요? 저는 제 자신을 믿을 수가 없어요."

"절대 그렇지 않아요. 성실하고 열심히 살아온 지난 시간을 부정하지 말아요."

진영은 지금껏 누구에게도 하지 않았던 고백을 했다.

"제가 얼마나 못된 사람인지 아세요?"

레지나 수녀는 영문을 모르겠다는 눈으로 진영을 바라보았다.

"전 엄마를 원망했어요."

"그거야 당연한 일이죠. 베로니카를 그렇게 힘들게 하고 버렸으니까."

"아뇨. 친모가 아니라 절 키워 주신 분이요. 전 엄마를 원망했어요. 날 구해 준다고 해 놓고 여기에 맡겼다고요. 저는 형편없는 거짓말쟁이예요. 나쁜 사람이에요. 착한 딸이 되지 않으면 다시 이곳으로 돌아올 것 같아서 늘 착한 척하며 살았어요. 한 번도 엄마에게 진심을 털어놓지 않았어요. 이런 배은망덕한 제가 누군가에게 사랑을 받을 수 있을 거라고, 그렇게 생각하세요?"

진영이 인선을 처음 본 건 병원 응급실에서였다. 외할머니가 세상을 떠난 후 진영은 집에 홀로 남겨졌다. 한겨울에 온기라곤 없는 집에 먹을 것도 없었다. 진영이 기억하는 것은 배가 고팠다는 것과 추웠다는 것뿐이었다. 한참 후에야 진영은 어쩌면 그 여자가 자기가 죽길 바라고 집을 비운 게 아니었을까 하는 생각이 들었다.

얼마나 모질어야 자식이 죽길 바랄 수 있을까? 하긴 나 역시 모진 걸 보면 그 여자 핏줄이 맞긴 맞나 보다.

출생신고도 되어 있지 않았으니 죽더라도 진영이 이 세상에 있었던 흔적은 거의 없었다. 동네 사람들이나 기억했을까? 그 사람들은 진영이 죽든 말든 아무런 상관 없는 사람들이었다.

깨어난 진영을 보고 인선은 울었다. 폐렴이 심해 한때는 의사가 죽을 수도 있다고 했단다. 앙상하게 마른 몸을 부여잡고 엉엉 우는 인선을 보며 진영은 진짜 엄마가 나타난 게 아닐까 생각했다.

인선은 외할머니나 인숙과는 달랐다. 때리지도 않았고 욕을 하지도 않았다. 진영을 씻기고 옷을 갈아입히는 손길이 따뜻하고 부드러웠다. 잠들기 전까지 이야기책을 읽어 줬고, 진영에게 장난감과 그림책도 선물로 줬다.

진영은 인선이 좋았다. 인선이 자기를 데려가 줬으면 좋겠다고 간절히 빌었다.

병원에 입원하고 한참이 지난 후에 그 여자가 나타났다. 병실 밖에서 두 사람은 목소리를 높여 가며 싸웠다.

"그렇다고 애를 저대로 놔둘 수는 없잖아."

"언니가 무슨 상관이야? 죽이든 살리든 내 새끼야. 상관하지 말라고."

"이미 넌 한 번은 저 아일 죽일 뻔했어. 네가 이런 식으로 나오면 너와 결혼할 그 남자에게 사실을 다 알릴 거야. 내 말 들어."

"그러기만 해. 내가 언니 가만 놔둘 줄 알아!"

진영은 인선이 이기기를 간절히 바랐다. 그런데 어느 날 인선은 '다음에 다시 보러 올게.'라고 말하고 사라졌고, 며칠 후 인숙은 열흘 후에 데리러 오겠다고 말하고는 진영을 마리아의 집에 맡겼다. 진영은 두 사람에게 동시에 버려진 기분이었다.

그때 인선은 미국에 있었고, 입양을 하려면 남편과 진형의 동의와 이해를 구해야 했다. 인터넷이 있던 시절도 아니니 인선이 진영에게 자주 연락을 하는 것은 힘들었을 것이다. 겨우 생일과 크리스마스에 선물과 카드를 보내는 정도였다. 나중에야 사정을 듣고 그럴 수밖에 없었다는 것을 머리로는 이해했지만 마음은 아니었다. 진영은 인선에게 버려졌다는 생각을 지울수 없었다. 잠깐 맛본 따스함이 그렇게 쉽게 사라질 줄 진영은 몰랐었다.

언제까지나 인선이 보호해 줄 줄 알았는데, 인선은 떠나 버렸고, 자신은 보육시설에 맡겨졌다. 2년 후 한국에 영구 귀국한 인선이 진영을 입양하기 위해 마리아의 집에 찾아왔을 때 진영은 자신에게 내민 인선의 손을 쉬 잡을 수 없었다.

이건 또 무슨 변덕일까? 인선의 눈물에도 진영은 마음이 흔들리지 않았다. 진영은 겨우 마리아의 집에 적응한 터라 인선의 등장이 반갑지 않았다. 다들 입양되는 진영을 부러워했지만 진영은 또 버림받으면 어떡하나 하는 마음뿐이었다.

인선은 진영을 입양해 집으로 데려갔다. 엄마뿐만이 아니라 아빠와 남동생도 생겼다. 동화책에서나 봤던 예쁜 방이 진영을 위해 준비되어 있었고, 가족 모두 진영에게 친절했다. 그러나 진영은 그 사람들을 믿을 수 없었다. 이 모든 게 짓궂은 장난 같았다. 그때처럼 며칠 돌봐 주다가 다시 나를 시설로 돌려

보내겠지. 그때처럼 바보같이 믿고 있다가 버림받고 싶지는 않았다. 진영은 마음의 빗장을 단단히 걸어 잠갔다.

하루이틀, 함께 지내는 날들이 길어졌고, 자기에게 아낌없이 베풀어지는 따스함에 천천히 마음이 녹아내렸다. 하지만 마음이 녹아내릴수록 진영은 초조해졌다. 다시 버려진다면 어떻게 해야 하지? 한 번 버렸는데 두 번 버리지 못할 리 없잖아. 나는 이 사람의 친딸이 아니야. 이 사람은 착한 사람이니까 내가 불쌍해서 거두어 주는 거야. 그러니까 절대 말썽을 부려선 안 돼. 누구나 칭찬할 만한 착한 아이가 되어야 해. 내 마음속에 있는 시커먼 생각들을 절대로 들켜선 안 돼. 내가 어떤 아이인지 안다면 엄마, 아빠는 날 다시 버릴 거야. 난 사랑받을 만큼 진짜 착한 아이가 아니니까.

진영은 단 한 번도 맨 얼굴을, 맨 마음을 인선과 다른 가족에게 보여준 적 없었다.

"신은 절 사랑할 수 있을지 몰라도 인간은 절 사랑할 수 없어요. 제 진짜 모습을 안다면 절 버릴 거예요. 질려서 도망쳐 버리겠죠."

"난 베로니카가 겁쟁이에 응석받이라고 생각해요."

"네?"

뜻밖의 말에 진영은 얼이 빠지는 기분이었다. 레지나 수녀는 마치 야단이라도 치는 듯한 얼굴로 진영을 바라보며 입을 열었다.

"이제 베로니카는 아이가 아니잖아요. 그때의 베로니카는 선택이란 걸 할 수 없었어요. 그러나 지금은 다르잖아요. 베로니카는 어떻게 살고 싶은지 스스로 결정할 수 있을 만큼, 잘못된 것을 바로잡을 수 있을 만큼, 누군가를 도울 수 있을 만큼 자랐어요. 마음속 어린아이에게 자기 인생을 맡겨 버리지 말아요. 이제 베로니카는 버림받고 울고 있는 여섯 살짜리 아이가 아니에요. 상처가 인생을 휘두르게 하지 마요."

레지나 수녀는 이곳을 거쳐 간 수많은 아이들에게 수백 번도 넘게 했던 말을 했다.

"사랑하는 것을 두려워하지 말아요. 내가 베로니카가 세상에 태어나길 원했어요. 베로니카의 양어머니와 양아버지, 남동생도요. 베로니카의 남편도 간절히 바랐어요. 제발, 그걸 믿어 줘요. 베로니카는 베로니카를 사랑하지 않는 사람들의 생각이 베로니카를 사랑하는 사람들의 생각보다 더 중요한 건가요? 베로니카는 몸과 마음이 다 아름답고 건강한 여자예요. 베로니카 안에 괴물 같은 건 없어요."

하지만 진영은 그 말을 믿을 수 없었다.

'아뇨. 제 몸에는 제 자식이 죽길 바랐던 여자의 피가 흘러요. 제 자식 얼굴 한 번 보지 않았던 남자의 피가 흘러요.'

진영은 우유를 다 먹은 아기를 침대에 눕혔다. 침대가 등에 닿자 아기의 얼굴이 일그러졌다. '흐앵흐앵' 하는 소리를 내며 다시 안아 달라고 했지만 진영은 고개를 돌렸다.

별님방 봉사를 마치자 점심시간이었다. 점심 생각이 없어서 진영은 도서실로 발길을 돌렸다. 도서실은 여러모로 진영에겐 추억이 가득한 공간이었다.

여러 사람과 어울려 자라지 못한 진영은 단체 생활에 서툴 렀다. 도서실은 진영이 찾은 안전한 곳이었다. 촘촘하게 책이 꽂힌 서가 안에 몸을 숨기고 있으면 보호받는 것 같았다.

진영은 서가를 천천히 돌아보며 유난히 아이들이 많이 빌 려가 책등이 나달나달한 책을 손으로 쓸어 보았다. 《빨간 머리 앤》, 《집 없는 소녀》, 《집 없는 소년》, 《라스무스와 방랑자》, 《비밀의 화원》, 《키다리 아저씨》, 《한밤중 톰의 정원에서》.

동화에는 고아가 주인공인 책이 참 많았다. 그리고 동화답 게 하나같이 행복한 결말을 맞았다. 앤은 초록지붕집 아이가 되어 길버트와 결혼을 했고, 라스무스는 방랑자의 아들이 되었 다. 메리는 비밀의 화원에서 콜린과 디콘을 만났고, 제르샤는 키다리 아저씨와 사랑에 빠졌다.

진영은 도서실 구석에 몸을 웅크리고 앉았다. 어릴 때는 그 토록 높고 커다랗던 책의 성이 지금은 낮고 작아 보였다. 진영 은 서가로 손을 내밀어 어렸을 때 제일 좋아했던 《어린 왕자》 를 뽑았다. 진영은 시간 가는 줄 모르고 한참 동안 책을 넘기다 가 책장을 넘기던 손을 멈췄다. 진영은 여우가 하는 이야기를 천천히 눈으로 읽어 내려갔다.

나한테 넌 보통 아이들과 똑같은 사내아이에 지나지 않아. 그리고 나한테 네가 필요하지도 않지. 너도 내가 필요하지 않을 테고. 왜냐하면 너한테 나는 수많은 여우 중 한 마리에 불과할 테니까. 그런데 만약 네가 나를 길들이게 된다면, 우린 사이가 좋아져서 서로 헤어지기 싫을 거야.

진영은 책에서 시선을 떼고 멍하니 허공을 바라보았다. 내가 누군가에게 길들여지면, 누군가를 길들이면 어떻게 될까? 과연 그런 일이 있을 수 있을까? 그건 어떤 느낌일까? 진영은 책을 덮고 책장에 꽂은 후 자리에서 일어났다. 누군가의 단 한 사람이 되어 길들여지고 길들이는 것, 그것이야말로 정말 동화 같은 일이었다.

'그런 일이 나한테 일어날 리 없잖아.'

진영은 쓸쓸한 미소를 지으며 도서실을 나섰다.

결혼 2주년 기념일, 진영과 민호는 아르노에서 식사를 했다. 디저트에 커피 대신 샴페인을 곁들였다. 연한 핑크빛 샴페인이 담긴 잔을 가볍게 부딪치며 민호가 말했다.

"수고 많았어."

"돈 받고 한 일인데요."

민호는 진영의 모습이 털을 잔뜩 곤두세운 고양이 같다는 생각을 했다. 지난 1년 동안 진영은 늘 그렇게 선을 그으려고 했다. 그래도 도망가지 않았으니까, 민호는 그것에 위안을 받았다. 민호는 진영에게 아무것도 기대하지 않았다. 지금처럼 그녀가 곁에 있는 것, 그리고 어쩌면 그녀가 변할 수도 있다는 작은 바람, 그것이 전부였다.

지나치리만큼 순조롭게 지나간 1년이었다. 민호는 회사에서 입지를 다지고 있었고, 석금도 몇 년 안에 은퇴를 해야겠다는 뜻을 내비쳤다.

"이거."

잠시 망설이다가 진영은 준비한 선물을 테이블 위에 올려놓았다. 민호의 두 눈이 거짓말을 보태지 않고 등잔만큼 커졌다. 예상하지 못했던 선물에 놀란 것 같았다. 민호는 허둥지둥 리본을 풀고 포장지를 뜯었다. 은으로 된 커프스단추였다.

"받기만 하는 게 그래서 준비했어요."

"고마워. 앤틱이야?"

"전에 어머님 따라간 자선 경매에서 샀어요. 당신한테 어울릴 것 같아서요."

민호는 미소를 지었다.

"도서관 고마워요."

진영은 민호에게 2주년 선물로 마리아의 집에 기부를 해 달라고 했다. 그렇게 서로 안 주고 안 받고 지나가려고 했다. 그런데, 어제 레지나 수녀로부터 전화가 왔다. 민호가 마리아의 집에 도서관을 지어 주기로 했다는 거였다.

아이들의 문화생활을 늘 아쉬워하던 레지나 수녀는 기뻐서 어쩔 줄 몰라 했다. 예전에 진영이 도서실을 좋아했었다고 말한 것을 민호가 기억하고 있었던 게 분명했다. 그런 큰 선물을 받아 놓고 아무것도 주지 않을 수는 없었다. 그건 양심 불량인 것 같았다.

"내가 짓는 것도 아니고 내 돈으로 짓는 것도 아닌데 뭐. 아버지도 좋은 생각이라고 하셨어. 대학에 진학하는 애들 학비와 생활비도 계속 지원하기로 했어. 저번에 언론에서 취재를 한 후에 회사 이미지가 좋아졌다고 내부 평가가 좋아. 당신 덕이야. 당신 덕에 회사는 헛돈 안 쓰고, 필요한 사람은 도움을 받게 됐어."

민호는 한 번도 생색을 낸 적이 없었다. 이 정도면 충분히 그래도 되는데 그는 그러지 않았다. 그보다 적게 해 준 사람도 진영이 진저리가 날 만큼 생색을 냈었다. 진영의 생모는 단지 낳아 준 것만으로도 그렇게 생색을 내지 않았던가.

당신은 왜 내게 그러지 않는 거지? 왜 당신은 늘 당신이 내게 해 준 일들이 별거 아니라고 말하는 거야?

민호는 행복한 얼굴로 당장 진영이 준 커프스단추를 옷소매에 끼웠다.

"어때? 잘 어울려?"

"썩 잘 어울리는 것 같진 않은데요."

진영은 솔직히 말했다.

"난 마음에 들어."

민호는 진영의 선물에 용기를 얻어 입을 열었다.

"우리 이대로 계속 사는 건 어때?"

"네?"

"당신만 좋다면 난 우리 결혼을 진짜로 만들어 보고 싶어."

"난 싫어요."

진영의 거절에도 민호는 그냥 미소를 짓기만 했다. 그 미소가 진영은 아렸다.

"난 후회해요. 당신과 결혼한 것."

"왜? 내가 당신을 좋아해서?"

"겁이 나요."

"뭐가 겁이 나는데?"

"암 걸릴까 봐요."

민호는 그냥 웃었다. 진영이 하는 일이 많긴 했다. 그렇지만 진영은 힘들다는 내색을 하지 않았다. 참 나쁜 버릇이었다.

"분가할래?"

진영은 민호를 말끄러미 바라보았다.

"분가하면 많이 편해질 거야. 당신 시간도 많이 낼 수 있을 테고."

"민호 씨, 난 한 번도 당신과 당신 부모님에게 나 자신인 적이 없어요."

그 말에 민호는 움찔했다.

"완벽한 아내, 완벽한 며느리로 살아 달라고 했고 난 그렇게 했어요. 우리 결혼을 진짜로 만들자는 건 당신과 내가 가족이 되고, 당신 부모님과 내가 가족이 되자는 건데, 난 그러고 싶지 않아요. 당신 부모님도 변한 내 모습을 받아들이지 못하실 테고요."

"진영아."

"이대로 살게 해 줘요."

민호가 한없이 연약한 얼굴로 중얼거렸다.

"그래. 네 마음대로 해."

진영은 기분이 이상했다. 이 계약의 주도권은 당신이 쥐고 있는데 왜 항상 당신이 약자의 얼굴을 하는 거지?

진영은 저녁 식사를 준비할 때부터 머리가 띵하고 열이 올랐다.

"작은 사모님, 어디 안 좋으세요?"

"몸살이 오려나 봐요. 차 실장님이 음식 간 좀 봐 주시겠어요? 맛을 모르겠어요."

"간은 작은 사모님이 보셔야 하는데. 회장님 입맛은 작은 사모님밖에 못 맞추시잖아요."

차 실장은 걱정스러운 얼굴로 저녁 식탁에 올릴 굴비찌개의 간을 봤다. 영천댁이 초파일 즈음에 알이 밴 통통한 조기를 직접 말려서 만든 굴비로 끓인 찌개였다.

"괜찮은 것 같은데요."

"차 실장님이 괜찮다면 괜찮을 거예요."

"작은 사모님, 올라가세요. 저희가 알아서 할게요."

"저녁 식사만 챙기고요."

석금은 맛있게 밥 한 공기를 뚝딱 비웠다.

"거, 어머니가 끓인 거랑 맛이 아주 똑같다."

석금이 식사 시중을 드는 진영에게 칭찬을 했다. 연희도 지나가는 말로 오이열무물김치가 잘 익었다고 말했다. 칭찬에 인색한 연희로서는 최고의 찬사였다.

"오늘 민호랑 점심은 잘 먹었니?"

"네. 아르노에서요."

"난 거기 음식 좋은 줄 모르겠더라. 양도 적고 더럽게 비싸고."

진영은 살짝 미소로 대답을 대신했다. 열이 나서 어지러웠다. 내색하지 않으려고 애쓰다 보니 더 힘들었다.

"차 실장님, 뒷정리 좀 부탁드릴게요."

"어서 올라가세요."

민호는 저녁 모임이 있어 11시가 넘어서야 집에 올 예정이었다.

"그 사람 와서 혹시 출출하다고 할지 몰라요."

"아유, 알아서 할게요. 빨리 가서 쉬세요."

진영은 잠옷으로 갈아입고 침대에 누웠다. 추웠다. 온몸의 체액과 피가 얼어붙을 것처럼 추웠다. 이불 속으로 파고 들어가 몸을 웅크렸지만 추위는 조금도 나아지지 않았다. 몸이 펄펄 끓는 듯이 열이 났지만 추웠다. 추워서 죽을 것만 같았다.

'나는 버려진 여섯 살짜리 꼬마가 아닌데 왜 여전히 이렇게 춥지?'

진영은 한기와 열을 동시에 느끼며 생각했다.

집에 들어온 민호는 뭔가 기분이 이상했다. 늘 마중 나오던 진영이 아니라 차 실장이 민호를 맞이했기 때문이다.

"그 사람 자요?"

아무리 늦게 와도 늘 민호를 기다리던 진영이었다.

"몸이 안 좋으신가 봐요."

"어디가 어떻게 아픈데요?"

"몸살이라고, 약 드시면 된다고 하셨어요."

민호의 날카로운 눈빛에 차 실장은 어찌할 바를 몰랐다.

"뭘 좀 먹었어요? 빈속에 약 먹으면 안 되잖아요."

"저, 그게……."

"차 실장님, 참 무심하시네요."

민호는 괜히 차 실장에게 화를 내고는 빠른 발걸음으로 계단을 올라가 침실 문을 열었다. 진영이 침대에 웅크리고 누워 있었다.

"진영아."

이불로 몸을 둘둘 만 진영은 열이 심해 눈도 뜨지 못했다.

"진영아, 나 왔어. 많이 아파?"

살짝 이마에 손을 댄 민호는 소스라치게 놀랐다. 이마가 열로 펄펄 끓고 있었다. 서둘러 체온기를 찾아 체온을 재니 40도였다.

"진영아, 병원 가자. 열이 40도야. 바보같이 왜 아무 말도 안 했어?"

억지로 눈을 뜬 진영이 멍하니 민호를 바라봤다.

"어서 응급실 가자."

진영은 힘없이 고개를 저으며 입을 열었다.

"해열제 먹었어요. 병원 안 가도 돼요. 응급실 가도 수액이랑 해열제밖에 안 줘요. 그냥 내버려 둬요."

민호는 욕실에 가서 차가운 물에 수건을 적셔 왔다. 일단 열을 내려야 할 것 같았다. 수건을 이마에 대자 진영은 진저리를 쳤다.

"추워요. 저리 치워요. 하지 마."

진영이 아이처럼 칭얼거렸다.

"이래야 열이 내려."

진영이 고통스러운 신음 소리를 냈다.

"추워. 너무 추워요."

열이 펄펄 끓는데 춥다고 하니 민호는 미칠 것 같았다. 생각다 못한 민호는 침대에 누워 진영을 안았다. 진영은 민호의 품에서 벗어나려고 버둥거렸지만 민호는 놓아주지 않았다. 몇 분후, 진영의 떨림이 멈추었다. 민호는 조금 안심이 되었다.

이유를 알 수 없지만 진영은 더 이상 한기를 느끼지 않았다. 그러나 진영은 그 온기가 싫었다. 언젠가 사라질 온기였다. 그 온기에 길들여질까 봐 두려웠고, 민호가 그 온기를 자기에게도 달라고 할까 봐 두려웠다. 제발 날 녹이려고 하지 마. 그러나 진영을 감싼 민호의 두 팔은 단단했다. 절대로 놓아주지 않겠다는 의지가 느껴졌다.

"당신, 싫어."

진영이 나지막하게 중얼거렸다. 그러거나 말거나 민호는 진영을 품에서 놓지 않았다.

"당신, 정말 싫다고."

"그거, 큰 발전이네."

민호는 진영을 감싼 두 팔에 더 힘을 주면서 대꾸했다.

"너에게 난 아무것도 아니었는데 이젠 싫은 사람이 된 거 잖아."

출근 시간이 가까워졌지만 민호는 옷을 갈아입지 않았다. 석금의 출근 준비가 끝났다는 말을 듣고 민호는 평상복 차림으로 내려갔다. 잠을 자지 못해 민호의 얼굴은 푸석푸석했다. 진영은 열이 밤새도록 40도 전후를 왔다 갔다 하다가 새벽이 되어서야 겨우 37도로 떨어졌다. 그제야 진영은 잠이 들었다.

"잘 다녀오세요."

석금은 느닷없는 민호의 인사에 눈만 둥그렇게 떴다. 연희가 물었다.

"넌 오늘 출근 안 해?"

"진영이가 많이 아파서요."

당연한 소리를 왜 묻느냐는 듯 민호가 말했다.

"죽을 병 걸렸니? 몸살 가지고 야단이야. 어서 출근 준비하고 내려와."

"밤새도록 열에 시달렸다고요."

"애가 정말. 진영이가 아프지, 네가 아파?"

연희는 어이가 없었다.

"집사람이 아플 때 옆에 있어 주지도 못하면서 돈 벌고 싶지 않아요."

민호는 당당했다.

"집에 있는 사람이 어련히 잘 돌보려고."

"아버지, 저 오늘 결근하면 자르실 건가요?"

"됐다. 하루 쉬면서 새아기 잘 간호해라."

"여보!"

"놔둬."

석금을 보는 연희의 눈빛이 못마땅함으로 가득했다. 연희는 민호가 아니라 석금이 못마땅해 죽을 지경이었다. 연희가 아파서 입원을 해도 문병 한번 오지 않던 석금이 원망스러웠다.

"새아기가 빨리 나아야 당신도 편하지."

그 말에는 연희도 마음속으로 동의했다. 당장 오늘 아침만 해도 진영이 없으니 뭔가 어수선했고 식사 역시 마음에 들지 않았다. 연희는 진영의 부재가 이렇게 금방 느껴질 줄은 몰랐다. 오후 쇼핑을 취소하고 늘 진영을 내보냈던 모임에 나가야 하는 상황에 연희는 살짝 짜증이 났다.

석금은 늘 보던 얼굴이 보이지 않자 허전했다.

"그래도 저놈은 날 안 닮아 다행이잖아. 쟤들 사네 못 사네 하면 피곤해지는 건 우리야."

결국 석금은 연희에게 한 소리를 하고 출근했다.

연희는 2층으로 올라가려던 민호를 붙잡았다.

"어디가 안 좋은 건데?"

"몸살인가 봐요. 열이 안 떨어져서 걱정이에요."

연희는 생각에 잠겼다. 그리고 아주 오래전 민호를 임신했을 때를 떠올렸다.

"혹시 임신 아니니? 임신했을 때도 몸살 비슷한 증상이 있어. 열나고 피곤하고 그래."

"임신 아니에요."

"네가 그걸 어떻게 알아? 너희 피임하니?"

"어머니가 아이 좀 이따 가지라고 하셨다면서요."

연희는 당황했다. 오래전에 한 말이라 그동안 잊고 있었다.

"걔는 그냥 해 본 소리를 곧이곧대로 들어? 정말 걔한텐 무슨 말을 못 하겠다. 무슨 애가 융통성이 없어. 너한테 뭐라고 말했어? 내가 애도 낳지 말라고 난리 쳤다고 그래?"

민호는 살짝 한숨을 쉬며 대꾸했다.

"집안일 손에 익을 때까지 애는 좀 미루라고 그러셨다고 그랬어요. 우리 집 살림이 좀 크고 복잡해요."

민호는 연희를 두고 2층으로 올라갔다. 발소리를 죽이고 침실을 향해 걸었다. 민호는 기척을 한껏 죽이고 침실 문을 살짝 열었다. 이불을 몸에 감고 웅크린 채 진영이 곤히 자고 있었다. 숨소리가 골랐다. 민호는 조금 마음이 놓였다. 다시 열이 오르지 않을까 걱정이 되어서 민호는 어젯밤 진영의 열이 내린 후에도 잠을 자지 못하고 10분 간격으로 열을 쟀다. 민호는 진영의 잠을 깨우지 않으려고 서재로 갔다.

서재에서 똥 마려운 강아지마냥 왔다 갔다 하던 민호는 처남 진형에게 전화를 걸었다. 두 번을 걸었지만 진형이 전화를 받지 않자 민호는 진영이 많이 아프다는 문자를 보냈다. 5분 후 전화가 걸려 왔다.

— 회의 중에 잠깐 나온 거라 전화 길게 못 받아요.

진형은 회계사 시험에 합격한 후 회계법인에서 실무 수습을 하고 있었다.

— 누나가 어디가 아파요? 얼마나 안 좋은데요?

"열이 심하게 나."

— 아.

뭔가 잘 안다는 뉘앙스였다.

"병원에 데려가려고 했는데 해열제만 먹으면 된다고 고집을 부려. 처남이 한마디해 주면 갈 것 같아서 전화했어. 장모님한 테는 걱정하실 것 같아서 전화 못 했어."

— 그거, 병원 가도 안 나아요.

"뭐?"

— 누나, 이삼 년에 한 번은 이유 없이 열이 막 올라요. 열이 펄펄 끓는데 막 춥다고 그러죠?

"응."

— 처음엔 너무 놀라서 응급실에 데려가고, 병원에서 별 검사를 다 했는데 원인을 알 수가 없었어요. 이삼일 해열제 먹으면서 푹 쉬는 거 말고는 방법이 없어요.

"밤새도록 열이 40도가 넘었다고! 별짓을 다 해도 열이 37도 까지밖에 안 떨어져."

진형의 목소리는 여전히 침착했다. 여러 번 겪어 봐서인지 여유가 있었다.

— 걱정 마세요. 그래도 많이 나아진 거예요. 옛날에는 거의 일주일 동안 열이 펄펄 끓고, 열꽃이 온몸에 나서 홍역 앓는 거 아니냐고 할 정도였어요.

진형은 목소리를 낮춰서 말했다.

— 누나가 어렸을 때 폐렴을 심하게 앓은 적이 있어요. 영양실조까지 겹쳐서 그때 죽을 뻔했대요. 트라우마가 남아서 그런 것 같아요. 이유 없이 열이 며칠씩 계속되다가 또 멀쩡해져요.

"폐렴? 영양실조?"

— 그 미친 여자가 한겨울에 누나를 혼자 집에 버려두고 며칠이나 집을 비웠대요. 엄마가 가지 않았으면 누나 그때 죽었을지도 몰라요. 어쩌면 죽길 바랐을지도 모르죠.

진형의 목소리에서 분노가 느껴졌다. 민호 역시 분노가 치밀어 올랐다.

— 누나, 그렇게 열 오르면 아무것도 못 먹어요. 복숭아 통조림, 그것만 먹어요.

"진영이가 복숭아를 좋아해?"

— 아뇨. 복숭아가 아니라 복숭아 통조림이요. 그냥 복숭아는 안 먹어요.

거참 별난 입맛이네. 그 달기만 한 걸 무슨 맛으로 먹어? 복숭아 맛도, 향도 안 나고 설탕 맛밖에 안 나는데. 게다가 지금은 제철이라 한창 복숭아가 맛있을 때인데.

— 황도로 사다 주세요. 백도는 잘 안 먹어요. 차갑게 해서

통조림 안에 들어 있는 시럽이랑 같이 주면 좋아해요. 누나, 아플 때는 늘 그것만 찾아요.

고급 정보였다. 민호는 주방으로 가서 차 실장을 찾았다.

"복숭아 통조림 있어요?"

"복숭아 통조림이요? 없는데요. 복숭아는 있는데, 깎아 드릴까요?"

"아뇨. 괜찮습니다. 앞으로 복숭아 통조림 떨어뜨리지 마세요. 황도로요."

"네."

별난 주문이다 싶었지만 차 실장은 순순히 그러겠노라고 말했다.

민호는 서둘러 차를 몰고 가까운 백화점 식품매장으로 가 통조림 코너에서 다양한 회사에서 나온 황도 복숭아 통조림을 모조리 카트에 담았다.

민호는 집으로 돌아와 주방에 얼음과 아이스버킷을 부탁하고 방으로 올라갔다.

민호는 한참 동안 진영이 깨기를 기다렸지만 진영은 깰 기미가 보이지 않았다. 민호도 피곤해서 진영 옆에 누워 진영의 이마에 손을 대 보았다. 여전히 뜨거웠지만 숨소리는 골랐고 잠이 든 얼굴은 편안해 보였다. 어제처럼 한기를 느끼는 것 같지도 않았다.

어제 진영이 끙끙 앓는 것을 보았을 때는 정말 무서웠다. 그리고 지금도 여전히 겁이 났다. 지금이라도 당장 병원에 데려가야 하는 게 아닌가 걱정이 되었다. 곁에서 지켜보다가 상태가 안 좋아지면 진영이 뭐라고 하든 당장 병원에 데려갈 생각이었다. 잠시 누워 있으려던 민호는 자기도 모르게 잠이 들고 말았다.

먼저 잠이 깬 건 진영이었다. 여전히 열 때문에 어질어질했다. 진영은 바로 옆에 누워서 잠이 든 민호를 바라보았다. 밤새도록 곁을 지켜 주던 민호가 생각났다. 이상했다. 그렇게 추웠는데, 이 사람이 안아 주니까 더 이상 춥지 않았다. 그래서 싫었다. 그런 온기를 알고 싶지 않았다. 자기도 모르게 진영은 민호의 얼굴을 살짝 만졌다. 그 서슬에 민호가 잠에서 깼다.

민호는 눈을 뜨자마자 진영의 이마에 손을 댔다. 여전히 뜨거웠다. 민호는 협탁에 올려 둔 체온계로 진영의 체온을 쟀다.

"37도 5부. 왜 이렇게 열이 안 떨어지지?"

혼잣말처럼 중얼거리다가 민호가 진영을 보며 물었다.

"복숭아 통조림 먹을래?"

"복숭아 통조림이요?"

진영은 눈을 크게 떴다.

민호는 아이스버킷에서 차게 식힌 복숭아 통조림들을 꺼냈다. 시간이 지나 얼음은 다 녹았지만 통조림은 차가웠다.

"어느 걸 좋아하는지 몰라서 마트에 있는 건 다 사 왔어."

협탁에 죽 늘어서 있는 복숭아 통조림들을 보자 진영은 어쩐지 웃음이 나올 것 같았다.

폐렴으로 입원했을 때 인선이 줬던 복숭아 통조림을 진영은 시럽까지 다 마셨었다. 세상에 이렇게 맛있는 게 또 있을까 싶었다. 그 후 입맛이 없거나 몸이 아플 때면 죽은 안 넘어가도 복숭아 통조림은 넘어갔다. 인선은 진영을 위해 복숭아 통조림을 집에서 떨어뜨리지 않았다. 복숭아 통조림을 보자 열 때문에 바싹 말랐던 입안에 침이 돌았다.

민호는 복숭아 통조림을 따서 시럽과 함께 유리그릇에 담아 진영에게 주었다. 진영은 스푼으로 복숭아와 시럽을 함께 떠서 씹는 둥 마는 둥하고 삼켰다. 순식간에 여덟 조각이 들어 있는 복숭아 통조림 하나를 시럽까지 깨끗이 비웠다. 차가운 시럽이 식도를 타고 내려가자 열이 내리는 기분이 들었다.

"하나 더 먹을래?"

진영은 고개를 저었다. 목까지 복숭아가 꽉 찬 기분이었다.

"바로 누우면 속 안 좋아. 등 기대고 좀 앉아 있다가 누워."

민호는 베개를 침대 헤드에 대고 진영이 기대게 했다. 그리고 욕실에서 따뜻한 물에 적신 수건을 가져와 진영이 손과 얼굴을 닦게 했다. 진영은 시계를 보고 깜짝 놀랐다. 11시가 넘어 있었다.

"당신, 회사는요?"

"안 가."

"왜요?"

"네가 아프잖아. 간호해야지."

"말도 안 되는 소리 말고요. 왜 안 갔어요?"

"넥타이를 매 줄 사람이 없어서."

"무슨 소릴 하는 거예요?"

민호는 웃었다.

"왜 웃어요?"

"네가 아프니까 좋아서."

진영은 얼굴을 찌푸렸다.

"내가 아픈 게 왜 좋은데요?"

"내가 너한테 필요한 존재 같아서."

민호는 미소를 지으며 땀에 젖은 진영의 머리카락을 살며시 만졌다.

"진영아, 나 오래오래 건강하게 살 거야. 돈도 많이 벌 거야, 아주 많이. 아버지가 유산 한 푼 물려주지 않으셔도 평생 네가 돈 걱정하지 않고 살 수 있게 열심히 일할 거야."

꼭 유치원생이 좋아하는 여자애에게 '나중에 내가 뭐도 사 주고 뭐도 해 줄게.'라고 약속하는 듯한 말투였다. 진영은 자기보다 여섯 살이나 많은 민호가 귀여워 보였다.

"무슨 소릴 하는 거예요?"

"이진영이 아파서 정신이 혼미한 틈을 탄 깨알 같은 자기 홍보."

진영은 자기도 모르게 웃고 말았다.

"나 당신한테 별도 따 줄 수 있어."

"별은 어떻게 따요?"

민호는 자신만만한 얼굴로 말했다.

"운석이 별 조각이잖아. 얼마 전에 검색을 해 봤는데, 그거 인터넷으로도 팔더라고. 참 좋은 세상이지? 별도 인터넷으로 살 수 있으니."

"달은 안 돼요?"

"나사를 털어야 하나? 나사에 월석이 있다고 하던데."

또다시 진영은 웃고 말았다. 웃다가 사레가 들려 쿨럭거렸다. 민호는 재빨리 진영에게 미지근한 물을 건넸다. 물을 마시고 나서도 기침은 한참 후에야 겨우 진정이 됐다.

"내가 그렇게 좋아요?"

"응. 점점 더 좋아져."

"도대체 내 어디가 좋은 건데요?"

그 누구도 진영의 내면이 사막이라는 것을 몰랐다. 그런데 민호는 그것을 처음부터 꿰뚫어 보았다. 진영의 능숙한 연기와 위장에 속지 않았다. 민호는 이 세상에서 진영의 본모습을 아는 유일한 사람일지도 몰랐다.

그런데도 왜 나를 사랑하는 걸까? 물기라고는 하나도 없는 사막 같은 나를 알면서도 왜 당신은 내가 좋다고 하는 걸까? 왜 매몰차게 밀어내도 당신은 떠나지 않는 걸까?

민호의 얼굴에서 장난기와 웃음기가 사라졌다.

"다른 사람에게 난 그냥 평범한 물웅덩이겠지만, 당신이 사막이어서 내 물웅덩이는 오아시스가 되는 거야. 당신이 날 오아시스로 만드는 거야."

민호의 눈빛이 반짝였다. 민호의 눈빛이 묻고 있었다.

키스하고 싶어. 키스해도 돼?

진영이 고개를 돌리거나 눈빛을 피하면 민호도 더 이상 요구하지 않을 것이다. 그렇지만 진영은 가만히 그 눈빛을 응시했다. 맑고 시원한 호수를 바라보는 기분이었다. 이 사람의 눈빛이 이렇게 맑았나? 그는 상냥하고 다정한 눈으로 진영을 응시하고 있었다. 이 세상에서 제일 아름답고 소중한 존재를 보는 듯한 눈빛이었다.

진영의 귓가에 북소리가 들리는 듯했다. 한참 후에야 진영은 그것이 자기 심장이 뛰는 소리라는 것을 깨달았다.

나는 어쩌려고 이 사람에게 키스를 허락하는 걸까?

진영이 시선을 피하지 않자 민호의 얼굴이 달아올랐다. 어쩔 줄 몰라 하며 민호는 눈을 여러 번 깜빡거렸다.

한참을 머뭇거리다가, 잔뜩 긴장한 얼굴로 민호는 진영에게 가볍게 입을 맞췄다. 진영은 가만히 민호를 받아들였다. 열에 시달리는 진영의 입술에 닿은 민호의 입술은 서늘하면서도 따스했다. 한참 후 민호가 입술을 뗐다. 행복해 보이는 얼굴로 민호는 다정하게 진영의 뺨을 어루만지며 말했다.

"당신, 참 달콤하다."

민호의 말에 진영은 해열제로 겨우 내린 열이 다시 확 달아오르는 기분이었다. 민호는 진영의 이마에 제 이마를 대고 가만히 눈을 감은 채 중얼거렸다.

"당신, 그거 알아? 사막에도 개구리가 산다는 거."

"거짓말. 사막에 어떻게 개구리가 살아요?"

"뜨거운 태양빛을 피해 모래 아래로, 습기가 있는 아주 깊숙한 곳까지 파고 들어가서 비를 기다리는 거야. 몇 달이고 몇 년이고 비가 올 때까지 버티다가 비가 내리면 땅 위로 올라와서 교미를 하고 알을 낳는데."

"사막에 비가 내린다고요?"

진영은 믿을 수 없다는 듯 중얼거렸다.

"응. 꼭 한 번 보고 싶어. 사막에 내리는 비를."

그러니까 기다릴게, 당신의 사막에 비가 내릴 때까지.

민호는 다시 진영의 얼굴 쪽으로 입술을 내렸다. 진영의 입술은 온몸이 녹아내릴 만큼 달콤했다.

16

11시가 넘어 집으로 돌아온 석금을 늘 그렇듯 진영이 맞이했다. 자식보다 더 집착하는 미모 때문에 연희는 밤 10시 전에는 꼭 잠을 잤다. 숙면을 취해야 한다며 석금과도 각방을 쓴 지 오래였다.

민호가 결혼하기 전에는 업무와 모임, 회동, 접대를 마치고 밤늦게 지친 몸으로 집에 들어와도 석금을 맞아 주는 가족이 하나도 없었다. 아내도 아들도 그가 집에 들어오건 말건 아무 관심도 없었다. 집에 와도 편안한 기분 같은 건 느낄 수 없다. 그래서 한때는 개라도 키워 볼까 하는 생각도 했었다.

어머니의 반대를 무릅쓰고 결혼한 아내도, 해 달라는 건 뭐든 다 해 준 아들도 아닌 남의 자식인 진영이 그를 기다리는 게 묘했다. 언짢은 일이 있는 날도 진영이 담담한 얼굴로 '아버님,

다녀오셨어요? 오늘도 힘드셨죠?' 하는 별것 아닌 인사말을 건네면 마음이 편해졌다. 누군가 기다리고 있는 집으로 돌아오는 건, 행복한 일이었다.

진영을 겪을수록 석금은 진영이 가정교육을 잘 받았고, 참 반듯하다는 생각이 들었다. 입양아이니 어딘가 부족할 거라는 편견을 가졌던 자신이 부끄러웠고, 진영을 이만큼 잘 키운 인선에 대해 존경심이 생겼다. 나이를 먹을수록 돈과 권력이 많은 사람보다 자식을 번듯하게 잘 키운 사람이 부러웠다.

진영이 시집온 후 사업도 잘 풀렸고, 민호도 일에 열심이어서 종로에 비즈니스 빌딩을 짓는 프로젝트에 의욕적으로 몰두하고 있었다. 사람이 잘 들어와야 집안이 잘 풀린다는 미신을 꼭 믿는 건 아니었지만 집안이 편안한 덕이 분명 없지 않았다.

걱정은 손자밖에 없었다. 결혼한 지 2년이 한참 지났는데도 아들 내외에게는 아이 소식이 없었다. 남자인 자신이 이것저것 묻고 챙기는 건 뭐해서 아내인 연희가 신경 써 주길 바랐지만, 연희는 자기 자신 말고는 관심이 없었다. 안사돈은 투병 중이어서 마음 써 주기가 힘들었다.

석금을 맞이하는 진영의 얼굴이 별로 좋지 않았다. 피곤해 보이기도 했고 지쳐 보이기도 했다.

"아직 민호 녀석은 오지 않았니?"

"네."

"네가 고생이 많다."

"아뇨. 기다리는 게 뭐 힘들다고요. 밖에서 일하는 사람이

고되지요."

역시 얼굴이 좋지 않았다.

"차 한잔 마시고 싶은데, 좀 이따 서재로 가져다 주겠니?"

"네."

"찬바람이 부니 바로 몸이 아는구나."

진영은 서재로 녹차를 가져갔다. 진영은 잊지 않고 직접 만든 생강편도 함께 챙겼다.

씻고 잠옷으로 갈아입은 석금은 진하게 우린 녹차와 생강편을 보고 미소를 지었다. 살뜰한 마음씀씀이였다. 석금은 감기 기운이 있으면 진한 녹차가 마시고 싶었다.

차를 마시고 싶다고만 말해도 진영은 석금이 그때 제일 마시고 싶은 차를 딱딱 맞춰 가져왔다. 갈증이 날 때는 은은한 연잎차를 올렸고, 피로한 기색이 느껴진다 싶으면 홍삼차를 올렸다. 목소리가 탁한 날은 모과차를, 식사 후 속이 더부룩하다 싶으면 매실차를 내왔다. 친정어머니가 차를 좋아해 어깨너머로 배웠다더니 계절마다 전통 시장과 약재 시장에 발품을 팔고 다니며 정성껏 차를 만들었다.

석금은 진영이 가져다준 녹차를 마시고 생강편을 씹었다. 찻잔을 내가려는 진영에게 석금은 입원 중인 인선의 안부를 물었다.

"사부인은 어떠시냐?"

"오늘 퇴원하셨어요."

"그래. 다행이구나. 검사 결과가 괜찮게 나왔나 보구나."

진영이 담담하게 말했다.

"별로 좋지 않으세요. 아니, 많이 좋지 않으세요."

석금은 진영을 가만히 바라보았다. 나무 쟁반을 쥔 손이 파르르 떨리고 있었다.

"전이됐다고."

"저런."

석금은 자기도 모르게 한숨을 내쉬었다.

"아버님, 피곤하실 텐데 쉬세요."

"그래, 너도 올라가서 쉬어라."

진영은 더 이야기를 했다간 석금 앞에서 울음을 터트릴 것 같아서 황급히 서재를 나왔다.

인선은 난소암 4기지만 항암치료 효과가 좋았다. 마음을 놓고 있던 진영은 뒤통수를 세게 맞은 기분이었다. 검사 결과를 전하는 의사의 얼굴도 좋지 않았다.

"난소암이 워낙 전이가 잘 되는 암이긴 하지만."

의사는 말을 잇지 못했다. 복강과 대장, 골반과 림프절 등 무려 여섯 군데나 전이가 된 상태였다. 이전까지 인선이 아무런 통증을 느끼지 못했고 일상생활도 잘 해 오던 터라 진영이 받은 충격은 더 컸다.

뭔가 좋은 일이 생기면 늘 더 안 좋은 일이 따라왔다. 그게 진영의 삶이었다.

불행이 찾아올 때마다 진영은 삶에 거는 기대를 줄이고 또 줄였다. 자기가 타고난 복이 그것밖에 안 된다고 스스로를 설득했다. 위가 아니라 늘 아래를 봤다. 언제나 진영보다 힘든 사람이 있었다. 그러니 불평해선 안 됐다.

내가 전생에 나라를 팔아먹은 거야? 왜 아주 작은 것도 내가 원하는 대로 되어 주지 않는 거지? 난 열심히 살았어. 정말 성실하게, 착하게 살려고 노력했다고. 그 미운 여자를 위해 조혈모세포까지 기증했잖아. 아무에게도 피해를 안 주고 살려고 죽을 만큼 애썼어. 그럼, 그럼 제발 나 좀 봐주면 안 되는 거야? 제발, 나 좀 봐줘요. 엄마를 살려줘요.

그러나 진영은 신이 그 소원을 들어주지 않을 거라는 것을 알고 있었다. 세례를 받았지만 진영은 양아버지인 명진이 세상을 떠난 후 신과 냉전 중이었다.

명진은 그 누구에게도 욕을 먹지 않는 좋은 사람이었다. 좋은 아버지, 좋은 남편, 좋은 사회인인 명진이 어째서 그렇게 허망하게 세상을 떠나야 했던 걸까? 진영은 부도를 막기 위해 동분서주하던 아버지가 심장마비로 쓰러져 세상을 떠난 날, 신이 원망스러웠다. 신은 늘 그랬다. 진영에게 친절한 미소 한 번 보여 주지 않았다. 그런 신에게 진영은 구차하게 뭔가를 간구하고 싶지 않았다.

담당 의사가 보호자인 진영만 불렀을 때 안 좋은 결과를 각오했지만 생각보다 더 심각한 결과에 진영은 망연자실했다. 쇠파이프를 기계톱으로 절단하는 듯한 날카로운 소리가 머릿속에 울려 퍼졌다. 쇳소리에 진영의 온몸이 갈기갈기 찢기는 것 같았다. 진영은 멍하니 의사의 입을 바라보았다. 의사는 시도

해 볼 수 있는 치료법에 대해 꽤 길게 설명했다.

"그럼 살 수 있나요?"

의사는 길게 한숨을 내쉬었다. 힘들다는 뜻이었다.

"의사로서는 끝까지 포기하지 마시라고 말하고 싶지만, 치료를 받으시면 죽을 때까지 계속 고통스러우실 겁니다. 제가 환자 보호자 분이라면 환자 분에게 모든 것을 솔직하게 말한 후, 결정을 환자 분에게 내리도록 할 것 같습니다. 삶의 질의 측면에서 보자면 치료는 솔직히 권해 드리고 싶지 않습니다. 앞서 말씀드린 치료법들은 대부분 효과가 검증되지 않은, 아직 걸음마 단계의 치료법들입니다."

"그럼 얼마나……."

진영은 차마 '남았나요.'라는 말을 끝맺지 못했다.

"글쎄요. 석 달일지 반년일지 그건 알 수 없습니다. 지금 상태로는 여명을 예측하기 어렵습니다."

진영의 얼굴이 새하얗게 질렸다. 의사는 안쓰러운 얼굴로 진영을 바라보았다. 새하얗게 질린 얼굴이 곧 불그스름하게 달아오르더니 눈물이 쏟아졌다. 진영은 소리를 내지 않으려고 손을 입으로 막았지만 그리 도움이 되지 않았다.

"환자 분의 뜻에 따라 주시는 게 제일 후회가 없습니다."

말기 암 환자들은 고통스러운 치료 대신 맑은 정신으로 가족과 함께 시간을 보내고 싶어 했지만, 환자의 가족들은 기적을 바라며 환자가 죽는 순간까지 치료를 받길 바랐다. 그 갈등 속에서 고통받는 것은 환자였다.

"제 의대 선배님이 고향으로 내려가 운영하고 계신 석양의 집이라는 호스피스 병동이 있습니다. 말기 암 환자들을 위한 곳인데 필요하시다면 한번 알아보세요. 호스피스 병동이 많지 않아서 어느 시설이나 다 포화 상태입니다. 일찍부터 대기자 명단에 이름을 올려 두셔야 필요한 순간에 서비스를 받으실 수 있을 겁니다."

의사는 진영에게 석양의 집의 전화번호를 적어 주었다. 진영은 의사에게 받은 메모를 들고 진료실을 나왔다. 여기에 전화를 한다는 것은 어쩐지 인선의 죽음을 인정하는 것 같았다. 진영은 자기도 모르게 메모를 찢어 버릴 것 같아 얼른 가방에 넣고 인선이 있는 입원실로 갔다.

진영에게 이야기를 듣기 전부터 인선은 이미 각오를 한 눈빛이었다. 더듬거리면서 가능한 치료법을 설명하는 진영의 말을 인선이 잘랐다.

"더 이상 치료받고 싶지 않아."

오랫동안 생각해 온 일이었다.

희망도 없는 치료를 받느라 시간과 돈을 낭비하고 싶지 않았다. 치료비가 진영의 시댁에서 나오는 것도 불편했다. 이 일로 진영이 평생 제대로 기도 펴지 못하고 살 것 같았다. 민호가 그것 가지고 뭐라고 하지 않을 사람이라는 것은 인선도 알고 있지만 시부모는 달랐다. 아들이 번 돈이 친정으로 새어 나가는 것을 좋아하는 시부모는 없었다. 엄마가 되어 딸의 앞길을 막은 것 같아 늘 가슴이 답답했다. 행복하게 해 주고 싶어서 입양을 했는데 진영을 더 힘들게 한 것 같았다. 진영에게 인선은 늘 부족한 엄마 같았다.

"집에 가고 싶어."

"엄마, 안 돼. 엄마."

"엄마는 시간이 필요해. 죽기 전에 보고 싶은 사람들 만나고, 정리할 일은 정리하고 싶어. 병원에서 희망도 거의 없는 치료에 매달려 죽음에 끌려가고 싶지 않아. 죽음을 향해 걸어가고 싶어. 죽는 순간까지 엄마는 살아 있고 싶어."

진영은 아이처럼 고개를 세게 저었다. 인선은 진영의 손을 꼭 잡으며 말했다.

"엄마는 환자로 죽고 싶지 않아. 사람으로 죽고 싶어."

그 말에 진영은 엄마의 소원을 들어줄 수밖에 없음을 깨닫고 소리 내어 울고 말았다. 진영의 울음은 한참 동안 그치지 않았다. 겨우, 진영이 울음을 추스른 후에 인선이 입을 열었다.

"부탁이 하나 있어."

의문을 품은 눈으로 진영은 인선을 바라보았다.

"임용 준비, 다시 했으면 좋겠어."

뜻밖의 말이었다. 결혼했을 때 진영은 교사가 되는 건 이미 포기한 상태였다.

"교사 일, 혹시 싫어하니?"

인선이 망설이다가 물었다. 인선의 부담을 덜어 주기 위해 진영이 별 관심도 없는 사대에 진학한 것일지도 모른다는 생각이 들었었다. 여자 직업으로 공무원이나 교사만 한 게 없다고 말한 것이 괜히 후회가 되었다.

진영은 고개를 가로저었다.

"아니. 난 어렸을 때부터 선생님이 되고 싶었어. 가르치는 것도 적성에 맞고 애들하고 부대끼는 것도 좋아."

그리고 학교라는 공간도 좋았다.

인선은 다행이라는 듯 미소를 지었다.

"엄마가 나이 먹고 제일 후회한 일이 뭐냐 하면, 네 아빠가 벌어다 준 돈으로 성실하게 살림만 할 줄 알았지 세상을 너무 몰랐다는 거야. 엄마는 아빠가 만들어 준 작은 성에서 행복하게 사는 것 말고는 아무런 노력도 하지 않았어. 엄마가 너만 할 때는 여자가 직업을 가지는 게 지금처럼 흔하지 않았지만 말이야. 사업이 쓰러지고 네 아빠가 죽은 후, 너희들에게 해 줄 수 있는 일이 하나도 없어서 참 괴로웠어. 내게 뭔가 직업을 가질 수 있는 기술이나 자격증이 있었다면 널 이렇게 고생시키지 않았을 텐데, 네가 시집에서 기죽어 살 필요가 없었을 텐데 내가 무능해서……."

"아냐, 엄마. 무슨 소릴 그렇게 해. 엄마가 왜 무능해?"

"박 서방이 너한테 맞벌이하자고 등 떠밀 사람도 아니고, 네가 돈을 벌어야 하는 집안이 아니라는 것도 알아. 하지만 세상 일은 어떻게 될지 아무도 몰라. 엄마는 네가 스스로를 돌보고 경제적으로 자립할 수 있는 사람이 되었으면 좋겠어. 그래야 네 걱정 하지 않고 아빠 보러 갈 것 같아. 그렇게 해 줄래?"

문득 진영은 계약직 아내 이후를 생각했다. 인선이 세상을 떠난 후에도 계약직 아내로 살 생각은 없었다. 아니, 살 자신이 없었다. 그렇게 철저하게 자신을 죽이고 살 수 있는 사람은 없었다. 인선의 말이 맞았다. 민호에게 평생 기대어 살 수는 없었다. 스스로 뭔가를 해야 했다. 일단 직업이 있으면 한결 나을 것 같았다. 적어도 해야 할 일과 먹고살 걱정은 더는 거니까. 아니, 그딴 건 아무 상관 없었다. 인선의 마음이 편해진다면 진영은 뭐든 할 수 있었다.

진영은 그러겠노라고 고개를 끄덕였다.

손에 쥔 휴대전화에서 띠링 소리가 났다.

새벽이 되어야 끝날 것 같아. 못 들어갈지도 몰라. 먼저 자.

민호가 보낸 문자였다.

진영은 침실로 가 씻고 잠옷으로 갈아입었지만 잠이 올 것 같지 않았다.

'이제 당신과 함께하는 날도 얼마 남지 않았구나.'

진영은 자기가 뭘 하는지도 알지 못하고 민호가 눕는 자리에 몸을 누였다. 그가 늘 뿌리는 향수 냄새가 시트와 베개에 은은하게 배어 있었다. 진영은 화들짝 놀라 몸을 일으켰다. 진영은 침대를 쓰지 않은 것처럼 깨끗하게 정리하고 서재로 갔다.

진영은 노트북을 켜고 임용고시 일정을 알아보다가 인터넷 창을 닫았다. 마음이 심란했다. 진영은 마음을 굳게 먹고 다시 인터넷 창을 열었다. 임용고시를 준비하는 데 필요한 교재를 주문하고 인터넷 강의를 신청했다.

진영은 책상에서 몸을 일으키고 산이 보이는 창문 앞에 둔 소파에 몸을 웅크리고 앉았다. 진영은 멍하니 타르처럼 어두운 산을 응시했다. 하늘의 어둠을 얇은 베일로 보이게 할 정도로 산의 어둠은 밀도가 달랐다. 마치 죽음 같았다.

모든 사람은 죽는다.

엄마는 사람이다.

그러므로 엄마는 죽는다.

진영은 바보 같은 삼단논법을 되풀이해서 중얼거렸다.

진영은 한참 후에야 자신이 몸을 덜덜 떨고 있다는 것을 알았다.

춥다.

추워.

왜 이렇게 추운 거지?

진영은 휘청거리며 일어나 난방 온도를 최대한으로 높였다. 그래도 추위는 조금도 가시지 않았다.

진영은 소파에 몸을 웅크렸다. 무릎에 얼굴을 대고 두 팔로 다리를 감쌌다.

모든 사람은 죽는다.

엄마는 사람이다.

그러므로 엄마는 죽는다.

진영은 고개를 세게 가로저었다.

안 돼. 아직은 안 돼. 엄마, 아직은 안 돼요.

어째서 난 엄마가 꼭 영원히 살 것같이 굴었지?

정말 난 바보야. 엄마는 영원히 죽지 않고 내 곁에 있어 줄 것 같았어. 언제나 시간이 있을 거라고 생각했어.

시댁에만 맞춰 생활하느라 인선에게 쓸 시간이 없었다. 이 럴 줄 알았으면 결혼 같은 거 하는 게 아니었다. 엄마 옆에 있어 주었어야 했다. 심장이 욱신거렸다.

아픈 엄마가 짐이라고 생각했던 때도 있었다. 그러나 진영은 그 짐을 조금만 더 질 수 있다면 무엇이든 할 수 있을 것 같았다.

친엄마라면 안 그래.

언젠가 자신이 했던 말이 부메랑이 되어 진영의 심장에 박혔다. 너무 아파서, 진영은 차라리 심장을 떼어 버렸으면 좋겠다고 생각했다. 진영은 두 손으로 귀를 막았다, 그러면 인선에게 퍼부었던 그 말이 들리지 않는다는 듯이.

갑자기 등 뒤에서 환한 빛이 쏟아져서 진영은 눈을 찌푸렸다. 유리창에 민호의 모습이 흐릿하게 비쳤다.

"불 꺼 놓고 뭐해?"

민호의 목소리에 불안이 가득했다. 진영은 멍하니 민호를 바라보았다. 두 손으로 귀를 꼭 막고 있어서 민호가 무슨 말을 하는지 들리지 않았다.

민호는 귀를 꼭 막고 등을 돌리고 있는 진영을 허탈하게 바라보았다. 아무리 사랑을 말해도 당신 귀에는 도달하지 않겠지, 당신은 귀를 막고 있으니까.

민호는 진영에게 다가가 귀에서 손을 뗐다.

"진영아, 불 꺼 놓고 뭐해?"

진짜 민호였다. 이 사람이 왜 지금 여기 있는 거지? 진영은 가까스로 입을 열었다.

"당신, 무슨 일 있어요? 집에 못 들어온다고 했잖아요."

민호는 불을 켜는 것도 잊고 진영의 옆에 털썩 앉았다.

석금에게 인선에 대한 소식을 듣고 바로 달려온 길이었다.

마음의 준비를 해야 할지도 모르겠다.

석금은 그렇게 말했다.

장모님, 안 돼요. 장모님은 아주 오래오래 사셔야 해요.

이렇게 가시면 안 돼요. 그럼 진영이가, 제가 너무 가엾잖아요.

오후에 전화 통화를 했을 때 진영은 대수롭지 않은 목소리로 괜찮다고 말했었다. 그래서 민호는 정말 인선이 괜찮은 줄만 알고 있었다. 정기적으로 하는 검사인 줄만 알고 있었다.

익숙한 절망감과 익숙한 갈증이 몰려왔다.

일하는데 신경 쓰일까 봐 그런 거겠지만 그건 여전히 내가 너에게 아무 의미도 없는 사람이라는 뜻도 되겠지.

씁쓸한 마음을 곱씹고 집으로 달려온 민호는 진영이 그를 늘 기다리고 있던 자리에 없는 것을 알고 소스라치게 놀랐다. 그가 진영에게 기다리지 말라고 문자를 보낸 것은 까맣게 잊은 상태였다. 그녀가 늘 있던 자리에 없다는 것만으로도 민호는 미칠 것 같았다. 그가 그나마 평정을 유지하고 있는 것은 진영이 늘 같은 자리에서 그를 기다리고 있기 때문이었다.

꽝장히 안 좋은 일이 일어날 것 같은, 불안하고 불길한 예감이 심장을 잠식했다.

민호는 주방으로 갔다. 가끔 그곳에서 그를 기다릴 때도 있었기 때문이다. 주방에서 뭔가를 정리하고 있는 진영이 그를 보며 '다녀왔어요?'라고 말하며 반겨 줄 것 같았다. 그러나 어둠과 적막한 공기가 그를 맞이할 뿐이었다.

민호는 침실로 황급히 올라갔다. 침실은 텅 비어 있었고, 침대에는 누운 흔적이 없었다. 온몸에서 힘이 빠졌다. 민호는 침대에 털썩 주저앉았다.

몇 초 후 민호는 침대 옆 협탁에 놓인 진영의 휴대전화를 발견했다. 그제야 그가 진영에게 먼저 자라고 문자를 보냈던 것이 생각났다. 잠이 오지 않으면 진영은 자기 서재에서 음악을 듣거나 책을 읽거나 했다.

민호는 진영의 서재로 향했다. 서재 문밖으로 불빛이 새어 나오지 않아 또다시 민호의 심장이 툭 떨어졌다.

제발 진영아, 여기 있어 줘.

민호는 절망적인 숨바꼭질을 하는 기분이었다. 아니, 러시안 룰렛 게임이었다. 민호는 방아쇠를 당기는 기분으로 문고리를 돌렸다.

진영이 있었다. 찰칵, 약실은 비어 있었다.

그러나 언제까지 네가 나를 기다리고 있을까?

짧은 안도감 뒤에 어쩌면 잃어버릴지도 모른다는 두려움이 덮쳐 왔다. 민호는 한 번도 그녀 앞에서 마음이 편했던 적이 없었다. 언제든 이 계약이 끝날지 모른다는 불안감이 그의 마음을 벌레처럼 갉아먹었다.

진영이 소파에 애벌레처럼 몸을 웅크리고 있는 모습을 보자 긴장이 풀리면서 다리가 후들거렸다.

새파랗게 질린 민호의 안색과 달리 진영의 얼굴은 말갛기만 했다. 분명히 울고 있었을 거면서 아무렇지 않은 척하고 있었다.

진영이 다시 민호에게 물었다.

"일이 잘 안 된 거예요?"

민호는 메마른 웃음을 터트렸다.

"그딴 거 상관없어. 그깟 계약 날아가면 뭐 어때?"

"민호 씨."

"내게 제일 중요한 건 너야. 너 때문에 온 거야. 너 혼자 이러고 있을 것 같아서."

진영은 아무 말도 하지 않았다. 어둠 속에서도 민호는 진영이 어떤 얼굴을 하고 있는지 알 수 있었다. 그가 사랑을 표현할 때면 진영은 늘 그런 얼굴이었다. 곤란해하고 미안해하는 얼굴, 전혀 알지 못하는 외국어를 듣는 듯한 얼굴.

"전이됐다며?"

진영의 고개가 푹 꺾였다.

"괜찮아?"

진영이 두 손을 꽉 맞잡았다.

"엄마가 입원하실 때부터 어느 정도 각오한 일이었어요. 어떻게 알았어요?"

"아버지가 전화하셨어."

"난 정말 괜찮은데, 아버님이 괜히……."

민호가 진영의 말을 잘랐다.

"그런 일이 있으면 나한테 제일 먼저 말했어야지."

민호의 목소리가 딱딱했다. 화가 난 것 같았다.

"미, 미안해요."

미안하다는 말을 듣고 싶어서 한 말이 아닌데.

"처남은 어머님 퇴원할 때 왔어?"

"일이 바빠서 못 왔어요."

민호는 진형이 못마땅했다. 시험 준비를 할 때는 공부가 바빠서, 회사에 들어가서는 일이 바빠서라며 매번 힘든 일은 진영에게 맡기고 요리조리 피해 다니는 것 같았다.

"밥은 먹었어?"

그제야 진영은 하루 종일 굶었다는 것을 깨달았다.

"네."

"거짓말. 한 끼도 안 먹은 얼굴인데? 계속 혼자 울었지?"

"아니요."

"또 거짓말. 내가 결혼할 때 말했지? 내 앞에서 척하면 꼭 껴안고 키스해 버린다고."

민호는 진영의 머리카락을 손으로 헝클었다.

"걱정돼서 미치는 줄 알았어."

진영의 마음에 미세한 금이 가기 시작했다.

돈 외엔 아무것도 안 받으려고 했는데, 왜 자꾸만 나는 돌려줄 수 없는 것을 주는 거야.

진영은 울음을 터트리지 않으려고 입술을 깨물었지만 별 소용이 없었다. 이 사람 앞에서는 늘 이상한 이진영이 됐다.

당신 앞에서 난 껍데기를 잃어버린 게가 된 것 같아.

"안아 줄래요?"

"뭐?"

"나 추워요. 당신이 안아 줬으면 좋겠어요."

어둠 때문일까? 진영은 무섭도록 솔직하게 마음을 털어놓았다.

어차피 이 남자에겐 아무것도 숨길 수 없어.

진영이 안아 달라고 말한 건 처음이었다. 민호는 진영을 품에 안았다. 진영은 민호의 가슴에 얼굴을 묻었다. 민호는 고개를 숙여 진영의 정수리에 입을 맞췄다.

괜찮아. 내가 옆에 있어. 괜찮아. 민호는 마음속으로 중얼거렸다.

한참 후에 민호가 입을 열었다.

"장모님, 얼마나 안 좋으신 거야? 전이가 많이 됐대?"

진영이 고개를 끄덕이다가 울음을 터트렸다.

"엄마가 치료 안 받겠대요."

"치료를 왜 안 받으시겠다는 거야?"

"희망도 없는 일에 시간과 돈을 쓰고 싶지 않으시대요."

"그게 무슨 소리야? 왜 희망이 없어?"

진영이 서럽게 울었다. 진영의 눈물에 민호는 가슴이 찢어졌다. 그러면서도 마음 한구석에서는 진영을 잃을지도 모른다는 불안감에 미칠 지경이었다. 진영을 붙잡아 두려면 인선이 죽어서는 안 됐다. 이기적이라고 비난받아도 상관없었다.

진영은 인선의 상태에 대해 민호에게 말했다. 진영은 말하는 도중 숨을 쉴 수 없을 만큼 꺽꺽 울음을 터트렸고, 그때마다 말이 끊겼다.

"의사도 환자가 원하는 대로 해 주는 게 후회가 적다고……."

"진영아. 그딴 의사 말 들을 필요 없어. 내 말 잘 들어."

민호는 진영의 눈을 똑바로 바라보며 말했다.

"걱정하지 마. 한국에서 안 되면 미국이나 유럽의 병원에서 치료받으실 수 있게 할게. 장모님, 절대로 돌아가시지 않아. 분명 무슨 방법이 있을 거야."

진영에게 하는 말이었지만 한편으로는 민호 자신에게 하는 말이기도 했다.

할 수만 있다면 민호는 자기 수명을 인선에게 몇 년 떼어 주고 싶은 심정이었다.

내가 악마에게 영혼을 팔아서라도, 장모님을 사시게 할게. 그러니까 제발 당신은 내 곁을 떠나지 마. 진영아, 제발.

진영은 자기만큼 절망에 빠져 있는 민호를 바라보았다.

왜 당신이 겁에 질려 있는 거지?

정말 난 당신을 이해하지 못하겠어. 사랑이라는 걸 하면 이렇게 되는 거야?

진영의 마음에 무언가가 서서히 차올랐다. 진영은 충동적으로 민호를 꼭 껴안았다. 왠지 그렇게 하고 싶었다. 갑작스러운 포옹에 민호는 정신이 멍해졌다.

왜 당신이 슬퍼하는 건지 모르겠지만 나 때문에 슬퍼하지 마.

커다란 곰 인형처럼 가만히 안겨 있던 민호가 몸을 떨었다.

"추워요?"

민호가 고개를 끄덕이며 진영의 품으로 더 세게 파고들었다.

진영은 생각했다. 당신이 추운 건 나 때문이겠지.

자기가 무엇을 하는지도 모른 채 진영은 민호에게 가까이 다가갔다. 진영의 입술이 민호의 입술에 닿았다.

진영은 가만히 그의 입술에 입술을 대고 있었다. 민호는 놀라서 몸이 굳었다. 진영의 입술에서 팔딱팔딱 뛰는 심장이 느껴졌다. 진영은 입술을 댄 채 어찌할 바를 몰라 머뭇거리고 있었다. 늘 그에게 받기만 해서 어떻게 해야 할지 갈피를 못 잡는 것 같았다.

민호는 진영의 머리를 한 손으로 받치고 혀로 조심스럽게 진영의 입술을 갈랐다. 석류가 갈라지듯 진영의 붉은 입술이 그를 위해 벌려졌다. 과육처럼 매끈하면서도 탄력 있는 혀가 민호의 혀에 부딪혔다. 평소보다 거칠게 민호는 진영에게 키스했다.

이전까지 민호의 키스는 이렇지 않았다. 이전의 키스는 뭔가 할 말이 있는데 그 말을 할 수 없어 키스로 수줍게 대신하는 듯한 느낌이었다.

지금 민호는 아플 만큼 진영의 혀를 빨아 당기고, 그녀의 타액을 게걸스럽게 삼켰다. 민호는 진영을 원하고 있었다. 진영은 민호가 원하는 것이 키스 이상임을 알았다.

민호의 숨소리가 점점 더 거칠어졌다. 진영은 그가 하고 싶은 대로 내버려 뒀다. 진영도 민호에게 뭔가를, 그가 원하는 것을 줄 수 있었다.

민호의 손이 진영의 가슴으로 향했다. 옷 위에 봉긋하게 솟아 있는 가슴을 어루만지는 것도 잠시, 곧 거칠게 진영의 옷 속으로 손이 파고들었다. 민호가 가슴을 꽉 움켜쥐자 진영은 아파서 자기도 모르게 소리를 내며 몸을 비틀었다. 민호의 입술이 목덜미로 내려왔다. 민호가 이를 세워 자국이 남을 만큼 아프게 깨물었다. 진영은 신음 소리를 냈지만 민호는 더 세게 진영의 가슴을 움켜쥐었다. 좋아하는 장난감을 빼앗기기 싫은 아이 같았다. 진영은 민호의 손을 잡았다.

"아파요. 아프다고요."

몇 번이나 말한 후에야 민호는 겨우 손을 뗐다. 민호는 진영에게 거부당했다고 생각했는지 풀이 죽었다.

진영은 그가 그녀에게 해 주는 것처럼 민호의 머리카락을 쓰다듬었다. 민호의 눈에 담긴 열망이 진영에게 전해졌다.

미치겠어. 당신을 가지고 싶어 미치겠어.

민호의 뜨거운 시선에 진영은 입안이 바싹 말랐다. 진영의 손이 민호의 목으로 향했다. 진영은 민호의 넥타이를 풀고 드레스 셔츠의 단추를 풀었다. 민호는 그런 진영을 가만히 내버려 두었다. 진영의 손길이 거침없이 버클로 향하자 민호의 몸이 떨리기 시작했다.

"진영아."

진영은 버클을 풀고 지퍼까지 내렸다.

민호의 몸에서 진영의 손이 떨어졌다. 진영은 가벼운 몸짓으로 잠옷 단추를 풀었다. 순식간에 진영은 알몸이 되었다.

어둠 속에서 흐릿하게 빛나는 하얀 몸. 그 순간 오래전에 시작되어 이젠 호흡처럼 익숙해진 갈증이 사납게 민호를 물어뜯었다.

안고 싶어. 가지고 싶어. 너의 아주 작은 부분까지 내 것으로 하고 싶어.

갈증으로 헐떡거리는 민호와 달리 진영은 담담했다. 열기를 뿜어내는 민호의 몸과 달리 진영의 몸은 서늘했다. 진영은 민호를 가만히 바라보았다. 유혹이라고 하기엔 담백한 시선이었다. 그 시선이 민호를 더 미치게 했다. 민호도 몰랐던 가학적인 충동을 일깨웠다. 민호는 진영의 하얀 목덜미를 피가 나올 정도로 아프게 물어뜯고 싶었다. 신음 소리도 내지 못하게 입을 막고 거칠게 그녀의 안으로 파고들고 싶었다.

민호는 억지로 마음을 진정시켰다.

"왜 이래?"

"싫어요?"

"넌 날 사랑하지 않잖아. 그런데 왜 이러는 거야?"

"당신은 날 사랑한다면서요. 그럼 하고 싶지 않아요?"

"무슨 뜻인지 알고 이러는 거야?"

"무슨 뜻이요? 아무 뜻도 없어요. 이건 그냥 섹스일 뿐이에요. 당신이 싫다면 나는 다시 옷을 입을 거고, 거절당한 것을 부끄러워하면서 침실로 갈 거예요. 그리고 다시는 시도하지 않겠죠."

이 여자는 자기를 미치게 하기 위해, 기가 막히게 하기 위해, 숨을 못 쉬게 하기 위해 이 세상에 태어난 게 분명했다. 그냥 섹스라니. 민호는 그런 말을 누군가에게, 그것도 진영에게 들으리라고는 상상도 하지 못했다.

이 세상에서 민호가 원하는 단 한 명의 여자가 그에게 그냥 섹스를 하자고 했다.

그냥 섹스. 감정은 섞지 않고 몸만 섞자는 뜻인가? 그런 알맹이 없는 서글픈 유혹에도 이토록 흔들리는 나는 뭐지? 늘 원했던 일을 할 수 있게 되었는데 왜 이렇게 마음이 아프지?

민호가 가만히 있자 진영은 벗어 둔 옷으로 손을 뻗었다. 하지만 진영의 손이 잡은 건 옷이 아니라 민호의 손이었다. 머뭇거리며 민호는 진영의 얼굴을 어루만지다 깊은 키스를 했다. 그렇지만 곧 입술을 뗐다. 이렇게 안아 버려도 되는 걸까?

"진영아, 왜 이러는 거야?"

그냥 하면 되지, 왜 이렇게 이 남자는 묻고 또 묻는 걸까? 남자들은 원래 섹스라면 묻지도 따지지도 않고 하는 거 아니야?

"남자에게 섹스는 극단적으로 말하자면 배설이라고 할 수도 있어. 감정 없는 섹스도 가능해. 그렇지만 여자는 아니야. 여자에게 의미 없는 섹스 같은 건 없어."

이 섹스의 의미.

딱히 섹스를 하고 싶어서 옷을 벗은 건 아니었다.

진영이 떨리는 목소리로 대답했다.

"당신에게 뭔가 해 주고 싶어요."

그것이 진영의 답이었다. 뭔가를 해 주고 싶은 그 마음이 무엇인지 진영은 알 수 없었다. 민호는 어차피 그것을 받을 수밖에 없었다. 하얗게 핀 꽃 같은 진영의 나신 앞에 민호의 자제력이 끊어졌고, 머리는 생각을 멈췄다.

민호는 진영의 하얀 몸 위에 자기 몸을 겹쳤다.

민호는 입술이 닿는 곳마다 키스를 했다. 두 가슴을 손으로 어루만지고 귓불을 빨고 유두를 괴롭혔다. 진영의 입에서 나지막하게 터져 나오는 신음은 쾌감과는 거리가 멀었지만 민호는 게걸스럽게 진영을 흡입했다.

거친 민호의 몸짓에 겁을 먹은 듯 진영의 온몸이 긴장으로 딱딱해졌다. 진영이 아무런 반응을 보이지 않자 갈증은 더 지독해졌다. 목이 마른데 물 대신 모래를 마시는 기분이었다. 민호가 원하는 건 이런 게 아니었다. 민호는 그가 원하는 것이 섹스가 아니라 살을 비비면서 쌓아 가는 친밀감이라는 사실을 깨달았다. 진영이 그가 느끼는 것과 비슷한 것을 느끼기를 원했다.

민호는 진영을 안아서 자기 무릎에 앉혔다. 민호의 무릎에 앉자 진영과 민호의 눈높이가 엇비슷해졌다. 갑자기 민호가 자신을 안아 올리자 진영은 더 겁을 먹은 것 같았다. 민호는 첫 관계에서 진영이 그저 견디기만 하는 건 정말 싫었다. 거칠게 몰아붙이던 몸짓이 갑자기 깃털처럼 부드러워졌다. 민호는 진영의 눈을 가만히 바라보면서 두 손으로 얼굴을 감쌌다.

당신에게 다정하게 대할 수 있게 허락해 줘.

민호는 그녀를 처음 보기라도 한 것처럼 빤히 바라보면서 손으로 눈썹을, 눈꺼풀을, 코를, 입술을, 귀를 어루만졌다. 진영의 몸에서 긴장이 서서히 사라졌다. 진영은 편안하게 그의 손길을 받아들였다. 촉촉하고 부드럽게 이완된 입술을 손가락으로 만지작거리면서 민호는 진영에게 원하는 것을 말했다.

"진영아, 안아 줘."

너에게 안기고 싶어.

진영이 머뭇거리며 민호의 목에 팔을 감았다. 진영의 몸이 민호의 몸에 닿았다. 부드러운 가슴이 민호의 가슴에 닿아 일그러졌다. 민호는 진영의 등에 손바닥을 대고 매만졌다. 민호의 손은 등뼈를 훑고 허리를 거쳐 엉덩이까지 내려갔다. 지도를 그리는 사람처럼 민호는 천천히 진영의 몸을 손바닥에 아로새겼다.

성적인 흥분과는 전혀 다른 충만감이 민호의 마음을 덥혔다. 인체해부도에는 나오지 않지만 분명히 존재하는 그 부분이 진영의 체온과 체취로 채워지고 있었다. 거칠게 으르렁거리던 갈증이 잠잠해졌다.

"만져 줘."

진영은 목에서 팔을 풀고 조심스럽게 손을 내밀어 민호의 머리카락을 쓰다듬었다. 진영은 두 손으로 민호의 얼굴을 만졌다. 이마와 두 뺨, 귀를 스쳐 목덜미와 어깨로 진영의 손길이 민호의 몸으로 천천히 흘러내렸다. 가슴팍을 만지다가 진영은 손가락으로 민호의 작은 유두를 쓰다듬었다.

민호가 작은 신음 소리를 냈다. 진영이 민호가 내는 신음 소리에 놀라 어루만지는 것을 멈칫거리자 민호는 강하게 진영의 손을 잡고 다시 자기 몸에 손을 대게 했다.

"기분 좋아. 당신이 만져 주는 거 정말 기분 좋아."

진영은 민호의 맨살을 만지는 데 방해가 되는 드레스 셔츠를 벗겼다.

민호는 진영을 가만히 안고 그녀의 목덜미에 얼굴을 댔다. 진영의 혈관이 흥분으로 팔딱팔딱 뛰고 있었다. 목덜미에서 얼굴을 뗀 민호는 진영의 쇄골을 혀로 천천히 핥았다. 간지러운지 진영이 나지막하게 웃음소리를 냈다.

민호는 진영을 푹신한 카펫 위에 눕히고 몸을 일으켜 나머지 옷을 벗었다. 민호는 진영에게 다가갔다.

"키스해 줘."

진영이 멈칫했다.

"아무 데나 좋아. 당신이 키스해 줬으면 좋겠어."

진영의 얼굴이 발갛게 달아오르는 것이 느껴졌다. 민호는 진영의 얼굴을 부드럽게 어루만졌다. 체온이 올라가자 체취 역시 더 짙게 느껴졌다.

진영은 키스할 곳을 고르는 듯 민호의 얼굴을 한참 동안 응시했다. 그러나 그녀가 고른 곳은 민호의 손이었다. 수줍게 민호의 손을 잡은 진영이 가볍게 입술을 손바닥에 눌렀다. 진영의 입술은 뜨거웠다. 파르르 떨리는 입술이 손바닥에 느껴졌다.

"또, 키스해 줘."

진영은 민호의 손톱에 살짝 입술을 댔다. 소극적인 키스에도 민호는 조금도 안달이 나지 않았다. 진영의 부드러운 입술이 닿는 곳이 어디든 똑같이 가슴이 두근거렸다. 한 걸음, 한 걸음 진영이 자신에게 다가오고 있다는 착각마저 들었다.

"또 해 줘. 밤새도록 당신에게 키스만 받아도 좋아."

진영의 입술이 민호의 뺨을, 턱을, 눈꺼풀을, 이마를 스쳐 지나갔다. 망설이던 진영이 민호의 입술에 키스를 했다. 진영이 한숨 같기도 하고 신음 같기도 한 소리를 가볍게 토해 냈다. 민호는 진영을 꼭 껴안았다. 이젠 키스로 만족할 수 없었다.

17

　욕실에서 나온 진영은 조심스럽게 침대에 몸을 눕혔다.

　민호가 누운 침대 옆에 무드등이 켜져 있었다. 눈을 감고 있었지만 진영은 민호가 자고 있지 않음을 직감했다. 심장이 빠르게 뛰었다.

　어쩌지? 오늘은 안 되는데.

　진영은 잔뜩 긴장해서 몸을 웅크렸다.

　몇 초 후 예상대로 민호의 손길이 진영의 머리카락을 가만히 쓰다듬었다. 늘 그게 시작이었다. 머리를 쓰다듬다가 민호는 진영을 품에 안았다. 급한 손길이 진영의 잠옷 속으로 파고들었다. 키스도 하기 전에 이미 민호의 남성은 딱딱해져 있었다.

　민호는 한 번도 난폭하게 그녀를 가진 적이 없었다. 깨지기 쉬운 유리 인형이라도 되는 것처럼 섬세한 손길로 그녀를 어루만졌다. 진영은 민호와 몸을 섞는 것에 익숙해졌다. 성적인 쾌감은 크지 않았지만 그에게 안기는 순간 느껴지는 따스함이 좋았다.

그날 밤, 진영의 서재에서 몸을 섞은 후 민호는 이삼일에 한 번은 진영을 원했다. 조심스럽고 머뭇거리는 손길, 어쩌면 거절당할지도 모른다는 민호의 긴장이 진영에게 고스란히 전해졌다. 이래도 괜찮을까, 하는 생각이 들면서도 진영은 민호의 손을 뿌리치지 못했다. 거절하면 민호가 많이 상심할 것 같았다. 먼저 시작한 건 진영이었다.

민호는 진영을 자기 쪽으로 끌어당겨 품에 안았다. 목덜미에 입술을 묻고 지분거렸다. 뜨거운 혀가 가장 예민하고 연한 살을 핥았다.

"하아."

진영은 나지막하게 신음 소리를 냈다. 민호의 한 손이 브래지어를 위로 밀어 올리고 부드럽게 가슴을 만지작거렸다. 그러면서 다른 한 손은 진영의 팬티를 내리기 위해 아래로 내려갔다.

진영이 재빨리 민호의 손을 잡고 말했다.

"생리 시작했어요."

민호가 실망하는 기색이 느껴졌다. 진영은 민호가 오늘 밤 섹스를 할 수 없어서 실망하는 줄 알았다. 그러나 민호는 진영이 임신하지 않은 것에 실망하고 있었다. 그날 이후 이삼일에 한 번 진영과 몸을 섞었다. 임신했을 거라고 민호는 믿어 의심치 않았다.

'다음 달에는 꼭 임신이 될 거야.'

실망스럽고 아쉬운 마음에 민호는 진영을 숨도 못 쉬게 꽉 껴안았다. 숨이 막히는지 진영이 민호의 가슴팍을 밀었다. 민호는 숨 막히는 포옹에서 진영을 풀어 주었다. 진영은 민호에게서 등을 돌리고 잠을 자려고 옆으로 누웠다. 그러나 민호는 진영이 자도록 내버려 두지 않았다. 민호는 다시 진영을 똑바로 눕게 하고는 진영이 뭐라고 말하기 전에 위로 올라갔다.

민호는 진영의 얼굴을 향해 자신의 얼굴을 내렸다. 진영은 민호가 키스할 때마다 매번 놀라서 눈을 크게 떴다. 민호는 동그랗게 뜬 진영의 눈을 보며 키스하는 것이 좋았다. 키스가 길어지고 깊어질수록 천천히 진영의 투명한 눈동자가 그로 물들었다. 민호는 진영의 두 눈에 일렁이는 쾌감을 느꼈다. 눈동자가 점점 가늘어지더니 진영이 눈을 감았다. 키스에 몰입했다는 뜻이었다.

진영은 키스에 서툴렀다. 아니, 키스를 몰랐다. 처음 민호와 키스를 했을 때 그걸 느꼈다.

민호는 참을성 있는 교사였다. 인내심을 가지고 천천히 진영에게 키스를 가르쳤다. 민호는 진영에게 키스를 가르치면서 더 큰 쾌락을 느꼈다. 그것은 욕망의 분출이나 충족이 아니라 진영을 민호의 색으로 물들이면서 오는 쾌감이었다. 이제 진영은 민호가 가르쳐준 방식 말고는 키스할 수 없다. 아니, 다른 식으로 키스할 수 없게 할 것이다.

늘 잡을 수 없었던 여자가 그에게 확실하게 잡혀 있었다. 민호는 심장이 뻐근할 만큼 기분이 좋았다. 짧은 순간, 진영이 그의 여자라도 된 듯한 기분에 빠졌다.

민호는 서두르지 않았다. 졸업무도회에서 고등학교 시절 내내 짝사랑했던 여자아이에게 용기를 내어 댄스를 신청하는 소년처럼 수줍지만 부드럽게 진영의 입안으로 혀를 넣었다. 키스를 하는 동안 아랫도리가 아플 만큼 부풀어 올랐지만 기이하게도 민호는 섹스는 하고 싶지 않았다. 이대로 키스만 계속했으면 좋겠다고 생각했다.

진영과 키스하기 전 민호에게 키스는 섹스로 가기 위한 전단계, 어쩔 수 없이 허겁지겁 해치워 버리든지 아니면 생략해 버리는 그런 것이었다. 그런데 진영과의 키스는 키스 그 자체만으로도 충분히 메인 디시였다. 입술을 핥고 빨고 혀를 얽고 깨물고 축축한 입안을 더듬는 단순한 행위를 수없이 반복했다. 반복될 때마다 쾌감은 재즈처럼 변주되었다.

키스와 섹스는 확실히 다른 영역의 것이었다. 지금껏 민호는 키스를 잘 알고 있다고 생각했지만 아니었다. 키스는 섹스의 도입부가 아니었다. 민호는 진영에게 키스를 가르쳤고, 진영은 민호에게 키스의 특별함을 가르쳤다.

그녀의 입안을 마음껏 탐험한 민호는 진영에게서 입술을 뗐다. 진영은 키스가 끝난 줄 알고 눈을 떴다. 민호가 준 쾌감이 두 눈에서 느릿하게 유영하고 있었다. 민호는 흘러내린 타액을 혀로 핥았다. 키스가 싫은 이유 중의 하나는 타액 때문이었다. 타인의 타액은 더럽다는 느낌이었고, 끈적거리고 질척한 느낌도 싫었다. 그렇지만 진영의 타액은 달았다. 더 마시고 싶어 늘 안달이 났다. 축축하게 젖은 입술과 입가로 흘러내린 타액을 한 방울도 남기지 않고 그는 빨아서 삼켰다. 실컷 그녀의 입안을 헤집었는데도 여전히 민호는 목이 말랐다.

"입 벌려."

그는 명령했다. 진영은 그 말뜻을 이해하지 못한 듯 속눈썹만 파르르 떨었다. 민호는 손가락으로 진영의 입술을 살짝 눌렀다. 어서, 그의 명령대로 움직이라는 재촉이었다. 진영의 입술이 벌어졌다. 민호는 만족스럽게 웃었다.

"혀 내밀어 봐."

시간은 걸렸지만 이번에도 진영은 민호의 명령에 복종했다. 착한 학생이었다.

민호의 키스에 취한 진영은 무력하게 혀를 반쯤 내밀고 민호를 바라보았다.

입술보다 옅은 붉은빛의 혀가 사랑스러웠다. 민호는 진영의 혀를 빨아 당겼다. 놀랐는지 아팠는지 흑, 하는 소리가 민호의 입안에서 부서졌다. 도망가려고 하는 진영의 혀를 잽싸게 붙잡아 느긋하게 맛을 보았다. 딸기 블라망제를 먹는 기분이었다.

진영의 몸이 흥분으로 달아올랐다. 진영은 뜨거운 불을 손에 쥔 아이처럼 어쩔 줄 몰라 했다. 침대 밖에서는 늘 민호가 안달을 냈지만 침대 안에서는 정반대였다. 민호는 더욱더 키스에 열중했다. 진영은 흐느끼는 것처럼 몸을 떨었다. 자기도 모르게 진영은 민호의 목에 팔을 감았다. 민호가 일부러 살짝 입술을 떼려고 할 때마다 진영의 입술이 더 가까이 민호에게 다가왔다. 진영을 안달 나게 만드는 것이 민호는 못 견디게 즐거웠다.

　새벽 4시. 진영은 휴대전화의 진동 알람이 들리자마자 협탁에 손을 내밀어 알람을 껐다. 겨우 네 시간밖에 자지 못해 눈을 뜬 후에도 몸이 움직이지 않았다. 진영은 겨우겨우 침대에서 몸을 일으켰다. 혹시 민호가 깨지 않았는지 돌아보았다. 민호는 여전히 깊이 잠들어 있었다. 요즘 진영은 자기도 모르게 자고 있는 민호의 모습을 멍하니 보고 있을 때가 많았다. 한참 보고 나서야 진영은 자기가 민호를 보고 있다는 것을 깨닫고 화들짝 고개를 돌렸다.
　또 그 느낌. 심장 근처가 저릿했고 울컥 눈물이 나올 것 같은 느낌이었다. 왜 민호를 볼 때마다 이런 기분인지, 진영은 알 수 없었다. 잠결에 얼굴을 찡그린 민호가 진영이 누운 자리 쪽으로 손을 뻗어 더듬거렸다. 진영이 있는지 확인하는 것 같았다. 진영은 가만히 민호의 손을 잡아 주었다. 그러자 얼마 후 민호는 다시 곤한 잠에 빠져들었다. 진영은 가만히 손을 놓은 후, 이불을 잘 덮어 주고는 조심스럽게 침대에서 내려와 침실을 나왔다.
　서재로 간 진영은 책상에 앉아 미리 짜 둔 빡빡한 스케줄에 따라 오늘 해야 하는 공부를 시작했다. 공부 머리는 있다고 늘 자신했는데 몇 년 공부하고는 담을 쌓았더니 처음에는 책상에 앉아 있는 것도 힘들었다. 뇌는 쓰지 않으면 바로 퇴화된다고 하더니, 암기력도 형편없어졌다. 예전에 공부했던 거라 좀 있으면 기억이 되살아나겠지 했는데 아니었다. 진영은 완전히 처음부터 시작해야 했다.

지금 이 상태로는 합격은 언감생심이었다. 아무리 집중을 한다고 해도 시간이 절대적으로 부족했다. 게다가 경쟁률도 장난이 아니었다. 진영은 합격을 위해 공부하는 것이 아니라 인선을 위해 공부하는 것이라고 스스로를 다독였다. 인선을 위해서 뭔가를 할 수 있다는 게 진영에겐 큰 위로가 되었다.

얼마 전 진영은 인선의 주치의가 준 석양의 집이라는 호스피스 병원에 연락을 했다. 주치의의 말대로 예약이 꽉 차 있어 3개월 안에 입원은 불가능하다는 대답이 돌아왔다. 예약과 별도로 상담사는 말기 암 가족들이 알아야 할 사항을 조곤조곤 설명해 줬고 호스피스 병동에 대해 일반인이 가지고 있는 오해에 대해서도 설명해 주었다. 그러면서 진영에게 시간이 된다면 엘리자베스 퀴블러 로스의 책을 읽어 보라고 권했다.

"상담사님이라면 어쩌실 것 같아요?"

— 타고르의 시에 이런 구절이 있어요. '불안한 마음으로 구원을 기다리는 대신 내 힘으로 자유를 찾을 인내심을 갖게 하소서.' 죽음의 모습은 사람마다 다 달라요. 천천히 하강하듯 죽음에 도달하는 사람도 있고, 절벽에서 뚝 떨어지듯 죽음에 도달하는 사람도 있어요. 곁에서 지켜볼 때는 천천히 죽음을 준비하는 쪽이 받는 충격이 덜하더군요. 죽음 앞에서 많은 것이

해결되는 것을 봐 왔어요. 절대 용서할 수 없는 사람도 용서하고, 평생 지울 수 없다고 생각한 상처에서도 벗어나 짧은 평화를 맛보기도 하고요. 삶뿐만 아니라 죽음도 그 모습이 다양하고 풍부하답니다.

상담사는 진영에게 힘들 때 전화하라는 당부를 했다.

두 시간 동안 한 번도 일어나지 않고 집중해서 공부를 한 진영은 알람 소리를 듣고 책을 정리했다. 6시. 내려가서 아침 식사를 준비해야 했다.

진영은 잊지 않고 책상 제일 아래 서랍에서 피임약을 꺼냈다. 처음에는 큰 효과가 없었는데 장기적으로 꾸준히 복용을 하자 확실히 생리통이 줄었다. 생리 주기도 정확해졌고, 생리 양도 적어져서 한결 편했다. 21일 동안 빼먹지 않고 약을 먹는 게 귀찮긴 했지만 생리통을 생각한다면 충분히 감수할 수 있는 불편이었다. 진영이 알약을 막 먹으려고 하는데 서재 문이 열렸다.

민호는 진영이 약을 다 먹기를 기다렸다.

"무슨 약이야?"

엉겁결에 진영은 거짓말을 했다.

"진통제요. 생리통 때문에."

피임약이라고 말하기가 부끄러웠다. 진영은 서둘러 피임약을 서랍에 넣었다. 민호는 알약 포장이 특이하다는 생각을 했다. 민호가 가끔 먹는 소화제나 진통제보다 알약 크기도 작았고 배열된 형태도 신기했다.

"진통제는 몸에 안 좋잖아. 근본적인 치료를 받아야지. 병원에 가는 게 낫지 않겠어?"

간 김에 이것저것 검사도 받게 하고 싶었다. 임부가 건강해야 아이도 건강하다는 것은 상식이었다. 진영은 몸이 약한 편이 아니었지만 생리 때는 늘 피곤해했다. 그런데 진통제를 먹어야 할 만큼 생리통이 심한 줄은 몰랐다.

그런 그의 마음을 아는지 모르는지 진영은 아무렇지 않은 얼굴로 말했다.

"괜찮아요. 늘 먹던 약인걸요."

민호는 화제를 돌렸다.

"뭘 하고 있었어?"

"공부요."

"공부? 무슨 공부?"

"임용시험 다시 보려고요."

민호는 책상에 잔뜩 꽂혀 있는 책에 시선을 돌렸다. 수험서들이 죽 꽂혀 있었다.

"임용고시는 왜?"

민호의 얼굴이 눈에 띄게 딱딱해졌다. 진영은 공부 때문에 집안일을 소홀히 할까 봐 민호가 짜증스러워한다고 오해했다. 업무 시간에 딴 일 하는 것을 좋아하는 고용주는 없었다.

"집안일에 지장 안 가게 할게요."

민호의 얼굴이 더 굳었다. 민호는 왜 갑자기 진영이 임용시험 준비를 하는 건지 이해가 되지 않았다. 진영은 지금 하고 있는 일만으로도 벅찰 지경이었다. 집안 살림은 물론이고, 영일 그룹의 문화 행사와 봉사 활동도 진영이 맡아서 하고 있었다.

"임용고시를 왜 봐?"

"교사가 되고 싶어서요."

"왜?"

"왜라니요?"

진영은 어리둥절한 얼굴로 반문했다. 왜 교사가 되고 싶은 지를 묻는 걸까?

"지금 하는 일도 벅찬 사람이 직장까지 다니겠다는 거야?"

역시. 일에 방해될까 봐 언짢았던 거구나.

민호는 한참 후 진영에게 물었다.

"교육 쪽 일이 하고 싶은 거야?"

"대학에서 공부한 것도 아깝고, 이전에 시험 준비한 것도 아깝고요. 전 교사 일이 적성에 맞아요. 언제까지 이렇게 있을 순 없잖아요."

무엇보다 인선이 바란 일이기도 했다.

민호는 잠시 생각을 한 후 입을 열었다.

"몇 년 안에 아버지가 교육재단과 장학재단을 세우실 거야. 오랫동안 생각해 오신 일이었어. 그 일, 당신에게 맡겨 달라고 아버지에게 부탁할게. 허락하실 거야. 당신, 분명 잘할 거야. 당신이 갑갑하다는 거 잘 알아. 조금만 기다려 줘."

교육재단? 장학재단? 진영은 민호의 말에 당황했다. 그런 큰 조직을 운영할 생각은 조금도 없었다. 민호가 뭔가 오해를 하고 있는 것 같았다. 자신이 임용시험을 준비해 교사가 되는 건 민호나 민호 집안과는 아무 상관이 없었다.

"저는 그런 일이 하고 싶은 게 아니에요."

"꼭 교단에 서야 교육자는 아니잖아."

민호는 여전히 이해하지 못하는 것 같았다.

진영은 어색한 얼굴로 말했다.

"그때까지 제가 여기 있을 것 같지 않은데요."

진영은 민호에게 그들의 계약을 상기시켰다.

민호의 얼굴이 하얗게 질리고 입술이 파르르 떨렸다. 진영은 마음이 불편해졌다.

언젠가 이 계약이 끝나는 건 당신도 알고 있었잖아. 그런데 왜 그렇게 놀라고 상처받은 눈을 하는 거야?

진영은 그에게 분명히 말했다, 인선과 진형의 뒷바라지가 끝날 때까지만 그의 계약직 아내 노릇을 하겠다고. 진형은 회계사 시험에 합격했고, 인선은 치료를 포기했다. 그의 돈이 필요할 날이 그리 오래 남지 않았고, 진영은 그 이후를 준비하고 있는 중이었다.

민호는 멍하니 진영을 바라보았다.

그렇게 많이 몸을 섞었는데, 어젯밤에는 그렇게 달콤하게 키스를 했는데.

진영은 서늘하기만 했다. 그녀에겐 아무 일도 벌어지지 않은 것 같았다.

민호의 심장이 얼어붙었다. 민호의 귓가에 진영의 목소리가 나지막하게 울렸다.

　그냥 섹스일 뿐이에요.
　당신에게 뭔가를 해 주고 싶어요.

　진영은 민호의 분위기가 심상치 않음을 깨달았다. 진영은 무거운 분위기를 가볍게 하기 위해서 농담조로 말했다.
　"계약이 끝나고 손가락만 빨고 살 순 없잖아요. 재취업하려면 열심히 준비해야죠."
　그러나 민호는 전혀 웃지 않았다. 아무런 대꾸도 하지 않고 민호는 서재를 나갔다.

　인선의 아파트 현관문 앞에서 민호는 숨을 골랐다. 오후 일정을 취소하고 온 길이었다. 연락하지 않고 무작정 찾아온 거라 인선이 집에 없을지도 모르겠다는 생각을 하며 민호는 벨을 눌렀다.
　"어머, 박 서방. 연락도 없이 어쩐 일이야?"
　인선은 반갑게 민호를 맞았다. 어김없이 민호의 손에는 꽃다발이 들려 있었다.
　"퇴원하신 지 한참 됐는데 이제야 뵈러 왔습니다. 병원에 계실 때 뵈러 가지 못해서 죄송합니다."
　"아니야. 요즘 큰 프로젝트 맡아서 많이 바쁘다며? 진형이 녀석은 겨우 한 번 얼굴 내밀었는데 뭘."

인선은 눈썹과 눈을 둥글게 만들며 고운 미소를 지었다.

도대체 이 여인의 어디에 죽음의 그림자가 드리워져 있는 걸까? 인선의 얼굴은 편안해 보였고, 민호에게 받은 꽃다발을 꽃병에 꽂는 몸짓도 가벼워 보였다.

"얼굴이 훨씬 좋아지셨어요."

"마음이 편해서 그런지 먹은 게 다 살로 가나 봐."

꽃을 다 꽂은 후 인선은 주방으로 가 다구를 가져왔다. 벌써 2년 넘게 해 온 두 사람만의 의식이었다. 처음엔 민호만큼 인선도 어색했지만 시간이 지나자 인선은 아들 진형만큼 민호가 편해졌다.

나이가 들면서 젊음의 열기와 활력이 부쩍 그리워졌다. 싱 그러운 젊음을 보고 있는 것만으로도 기분이 좋아졌다.

아들인 진형이 그렇듯 민호도 말이 많은 편은 아니었다. 수 다를 늘어놓는 쪽은 인선이었고 민호는 고개를 끄덕이면서 맞 장구를 쳤다. 민호가 좋아하는 화제는 진영에 대한 것이었다. 어린 시절 진영의 사소한 일화들을 이야기하면 민호는 유난히 눈빛이 반짝거렸다.

인선은 두 아이를 키웠던 시절, 남편은 건강했고 경제적으 로도 편안했던 그 시절을 이야기하면서 자기 인생이 꽤 멋진 것이었음을 깨달았다.

민호가 없었다면 진영을 시집보내고 찾아온 공허감이나 허 탈감을 이겨 내기 힘들었을 것이다. 자식이 제 인생을 사는 것 은 부모의 기쁨이자 보람이지만 텅 빈 둥지에 홀로 남겨지는 건 괴로운 일이었다. 쓸모없어져 버려졌다는 자괴감마저 들었다.

탁자 위에 올려 둔 전기 물주전자에서 물이 끓었다는 삐 소리가 났다. 인선은 끓인 물을 숙우에 부어 적당한 온도가 될 때까지 기다린 후 다관에 조심스럽게 물을 부었다.

차를 우리는 인선의 군더더기 없는 몸짓에 민호는 마음이 정갈해지는 기분이었다.

처음엔 진영을 위해 왔지만 민호는 서서히 인선과 함께 시간을 보내는 것이 좋아졌다. 연희가 인선의 10분의 1만큼이라도 너그럽고 따스하면 좋을 것 같았다. 그렇지만 민호는 이제 연희를 미워하지 않았다. 석금에 대해서도 연민의 마음을 갖게 되었다. 가족과 회사 사람들의 생계를 책임진다는 것은 결코 쉬운 일이 아니었고, 고독한 일이기도 했다.

민호는 인선을 보면 늘 미래의 진영과 마주하는 기분이었다. 민호는 진영이 저렇게 나이가 들 때까지 함께하고 싶었다.

인선이 찻잔에 차를 여러 번 나누어 부었다.

"향이 유난히 좋습니다."

"다도를 같이 배우는 분이 아는 스님께 받은 차를 나눠 주셨어. 지리산 야생 녹차로 덖은 차야."

민호는 다 마신 찻잔을 조심스럽게 내려놓고 입을 열었다.

"H 대학병원의 허광용 교수님께 예약해 두었습니다. H 대학병원이 이번에 독일과 미국이 합작해서 만든 신형 암 치료기기를 들여왔어요. 국내엔 첫 도입이고 세계에 세 대밖에 없는 최첨단 장비입니다."

허광용 교수는 국내뿐 아니라 세계에서도 손꼽히는 암 전문의였다. 예약만 몇 년이 잡혀 있을 정도였고, 해외에서도 그에게 치료받기 위해 찾아올 정도였다. 민호는 석금의 인맥까지 동원해서 겨우 예약을 잡았다.

인선은 찻잔을 내려놓았다.

"치료를 포기하시면 안 됩니다. 진영이를 두고 가시면 안 돼요. 장모님이 진영이에게 얼마나 중요한 존재인지 아시지 않습니까."

"자네가 있으니까 괜찮아."

인선은 담담하기 그지없었다. 이미 마음의 결정을 내린 상태였다.

"그런 눈으로 보지 말게. 치료를 그만둔다고 해서 내일모레 죽는 건 아니야."

인선은 가볍게 미소를 지었다. 민호는 자기도 모르게 아이 이야기를 꺼내고 말았다.

"손자 보고 싶지 않으세요?"

인선은 두 눈을 크게 떴다.

"손자라니? 진영이가 아이를 가졌어?"

"지금 노력 중입니다. 곧 좋은 소식을 전해 드릴게요."

인선의 얼굴이 눈에 띄게 환해졌다.

"진영이가 아이를 가지고 싶대?"

"네."

첫 관계를 한 후, 두 사람은 며칠에 한 번씩 꾸준히 부부관계를 했다. 민호는 콘돔을 쓰지 않았고, 진영은 피임에 대해 아무 말도 하지 않았다. 민호는 진영이 임신에 대해 암묵적으로 동의했다고 여겼다.

민호는 진영이 임신했기를 간절히 바랐다. 아이가 그들을 진짜 부부로 만들어 줄 거라고 믿었다.

아기가 생기면 진영은 절대로 그를 떠날 수 없을 것이다. 증오하는 친모처럼 살지 않기 위해서라도 진영은 절대로 아이를 포기하지 않을 것이다. 아이가 생긴다면 그 아이에게 온전한 가정, 온전한 부모를 주기 위해서라도 진영은 민호의 곁에 머물 것이다.

아이가 생기면 진영은 그를 사랑하려고 노력할지도 모른다. 민호는 사랑할 수 없어도, 아이의 아빠는 사랑할 수 있을지도 모른다. 그렇게 해서라도 민호는 진영에게 사랑받고 싶었다.

인선은 자기도 모르게 안도의 한숨을 내쉬었다.

임신에 대해 물을 때마다 진영은 애매한 미소를 지으며 대답을 회피했다. 친모에게 받은 상처가 컸기 때문일 것이다. 그런 진영이 아이를 낳을 결심을 했다는 건 과거에서 벗어나기 시작했다는 뜻이었고, 상처가 아물기 시작했다는 신호일지도 몰랐다.

"진영이가 아이 낳는 거 지켜보시고, 아기 백일, 돌 다 보시고, 학교 입학하는 것도 보셔야죠. 여자들은 아기를 낳으면 친정엄마 생각이 더 간절하게 난다고 하잖아요. 진영이 곁에 있어 주세요."

희망이 없다는 것을 인선은 알고 있었다. 올해를 넘기기 힘들 거라는 생각이 자꾸만 들었다. 병원을 오가면서 시간을 허비하고 싶지 않았다. 조용히 삶을 정리하고 싶었다.

"장모님이 그렇게 치료를 포기하시면 진영이는 평생 스스로를 탓할 겁니다. 진영이가 훗날 어머님을 떠올릴 때, 끝까지 최선을 다했다고 생각할 수 있도록 제발 도와주세요."

인선은 길게 한숨을 쉬었다.

"박 서방, 내 몸은 내가 잘 알아. 치료를 받는다고 해도 그리 오래 버티진 못할 거야."

"장모님, 그런 약한 소리 하지 마세요."

"약한 소리가 아니야. 그냥 아는 거야. 그렇지만 내가 뜻을 꺾지. 진영이가 치료받길 원하면 치료받을게."

"고맙습니다."

민호의 얼굴에 안도의 표정이 떠올랐다.

"내가 자네 소원을 들어줬으니 자네도 내게 한 가지 약속을 해 줘."

"뭐든 말씀하세요."

"자네가 진영이와 결혼할 때 말했던 거 기억나나? 진영이 편이 되어 주겠다고, 진영이가 원하는 것은 뭐든 해 주겠다고 했어."

"네, 기억납니다."

"그 약속, 끝까지 지켜 줘. 여자에게 친정은 부모가 살아 있을 때까지야. 진형이 녀석, 제 누나라면 끔찍하게 생각하지만 그것도 제 가정이 생기기 전 이야기지. 자기 가정이 생기면 형제를 챙기는 건 아무래도 힘들어. 그러니 자네가 진영이 편이 꼭 되어 줘야 해."

"네, 그러겠습니다."

인선은 다시 차를 우려 잔에 따랐다. 민호는 마음이 편해서 그런지 차 맛이 더 달고 상쾌했다. 그러나 인선의 마음은 무겁기만 했다.

'엄마가 된 이상 내 삶은 죽는 순간까지 없는 거지.'

맑고 은은한 향기가 도는 차 맛이 인선에게는 쓰디썼다.

"오늘 저녁은 파멜라에서 형이랑 먹었어."

민호는 넥타이를 풀면서 진영에게 말했다.

모처럼 저녁 약속이 없어 집에 일찍 들어올 생각이었는데 경현에게서 연락이 왔다. 민호는 별로 내키지 않았다. 오랜만에 진영과 좀 더 시간을 보내고 싶었다. 민호가 미적거리자 경현이 말했다.

— 네 형수 감시가 소홀한 틈을 타서 얼굴이나 보자. 가끔 남자들끼리 시간도 보내야지. 네 얼굴 까먹겠다.

윤아는 여전히 민호를 못마땅하게 여겨 경현이 민호를 만나는 것도 탐탁지 않게 생각했다.

"윤아 선배는 잘 지낸대요?"

진영이 물었다. 결혼 후, 윤아는 바로 임신해서 이듬해 딸 소영을 낳았다.

"애 키우느라 정신없대. 사진 봤는데 엄마를 닮아서 인형같이 예쁘더라."

민호는 첫아이는 진영을 닮은 딸이었으면 좋겠다고 생각했다. 민호는 아기를 안은 진영을 상상하고 자기도 모르게 얼굴을 붉혔다. 민호는 화제를 돌렸다.

"파멜라에서 처남 봤어. 만난 김에 같이 가볍게 한잔했어."

진영은 의외라는 얼굴을 했다.

"처남, 연애해?"

"그런가 보더라고요. 진형이가 그런 이야길 당신한테 해요?"

진형과 민호는 딱 예의만 지키는 사이였다. 만날 때마다 진영과 인선이 민망하리만큼 데면데면하게 굴었다. 진형은 처음부터 민호가 싫었고, 민호는 진형이 갈수록 마음에 들지 않았다.

"파멜라에 여자랑 같이 왔더라고. 당신은 처남이 사귀는 여자 만나 봤어?"

파멜라는 이제 겨우 실무 수습을 받고 있는 진형이 올 만한 레스토랑이 아니었다. 진영은 전이된 인선 때문에 얼굴이 반쪽인데 진형은 여자 친구와 고급 레스토랑에서 희희낙락하고 있었다.

'병원에 올 시간은 없어도 와인에 코스 요리를 먹으며 데이트할 시간은 있나 보지.'

민호는 심사가 꼬였다. 민호는 진형이 사회인이 됐으니 응당 진영이 진 짐을 나눠 질 거라고 생각했다. 그러나 진형은 하나도 변한 게 없었다. 막내라 그런지 받는 것에 익숙한 것 같았다. 비싼 슈트를 입은 모습도 거슬렸다.

"아뇨. 아직 엄마한테도 인사 시키지 않았는걸요. 진형이가 뭐라고 말을 안 꺼내는데 나나 엄마가 뭐라고 하는 건 좀 그래서요."

"얼마나 사귄 거야?"

진영은 잠시 생각에 잠겼다.

"1년은 확실히 넘었을 거예요. 시험 합격하기 전부터 사귀었으니까요."

"그럼 인사 시켜도 되잖아?"

"요즘엔 결혼 전에 서로 가족 만나는 걸 껄끄러워해요. 결혼 시키려면 한두 푼 드는 것도 아니고, 우리 집 사정을 사귀는 사람에게 보여 주기 부끄러울 수도 있고요."

"뭐가 부끄러운데? 처남도 그러는 거 아니지. 장모님 생각은 안 해?"

진영도 그런 생각을 하지 않은 건 아니었다. 진형은 수습 동기 중에 넉넉한 집 자식이 많아 알게 모르게 상대적 열등감과 빈곤감에 시달리는 것 같았다. 그러나 진영은 진형의 일까지 적극적으로 간섭하는 민호가 조금 불편해졌다.

"알아서 하겠죠."

"장모님이 처남 장가가는 거 보고 싶지 않겠어?"

민호는 잠시 망설이다가 입을 열었다.

"돈 문제라면 내가 도울 수도 있어."

진영은 민호의 간섭이 불쾌했다. 진영은 애써 언짢은 기분을 감추며 말했다.

"괜찮아요. 당신이 신경 안 써도 돼요. 진형이가 어련히 알아서 잘하려고요."

민호는 냉랭한 분위기를 감지했다. 진영과 뭔가 어긋나는 기분이었다. 민호는 얼른 본론을 꺼냈다.

"오늘 낮에 장모님 뵈러 갔었어."

민호는 H 대학병원과 허광용 교수에 대해 설명하고 인선이 다시 치료를 받기로 했다고 말했다. 이젠 진영이 기뻐하겠지? 민호는 어깨를 으쓱했다. 뛸 듯이 기뻐할 줄 알았다. 그러나 진영의 반응은 민호의 예상을 벗어났다. 진영은 의구심이 가득한 얼굴로 물었다.

"엄마가 치료를 받으시겠대요?"

진영은 인선이 그렇게 쉽게 마음을 바꾼 것이 믿기지 않았다. 민호는 고개를 끄덕이며 말했다.

"처음부터 거기서 치료를 할 걸 그랬어. 허 박사님은 말기 암 환자를 여럿 살리신 분이야. 장모님도 분명 좋은 결과가 있을 거야."

"그랬으면 좋겠지만……."

진영은 말끝을 흐렸다.

"장모님이 치료받으시는 게 싫어?"

"내 죄책감을 덜자고 엄마한테 힘든 시간을 강요하는 것 같아서요. 아무튼 정말 고마워요."

인선은 치료를 원하지 않는다는 뜻을 밝혔다. 환자가 아니라 사람으로 죽고 싶다고 했고, 여생을 정리할 시간이 필요하다고 했다. 그것이 엄마의 뜻이라면 힘들더라도 따라 줘야 하지 않을까? 진영은 그렇게 마음을 정리하고 있던 중이었다.

"치료받으면 장모님이 사실 수도 있어. 너만 원하면 분명 장모님은 계속 치료받으실 거야."

"제가 알아서 할게요."

진영은 냉정하게 민호를 밀어냈다. 엄마의 일에 민호가 끼어드는 게 싫었다. 인선에게 신경 써 주는 건 고마운 일이지만 이번 일은 민호가 너무 앞서 나갔다. 관심이 아니라 간섭이었다. 껄끄러운 기분으로 진영은 드레스 룸을 나갔다.

민호는 진영이 나간 후에도 한참 동안 드레스 룸에 멍하니 서 있었다. 뭔가 허탈했다. 좀 더 가까워진 줄 알았는데 모두 내 착각이었나?

다음 날, 민호가 자리에서 일어났을 때도 진영은 옆에 없었다. 민호는 진영의 서재로 갔다. 민호가 문을 열자 진영이 막 약을 먹고 있는 중이었다.

"아직도 아파? 생리통이 그렇게 오래가?"

진영은 대충 대답을 얼버무렸다.

"네. 이번에는 좀 오래가네요."

아침 식사를 준비하려고 서재를 나가려는 진영을 민호가 붙잡았다.

"임용고시는 계속 공부해. 당신이 공부하는 게 싫은 게 아니라 무리하는 것 같아서 그랬던 것뿐이야. 하는 일이 좀 많아야지. 내가 어머니께 말해서 당신 일을 좀 줄이도록 할게."

"아니에요. 할 일은 제대로 하고 싶어요."

"그래도⋯⋯."

"제가 알아서 할게요."

민호는 알아서 한다는 그 말이 정말 싫었다.

"지금 내려가 봐야 해요."

"그래."

진영은 망설이다가 입을 열었다.

"공부하게 해 줘서 고마워요. 일에 지장 안 가게 할게요."

"지장 줘도 괜찮아. 당신 하고 싶은 공부 해."

"돈 받고 일하는데 그럴 순 없죠."

눈에 보이지 않는 벽이 또다시 진영과 민호의 사이에 쌓이는 기분이었다. 진영이 서재를 나간 후 민호는 책상 의자에 한참 앉아 있었다.

문득 민호는 진영이 무슨 약을 먹는지 궁금해졌다.

순전히 호기심이었다. 민호는 진영이 약을 넣어 둔 서랍을 열었다. 서랍 안에는 몇 알이 빠진 약 포장이 있었다. 알약 포장지에는 각 알약마다 요일이 인쇄되어 있었다.

'요일별로 먹는 진통제도 있나? 특이하네.'

이런 진통제는 본 적이 없었다. 민호는 알약 포장지 뒷면에 찍힌 약 이름을 보았다. 처음 보는 것이었다. 민호는 서랍 안쪽을 뒤졌다. 알약이 들어 있던 종이상자가 있었다. 민호는 약상자 앞면에 인쇄된 효능과 효과를 보는 순간 하얗게 질렸다.

진통제가 아니라 피임약이었다.

민호는 신음 소리를 냈다. 누군가가 심장에 칼을 꽂은 것 같았다. 너무 고통스러워 미칠 것만 같았다. 민호는 가슴을 부여잡고 중얼거렸다.

"진영아, 나 아프다. 너무 아파."

18

"꼭 가야겠니?"

연희는 못마땅한 기색을 있는 대로 드러냈다.

진영이 친정에 갈 때마다 연희는 한 번도 마음 편하게 보내 준 적이 없었다. 며느리로 살면서 여러 이해할 수 없는 일들을 겪었지만 그중 제일 이해가 안 되는 것이 친정에 가는 것을 싫어하는 시어머니였다. 친정에 가서 역적모의라도 한다고 생각하는지 매번 친정에 갈 때마다 꼭 가야 하냐고 되물었다.

"음식 준비도, 테이블 세팅도 미리 다 했어요. 모임에 오시는 분들에 대해서도 차 실장님에게 미리 다 알려 드렸으니까 별일 없을 거예요."

"집에 손님이 오는데 며느리가 자리를 비우면 손님들이 대접이 소홀하다고 여기지 않겠니? 그 사람들, 밥 못 먹어서 우리 집에 오는 거 아니야. 너 없으면 다들 어디 갔냐고 한마디씩 할 텐데 왜 이렇게 사람 성가시게 하는 거니? 꼭 오늘 가야 해?"

"2주 전에 말씀드렸을 때 허락하셨잖아요. 모임이 있었으면 다른 날로 잡았겠죠."

연희가 이틀 전에 손님 초대를 하겠다고 하는 바람에 음식 준비하고 테이블 세팅을 준비하느라 진영과 차 실장은 정신이 없었다.

차 실장이 워낙 야무지게 일 처리를 하는 사람이고 진영과 손발이 잘 맞아 진영이 미리 지시를 해 두고 가면 아무 문제가 없었다. 그런데도 연희는 짜증을 냈다.

연희는 요즘 진영이 별로 마음에 들지 않았다. 예전에는 몇 번 짜증을 내면 늘 진영이 뜻을 굽혔었다. 진영이 쉬겠다고 한 날 급히 병원 예약을 잡아 따라오게 했고, 모임이 있다고 데리고 나가기도 했다. 친정에 있는 진영에게 전화를 걸어 픽업하러 오라고 한 적도 많았다. 그때마다 진영은 한숨을 살짝 내쉬고 연희의 고집에 따라 주었다. 그런데 요즘엔 때때로 진영의 입에서 '안 되는데요.'라는 말이 나오기 시작했다.

슬슬 군기가 빠질 때가 되기도 했다. 연희는 고삐를 바짝 죄어야겠다고 마음먹었다. 석금과 민호가 제 편을 들어 주니 건 방져진 것 같았다. 지금 기를 죽여 놓지 않으면 시어머니를 우 습게 볼지도 몰랐다.

오늘은 클래식 음악 모임의 저녁 식사가 있는 날이었다. 일 주일에 한 번씩 돌아가면서 팔자 좋은 사모님들이 모여 자랑과 험담 퍼레이드를 벌이는 모임이었다. 그런 모임이 있을 때마다 연희는 유독 과시라도 하듯 진영을 몸종 부리듯 했다.

처음엔 아무것도 내세울 것 없는 집안 출신이라 부끄럽고 속상했지만, 연희는 금방 진영의 장점을 발견했다. 진영은 연희의 비위를 입안의 혀처럼 잘 맞췄다. 하긴, 그만큼 누리고 살게 해 주는데 네가 그 정도는 해야지. 연희는 마음껏 진영을 부렸다.

있는 집에서 며느리를 데려온 집안은 며느리도 프라이드가 높아서 진영처럼 부리는 것은 불가능했다. 시어머니가 며느리 시집살이를 하는 경우도 있었다. 시어머니 노릇을 호되게 했다가 며느리가 참지 못하고 이혼을 하고 나간 집도 있었다.

"엄마가 정말 많이 안 좋으세요. 오늘은 꼭 가 봐야 할 것 같아요. 다음 주는 아버님 모임과 회사 봉사활동 때문에 꼼짝할 수 없어요."

"언제 오니?"

"저녁 먹고요."

점심만 먹고 오후에 올 줄 알았는데. 연희는 또 기분이 상했다.

인선은 주치의를 허광용 교수로 바꾸고 H 대학병원에서 치료를 받고 있었다. 입원과 퇴원을 두 달째 반복하고 있는데, 인선의 기력이 하루가 다르게 떨어지고 있었다.

가사도우미이자 간병인인 미옥이 한번 와 보시는 게 좋겠다고 걱정스러운 목소리로 여러 번 전화를 했었다. 암 환자를 여러 번 돌본 경험이 있는 미옥은 예감이 좋지 않다며 말끝을 흐렸다. 혹시라도 진영에게 사위스럽게 들릴까 걱정하는 눈치였다. 훨씬 더 일찍 인선을 보러 가려고 했지만 도무지 짬을 낼 수 없어 겨우 시간을 내어 가 보려는데 연희가 태클을 건 것이다. 오늘따라 진영은 연희가 많이 야속했다.

"너희 엄마 하루이틀 아픈 것도 아닌데 유난이다. 너희 집 자식이 너 하나니? 남동생은 뭐 하고 네가 하루가 멀다 하고 친정에 드나들어? 한 달에 하루 쉬랬다고 정말 한 번도 안 빼먹고 쉬는구나. 누가 보면 네가 휴가가 필요할 만큼 엄청 시집살이하는 줄 알겠어."

'너희 엄마'라니, 참 교양 없게 들렸다. 안사돈, 사부인, 뭐 이런 단어를 쓰면 자존심이 상한다는 건가? 돈 없고 백 없는 집안이라서? 진영은 묵묵히 연희의 잔소리를 들었다. 귀가 두 개인 것은 한 귀로 듣고 한 귀로 흘리기 위함이었다.

진영은 힐끗 시간을 확인했다. 가야 할 시간이었다. 연희의 잔소리는 멈출 기미를 보이지 않았다.

"친정에 내 아들 돈을 그만큼 보냈으면 됐잖아. 그러면 알아서 하면 안 되니? 정말 너희 엄마는 딸 판 것도 아니고 참 얼굴도 두껍구나."

연희는 마치 융단 폭격이라도 하듯 진영에게 퍼부었다. 진영은 얼굴빛 하나 바뀌지 않았지만 속은 부글부글 끓어올랐다. 연희가 무슨 소리를 해도 참을 수 있었지만 인선에 대한 험담은 참을 수 없었다. 아무리 돈 받고 일하는 며느리라도 그 정도 자존심은 지켜야 했다.

"그럼 제가 나가야겠네요."

진영은 담담하게 말했다. 진영은 결혼한 후 처음으로 연희에게 말대답을 했다. 그동안 성격에 맞지 않게 무조건 '네.' 하고 살았더니 온몸에서 사리가 달그락거리는 것 같았다.

"뭐?"

진영은 또박또박 말을 이었다.

"저 3년 좀 안 되게 이 집 며느리로 살면서 제 깜냥으론 최선을 다했어요. 어머님이 죽으라고 하면 죽는 시늉도 했고, 뭐든 어머님이 하라시는 대로 다 했어요. 간도 쓸개도 어디 있는지 모르게 살았어요. 제가 부족한 걸 알아서 어머님에게 인정받는 건 꿈도 꾸지 않았어요. 어머님 심기나 거슬리지 않아야겠다, 그런 마음으로 매일 살았어요. 그런데도 어머님은 늘 제가 못마땅하시고 부족하다고 여기시니까 어쩌겠어요. 제가 나가야죠."

연희는 뜻밖의 반격에 당황해서 어쩔 줄 몰랐다.

"죽어 가는 친정엄마, 병간호를 하는 것도 아니고 잘 계신지 잠깐 보러 가는 것도 안 되나요? 집에서 일하는 사람도 그런 사정이면 며칠 휴가를 주는 게 인지상정이에요. 어머님에게 전 며느리는 고사하고 집에서 일하는 사람보다 못한 존재인가 봐요."

진영은 당황해서 어쩔 줄 모르는 연희를 빤히 바라보았다. 밟아도, 밟아도 가만히 있던 지렁이가 꿈틀하니까 많이 놀란 것 같았다.

"어머님도 마음에 드는 며느리에게 효도 받고 사셔야 하지 않겠어요? 민호 씨, 저와 결혼할 때 어머님 생각을 끔찍하게 하더라고요. 제가 어머님 마음에 쏙 들 것 같아서 결혼했다고 했으니 말 다 한 거죠. 그런데 민호 씨가 사람을 잘못 본 것 같네요. 제가 어머님을 잘 모시지 못하는 걸 보면요. 다음 며느리는 어머님 마음에 쏙 들고, 예쁜 손자도 금방 낳아 주는 여자였으면 좋겠네요."

"너 뭐야? 정말 이혼이라도 하겠다는 거야?"

연희의 목소리가 날카로웠다. 진영은 나지막하게 대꾸했다.

"못 할 것도 없죠. 이혼 한 번 했다고 가슴에 주홍 글씨 새겨지는 시절도 아니잖아요. 평균 수명도 길어져서 대개 여든까지 살고, 아흔 넘는 분도 흔해요. 요즘은 며느리 앞세우는 집도 그렇게 많대요. 참다가 암 걸려 죽는 것보다는 이혼이 낫죠. 그렇게 참고 산다고 누가 알아주나요? 다들 불쌍하다고도 안 해요. 얼마나 못났으면 저렇게 살았냐고 그러지."

연희는 팔뚝에 소름이 돋았다. 진영은 허튼소리를 하는 성격이 아니었다. 순한 사람이 한 번 화가 나면 여간해선 풀기 어려웠다. 연희는 뭔가 단단히 잘못 건드렸다는 생각이 강하게 들었지만 적반하장으로 억지소리를 했다.

"넌 이혼 소리가 그렇게 쉽게 나와? 하여튼 가정 교육을 제대로 못 받은 애는 어디서 티가 나도 나. 시어머니가 싫은 소리 몇 마디 했다고 그만 살겠네, 이혼하겠네 하다니 버르장머리하고는……."

"그러니까 가정 교육 잘 받고, 입양아도 아니고, 처가 덕 볼 수 있는 좋은 여자를 며느리로 맞이하세요."

결혼하고 처음으로 속마음을 털어놓았더니 후련하긴 했다. 그렇지만 한 번도 연희를 진심으로 대한 적이 없으니 자신에게 이런 말을 할 자격은 없는 거라고 진영은 생각했다.

"너 그동안 되바라진 소릴 하고 싶어서 어떻게 참았니?"

"되바라졌다는 소리 들은 김에 할 말 다 할게요. 어머님, 저한테 너무 못되게 구세요. 저한테 그렇게 못되게 구시면 기분 좋으세요? 어머님도 제가 싫으시겠지만 저도 어머님이 싫어요. 어머님은 절 이유 없이 싫어하시지만 전 어머님이 싫은 이유를 백 가지도 더 댈 수 있어요. 그리고 좋아하려는 노력도 이젠 하고 싶지 않아요."

대놓고 싫다는 소리를 듣자 연희는 이해할 수 없을 만큼 충격을 받았다.

"민호 씨에게 빚진 건 있지만 어머님에겐 한 푼도 빚지지 않았어요. 그런데 어머님은 왜 늘 제게 빚쟁이처럼 구시는 거예요? 도대체 어머님이 제게 뭘 해 주셨는데요? 배 아파 낳으셨어요, 힘들여 키우셨어요, 제가 힘들 때 애달파하셨어요? 절키워 준 엄마한테보다 더 잘해 드리는데 어머님은 왜 항상 불만이세요?"

연희는 너무 놀라 한 마디도 대꾸하지 못했다.

진영은 늘 연희가 보았던 순종적인 며느리의 얼굴로 돌아가 입을 열었다.

"그럼, 어머님, 잘 다녀오겠습니다."

비밀번호를 누르고 현관문을 열자 진형이 양복 차림으로 서 있었다.

"아직 출근 안 했어?"

"누나 온다고 해서 잠깐 얼굴 보고 가려고 반차 썼어. 할 말 도 있고, 줄 것도 있어서."

진영은 진형이 사귀는 여자 이야기를 하려는 거라고 생각했 다. 하긴 민호에게 들켰으니 솔직히 털어놓아야 할 때가 오긴 왔다. 어떤 아가씨일지 궁금했다. 결혼은 힘들겠지만 인선에게 소개라도 시켰으면 싶었다. 그러면 인선의 마음이 한결 놓일 것 같았다.

"커피 마셨어?"

"아니, 아직."

진형이 주방으로 가 커피 두 잔을 내려왔다. 진형은 진영 몫 의 커피 잔과 함께 봉투를 놓았다.

"뭐야?"

진영은 의아한 얼굴로 봉투를 열었다. 돈이 들어 있었다.

"생활비야. 이번 달부터 내가 다 부담할게. 누나는 다음 달 부터 입금하지 마. 내 생각이 짧았어. 좀 더 일찍 이렇게 했어 야 했어. 이제껏 학자금 대출 갚는다는 핑계로 생활비, 엄마 치 료비 모른 척한 거 미안해."

진형은 또 다른 봉투를 진영에게 건넸다.

"이건 또 뭐야?"

"매형에게 갖다 주면 알 거야."

"너 그 사람에게 돈 빌렸니?"

"아니야. 매형이 나한테 아무 말도 하지 않고 식사 값을 냈거든. 그날 식사는 꼭 내 돈으로 내야 하는 거라서."

"파멜라에서?"

"얘기 들었어?"

"네가 사귀는 사람하고 밥 먹는 거 봤다고. 같이 술 한잔했다며? 오랜만에 얼굴 보고 반가워서 밥값 내 준 것 같은데 호의는 호의로 받아들여."

처남에게 밥 한 끼 사 준 것을 가지고 진형이 너무 예민하게 구는 것 같았다.

"호의?"

진형이 폭발했다.

"돈 없는 걸로 사람 인격을 완전히 깔아뭉개는 걸 언제부터 호의라고 불렀어?"

뜻밖의 거친 반응에 진영은 당황했다.

큰맘 먹고 준비한 여자친구 수지와의 저녁을 그 인간이 완전히 망쳐 놓았다.

수지와 진형은 같은 시험을 준비하면서 가까워졌다. 학교 식당에서 밥을 먹고, 도서관 앞에서 자판기 커피를 마시면서 수다를 떠는 게 데이트의 전부였다. 그렇지만 수지는 한 번도 싫은 얼굴을 한 적이 없었다. 진형은 그런 수지가 늘 고마웠다.

그런데 같이 공부를 했지만 진형은 단번에 붙었고 수지는 시험에 떨어졌다. 꼭 자기와 연애를 해서 수지가 시험에 집중하지 못한 것 같아 미안했다.

얼마 전 수지가 진형을 비스포크 슈트 전문점으로 데려갔다. 매그놀리아 호텔 2층에 있는 매장은 들어가는 입구부터 고급스러웠다.

"오빠 생일 선물 미리 주는 거야."

"네가 무슨 돈이 있다고 그래?"

수지는 쑥스러운 듯 미소를 지었다.

"괜찮은 양복 한 벌 사 주고 싶어서 적금 들었는데 얼마 전에 찾았어. 남자에게 양복은 전투복이라잖아. 제대로 된 양복 한 벌은 있어야지. 오빠는 뭘 입어도 멋있어. 그러니까 멋진 옷을 입으면 더 멋질 거야."

수습 동기들 중에서는 대단한 집안 출신들이 많았다. 월급 따윈 용돈으로 써도 되는 유복한 집안에서 태어난 동기들을 보며 진형은 알게 모르게 스트레스를 받았다. 진형은 자신이 늘 외면보다 내면을 중요시하는 사람이라고 생각했지만 그건 대단한 착각이었다. 자신의 노력이 초라하게만 느껴졌다. 수지가 진형에게 말갛게 웃으며 말했다.

"기죽지 마. 나한테 오빠는 우주 최고의 남자니까."

뭔가 울컥하는 게 치밀어 올랐다.

진형은 큰맘 먹고 파멜라에 예약을 했다.

파멜라는 진형이 아는 유일한 고급 레스토랑이었다. 회계사 시험에 합격했을 때 진영, 인선과 함께 왔었는데 분위기도 좋았고 음식 맛도 좋았다.

낯간지러운 이벤트는 꿈도 못 꾸지만 멋진 레스토랑에서 와인 잔을 부딪치는 근사한 저녁을 선물해 주고 싶었다. 그런 진형의 소박한 마음을 민호가 박살냈다.

레스토랑에 도착해 수지와 막 식사를 하고 있는데 민호가 다가왔다. 대단히 못마땅한 눈빛으로 진형과 수지를 바라보는데, 그 눈빛이 꼭 '너 따위가 감히 이런 레스토랑에서 식사를 해?'라고 말하는 것 같았다.

진형은 겨우 예의를 차려 인사를 했다. 진형은 한 번도 민호가 좋았던 적이 없었다. 결혼한 후 진영이 시집살이에 시달리는 것을 보며 더더욱 민호가 싫어졌다. 돈이 아니면 누나가 저런 말도 안 되는 남자랑 결혼할 리 없었다. 누나는 저런 졸부 아들이 아니라 훨씬 나은 남자랑 결혼해야 했다.

진형은 자리에서 일어나 민호에게 인사를 했다. 민호가 자리를 뜨자 수지가 물었다.

"누구야?"

"매형."

수지는 가족에게 자기를 소개하지 않아 살짝 실망한 것 같았다.

"엄마부터 뵌 다음에 소개하는 게 맞는 것 같아서 그랬어. 아직 누나도 못 봤잖아."

수지는 진영의 말에 수긍했다. 수지는 인선과 만날 약속을 잡았다.

"그날 오빠 누나도 만났으면 좋겠다. 나오시라고 하면 안 돼?"

"시댁 일이 바빠서 시간을 못 낼 거야. 난 절대로 너 우리 누나처럼 안 살게 할 거야. 넌 결혼하고 일주일에 열 번이라도 괜찮으니까 친정 가고 싶을 때 가."

"일주일에 열 번을 어떻게 가? 오빠도 참."

수지는 웃었다.

"근데 뭐 하는 분이야?"

"아버지 회사에서 일해."

"모델이라고 해도 믿겠다."

수지가 민호가 있는 쪽을 힐끔거리며 소곤거렸다.

몇 분 후, 와인 한 병을 소믈리에가 가져왔다. 민호가 선물하는 와인이라고 말했다. 예산이 빠듯해 디너 코스 중 제일 싼 것을 시켰는데 음식이 전혀 다른 것이 나왔다. 진형이 당황해서 서버에게 주문한 음식이 아니라고 말하자 서버는 사람 좋은 미소를 지으며 정중하게 대답했다.

"사장님이 잘 아시는 분이라며 특별히 신경 쓰라고 주방에 부탁하셨습니다."

민호의 짓이었다. 한눈에 봐도 비싼 음식이었다. 수지는 눈을 둥그렇게 크게 뜨고 '오빠, 너무 무리하는 거 아니야?' 하고 걱정스러운 얼굴을 했다. 호의라고 생각하기엔 너무 제멋대로였다. 이럴 때 진형이 생각하는 호의는 모른 척해 주는 것이었다. 그러나 즐거워하는 수지를 보면서 민호의 무례를 잊었다.

식사를 마치고 계산을 하려는데 이미 계산이 됐다는 말이 돌아왔다.

"사장님이 이미 하셨습니다."

바에 앉아 있던 민호가 느긋한 얼굴로 다가왔다.

"처남, 오랜만에 만났는데 술 한잔해."

마치 자주 만나 술잔을 기울인 듯 친근하게 굴었다. 그러나 진형은 정중하게 거절했다. 수지를 집까지 데려다주고 싶었다. 그러자 민호는 수지 쪽으로 타깃을 바꾸었다.

"처남 좀 양보해 주시면 안 될까요?"

수지는 난처한 얼굴을 했다. 딱 봐도 비싸 보이는 식사 값을 민호가 냈다는 사실을 알고 나니 빚이라도 진 기분이었다.

"오빠, 난 괜찮아."

민호는 잽싸게 기사를 불러 수지를 태워 보냈다. 진형을 바로 끌고 간 민호는 작정이라도 한 듯 독설을 쏟아부었다. 개중 맞는 소리도 있었지만 시니컬한 말투와 얕보는 듯한 눈빛은 옳은 소리도 꼬아 듣게 하는 힘이 있었다.

민호는 진형이 진영에게 모든 것을 맡기고 얌체처럼 편하게 산다고 생각하는 것 같았다. 생활비 문제나 인선이 입원했을 때 병원에 거의 가지 못한 문제에 대해선 할 말이 없었다. 누나인 진영이 워낙 알아서 잘해서 진형은 신경을 쓰지 않았다. 민호가 지적을 하고 나서야 진형은 일찌감치 생활비를 보냈어야 했다는 것을 깨달았다.

진형에게 파멜라에서 있었던 일을 들으며 진영은 민호가 지나쳤다는 생각을 지울 수 없었다. 그 사람은 항상 그랬다. 늘 제멋대로였다. 사소한 것부터 중요한 것까지 한 번도 진영의 의사를 제대로 물었던 적이 없었다. 아, 한 번 있었다. 결혼식 직전에 결혼을 정말 하고 싶은지 물었었다.

"그 자식이 누나한테 함부로 대하는 거 아니야?"

"이진형! 너 말버릇이 그게 뭐야? 매형한테 그 자식이라니!"

오랜만에 제대로 정색한 진영의 눈빛을 보는 순간, 진형의 심장은 말린 대추만 하게 쪼그라들었다. 움찔했지만 진형은 할 말을 마저 했다.

"그깟 돈 몇 푼으로 누나 옭아매는 거 아니냐고."

진영은 허탈한 얼굴을 했다.

"그깟 돈 몇 푼?"

정말 진형이 철없어 보였다.

"그깟 돈 몇 푼 때문에 아빠는 은행에서 무릎을 꿇고 빌었고, 그깟 돈 몇 푼 때문에 평생을 일군 사업체를 날렸어. 그깟 돈 몇 푼 때문에 친척들은 등을 돌렸고, 그깟 돈 몇 푼 때문에 난……."

진영은 말을 잇지 못하고 입술만 꽉 깨물었다. 진영은 심호흡을 깊게 한 후 입을 열었다.

"아빠 빚, 그거 갚아 준 게 누구야? 네가 누구 덕에 그렇게 편하게 회계사 공부를 했다고 생각해? 엄마가 누구 덕에 병원비 걱정 없이 치료받을 수 있다고 생각해?"

진형은 진영이 민호 편을 들 줄은 꿈에도 몰랐다. 늘 민호보다 자기가 진영의 우선순위라고 생각했던 진형은 누나에게 배신이라도 당한 기분이었다.

"돈을 받았으니까 나까지 누나처럼 매형에게 굽실거리며 살라는 거야?"

"누가 굽실거리랬어? 고마워할 수는 있는 거잖아!"

"갚으면 되잖아. 얼마야!"

그동안 진영이 모든 일을 감당해서 진형은 돈이 없다는 것이 얼마나 두렵고 힘든 일인지 몰랐다.

매달 갚아야 할 이자를 갚지 못할 때마다 은행 직원 앞에서 굽실거리며 사정해야 했던 굴욕을 네가 알까? 이자를 내야 할 날이 다가오면 문자가 올 때마다 경기라도 하듯 놀라는 기분이 어떤지 네가 알까? 단지 돈을 갚지 못했다는 이유로 인격적인 모독도 감내해야 하는 현실을 네가 알까?

그 모든 부담을 진영 혼자 졌던 것은 모두 진형을 위해서였다. 둘 중 하나라도 제대로 사회생활을 해야 했다. 둘 중 하나는 그늘 없이 자라야 한다고 생각했다. 둘 중 그래야 할 사람은 진형이라고 생각했다. 그러나 그건 잘못이었다. 진형을 응석받이로 만든 건 자신이었다.

진영은 냉정한 얼굴로 민호가 미리 갚아 준 빚의 액수를 말했다.

액수를 듣고 진형은 당황했다. 진형은 그렇게 많은 빚이 있었다는 것을 몰랐다. 지금 들어도 어떻게 갚을지 암담하기만 한데, 자기보다 어린 나이에 진영은 무슨 마음으로 그 빚을 짊어지고 살았을까? 진형은 누나에게 새삼 미안해졌다. 진영은 진형이 예상했던 것보다 훨씬 무거운 짐을 지고 있었다. 고작 한 살 더 많다는 이유로 그 모든 짐을 졌다. 아빠의 빚, 세 가족의 생계, 인선의 병원비와 투병 생활, 그 모든 것이 진영의 어깨 위에 있었다.

진형은 자신이 이기적이었다는 것을 인정했다. 조금만 관심을 가졌다면 충분히 알 수 있는 일이었다. 언제부턴가 진형은 진영에게 돈에 대해 아무런 질문을 하지 않았다. 청구서가 올 때마다 '누나가 알아서 하겠지.' 하는 생각을 하기 시작했다. 고마운 마음은 잠시였고, 진영이 그런 부담을 지는 것을 자기도 모르게 당연하게 생각하고 있었다. 진형은 스스로에게 실망했다. 자신은 겨우 그것밖에 안 되는 인간이었다. 진영은 항상 인선과 진형을 우선순위로 생각했지만 진형은 자기 인생을 우선순위로 생각했다. 힘든 일은 모두 누나에게 맡겨 두고 진형은 하고 싶은 공부를 해 좋은 직장에 취직을 했다. 진영의 희생이 아니었으면 불가능한 일이었다.

진형은 민호가 왜 그렇게 자기에게 화가 나 있었는지 그제야 이해가 됐다. 자기가 민호 입장이었어도 화가 났을 것 같았다. 하나 있는 남동생이 누나의 짐을 덜어 줄 생각은 않고, 자기 혼자 잘 먹고 잘살려고 한다고 오해했던 것 같았다.

과연 오해였을까? 나는 언제쯤 누나의 짐을 덜어 주려고 했을까? 언젠가 진영의 희생에 보답을 해야 한다고 생각했지만 그게 지금이라고는 생각하지 않았다. 진형은 조금 더 연봉이

오르고. 조금 더 회사에서 자리를 잡은 후에 그렇게 해야겠다고 마음 먹었다. 진형은 자신의 솔직한 마음을 깨닫고 말았다. 그날은 오지 않았을 것이다.

진형은 고개를 숙였다. 진영에게 많이 미안했다. 가족이라는 이유로 터무니없이 많은 것을 누나에게 받았다. 진형이 받은 건 돈이 아니라 누나의 젊음이었다. 20대, 가장 빛나고 아름다운 시기를 진영은 진형과 인선을 위해 쓴 것이었다.

진영이 차분한 목소리로 말했다.

"반씩 나눠서 갚는 걸로 해. 예전엔 네가 학생이었으니까 어쩔 수 없었지만 지금은 사회인이고, 수입도 있잖아. 너 매형한테 그러면 안 돼. 나한테 뭐라고 하는 건 상관없지만 그 사람한테는 그러면 안 돼. 그 사람 정말 좋은 사람이고, 내가 죽을 만큼 힘들었을 때 내 곁에 있어 준 단 한 사람이었어. 그리고 날 힘들게 하지 않은 유일한 사람이었어. 네가 만약 민호 씨였다면 나 같은 조건의 여자와 결혼할 수 있었겠니?"

진형은 그 말에 고개를 더 숙였다. 아무리 수지를 사랑하지만 그렇게 할 순 없을 것 같았다. 게다가, 민호는 진형보다 더 살갑게 인선을 대했다. 한 번도 돈에 대해 생색을 낸 적도 없었다.

진영은 진형이 준 봉투를 가방에 넣었다.

"봉투 잘 전할게. 할 말 다 했으면 그만 출근해."

진형이 서먹한 얼굴로 막 나가려고 하는데 미옥과 집 근처를 한 바퀴 돌고 온 인선이 집으로 들어왔다. 인선은 남매를 번

갈아 보며 물었다.

"너희들 싸웠니?"

"아냐, 엄마, 싸우긴. 안 가고 뭐해?"

진영이 얼버무렸다. 사정 이야기를 하면 인선이 속상해할 게 뻔했다.

"엄마, 누나, 회사 갔다 올게."

인선이 욕실에 손을 씻으러 간 사이 진영은 미옥에게 한나절 휴가를 주며 말했다.

"오늘은 제가 엄마 옆에 있을게요. 그리고 이거, 얼마 안 돼요. 맛있는 거라도 사 드세요."

진영은 미리 준비한 돈 봉투를 미옥의 손에 쥐어 줬다.

"아이고, 매번 뭘 이런 걸."

"엄마한텐 아무 말 하지 마세요."

손만 씻으러 들어갔던 인선은 세수와 양치까지 하고 욕실에서 나왔다. 인선은 기운이 없어 앉아 있기도 힘들어했다. 진영은 인선을 부축해서 방으로 들어가 침대에 눕히고 이불을 꼼꼼하게 덮어 주었다.

인선은 진영에게 옆에 누우라고 손짓을 했다. 진영은 인선의 이불 속으로 파고들었다. 인선은 어릴 때처럼 진영의 머리를 쓰다듬어 주었다. 진영은 아기가 된 기분이었다.

"엄마, 냄새 좋아."

진영은 인선을 껴안았다. 생기가 점점 사라져 가는 고목을 껴안는 느낌이었다. 인선은 서서히 죽어 가고 있었다. 진영은 심장을 아스팔트에 문지르는 것처럼 마음이 아팠다.

인선이 진영에게 물었다.

"뭐 때문에 진형이 야단친 거야?"

"아니라니까."

"너희들 얼굴만 봐도 엄만 다 알아."

진영은 대충 둘러댔다.

"진형이가 그 사람에 대해 버릇없이 말하잖아."

"혼날 짓 했네. 어디 처남이 매형에 대해 버릇없이 말해."

진형과 민호 사이가 별로 좋지 않아 인선은 마음이 무거웠다.

"엄마 2주 후에 다시 입원해."

치료가 힘에 겨운지 얼굴이 까칠했다. 진영은 치료 때문에 인선의 상태가 더 안 좋아진 것 같아서 마음이 좋지 않았다. 예전 주치의의 말이 맞았다. 가망 없는 치료에 매달리는 건 환자에게 정말 못 할 노릇이었다.

"민호 씨가 뭐라고 했기에 마음을 바꾼 거야?"

"자식을 진심으로 사랑해 주는 사람에게 부모는 져 줄 수밖에 없는 거야."

인선은 조심스럽게 물었다.

"진영아, 너 아기 갖기로 했다며?"

"응?"

"박 서방이 노력하고 있다던데, 혹시 소식 있니?"

진영은 전혀 예상하지 못한 말에 당황해서 고개를 가로저었다.

부부관계 중에 콘돔을 쓰지 않은 건 사실이었다. 진영은 피임약을 먹고 있어서 굳이 민호에게 콘돔을 쓰라고 하지 않았고, 피임에 대한 이야기를 하는 것이 부끄럽기도 했다. 민호는 아이를 원한다는 기색을 전혀 보이지 않았었다. 정말 아이를 원하는 걸까 아니면 인선을 설득하기 위해 거짓말을 한 걸까? 진영은 혼란스러웠다.

"네가 낳은 아기를 꼭 보고 가고 싶어. 너희 아빠 만나서 우리 진영이가 예쁜 아기 낳았다고 자랑할 수 있었으면 좋겠다. 어서 우리 진영이랑 박 서방 아기가 찾아왔으면 좋겠다."

진영은 아무 말도 할 수 없었다.

"엄마 입원하기 전에 시간 낼 수 있니? 너랑 진형이 데리고 아빠 계시는 곳에 갔다 오고 싶어. 수지도 데려가야겠다. 아빠도 우리 진형이 짝이 보고 싶을 거야."

"엄마."

인선은 진영의 손을 잡았다.

"치료 잘 받게 해 달라고 아빠한테 부탁하려고. 거기 지금쯤 벚꽃이 아주 예쁘게 폈을 거야. 가족끼리 꽃구경한 지 오래됐잖아. 엄마 꽃 보러 가고 싶어. 엄마는 이제 아무 걱정이 없어. 너한텐 박 서방이 있고, 진형이한텐 수지가 있으니까."

유언을 말하는 것 같아 진영은 불길했다. 진영은 인선의 가슴으로 파고들었다.

"엄마 안 죽는다니까. 좋은 날이 얼마나 많을 텐데 죽긴 왜 죽어."

울음이 터져 나올 것 같아 더 이상 참을 수가 없었다. 진영은 인선의 그 말에 속아 주고 싶었다.

집으로 돌아가니 민호가 굳은 얼굴로 진영을 기다리고 있었다. 민호의 굳은 얼굴을 보자마자 외출하기 전에 연희에게 막 나간다 싶을 만큼 되바라지게 대꾸한 일이 떠올라 진영은 마음이 불편했다. 확실히 계약 위반이었다. 분명 연희가 민호에게 뭐라고 했을 것이다. 평소처럼 참을걸. 진영은 후회했다.

"잠깐 이야기 좀 해."

"네. 저도 할 이야기가 있어요."

"그럼 당신부터 해."

민호는 팔짱을 낀 채 진영을 바라보았다. 진영은 머뭇거렸다. 어떤 식으로 이야기를 꺼내야 민호가 잘 받아들이지 고민스러웠다. 일단, 가장 쉬운 것부터 하자. 진영은 진형이 준 봉투를 꺼냈다.

"이거 진형이가 당신 주라고 전한 거예요."

민호는 입을 꾹 다물고 진영을 빤히 바라보았다. 어디 할 말을 해 보라는 눈빛이었다.

"당신이 진형이한테 호의를 베푼 건 아는데요. 그날은 진형이가 여자친구에게 특별한 저녁을 선물하려던 거였대요. 그러니까 당신 돈으로 밥을 먹는 건 아무리 생각해도 아닌 것 같다고요."

"그래? 알았어."

민호가 냉랭하게 대꾸했다. 진영은 냉정한 민호의 말투에 말이 잘 나오지 않았다. 진영은 당황스러움을 감추고 할 말을 했다.

"진형이에게 야단칠 일 있으면 저한테 말해 줘요. 야단을 쳐도 제가 칠게요."

"하긴 내 주제에 처남을 야단칠 자격이나 있겠어? 주제넘은 거 사과할게."

빈정거리는 말투였다. 진영은 어찌할 바를 몰랐다. 이렇게까지 기분이 상한 민호는 결혼하고 나서 처음이었다.

"진형이랑 의논했는데 당신이 갚아 준 아빠 빚, 진형이와 함께 갚고 싶어요. 진형이도 이제 사회인이 됐으니까 책임질 건 책임져야 하니까요."

민호의 눈빛이 더욱 건조해졌다.

빚. 그래, 넌 빚을 갚기 위해 나와 결혼했지. 아버지가 사업을 하면서 진 빚, 네 양부모님이 널 키워 준 빚을 갚기 위해 말이야. 넌 나와 있는 동안 단 한 번도 그 사실을 잊지 않았겠지. 너에게 난 얼마나 지겨운 상대였을까? 빚쟁이와 매일매일 얼굴을 맞대고 사는 거였으니.

민호에게 진영의 말은 이혼하기 전에 깨끗하게 정리하자는 뜻으로 들렸다.

"처남이랑 함께 갚으면 변제가 더 빨리 끝나겠군."

"아마도요."

진영은 그 빚을 갚아야 홀가분한 마음으로 민호를 대할 수 있을 것 같았다. 진형과 함께 갚으면 몇 년 안에 이자까지 청산할 수 있을 것이다.

"그리고 또 할 이야긴 없어?"

진영은 본론을 꺼냈다.

"엄마에게 왜 아기를 가질 거라고 말했어요? 아무리 엄마가 치료받을 마음이 생기게 하려고 한 거짓말이라지만 그건 좀 심했어요. 기대가 크면 실망도 큰 법이에요. 당신은 왜 항상 그렇게 당신 마음대로 하는 거예요? 그런 문제는 이야기하기 전에 나한테 미리 이야기해 줄 수 없었어요?"

민호는 피식 웃었다. 그럼 너도 피임약을 먹기 전에 나에게 미리 이야기해 주지 그랬니? 기대가 크면 실망도 크잖아.

민호의 눈빛이 얼음처럼 차가웠다. 진영은 서둘러 변명처럼 말을 덧붙였다.

"당신이 엄마 생각해서 그랬다는 거 알아요. 당신이 나와 엄마에게 해 준 일들, 정말 고맙게 생각해요. 진짜 사위라도 그렇게 하진 못했을 거예요. 나한테도, 엄마한테도 당신은 정말 고마운 사람이에요."

"정말 그래? 내가 너한테 고마운 사람이야?"

"그래요."

"그럼 그 빚은 어떻게 갚을래?"

"네?"

"넌 남한테 신세 지는 거 안 좋아하잖아. 아주 작은 호의라도 되갚아야 직성이 풀리는 성격 아니야?"

이렇게 메마르고 공격적인 민호는 처음이었다. 진영은 망치로 머리를 맞은 듯 멍했다.

"내 아이를 낳아 줘. 그럼 그 빚을 탕감해 줄게."

진영은 얼어붙은 얼굴로 민호를 바라보았다. 민호의 목소리가 너무 차가웠다. 진영은 갑자기 한기를 느꼈다. 온몸이 덜덜 떨려서 어금니를 꽉 깨물었다.

"그 정도 고마움은 아니었나 보네, 대답 못 하는 거 보면."

"농담이죠? 그런 이유로 아이를 낳으면 그 아이는 도대체 뭐가 돼요? 나중에 아이에게 뭐라고 말할 건데요? 네 엄마는 빚을 갚으려고 널 낳았다, 그렇게 말할 건가요? 아이가 불쌍하지도 않아요?"

"그래. 재미없는 농담이다. 할 말 다 했니?"

진영은 고개를 가로저었다. 이제 본론이었다.

"엄마가 2주 후에 다시 입원하세요. 입원하실 때까지 엄마랑 같이 있고 싶어요. 일주일 정도라도 좋아요. 엄마한테 보내 줄 수 있어요?"

민호는 진영을 빤히 바라보다가 물었다.

"네가 내 아내면 묻지도 따지지도 않고 보내 줄 수 있어. 그렇지만 계약직 아내면 보내 줄 수 없어. 그건 계약 조건에 없는 일이잖아. 넌 내 아내야, 아니면 계약직 아내야?"

민호는 자신이 억지를 부린다는 것을 알고 있었다. 하지만 인선의 일이니까 진영이 거짓말로라도 민호가 원하는 대답을 해 줄지도 모른다는, 실낱같은 기대를 걸었다. 거짓말이라도 민호는 진영에게 그런 대답을 듣고 싶었다.

그런 간절한 마음을 건조한 눈빛에 숨긴 채 민호는 대답을 기다렸다.

진영은 민호가 야속했다. 인선의 일이라 꼭 들어줄 것이라고 기대했었다.

"안 된다는 뜻이군요."

그의 계약직 아내라는 뜻이었다. 민호는 심장이 갈기갈기 찢어졌다.

"할 말 다 했어요. 당신 할 말은 뭐예요?"

"됐어. 벽에다 대고 말해 봤자 메아리도 돌아오지 않을 테니."

민호는 드레스 룸으로 들어가 옷을 갈아입고 나왔다.

"어디 가요?"

민호는 진영의 질문에는 대답하지 않고 다른 말을 했다.

"내일 어머니한테 잘못했다고 사과해. 당신 계약, 아직 끝나지 않았어. 언제 끝날지 모르지만 완벽한 며느리 노릇 해야지. 안 그래?"

지극히 사무적인 목소리였다. 진영은 한참 동안 민호를 보다가 겨우 대답했다.

"네, 그렇게 할게요."

민호의 기분을 진정시키기 위해 한 말이었지만, 민호는 자존심이 상하는 명령 같은 말에도 순순히 복종하는 진영의 태도에 도리어 기분이 상했다.

"왜 화가 난 거예요? 내가 뭔가 잘못했어요? 아니면 내가 아까 한 말이 기분 나빴어요?"

민호는 차갑게 진영을 노려보다가 말했다.

"내가 나고, 당신이 당신이어서 그래. 내가 나이고 당신이 당신인 이상 해결이 안 날 문제야."

진영은 문 쪽으로 걸어가는 민호의 등을 바라보며 물었다.

"언제 올 거예요?"

"늦을 거야. 기다리지 말고 자."

만약 민호가 몸을 돌려 진영을 바라보았다면, 울 것 같은 진영을 볼 수 있었을 것이다.

민호는 침실 문을 쾅 닫고 나갔다. 진영은 밤새도록 민호를 기다렸다.

잠이 오지 않았다. 낯선 곳에서 엄마를 잃어버린 사람처럼 진영의 마음은 불안했다.

혹시 민호로부터 연락이 올지 모른다고 생각해 휴대전화를 꼭 쥔 채 침대에 눕지도 못하고 웅크리고 앉아 민호를 기다렸다. 누군가를 그렇게 절실한 마음으로 기다려 본 건 처음이었다. 진영은 인숙도, 인선도 기다린 적이 없었다. 올 거라는 기대도 걸지 않았다. 그러나 민호는 달랐다. 그 사람은 늘 약속을 지켰다. 늦을 거라고 했지, 들어오지 않겠다고는 하지 않았으니까.

그날 민호는 집에 돌아오지 않았다.

결혼하고 처음 하는 외박이었다.

19

"사부인이 또 입원하신다며?"

국을 놓고 물러나는 진영을 석금이 잡았다. 진영은 아무 말하지 않고 묵묵히 고개를 숙인 채 서 있었다.

"민호가 너 잠깐 친정에 다녀오게 허락해 달라고 하더구나. 오늘 아침 먹고 가서 사부인 입원하시는 거 보고 집에 오너라. 여기 일 신경 쓰지 말고 사부인과 좋은 시간 보내렴."

진영은 놀라서 민호를 바라보았다. 민호는 진영의 시선을 모른 척했다.

민호는 외박한 다음 날 퇴근하고 집에 들어오긴 했지만 잠은 진영과 함께 자지 않았다. 회사에서 일거리를 싸 짊어지고 와서 밤새도록 서재에서 일을 하다가 서재에 딸린 작은 방에서 눈을 붙였다. 종로 프로젝트가 막바지에 접어들어 검토해야 할 일이 많아진 것을 아는 집안사람들은 민호가 서재에서 밤을 새우다시피 하는 것을 이상하게 생각하지 않았다. 진영이 아침 식사를 준비하기 위해 아래층으로 내려가고서야 민호는 침실로 와서 씻고 옷을 갈아입었다.

"가서 맛있는 것도 사 드리고, 좋은 데 구경도 시켜 드리고."

연희가 못마땅하다는 듯 입을 삐죽거렸다. 하지만 석금이 단단히 입단속을 시킨 후여서 아무 말도 하지 못했다. 이렇게 하려고 나 죽었소, 사과를 한 건가? 연희는 두 배로 괘씸했다. 진영이 자신을 가지고 노는 기분이었다. 불여우 같은 계집애. 연희의 눈에는 진영이 석금과 민호를 구워삶은 것으로밖에 보이지 않았다.

"아버님, 고맙습니다. 잘 다녀오겠습니다."

진영이 주방으로 가려는 찰나 민호가 입을 열었다.

"나한테도 고맙다고 해야지."

민호의 목소리에 서린 냉기에 식사를 하던 석금과 연희는 움찔했다. 부부 싸움이라도 한 걸까? 석금은 연희를 바라보았고, 연희는 고개를 가로저었다. 모른다는 뜻이었다.

진영은 겨우 '고마워요.'라는 말을 내뱉고 주방으로 갔다. 민호와는 눈도 맞추지 않았다.

외박한 날 이후 민호는 진영에게 차갑게 굴었다. 단둘이 있을 때면 진영을 투명인간 취급했다. 진영은 민호가 자기에게 거리를 두고 차갑게 구는 것이 이토록 괴로운 일인지 처음 알았다.

"회장님이 휴가 주셨다면서요?"

차 실장이 웃으면서 진영에게 다가왔다.

"다행이에요. 잘 다녀오세요."

진영은 후식으로 먹을 사과와 배를 깎아 개인 접시에 담으면서 억지로 미소를 지었다.

진영은 차 실장 몰래 한숨을 내쉬었다. 친정에 갈 수 있게 석금에게 이야기한 걸 보니, 기분이 좀 풀린 것일지도 몰랐다. 진영은 후식을 내갔다. 민호 앞에 과일 접시와 차를 내려놓으면서 표정을 힐끔 살폈다. 민호의 얼굴은 여전히 찬바람이 쌩쌩 돌았다. 화가 풀린 게 아니었다.

나는 날 좋아한다는 당신 마음 하나도 편하게 해 주지 못하는구나. 하긴 당신도 사람인데 나한테 질릴 때도 됐어. 이렇게 당신은 내게서 멀어지겠지. 그걸로 잘된 거야.

아침을 다 먹은 민호는 드레스 룸으로 옷을 갈아입기 위해 들어갔지만 아무런 의욕이 생기지 않아 멍하니 소파에 앉은 채로 거울을 바라보았다. 계약이 끝나면 난 살 수나 있을까?

그날 민호는 도저히 진영의 얼굴을 볼 수 없어서 무작정 집을 나갔다. 한밤중에 갈 만한 곳은 없었다. 회사 근처 호텔에서 민호는 홀로 외박을 했다.

민호는 한숨도 자지 못했다. 자기도 모르게 팔을 뻗어 진영의 존재를 찾았고, 손끝에 싸늘한 촉감을 느끼고는 소스라치게 놀라 몸을 일으켰다. 진영이 없다는 것을 확인하고 민호는 공황상태에 빠졌다. 한참 후에야 낯선 방 풍경이 눈에 들어왔다.

그곳은 그와 진영의 침실이 아니었다.

민호는 자는 것을 포기하고 미니바의 술을 꺼내 마시며 탁자 위에 올려둔 휴대전화를 노려보았다. 야속하게도 휴대전화는 아무런 소리를 내지 않았다. 그렇게 나왔는데도 진영은 전화 한 통 없었다.

당신을 사랑하게 된 것 같다고 고백하고 당신 곁을 맴돌았으면 우리의 결론은 달랐을까? 당신은 나를 봐 줬을까?

'어쩌면.'

상상 속의 진영이 담담한 표정으로 대꾸했다.

사랑만으로는 당신을 잡을 수 없을 것 같아서 그랬어. 당신을 놓치고 싶지 않았어.

그래서 연인 대신 아내가 되게 했다. 절망에 빠진 그녀의 구원자, 슈퍼맨이 되고 싶은 유치한 마음도 있었다.

구원자는 무슨. 어떤 구원자가 사랑하는 여자에게 그런 시집살이를 하게 하지?

돈이라는 절실한 동기가 사라진 진영이 과연 계속 그런 생활을 할 수 있을까? 사랑한다는 이유로 내가 너의 꿈과 삶을 희생시켜도 되는 걸까? 지금처럼 사는 게 진영의 꿈이 아닌 건 확실했다.

진영과 연희와의 언쟁을 전해 듣고 민호는 똑똑히 깨달았다. 그것이 진영의 진짜 모습이었다. 민호는 진영과의 첫 만남을 떠올렸다. 자기 할 말을 똑 부러지게 하는 여자였다. 서늘하고 단단했고 또 올곧았다. 그런데 지금까지 진영은 그런 자기 자신을 완벽하게 억누르고 살았다. 진영은 입가와 눈가에 투명 테이프를 붙인 듯한 얼굴로 '네, 아버님', '네, 어머님' 하며 며느리 노릇, 아내 노릇을 했다. 민호의 집안은 진영의 희생으로 겨우 가정 꼴을 갖추고 돌아가고 있었다.

상상 속의 진영이 말했다.

'그렇게 오래 살면 암 걸려요.'

진영에게 아내인지, 계약직 아내인지를 물었다. 치사한 질문이었다. 그녀가 아내일 수도, 계약직 아내일 수도 없게 만든 건 민호였다. 진영이 알량한 돈으로 단물만 빨아먹었다고 비난해도 민호는 할 말이 없었다. 그들의 계약은 결코 평등하지 않았다.

상상 속의 진영이 또 입을 열었다.

'그래서 사내연애는 안 하는 게 좋다고 내가 그랬잖아요.'

민호는 웃음을 터트렸다.

그래, 진영아. 네 말이 맞아. 사내연애는 안 하는 게 좋았어. 그냥 널 사랑할걸. 사랑하고 또 사랑할걸, 네가 날 사랑할 때까지 그냥 사랑만 할걸. 결혼 같은 거 괜히 했어.

외박 하루 만에 백기 투항해 집에 온 순간, 평소와 다름없이 그를 맞이하는 진영을 보고 민호는 쓰게 웃었다. 보는 것만으로도 딛고 있는 땅이 단단해진 기분이었다. 인정하고 싶지 않았지만 민호는 자신의 우주가 이 여자를 중심으로 돈다는 사실을 절감했다.

민호는 소파에서 일어나 드레스 셔츠를 입고, 넥타이를 맸다. 진영의 손길이, 체취가, 체온이 미치도록 그리웠다. 그녀를 안고 싶었고, 키스하고 싶었고, 섹스하고 싶었다. 마음도 몸도 진영을 미치도록 원했다.

또 무슨 계약 같은 것으로 널 몇 년, 아니 몇 달이라도 붙잡아 둘까?

민호는 다시 거울을 봤다. 흐리멍덩한 눈을 한 사내가 거울을 응시하고 있었다.

바보 같은 새끼. 그는 스스로에게 욕을 내뱉었다. 어쩌자고 이렇게 돼 버린 거니?

드레스 룸 문이 조심스럽게 열렸다. 진영이 잔뜩 긴장한 얼굴로 드레스 룸으로 들어왔다.

"왜?"

민호는 사무적으로 진영에게 물었다. 진영은 완벽하게 잘 어울리는 민호의 옷차림을 흘끗 바라보았다. 그의 넥타이를 매 준 게 3년인데 여전히 진영의 코디 솜씨는 그리 좋다고는 할 수 없는 수준이었다. 어쩌면 당신에게 나란 존재가 그런 건지도 몰라. 슈트와 어울리지 않는 넥타이 같은 존재.

진영이 입을 열기 전에 민호가 냉랭하게 말했다.

"고맙다는 말을 하려거든 그만둬. 당신을 위해서 한 일 아니야. 장모님을 위해서 한 일이야."

진영은 움찔했지만 냉정한 얼굴을 유지했다.

"왜 화가 난 거예요? 이유를 말해 줘야 고치든지 해명을 하든지 할 거 아니에요."

"내가 화가 난 것 같아?"

"아니에요?"

민호는 한숨을 크게 쉬었다.

"난 그냥 상처 입은 거야."

"나 때문에 상처 입은 건가요?"

"아니, 널 사랑하는 나 때문에 상처받은 거지."

"제발 알아듣게 좀 말해요!"

"넌 정말 사람을 숨 막히게 해."

진영이 움찔했다. 민호는 가만히 진영을 바라보았다.

이렇게 눈앞에 있는데도 언젠가 네가 사라질 걸 상상하는 것만으로도 숨 막혀 죽을 것 같아. 너는 내게 원하는 게 아무것도 없잖아. 그게 날 아프게 해. 너에게 내가 아무 의미가 없다는 게, 내가 미치도록 행복했던 그 순간순간들에 너의 진심이 단 한 조각도 없다는 게 힘들어. 숨 막혀. 난 아무래도 미쳐 가나 보다.

민호는 진영의 얼굴을 바라보았다. 울 것 같은 얼굴이었다.

널 행복하게 해 줄 수 없는 내 무능이 저주스러워. 너의 연인도, 가족도, 친구도 될 수 없는 내가 싫어.

"출근할게. 오늘은 나오지 마."

드레스 룸에서 나가려는 민호를 진영이 가로막았다.

"내가 뭘 어떻게 해 주길 바라는 거예요?"

"말하면 해 줄 거야?"

"일단 말이라도 해 봐요."

민호가 크게 심호흡을 한 후 진영을 똑바로 보면서 말했다.

"날 사랑해 줄 수 있어?"

진영은 아무 말도 하지 못했다.

"그것 봐. 말해도 소용없잖아."

민호가 드레스 룸을 나간 후 진영은 허물어지듯 바닥에 주저앉았다.

진영은 점심을 먹은 후 인선에게 갈 예정이었지만 작은 사고가 생겼다. 연희가 욕실에서 미끄러져서 팔을 다친 것이다. 살짝 만지기만 해도 아프다고 난리를 치는 연희를 가까운 정형외과에 데려갔다. 엑스레이를 찍어 본 결과 팔꿈치 뼈가 금이 간 상태였고 타박상이 좀 있었다. 큰 부상이 아니었지만 연희는 히스테리를 부렸다. 그럴 때 연희를 진정시킬 수 있는 사람은 진영밖에 없었다.

"시어머님이 갑자기 다치셨어. 엄마, 내일 아침에 갈게."

— 다치셨다니 어쩌겠니.

"응."

— 수지가 서운하겠다. 이번엔 널 보는 줄 알고 있는데…….

서운한 사람은 수지가 아니라 인선인 것 같았다. 맥이 탁 풀린 목소리였다.

"미안하다고 전해 줘. 아빠한테도 안부 전해 주고."

진영은 전화를 끊으며 힐끗 창밖을 바라보았다. 소풍 가기 좋은, 맑고 따뜻한 날이었다. 진영은 자신이 민호의 집에 갇힌

수인 같다는 생각을 했다.

이상하게 오늘은 꼭 엄마를 보러 가고 싶었다. 마음이 불안했다.

'내일, 내일 아침 드시는 것만 보고 가자. 내일은 무슨 일이 있어도 꼭 갈 거야.'

퇴근한 민호는 진영을 보고 놀란 얼굴이었다.

"당신 왜 여기 있어? 친정 간 거 아니었어?"

민호는 진영이 차 실장에게 간호를 맡기고 당연히 친정으로 갔을 거라고 생각했다.

"어머님을 두고 어떻게 가요."

진영은 담담하게 대꾸했다.

"어머니 시중들 사람이 당신밖에 없어?"

자기도 모르게 민호의 목소리가 높아졌다. 그런 민호를 진영은 빤히 바라보며, 의도적으로 더 차갑게 대꾸했다.

"그러라고 나와 결혼한 거 아닌가요?"

민호는 아무 말도 못 했다.

"오늘도 서재에서 잘 거죠? 서재에 갈아입을 옷을 가져다 놓을게요. 필요한 거 있으면 차 실장님에게 부탁하세요."

침실에 들어오지도 말라는 소리였다. 진영은 민호를 두고 2층으로 올라갔다.

진영은 일찌감치 씻고 침대에 누웠다. 잠이 오지 않았지만 억지로 잠을 청했다. 잠을 자야 내일이 오고, 내일이 와야 인선을 보러 갈 수 있었다.

겨우 잠이 든 진영은 휴대전화 진동 소리에 잠이 깼다. 진영은 알람인 줄 알고 얼른 침대에서 몸을 일으키고 휴대전화를 보았다. 알람이 아니라 전화가 온 것이었다.

"여보세요? 엄마?"

긴 침묵이 이어졌다. 진영은 다시 인선을 불렀다. 인선이 힘겹게 한 마디 한 마디를 뱉었다.

— 엄마가 많이 미안해.

인선은 울고 있는 것 같았다. 진영의 심장이 불길한 소리를 내면서 뛰었다.

— 엄마가 진영이를 낳아 주지 못해 정말 미안해. 다음 세상에서는 꼭 엄마가 진짜 딸로 낳아 줄게. 다음 세상에서도 진영이 넌 엄마 딸 해 줘야 해.

"아냐, 엄마. 다음 세상에선 내가 엄마 할래. 엄마는 내 딸로 태어나 줘."

— 진영아, 엄마가 너한테 잘못한 게 많은 것 같아.

"엄마가 무슨 잘못을 해?"

— 엄마가 한 잘못들, 엄마가 기억 못 한 잘못들까지 다 용서해 줄래?

"엄마."

— 진영아, 용서해 줘.

"응. 엄마, 다 용서할게."

웃는 듯 우는 듯, 헐떡이는 소리가 이어졌다. 가래가 끓는 소리 같기도 했다.

"엄마?"

대답이 없었다.

"엄마, 엄마!"

인선의 숨소리만 불길하게 났다. 몇 초 후 뚜, 하는 소리와 함께 전화가 끊겼다. 진영은 다시 전화를 했지만 인선은 전화를 받지 않았다.

심장이 쿵쿵 뛰고, 손발이 차가워지고, 입안이 바싹바싹 말랐다.

진영은 미옥에게 전화를 걸었다. 얼마 후 졸린 목소리로 미옥이 전화를 받았다.

"엄마 괜찮으시죠?"

— 저녁 조금 잡수시고 일찍 주무시는데요.

"좀 전에 엄마랑 전화 통화를 했는데 갑자기 전화가 끊겼어요. 지금 방에 가 봐 주실래요?"

— 네, 그럴게요.

미옥이 인선의 방으로 가는 동안 진영이 물었다.

"진형이는요? 집에 있어요?"

— 아직 집에 안 들어왔어요.

미옥의 느긋한 목소리는 문이 열리고 불을 켜는 소리가 날 즈음 급박하게 변했다.

— 어머, 사모님, 사모님!

"무슨 일이에요?"

— 사모님 의식이 없어요. 일단 119에 전화할게요.

미옥은 전화를 끊었다. 진영은 서둘러 옷을 갈아입고 밖으로 나왔다.

"작은 사모님, 어디 가세요?"

12시가 넘은 시간에 차를 빼 달라고 하는 진영을 보고 경비 직원이 놀라서 물었다.

"친정어머니 상태가 갑자기 안 좋아지셨어요. 병원에 가려고요."

경비 직원은 말을 듣자마자 무전기로 진영의 차를 빼 오라는 지시를 했다. 진영은 급하게 안전벨트를 한 후 창문을 내렸다.

"어른들께는 아침에 일어나신 후에 말씀드리세요."

병원에는 진형이 와 있었다. 진형은 침통한 얼굴로 진영을 맞이했다.

"엄마 어디 계셔?"

진형의 입술은 굳게 닫혀 있었다. 벌겋게 부운 진형의 두 눈이 모든 것을 말해 주고 있었다.

"아니야. 진형아, 아니지?"

진형은 집에 도착하기 직전에 미옥으로부터 연락을 받았다. 택시를 타고 바로 병원으로 왔지만 인선은 병원에 도착하기 직전 앰뷸런스에서 심장이 멈췄다. 병원에서 해 준 건 사망 확인 뿐이었다. 자식이 둘인데 임종을 지킨 건 간병인인 미옥이었다. 미옥은 편한 얼굴로 가셨다고 말했지만 진형에게는 조금도 위로가 되지 않았다. 진형은 눈물도 나지 않았다. 그저 망연자실했다. 진영을 보자 그제야 울음이 터졌다.

진형이 진영을 꼭 껴안고 통곡을 했다. 엄마, 우리 엄마, 우리 엄마 불쌍해서 어떡해. 누나, 엄마 불쌍해서 어떡해.

진영은 이 상황을 도저히 믿을 수가 없었다.

아냐, 그럴 리 없어. 진형이가 뭘 잘못 안 거야.

엄마, 같이 꽃구경 가기로 했잖아. 엄마, 내가 아이를 낳을 때까지 살겠다고 했잖아.

진영은 울고 있는 진형을 내버려 두고 휘청거리는 걸음으로 응급실 침상을 살피고 다녔다. 커튼이 쳐진 침상도 열어서 확인했다. 진형이 울면서 그러지 말라고 말렸지만 아무 소리도 들리지 않는 듯 진영은 계속 침상을 확인했다. 그러나 인선은 어디에도 없었다. 인선의 시신은 이미 장례식장으로 옮겨진 후였다. 세상이 멈춰 버린 기분이었고, 아무것도 느껴지지 않았다. 진영은 혼절했다.

서류를 보다가 자기도 모르게 민호는 의자에 기댄 채 잠이 들었다. 잠이 깼을 때는 새벽 2시가 넘어 있었다. 허리가 뻐근해서 민호는 의자에서 일어나 기지개를 켠 후 바닥에 떨어진 서류를 주워 책상 위에 올려놓았다.

지금쯤이면 진영이 깊게 잠들었을 것 같았다.

민호는 기척을 죽이고 침실 문을 열었다. 불이 환하게 켜진 침실에는 진영이 없었다. 침대는 흐트러져 있었지만 온기라곤 찾을 수 없었다. 민호는 당황해서 드레스 룸과 욕실을 뒤졌고 진영의 서재 문을 열었지만 어디에도 진영은 없었다.

심장이 기분 나쁘게 뛰었다. 천 개의 바늘이 온몸을 동시에 찌르는 것 같았다. 이런 숨바꼭질은 정말 싫었다.

민호는 진영에게 전화를 걸었지만 받지 않았다.

민호는 경비실에 전화를 걸어 진영이 나갔는지 물었다.

— 친정어머님 상태가 갑자기 나빠지셨다고요. 12시 좀 넘어서 차 몰고 병원으로 가셨습니다.

다시 진영에게 전화를 걸었지만 받지 않았다. 민호는 진형에게 전화를 걸었다. 신호만 갈 뿐 진형도 전화를 받지 않았다. 민호는 옷을 갈아입으며 진형에게 계속 전화를 했다. 세 번째 전화를 했을 때 진형이 전화를 받았다. 잔뜩 쉰 목소리였다.

"진영이가 전화를 안 받아서. 장모님은 좀 어떠셔?"

긴 침묵이 이어졌다. 조급한 민호는 진형의 답을 재촉했다.

"장모님 괜찮으신 거지?"

— 안 그래도 전화 드리려고 했어요. 엄마가 돌아가셨어요.

민호는 느닷없는 부고에 망연자실했다. 자기도 모르게 울음이 터져 나올 것 같아서 민호는 주먹을 꽉 쥐었다.

"진영이는?"

— 누나는 병원 와서 소식 듣고 쓰러졌어요. 지금 병실에 누워 있어요.

"내가 지금 갈게."

민호는 비서실에 전화를 걸어 병원으로 가 장례 준비를 돕도록 했다. 민호는 아래층으로 내려가 석금의 침실을 노크했다. 민호는 석금의 대답을 기다리지 않고 침실 안으로 들어갔다. 노크 소리를 듣고 잠에서 깬 석금은 침대에서 몸을 일으키고 침대 옆 무드등을 켜고 민호를 바라보았다.

"장모님이 돌아가셨어요."

석금은 잠이 확 깼다. 영 기분이 좋지 않았다. 연희 때문에 진영이 친정에 가지 못한 것이 못내 마음에 걸렸다.

"암 환자 상태는 알 수가 없다더니."

석금은 길게 한숨을 쉬었다. 함께 멀쩡히 골프 라운딩하고 헤어진 다음 날 친구의 부고를 들은 적도 있었다.

"새아기는?"

"상태가 안 좋다는 연락받고 바로 달려간 것 같아요."

달려간 것 같아요? 석금은 눈살을 찌푸렸다. 진영이 언제 나갔는지도 모르는 것 같았다.

"그럼 임종은 지킨 거냐?"

"잘 모르겠어요. 저도 좀 전에 처남한테 연락을 받아서요."

석금은 긴 한숨을 내쉬었다.

"일단 비서실에……."

"제가 연락했습니다. 권 비서실장이 지금 병원으로 출발했을 거예요."

석금은 나가려는 민호를 붙잡았다.

"너 그러고 갈 거냐?"

"예?"

민호는 금방 석금의 말뜻을 깨달았다. 민호는 2층으로 올라가 상복으로 갈아입었다.

슬픔을 느끼기에는 너무 경황이 없었다. 귓가에서 사이렌 소리가 날카롭게 울렸다. 셔츠 단추를 채우는 손이 자꾸만 떨려 단추에서 미끄러졌다.

하필이면, 왜 오늘.

민호는 울음 섞인 신음 소리를 냈다. 점심때쯤 전화를 걸어 진영이 친정에 간 것만 확인했어도 됐는데, 그랬으면 장모님이 그렇게 바라시던 마지막 소풍을 진영이와 함께 다녀올 수 있으셨을 텐데.

인선의 빈소는 민호가 도착하기 전에 마련되어 있었다. 비서실 사람들이 재빠르게 필요한 조치를 다 취한 상태였다. 진영의 모습은 보이지 않았다. 상복을 입은 진형이 퉁퉁 부운 얼굴로 빈소를 지키고 있었다.

"누난 병실에 있어요."

민호는 병실 문 앞에서 깊이 심호흡을 하고 조심스럽게 문을 열었다. 침대에 누워 있던 진영이 몸을 일으켰다.

"당신 왔어요?"

민호는 멈칫했다. 민호는 진영이 통곡을 하고 있을 거라 생각했었다. 그러나 진영의 얼굴에는 눈물 자국조차 없었다. 진영은 넋이 어디론가 빠져나가고 껍데기만 남아 있는 것 같았다. 진영의 모습은 곧 무너져 버릴 모래성 같아 보였다.

"이렇게 일찍 올 필요 없는데……."

민호가 진영의 손을 꼭 잡았지만 진영은 그 손을 뺐다.

"나 상복 갈아입어야 돼요."

"진영아."

진영이 메마른 눈빛으로 민호를 보았다. 나가 달라는 뜻이었다.

민호는 진영의 부탁대로 병실 밖으로 나갔다. 민호는 문 앞에서 꼼짝도 하지 않고 서 있었다.

'진영아.'

안아 주고 싶었고 위로해 주고 싶었다. 네 어머니를 잃어버려 나도 너만큼은 아니지만 슬프다고 말해 주고 싶었다. 그러나 진영은 아무것도 원하지 않았다. 늘 그렇듯 그를 가볍게 밀어냈다. 어디선가 찬바람이 부는 것 같았다. 민호는 몸을 떨었다.

화장장이 있는 추모공원에 도착한 진영은 차에서 내렸다. 사흘 동안 거의 먹지도 자지도 않았지만 피곤을 느끼지 못했다. 허공에 붕 뜬 기분이었다. 살아 있는지 죽었는지도 몰랐다. 한 걸음 한 걸음 기계적으로 걸음을 뗐다. 유난히 화창한 봄날이었다. 진영은 그 햇빛에 자기가 녹아서 흔적도 없이 사라졌으면 좋겠다고 생각했다.

화장장 입구로 들어가기 전, 진영은 발걸음을 멈췄다. 무언가 팔랑팔랑 날아다니고 있었다.

나비인가?

나비가 아니라 어디선가 날아온 벚꽃 잎이었다.

벚꽃은 이미 다 졌는데…….

진영은 멍하니 벚꽃 잎을 바라보다가 자기도 모르게 손을 내밀었다. 허공을 떠돌던 벚꽃 잎이 진영의 손바닥에 가볍게 내려앉았다.

어디서 날아온 거지?

진영은 고개를 돌려 벚나무를 찾았지만 주변은 그저 푸르른 잎을 자랑하는 나무들뿐이었다.

진영은 주먹을 꼭 쥐었다.

고별 의식이 끝날 때까지 진영은 영혼 없는 인형처럼 가만히 서 있기만 했다. 아무것도 보이지도 들리지도 않는다는 듯 멍한 얼굴이었다.

관이 화장로로 들어가는 순간, 진영은 움찔했다. 진영은 몸을 덜덜 떨었다. 민호가 진영에게 다가가 꼭 껴안아 주었지만 진영은 민호가 껴안은 것도 몰랐다. 진영의 온 신경은 불구덩이 속으로 들어가는 엄마의 관에 쏠려 있었다. 화구의 철문이 닫히는 순간 진영은 주저앉았다.

"엄마, 잘못했어요."

장례 기간 동안 한 번도 오열하지 않았던 진영이었다. 이제야 진영은 인선의 죽음을 현실로 느끼기 시작했다.

귓가에 인선의 마지막 말이 메아리쳤다.

꼭 엄마가 진짜 딸로 낳아 줄게.
엄마를 용서해 줄래?

잘 숨기고 있다고 생각했었다. 그러나 아니었다. 인선은 다 알고 있었다.

매번 열리지 않는 마음의 문 앞에서 엄마는 얼마나 힘들었을까? 얼마나 지쳤을까?

다 나 때문이야. 엄마가 죽은 것은 다 내가 잘못해서야. 내가 엄마 마음을 아프게 해서 죽은 거야.

"엄마! 엄마!"

엄마가 내게 주었던 사랑을 항상 의심하고 저울에 올렸어. 겉마음만 그렇겠지, 속마음으로는 진형이를 더 사랑하겠지. 그렇게 믿었어. 한 번도 진심으로 사랑한다는 말을 못 했어. 엄마의 사랑을 빚이라고 생각했어. 엄마는 늘 엄마였는데 왜 난 그걸 몰랐지?

레지나 수녀님 말이 맞아. 난 어린애고, 응석받이야. 한 번도 어른이 되어 엄마가 내게 준 사랑을 되돌려 준 적이 없었어. 내 안에서 울고 있는 아이만 돌봐 달라고 떼를 쓰고 있었어.

진영은 숨이 막혀 가슴을 세게 쳤다. 생을 마치는 마지막 순간, 인선의 마음에 남은 응어리는 진영이었다. 진영이 인선의 한이었다.

"엄마, 엄마! 내가 다 잘못했어요. 엄마, 나 버리고 가지 마! 엄마, 엄마!"

진영은 인선에게 준 것이 아무것도 없었다. 아무것도.

그리고 이젠 줄 수도 없었다. 엄마에게 난 무슨 짓을 한 거지?

진영은 몸부림을 쳐 민호의 품에서 벗어났지만 진형에게 붙잡혔다.

"누나는 아무 잘못 없어. 내가, 내가 나쁜 놈이야. 내가 죽일 놈이야."

"놔, 놔! 엄마한테 갈 거야. 엄마! 엄마!"

민호는 울고 있는 진영을 보면서 절망감을 느꼈다.

그녀에게 닿을 수 없었다. 그녀가 짊어지고 있는 것 중 어느 하나도 대신 짊어질 수 없었다. 세상을 다 잃은 듯 슬퍼하는 그녀에게 자신은 단 1그램의 위로조차 되지 못했다. 그것이 심장을 찢어발기듯 아팠다. 진영은 혼절했다. 민호는 헝겊 인형처럼 축 늘어진 진영을 안아 올렸다. 이미 젖어 있는 진영의 얼굴 위로 민호의 눈물이 비처럼 떨어졌다.

인선을 납골당에 모신 진영은 민호의 집으로 돌아오지 않았다. 민호는 석금에게 친정에서 마음과 몸을 추스를 때까지 쉬라고 했다고 둘러댔다. 진영은 민호에게 아무 연락도 하지 않았다. 민호가 진영에게 전화를 걸면 받긴 했지만 아무 말도 하지 않았다. '진영아.'라고 민호가 몇 번이나 불렀지만 나지막한 숨소리만 전화기를 통해 흘러나왔다. 그리고 몇 초 후 진영은 전화를 끊어 버렸다.

진형과 하루에 한 번 통화를 하면서 진영의 안부를 묻는 게 민호가 할 수 있는 전부였다. 그렇지만 진형은 민호에게 별로 할 말이 없었다. 진영은 진형에게도 입을 닫았다. 닫은 건 입만이 아니었다. 눈도, 귀도 닫았다. 모든 것을 차단한 채 진영은 인선이 썼던 안방에 틀어박혀 태아처럼 몸을 둥글게 감싸고 잠만 잤다. 보다 못한 진형이 진영을 깨워 미음 몇 순갈을 억지로 먹여 다시 자게 했다.

진형에게 전화가 온 건 한창 회의를 하던 중이었지만 민호는 아랑곳하지 않고 휴대전화를 들고 회의실 밖으로 나갔다.

— 통화 괜찮으세요?

"응. 진영이는 어때? 요즘도 잠만 자?"

— 아뇨. 이번엔 불면증인가 봐요. 밤새도록 가만히 소파에 앉아 있기만 해요.

"밥은?"

— 죽 정도만 겨우 먹고 있어요. 그것도 내가 순가락 쥐여 주고 먹는 거 보고 있어야 하지만.

"내가 진영이 데려갈까? 처남 혼자 힘들잖아."

— 거긴 매형 부모님도 계신데, 누나가 힘들 거예요.

"밤에는 처남이 있으니까 괜찮지만 낮에 진영이 혼자 두는 게 마음이 안 놓여서 그래."

— 예전에 엄마 간병인으로 오셨던 분이 제가 퇴근할 때까지 누나를 돌봐 주고 계세요.

"그렇다면 다행이고."

민호는 한숨을 내쉬었다. 종로 프로젝트가 막바지라 민호는 진영 옆에 있어 줄 수가 없었다.

진형은 인선이 세상을 떠났다는 것을 실감할 때면 느닷없이 따귀를 양쪽으로 얻어맞는 기분이었다. 밥을 먹어도 배가 부르지 않고, 어디선가 흘러나오는 노래에도 갑자기 눈물이 흘러나왔다. 그래도 진형은 익숙한 환경으로 돌아가 늘 하던 일을 하면서 천천히 일상으로 돌아오고 있었지만 진영은 여전히 인선이 세상을 떠난 그 순간에 머물러 있는 것 같았다. 인선의 흔적이 여기저기 남아 있는 집에서 하루 종일 누나는 무슨 생각을 할까? 진형은 가슴이 미어졌다. 임종을 지키지 못했다는 죄책감에 시달리는 건 진형도 마찬가지였다.

차라리 울었으면 싶었다. 진영은 태엽이 멈춘 인형처럼 멍하니 앉아 있기만 했다. 진형이 말을 걸어도 대답하지 않았다. 진형은 저러다 진영까지 잘못될까 봐 더럭 겁이 났다.

"누나, 누나한텐 내가 있잖아."

보다 못한 진형이 진영을 흔들며 말했다. 그러나 돌아오는 건 공허한 눈빛뿐이었다.

'넌 내게 아무런 의지가 안 돼. 그냥 날 좀 내버려 둬.'라고 말하는 듯한 그 눈빛에 진형은 흠칫 놀라 몸이 굳었다. 누나가 이렇게 멀게 느껴진 건 처음이었다. 몇 초 동안이었지만 진형은 자신이 진영을 전혀 모른다는 생각마저 들었다. 견고한 침묵의 벽 너머에 있는 진영에게 손이 닿지 않았다. 진형은 투명한 침묵의 벽 너머에서 침몰하고 있는 진영을 속수무책으로 바라볼 수밖에 없었다.

진형은 전화를 건 용건을 꺼냈다.

— 오늘 밤에 누나랑 있어 주실 수 있으세요? 제가 철야를 해야 해서요.

"그래. 그렇게 할게."

전화를 끊기 전 진형은 민호에게 현관문 도어 록 비밀번호를 알려 주었다.

일찍 퇴근하려고 서둘렀지만 8시가 되어서야 민호는 겨우 퇴근할 수 있었다. 민호는 진영의 집에 가기 전 마트에 들러 식료품과 복숭아 통조림을 샀다.

비밀번호를 누르고 집에 들어가니 어둠이 민호를 맞이했다. 민호는 어둠에 눈이 익숙해질 때까지 가만히 서 있었다. 소파에 앉은 진영의 실루엣이 서서히 눈에 들어왔다. 민호는 조심조심 거실 불을 켰다.

불을 켜도 진영은 인형처럼 소파에 가만히 앉아 있었다. 민호를 보고도 아는 척을 하지 않았다. 민호가 거기 있다는 것조차 느끼지 못하는 것 같았다.

"진영아."

진영은 여전히 조금도 움직이지 않았다. 진영은 이곳에 없었다.

민호는 진영의 몸을 살며시 흔들었다. 그래도 진영은 꿈쩍도 하지 않았다.

안색은 형편없었고 입술은 낙엽처럼 바싹 말라 각질이 일어나 있었다. 민호는 두 손으로 진영의 두 뺨을 감싸고 엄지손가락으로 진영의 입술을 가볍게 만지작거렸다. 그 바싹 마른 촉감이 너무나도 싫어 민호는 진영에게 입을 맞추며 자신의 혀로 진영의 마른 입술을 촉촉하게 했다. 진영은 그저 가만히 있었다.

제발 그런 텅 빈 눈빛을 하지 마.

장모님은 떠났지만 내가 있잖아. 내가 장모님보다 더 사랑해 줄게.

민호는 눈물이 나왔다. 민호는 소리내어 울음을 터트렸다. 민호의 울음소리에 진영의 눈에 서서히 빛이라고 할 만한 게 돌아왔다.

"민호 씨?"

민호는 조금 마음이 놓였다. 오랜만에 듣는 진영의 목소리에 다시 눈물이 나올 것만 같았다.

"진영아."

진영은 무언가 신기한 것을 본다는 듯 민호의 뺨에 흐르는 눈물을 바라보다가 겨우 입을 열었다.

"왜 울어요?"

"네가 많이 슬프니까."

"내가 슬픈데 왜 당신이 우는 건데요? 그리고 내가 왜 슬프죠?"

되묻는 진영의 목소리가 너무나 태연해서 민호는 흐르던 눈물이 멈췄다.

"진영아, 너."

설마. 민호는 말간 진영의 눈을 바라보았다. 슬픔이 전혀 느껴지지 않는 투명한 눈동자였다.

잊어버려도 사실은 변하지 않아, 진영아.

민호는 나지막한 목소리로 속삭였다.

"진영아, 울어."

도대체 무슨 소리를 하느냐는 듯한 눈으로 진영이 민호를 바라보았다.

"울어도 괜찮아."

"내가 왜 울어요?"

"장모님이 돌아가셨잖아. 울라고. 울어야 다시 일어날 수 있어."

"아냐."

진영의 입술이 파르르 떨렸다.

"진영아."

"엄마는 죽지 않았어요."

"진영아."

"엄마는 안 죽었어. 엄마가 왜 죽어!"

"진영아."

진영의 눈빛에 노기가 가득했다.

"장모님은 좋은 곳에 가셨을 거야. 그러니까 너도. 진영아, 제발⋯⋯."

내가 있는 현실로 돌아와 줘.

진영의 몸이 가늘게 떨렸다.

"왜⋯⋯. 왜?"

왜, 내 환상을 깨는 거야? 누가 현실 따위 알고 싶댔어? 왜 내 안에 자꾸만 들어오는 거야! 가! 나 혼자 있게 내버려 둬!

진영의 눈에 서서히 눈물이 고이기 시작했다. 민호가 눈물을 닦아 주려고 손을 내미는 순간, 진영이 몸을 소파에서 일으켜 욕실로 들어갔다. 찰칵, 문을 걸어 잠그는 소리가 났고, 쏴아 하는 물소리가 났다. 물소리 속에서 민호는 진영의 울음소리를 들을 수 있었다.

진영의 울음소리가 민호를 미치게 만들었다. 민호는 이성을 잃고 욕실 문을 부쉈다. 욕조 안에서 샤워기를 틀어 놓고 진영이 울고 있었다. 욕실 안의 공기가 차가웠다. 샤워기에서 쏟아지는 물이 얼음장처럼 찼다.

민호는 황급히 물을 잠그고, 흠뻑 젖은 진영을 억지로 일으켜 세웠다. 입술이 새파랗게 질려 있었다.

"갈아입을 옷 가져올게."

짜악. 진영이 민호의 뺨을 때렸다. 느닷없는 일격에 고개가 획 돌아갔지만 민호는 아픈 것도 느끼지 못했다. 진영은 가느다랗게 몸을 떨고 있었다.

스스로를 때릴 수 없으니 민호를 때린 거였다. 진영은 그렇게밖에 자기감정을 터트리지 못했다.

진영이 또다시 세차게 민호의 뺨을 때렸다. 그리고 또 때렸다. 민호는 그저 가만히 있었다. 얼마든지 맞아 줄 생각이었다. 그래서 마음이 풀린다면, 그래서 그녀가 뭔가를 토해 낼 수 있다면, 그래서 조금이라도 마음이 편해진다면 얼마든지 맞아 줄 수 있었다.

"왜 가만히 있어요?"

진영은 어찌할 바를 몰랐다.

민호는 그녀의 손을 잡았다. 따스한 온기에 진영은 몸을 움
찔했다.

"손이 차."

진영은 혼란스러운 눈빛으로 민호를 바라보았다. 민호는 진
영의 젖은 옷을 벗겼다. 속옷까지 다 벗기고 커다란 목욕수건
으로 몸을 감쌌다. 가슴이 아플만큼 진영의 몸은 앙상하게 말
라 있었다. 민호는 진영을 안아서 방으로 데려갔다. 옷을 갈아
입힐 엄두가 나지 않아 민호는 진영을 침대에 눕히고 두꺼운
이불을 장롱에서 꺼내 덮어 주었다.

민호는 진영의 옆에 누웠다. 진영은 민호에게서 등을 돌리
고 몸을 웅크렸다. 민호는 바르르 떨고 있는 진영의 목덜미에
손을 댔다. 저릿할 만큼 차가웠다. 영원히 녹지 않는 얼음으로
만든 조각상처럼 차가웠다. 민호는 진영에게 다가갔다. 진영은
몸을 떨고 있었다.

"많이 추워? 이불 더 덮어 줄까?"

진영은 고개를 가로저었다. 그러면서도 사시나무처럼 와들
와들 떨고 있었다. 민호는 진영을 품으로 끌어당겨 안았다. 민
호의 품은 저주스러울 만큼 따스하고 부드러웠다.

제발 내게 벌을 내려 줘.

이런 따스함은 내 것이 되어선 안 돼. 난, 난 나쁜 아이야.
이렇게 날 위로하지 마. 차라리 욕하고 때려 줘. 나를 혼내 달
란 말이야!

진영은 민호의 품에서 벗어나려고 버둥거렸지만 민호는 더

강하게 진영을 안고, 이마에 입을 맞췄다.

괜찮아. 시간은 걸릴지 몰라도 괜찮아질 거야.

당신은 정말 착한 사람이야. 정말 좋은 사람이야.

꼭 행복해질 수 있어.

머리카락과 등을 쉴 새 없이 쓰다듬으며 민호는 마음속으로 중얼거렸다. 그렇지만 한사코 진영은 민호를 밀어내기만 했다. 아무리 꼭 안아도 민호의 온기가 전혀 전해지지 않는지 진영의 몸은 여전히 차디차기만 했다. 민호는 한기를 느꼈다. 그렇지만 민호는 절대로 진영을 놓지 않았다.

그럴 생각이 아니었는데 두 사람의 몸이 서로 얽혀 들기 시작했다. 누가 먼저 시작했는지 알 수 없었지만 민호와 진영은 입을 맞췄고 손은 서로의 몸을 더듬었다. 민호의 어루만짐에도 진영의 몸은 차갑기만 했다. 그렇지만 차가운 몸과 달리 진영의 안은 민호를 받아들일 준비를 했다. 입구는 젖어 있었고 안은 뜨거웠다. 피스톤 운동을 하면서 민호는 진영이 전혀 느끼지 못하고 있음을, 아파하고 있음을 느꼈다. 진영이 느끼지 못하니 민호 역시 아무것도 느껴지지 않았다.

마음과 상관없이 몸은 정해진 수순을 밟았다. 절정에 다다른 몸은 정액을 토해 냈다. 민호는 진영의 책상 서랍에 있던 피임약이 떠올랐다.

이해할 수 없는 슬픔이 차올랐다. 그 슬픔은 분노와도 비슷했다. 울음 대신, 비명 대신 민호는 말했다. 진영을 꼭 껴안고 민호는 말했다.

"진영아, 아프다. 나, 너무 아프다."

민호는 울면서 말했다.

"너무 아파. 아파서 죽을 것 같아."

도대체 뭐가 잘못된 걸까? 도대체 뭘 어떻게 해야 할까? 진영아, 모르겠어. 정말 모르겠어. 너를 어떻게 사랑해야 할지 모르겠어. 어떻게 해야 하니?

그때 꼭 감고 있던 진영이 눈을 떴다. 민호가 진영의 목덜미에 얼굴을 묻었다. 뜨거운 무언가가 진영의 목덜미를 타고 흘러내렸다. 민호는 한참을 울다가 잠이 들었다.

진영은 자지 못했다. 진영의 귀에 밤새도록 민호의 목소리가 메아리쳤다.

아프다. 너무 아프다. 정말 아파. 죽을 것 같아.

당신은 늘 그렇게 아팠어? 그렇게 힘들었어?

맞아. 난 늘 그랬던 것 같아.

착한 척은 있는 대로 하면서 진짜 소중하게 여겨야 할 사람은 힘들게만 하지.

난 사막이야. 결국 오아시스조차 말라붙게 만들겠지.

미안해, 민호 씨. 미안해요.

진영은 새벽 5시가 좀 넘어서 잠에서 깼다. 민호의 품은 따뜻했다. 진영은 민호의 품에서 벗어났다. 이젠 영원히 다시 안길 수 없는 품이었다.

진영은 부엌으로 갔다. 식탁 위에 민호가 어제 사 온 것이 비닐 봉투에 담긴 그대로 놓여 있었다. 진영은 커다란 비닐 봉투에 든 것을 하나씩 꺼내다가 복숭아 통조림을 보고 멈칫했다. 이제는 아무리 아파도 복숭아 통조림을 먹을 수 없을 것 같았다. 민호가 사 온 건 대부분 전자레인지에 데워 먹는 즉석식품이어서 반찬을 만들 만한 게 없었다.

진영은 냉장고를 열었다. 냉장고 안이 썰렁했다. 진영은 계란과 냉동실에 있는 갈치를 찾았다. 미옥이 담근 김치도 반 이상 남아 있었다. 이거면 그럭저럭 아침 한 끼는 차릴 수 있을 것 같았다. 진영은 일단 쌀부터 씻었다.

민호가 잠에서 깨 눈을 뜨자 옆은 텅 비어 있었다. 민호는 벌떡 몸을 일으켰다.

문밖에서 탁탁탁탁 경쾌한 소리가 났다. 민호는 대충 옷을 입고 방을 나갔다. 진영이 부엌에서 무언가를 썰고 있었다. 뚝배기에 된장찌개가 보글보글 끓고 있었고, 작은 돌솥과 찜통도 저마다 소리를 내고 있었다.

"일어났어요?"

진영은 아무렇지 않은 듯한 얼굴이었다. 민호는 그런 진영이 불안하기만 했다. 민호는 우두커니 서서 진영이 하는 양을 계속 바라보았다. 진영은 잘게 썬 파를 계란찜 위에 얹고 찜통 뚜껑을 닫았다. 앞치마에 젖은 손을 닦으며 진영이 장승처럼 서 있는 민호를 보고 말했다.

"왜 그렇게 서 있어요? 씻고 와요. 상 차릴게요."

민호가 욕실에서 나오자 식탁이 차려져 있었고 진영은 두툼

한 갈치를 막 그릴에서 꺼내고 있는 중이었다. 진영은 앞치마를 벗고 식탁에 앉았다.

"너는 안 먹어?"

진영은 고개를 가로저었다.

"식기 전에 먹어요."

민호는 계란찜부터 한 숟갈 크게 떠서 먹었다.

"밥 퍼요."

민호가 진영의 말대로 밥을 푸자, 진영은 갈치를 깔끔하게 발라서 밥 위에 올려 주었다. 민호는 발라 먹는 게 귀찮아서 생선을 잘 먹지 않았다. 진영은 새끼 새에게 먹이를 물어다 주는 어미처럼 민호의 숟가락에 갈치 살을 연신 올려 주었다.

민호의 밥그릇이 얼추 비어 가자 진영은 숭늉을 내왔다. 식사가 끝난 후에도 두 사람은 한참 동안 식탁에 앉아 있었다. 민호는 진영을 바라보고 있었고, 진영은 고개를 숙이고 텅 빈 그릇들을 보고 있었다.

먼저 입을 연 건 민호였다.

"집에 가자."

진영은 천천히 고개를 들었다. 그녀의 얼굴에 흐릿한 미소가 어렸다 사라졌다.

"진영아, 집에 가자."

진영은 천천히 자리에서 일어났다. 다시 식탁으로 오는 진영의 손에 서류 봉투가 들려 있었다. 진영은 서류 봉투를 민호에게 건넸다. 봉투의 내용물을 보는 순간 민호는 순간적으로 숨이 콱 막혔다.

협의이혼의사확인신청서

진영이 써야 할 곳은 이미 다 채워진 상태였다.

"이혼해 주세요."

"진영아."

"원래 이러기로 했잖아요. 이제 당신 돈은 필요 없어요."

"너에게 난 필요 없니?"

"필요 없어요."

"그냥 계약일 뿐이었니? 그냥 일일 뿐이었니?"

"네."

민호는 한참 후에 겨우 입을 열었다.

"내 곁에서 행복한 적은 없었어?"

진영은 겨우 대답했다.

"네."

민호는 눈을 질끈 감았다. 심장이 얇은 종이처럼 찢겨졌다.

넌, 정말 유리 같구나. 갈기갈기 찢긴 내 심장에서 흘러내리는 피는 네 마음을 조금도 물들이지 못하겠지.

스치면 인연, 스며들면 사랑.

어디서 들었는지도 기억나지 않는 짧은 경구가 머릿속을 스쳐 지나갔다.

너는 나를 스쳐 가는구나. 난 너에게 스며들고 싶은데…….

결국 이렇게 끝날 거였나?

내가 널 아무리 사랑해도 안 되는 거였니?

나는 안 되는 거니?

나는 네게 조금도 의미가 없는 사람인 거니?

물을 수 없는 질문들이 머릿속을 어지럽혔다. 토할 것같이 속이 메슥거렸다.

민호는 식탁 의자에서 일어나 진영을 와락 껴안았다. 진영은 몸을 비틀며 민호의 품에서 벗어나려고 했지만 민호는 더욱 강하게 진영을 안았다.

"이혼해 줄게. 그러니까, 그러니까……."

지금은 내게 안겨 있어. 지금 이 순간만이라도.

《계약직 아내》 2권에서 계속